T0348388

UN ENCANTAMIENTO FRÁGIL

ALLISON SAFT

UN ENCANTAMIENTO FRÁGIL

Traducción de Javi G. de Hita

Argentina – Chile – Colombia – España
Estados Unidos – México – Perú – Uruguay

Título original: *A Fragile Enchantment*
Editor original: Wednesday Books, an imprint of St. Martin's Publishing Group
Traducción: Javi G. de Hita

1.ª edición: noviembre 2024

Copyright © 2023 *by* Allison Saft
All Rights Reserved
© de la traducción 2024 *by* Javi G. de Hita
© 2024 *by* Urano World Spain, S.A.U.
Plaza de los Reyes Magos, 8, piso 1.º C y D – 28007 Madrid
www.mundopuck.com

ISBN: 978-84-10239-13-5
E-ISBN: 978-84-10365-55-1
Depósito legal: M-20.045-2024

Fotocomposición: Urano World Spain, S.A.U.

Impreso por: Rodesa, S.A. – Polígono Industrial San Miguel
Parcelas E7-E8 – 31132 Villatuerta (Navarra)

Impreso en España – *Printed in Spain*

Para todos aquellos que avanzan
poco a poco cada día.

1

*M*ientras Niamh se inclinaba sobre la barandilla del barco, la asaltó la sensación de que se le había olvidado algo.

Había envuelto sus mejores piezas en un delicado papel color crema, empaquetado sus bobinas y tijeras de tela y —lo más importante— guardado a buen recaudo la invitación en su ridículo. Eso era todo. *Por supuesto.* Aun así, no podía estar segura. Mantener el control sobre sus pertenencias jamás había sido su virtud más destacable. Y por mucho que detestara admitirlo (y aunque estuviera casi convencida de que su bolsito escondía la entrada a un mundo desconocido repleto de lapiceros rotos y monedas extraviadas), no tenía forma de negar la verdad: cada vez que atesoraba algo, ya fuera su par de tijeras favorito o sus valiosos años de vida, se le acababa escurriendo entre las manos.

Además, volver a echarle un vistazo a la invitación no haría daño a nadie.

Rebuscó en el interior de su ridículo y suspiró, aliviada, cuando encontró la carta. Los bordes se le habían curvado por la inclemente brisa marina y, pese a que el pergamino parecía amarillento por el paso del tiempo, en realidad era porque había sido víctima de al menos cinco incidentes por derramamiento de té. A esas alturas ya había memorizado cada centímetro, desde el impecable sello de cera de la familia real, que había pasado a estar suave y brillante por los incansables toques de sus dedos, hasta la emborronada tinta que conformaba su contenido:

Estimada Niamh Ó Conchobhair:

Nos complace anunciarle que ha sido invitada al reino de Avaland como huésped de honor de la familia real para servir como costurera real en la unión matrimonial de Su Alteza Real, el príncipe Christopher, duque de Clearwater, y Su Alteza Real Rosa de Todos los Santos de Carrillo, infanta de Castilia...

Aún era incapaz de creérselo. Ella, una simple chica machlandesa proveniente de un lugar olvidado como Caterlow, iba a ser la costurera de la boda real. Por fin, su trabajo estaba dando sus frutos.

Hacía ya dos años, una muchacha de su pueblo, Caoimhe Ó Flaithbertaigh, había viajado a Avaland para visitar a un familiar lejano. Y, tras haber llevado uno de los diseños de Niamh durante un baile —un precioso vestido de seda amarilla, adornado con hilos metalizados y encantado con reminiscencias de los primeros días de primavera—, había conquistado al soltero más cotizado de la temporada, el duque de Aspendale. Desde entonces, no había dejado de recibir clientes avaleses deseosos por sentir aunque fuera la caricia de la magia que había convertido a aquella joven machlandesa de clase baja en duquesa.

Niamh había confeccionado vestidos para nobles desesperados por hacer irresistibles a sus hijas sin poderes, para señoritas deseosas por desposarse con miembros de la aristocracia y para damas que ansiaban conservar su cada vez más marchita belleza. Aquellas ambiciones habían mantenido a su familia a flote durante los últimos años… aunque a duras penas. Al fin y al cabo, pocas personas en su reino podían permitirse los vestidos mágicos de los Ó Conchobhair.

Sin embargo, ya no tendría que preocuparse por su madre, sus doloridas articulaciones y su vista deteriorada, ni por su abuela, que cada día se volvía más frágil e irritable, ni por el tejado que seguía necesitando que alguien lo reparara, al igual que la hendidura de la ventana, cortesía de su vecino, el pequeño Cillian, y de su cabra. De alguna forma, su trabajo había captado la atención del mismísimo príncipe regente de Avaland.

Convertirse en la costurera real para la boda sería el impulso que le permitiría abrir su propia sastrería en el centro de la capital avalesa y obtener el dinero suficiente para poder sacar a su madre y a su abuela de Machland y enviarlas a una villa acogedora donde no tuvieran que matarse trabajando ni un solo día más. Aquella era la oportunidad que siempre había estado esperando.

Lo único que deseaba era dejar de sentirse egoísta por haberla aprovechado.

Cuando le había contado a su abuela que se marchaba, la había mirado como si no la reconociera. «Tu abuelo perdió la vida luchando contra los avaleses para asegurarse de que pudieras tener una vida aquí en Machland. Tú y tu magia sois lo que esos monstruos trataron de arrebatarnos. ¿Y ahora pretendes usarla para hacerles vestiditos? Qué vergüenza. Jamás lograré recuperarme».

Lo último que Niamh quería era deshonrar a su familia. Cada día de su vida le habían recordado lo afortunada que era por vivir libre sobre suelo machlandés y cuánto les debía a aquellos que habían luchado como su abuelo. Una nieta buena y obediente habría tomado la invitación y la habría hecho pedazos sin pensárselo siquiera; una nieta buena y obediente le habría propuesto matrimonio a alguien que pudiera darle estabilidad y unos hijos que heredaran la magia que fluía por sus venas. Sí, así no encontraría la felicidad, pero al menos su cultura sobreviviría una generación más.

No obstante, en ese momento, con la carta del príncipe en las manos, era incapaz de conformarse con ser obediente. No importaba si su abuela lo aprobaba o no; no importaba si de esa forma traicionaba a sus ancestros: tenía que cuidar a su familia de la única forma que estaba en su mano.

Era la deuda que debía pagar.

Guardó la carta de nuevo y dirigió el rostro hacia la brisa salobre. Ante ella, el mar de Machland se extendía como un trozo de tela gris. La espuma lo cubría como una pátina de encaje y el agua, brillante bajo la luz que precedía al alba, parecía infinita, como las posibilidades a su alcance.

—¡Atracaremos en Sootham en diez minutos! —exclamó uno de los miembros de la tripulación—. ¡Diez minutos para atracar!

Niamh dio un respingo y se golpeó la cadera contra la barandilla.

—Oh.

El dolor desapareció en cuanto fijó la vista en la ciudad que se alzaba sobre las aguas. Una nube de bruma cubría la costa, tan blanca y vaporosa como un velo, y los débiles rayos del sol bañaban con delicadeza las siluetas apuntadas de los edificios. Cerró los dedos sobre la barandilla, casi temblando por el ansia; fue lo único que logró impedir que se lanzara por la borda y echara a nadar hasta la orilla.

En cuanto el barco se detuvo por fin y los marineros lo amarraron al muelle, Niamh recogió sus pertenencias y se dirigió a la pasarela. El resto de los pasajeros comenzaron a rodearla entre gritos y empujones. Jamás había visto una multitud tan grande como la que comenzó a apelotonarse en la cubierta. Varias personas acunaban a sus hijos contra sus pechos; algunos niños se aferraban a las faldas de sus madres, con los huesos marcados contra la piel, y unas jóvenes no mucho mayores que ella miraban en su dirección, aunque no parecían verla; tenían suciedad bajo las uñas y los ojos cansados. Todos ellos olían a desesperación y sueños.

Sin duda, habían abandonado sus hogares y a sus familias para tratar de encontrar un puesto de trabajo allí, en Sootham. Por primera vez, temió que su abuela estuviera en lo cierto: quizás nunca había comprendido lo cruel que podía llegar a ser el mundo.

Se esforzó por mantener el equilibrio cuando comenzaron a caminar, aplastada entre hombros ajenos y equipaje. En cierto momento sus pies incluso abandonaron el suelo. El fuerte hedor de los cuerpos a su alrededor era casi inaguantable y, una vez que logró por fin alcanzar el muelle, las piernas le temblaban como si aún se encontrara en medio del mar.

Avanzó a duras penas, recorriendo con los dedos las húmedas y deshilachadas cuerdas que los acorralaban. A pesar de lo desorientada que se sentía, evitó pisar a las ratas que correteaban por doquier y, de milagro, detener el impulso de disculparse con ellas. En cuanto alcanzó suelo firme de una vez por todas, miró hacia arriba y la posibilidad de haberse equivocado de barco la golpeó de lleno.

La ciudad que la esperaba al final del puerto no era en absoluto lo que había imaginado. ¿Dónde estaban la elegancia y el brillo? ¿Dónde se encontraban los hermosos parques y las calles abarrotadas? En aquel lugar, los edificios se apoyaban los unos sobre los otros como si apenas pudieran mantenerse en pie por sí solos y el hedor a algas y agua estancada lo cubría todo.

No. Aquello *tenía que ser* Sootham.

Pero si no conseguía encontrar el camino al palacio, no había ningún otro sitio al que pudiera ir. No tenía dinero suficiente para volver a casa, aunque eso ni siquiera era una opción. No habría soportado tener que ver a su madre deslomándose otra noche más, cosiendo encajes sin magia y sin descanso bajo la escasa luz de la lámpara, ni tampoco ser testigo de lo que cada encantamiento le arrebataba a su abuela. Su bienestar dependía de ella, y era lo suficientemente fuerte para cargárselo a los hombros.

Tomó aire y entrecerró los párpados para poder ver entre la bruma. Allí, bajo el tenue resplandor de una farola, no demasiado lejos de donde se encontraba, había un carruaje. Era discreto aunque hermoso, pintado de un elegante negro laqueado que destacaba incluso en mitad de la neblina. En uno de sus lados tenía grabado el escudo real en rojo rubí y dorado: una rosa con los pétalos decorados con lágrimas de oro. Con toda facilidad, podría haber llegado a creer que había salido de un cuento de hadas y que en cuanto mirara hacia otro lado regresaría a la realidad, convertido en una calabaza bajo la cruda luz de la mañana.

Mientras se acercaba, un lacayo se bajó de la parte trasera. Parecía una estatua, vestido con una fina librea, serio, galante y tan alto que ni siquiera parecía real. De hecho, ahí, de pie e iluminado ante el carruaje, le dio la sensación de que se trataba de uno de los Justos, dispuesto a enviar su espíritu al Otro Mundo. Sus fríos ojos azules la estudiaron y, por fin, con notoria condescendencia, se dirigió a ella:

—¿La señorita Niamh O'Connor?

Era obvio que había estado esperando algo diferente.

Tuvo que combatir sus instintos para no atusarse el pelo o ajustarse las faldas. Estaba segura de que aquellos cuatro días en mar abierto no se habían portado especialmente bien con ella. Aun así, le dedicó la sonrisa más encantadora que fue capaz de convocar.

—Esa soy yo.

El hombre le pidió que le entregara su maletín y lo agarró como si se tratara de un gato sujeto por el pescuezo.

—De acuerdo, pues. Supongo que será mejor que me acompañe.

La fachada de piedra blanca del palacio real resplandecía, con sus hileras de ventanales e inmensas columnas que parecían soldados bien estirados bajo el pórtico. Se veía antigua, pulcra, perfecta e impresionante. El simple hecho de tenerla delante arrebataba el aliento. Era magnífica, aunque a la hora de la verdad casi dolía mirarla. Cada rincón centelleaba a la indomable luz de la mañana.

—Guau —suspiró Niamh, presionando el rostro contra el frío cristal.

¿Cómo podía existir tanta riqueza y tanto abandono en aquella ciudad al mismo tiempo? Era incapaz de creer que *esa* fuera a ser su casa durante la temporada. Quizás, con un poco de suerte, acababa encontrándose con algún conocido. Sabía que iban a enviar a su amiga Erin Ó Cinnéide al palacio. Sería maravilloso verla de nuevo después de tantos meses.

Todas las familias nobles contrataban un gigantesco servicio provisional para la temporada, y muchos de sus miembros procedían de Machland. Por lo que sabía gracias a las cartas que había recibido, era un trabajo duro; aun así, al menos era trabajo. Quizá su país había logrado obtener la independencia, pero no tenía mucho más. Las tierras seguían recuperándose tras la plaga y las familias, de sus pérdidas. Apenas había nadie de su edad que no se hubiese marchado de Caterlow para tratar de conseguir una vida mejor al otro lado del mar.

El carruaje comenzó a reducir la velocidad y se detuvo ante el palacio. Entonces, Niamh se fijó en que había una mujer —supuso que el ama de llaves— ante las puertas, con los brazos enlazados a su espalda con elegancia. Sus pesadas ropas oscuras la hacían parecer una mancha en mitad de todo aquel blanco.

El lacayo bajó para abrirle la puerta y otro, que los había estado esperando a un lado del camino, se encargó de recoger sus pertenencias, que desaparecieron de su vista antes siquiera de que pudiera abrir la boca para darle las gracias.

En cuanto puso un pie en la tierra, se sintió abrumada. Sin su maletín, no tenía nada en absoluto en lo que ocupar las manos. Fue lo único en lo que pudo pensar mientras avanzaba, perdida. Subió las escaleras que conducían al pórtico, haciendo un esfuerzo consciente para no quedarse embobada con los espléndidos jardines y las estatuas desgastadas que los moteaban. No obstante, cuando el ama de llaves dirigió su penetrante mirada hacia ella, frenó de golpe.

Era una mujer imponente, no mucho mayor que su abuela, pero con la constitución de un caballo. Llevaba el pelo recogido en un moño apretado, lo que resaltaba sus rasgos severos. Solo estar en su punto de mira era como si le hubiera colocado un cuchillo contra el cuello. No supo qué decir; su amiga Erin trabajaba en una gran mansión y, pese a que sus cartas contenían párrafos y párrafos sobre chismes de la corte y líos entre los nobles, nunca les había prestado demasiada atención. Algo le dijo que quizás tendría que haberlo hecho.

Se inclinó en una reverencia.

—Niamh Ó Conchobhair. Es un placer conocerla.

No hubo respuesta. Cuando por fin se atrevió a alzar la vista de nuevo, la mujer la contemplaba con el ceño fruncido.

—¿No puede hacer nada con ese acento?

Durante un instante, se quedó muda por completo. Su abuela ya le había advertido sobre el hecho de que los avaleses les guardaban tanto rencor a los machlandeses como lo hacían ellos. No obstante, jamás habría imaginado que quedaría tan patente desde el principio.

—Me temo que no, señora. Lo lamento.

—Una pena. —Chasqueó la lengua—. Se dirigirá a mi persona como «señora Knight». Su Alteza Real, el príncipe regente, ha solicitado verla. Hay varios aspectos sobre su labor que desea tratar con usted.

Se irguió de inmediato. ¿El príncipe regente de Avaland quería verla? ¿Y hablar de su trabajo? Estaba segura de que podía ser ella quien la pusiera al día de los detalles de su estancia allí.

—¿Conmigo? ¿Está usted segura?

—Bastante segura, sí. A Su Alteza Real le gusta estar implicado en el funcionamiento del palacio. Es un hombre muy particular.

Niamh leyó entre líneas de inmediato: con «particular» se refería a «puntilloso». Si metía mano en los asuntos que pudiera llegar a tener una costurera, no imaginaba cómo debía ser la forma en la que gobernaba un país entero.

No sabía demasiado sobre la familia real aparte de que, hacía ocho años, la salud del rey había comenzado a deteriorarse, que ya nunca había vuelto a la vida pública y que su mujer había fallecido hacía cuatro años en un trágico accidente. El Parlamento había nombrado regente a su hijo mayor, el príncipe John, hasta que su padre se recuperara o —los dioses no lo quisieran— muriese. De su hermano menor, el príncipe Christopher, sí que no tenía idea; solo que se casaría en un mes.

Aun así, era consciente de que no podía presentarse delante del príncipe regente en esas condiciones. Después de cuatro días de viaje en barco —y siendo generosa—, olía a rancio. Y no quería ni pensar en el aspecto que tendría su pelo; estaba segura de que parecía más que se había hecho un nudo que una trenza.

—Temo no encontrarme en las mejores condiciones para…

—En efecto, no lo está. No obstante, Su Alteza Real detesta que lo hagan esperar una vez que toma una decisión, así que sígame.

Sin esperar una respuesta por su parte, desapareció en el interior del palacio. Niamh fue tras ella, aunque volvió a detenerse de golpe bajo el marco de la puerta. Ante ella se encontraba un mundo nuevo, tan brillante y desconocido como el Domhan Síoraí, el reino de los Justos. Dejó escapar el aliento.

—Oh.

Aquello iba más allá de su imaginación. Cada rincón rezumaba elegancia y opulencia, desde los grabados en los muros hasta las telas de los tapices y cortinas. Y los muebles centelleaban. Había incrustaciones de oro en los cojines, cabezas de león de bronce en las patas de las sillas, y la decoración en espiga del suelo de palisandro... Sintió que debía disculparse con él por obligarlo a soportar las pisadas de sus sucias botas de viaje.

—¡No hay tiempo para quedarse pasmada!

—¡Lo siento!

El ama de llaves la guio a través de uno de los pasillos. Y, por los dioses, era muy rápida. Estuvo a punto de tropezarse un par de veces en su intento por seguirle el ritmo.

A medida que avanzaban, los sirvientes casi se arrojaban hacia los lados para dejarlas pasar y se quedaban rígidos; algunos de ellos incluso se inclinaron en su dirección, como si la señora Knight fuera el mismísimo príncipe regente. Otros, no obstante, se quedaban mirándola con un desdén que apenas se esforzaban en ocultar. Niamh, alarmada, mantuvo la vista fija en los hombros de su guía. Estaba claro que no todo el mundo tenía a sus superiores en estima.

Por fin, se detuvieron ante una puerta que le doblaba la estatura. Había una estatua dorada en lo alto que representaba a un halcón con las garras estiradas hacia ellas. Se le antojó un tanto excesiva, pero el mensaje quedaba claro. Era un presagio.

—Su Alteza la recibirá aquí —le hizo saber la señora Knight—. Será así como se dirigirá a su persona, y más tarde como «señor». ¿Queda claro?

Asintió. Nunca había imaginado que la condescendencia podría resultar así de acogedora. Sentía un nudo en el estómago, la garganta seca por completo, y deseó ser capaz de aguantar las ganas de vomitar sobre aquella preciosa alfombra. Eso la enviaría de vuelta a Caterlow. O directamente a la prisión de deudores.

Calma, se dijo a sí misma como tantas veces lo había hecho su abuela. *Si te mantienes en calma, te equivocarás mucho menos.*

Afianzó los pies contra el suelo y sacudió las manos para deshacerse de los nervios. Después, tras tomar una gran bocanada de aire, entró en el salón.

Justo en el momento en el que abrió la boca para anunciar su llegada, tropezó con un pliegue de la alfombra. Ahogó un gritito de sorpresa y se esforzó por estabilizarse antes de que lo siguiente fuera caer de cabeza en uno de los inmensos jarrones repletos de flores que se esparcían a ambos lados.

—¿Se encuentra usted bien?

La pregunta, con cierto deje de alarma, vino de parte de Su Alteza Real, el príncipe regente de Avaland. Niamh sintió cómo las mejillas le ardían.

—Sí, Alteza. Agradezco su preocupación.

Cuando fue capaz de hacer acopio de toda su entereza para alzar la mirada, él ya se había puesto en pie. No debía de tener más de treinta años, pero su porte, adusto y cansado, lo hacía parecer veinte años mayor. Su pelo era castaño oscuro y se lo habían peinado con esmero; no había ni un solo mechón fuera de su sitio. Llevaba un traje negro, simple y recto. Ni siquiera su anillo de bodas, que no consistía en más que un aro dorado, mostraba una sola señal de desgaste por el uso. Todo en él, desde sus cejas hasta los pómulos marcados, gritaba orden. Era una estatua tallada en mármol que encajaba a la perfección en aquel palacio construido siglos atrás.

Sin embargo, no era él de quien no pudo apartar la vista, sino del joven que se encontraba a su lado. Debía de tener pocos años más que ella; diecinueve, quizás. A la luz de la mañana, sus ojos dorados ardían con una intensidad que casi rozaba la hostilidad. Y, cuando encontraron los suyos, tuvo la sensación de que el corazón se le detenía en el pecho. Se vio obligada a apoyarse en el respaldo de una de las sillas.

Sus rasgos eran afilados como el filo de una espada y le daban un aspecto... Bueno, lo habría descrito como peligroso, pero en realidad tenía la constitución de una aguja. Podría haberlo partido en dos de haber querido. Llevaba puesto un frac negro con unas solapas muy peculiares sobre un chaleco color carbón y una corbata anudada con sencillez. Nunca había sentido especial inclinación por las paletas monocromáticas —le parecían pasadas de moda, por no decir aburridas; en especial, para el día a día—, pero habían confeccionado sus ropas con tanta destreza que ni siquiera le dedicó un pensamiento de más. Llevaba el cabello, tan oscuro como la tierra húmeda, recogido en un moño bajo.

Era el hombre más apuesto que había visto en su vida.

No obstante, en cuanto separó los labios y habló con una arrogancia heladora, el hechizo se desvaneció:

—¿Y *usted* quién es?

2

*D*ebía de haberlo escuchado mal.

O quizás estaba tomándole el pelo. Sí, tenía que ser eso. No era posible que alguien, y mucho menos un noble, fuera tan extremadamente grosero. Aun así, su expresión no varió un ápice, ni siquiera cuando Niamh se forzó a reír; se mantuvo en el sitio, con los brazos cruzados y la mirada clavada en ella. Le pareció que estaba retándola. Y también tendiéndole una trampa.

Solo una necia mordería el anzuelo.

—Niamh Ó Conchobhair. —Trató de inclinarse lo máximo posible, esperando que fuera lo correcto y arrepintiéndose de no haber escuchado a Erin mientras le hablaba de la alta sociedad avalesa y su absurdo protocolo de formalidad—. Es un honor presentarme ante usted.

Aquello no pareció suficiente para responder a su pregunta. De hecho, sintió que le desagradaba incluso más.

—No me cabe duda —replicó y, después, se dirigió hacia el príncipe regente—. ¿Se puede saber qué estoy haciendo aquí?

—Esta joven —respondió— será tu costurera, Kit.

Tu costurera.

Toda la sangre le abandonó el rostro. Ese joven tan desagradable era el hermano del príncipe regente. El segundo hijo del rey de Avaland. El príncipe Christopher, duque de Clearwater. El futuro esposo.

Aunque él ni siquiera se dignó a volver a mirarla.

—Ah. Así que me has organizado una encerrona.

—No pensaba que una simple presentación fuera a suponerte tan terrible afrenta. —Después, el regente bajó la voz—: Perdóname por creer que tal vez te gustaría hablar con ella antes de que procediera a tomarte las medidas.

—Claro, porque ¿cómo ibas a haber pensado lo contrario? —Su expresión se volvió incluso más airada; cada sílaba que pronunciaba estaba cargada de resentimiento—: Lo único que hago es seguir tus órdenes.

Fue entonces cuando Niamh lo escuchó: un trozo de cerámica que se quebraba y caía contra el suelo. Se volvió de inmediato en su dirección y estuvo a punto de dar un respingo.

El acebo que reposaba en una de las macetas de las esquinas del salón había comenzado a crecer y, mientras las raíces trataban de abrirse paso por el hueco roto, las venas de sus hojas refulgían en dorado. Se disponían a la perfección unas sobre otras, como arreglos florales. Parecía ser que la ira del príncipe regente era tan precisa y meticulosa como todo él.

Consiguió recuperarse lo suficiente del asombro como para desear haber mantenido la boca cerrada.

Con cada nueva generación, la magia desaparecía poco a poco. Y, en la actualidad, no era común encontrar resquicios tan poderosos como aquel.

En absoluto.

Durante toda su infancia había escuchado historias de terror que hablaban de las capacidades mágicas de la familia real avalesa, los Carmine. Cómo habían provocado la plaga que había asolado su país. Cómo, durante la Guerra de la Independencia machlandesa, habían hecho surgir de la mismísima tierra zarzas que habían atravesado a sus hombres como si de bayonetas se trataran. Siempre había creído que no eran más que exageraciones. En aquel momento, sin embargo, supo que eran reales.

Aun así, le resultaba imposible comprender cómo el rey podía haber sido capaz de usar todo ese poder de forma tan despiadada. Si no lo hubiera hecho, no habrían obligado a tantísimas personas a subirse a un barco para marcharse de su hogar. Su familia no habría tenido que sufrir tanto y no habría tenido que dejar atrás todo cuanto conocía para ayudarlos. De repente, un ramalazo de rabia la recorrió de arriba abajo. Incluso ella misma se sorprendió.

No obstante, el príncipe regente parecía demasiado centrado en su hermano como para prestarle atención. Le escuchó dejar escapar un suspiro y el centelleo dorado que había cubierto sus pupilas desapareció. Fue entonces cuando regresó la viva imagen de la compostura.

Casi como si eso lo hubiera convocado, un sirviente surgió de entre las sombras, sacó un par de tijeras de podar del bolsillo que tenían sus ropas a la altura del pecho y comenzó a repasar las hojas de acebo hasta que alcanzaron un tamaño más razonable. Aquello se encargó de rellenar el silencio. Al cabo de un rato, otro sirviente apareció para encargarse de barrer los fragmentos rotos de la maceta.

—Continuaremos nuestra discusión más adelante. En privado. —Tras sus palabras, el regente se dirigió a Niamh. Su expresión mostraba el respeto con el que se presentaría ante una mujer noble; no ante una joven machlandesa. Y la verdad era que, tras la oscuridad que había sumido sus pensamientos y el trato que le había dado el ama de llaves, la pescó desprevenida—. Lamento profundamente el comportamiento de mi hermano, señorita O'Connor. Parece haberse olvidado de dónde nos encontramos.

El aludido dejó escapar un sonido que no podría haberse considerado una risa.

—Lo que sea que tenga que decirme puede decírmelo aquí.

La indignación la golpeó en el pecho. Era una *persona*, no un mueble ni un peón en esa ridícula guerra que ambos se traían entre manos. De hecho, quizás él debía replantearse si de verdad podía tratar a su hermano —y, en concreto, al gobernante de facto de aquel reino— con tanta insolencia delante de una desconocida. Sin detenerse siquiera a pensarlo, dijo:

—Entiendo, entonces, que no está usted demasiado interesado en la moda.

El aire se cargó de tensión. Ambos príncipes la contemplaron con genuino asombro; tuvo que esforzarse para no amedrentarse.

Dioses. ¿Qué acababa de hacer?

No obstante, Christopher no tardó en volver a fruncir el ceño.

—No. La considero una pérdida de tiempo.

Su cortante respuesta la sobresaltó. Ni siquiera se había molestado en fingir decoro; no, había decidido insultar su trabajo. Con toda la gentileza que fue capaz de reunir, replicó:

—A mí, personalmente, me apasiona.

—Ah, ¿sí?

Por alguna razón, en aquella ocasión había cierta curiosidad en su tono, lo cual le agradó lo suficiente como para meditar cómo contestar.

Podía hacerlo de cientos de formas distintas: con que coser era lo único que se le daba bien o con que era la única que había obtenido el don de su familia en dos generaciones y que le correspondía preservarlo para que no terminara por extinguirse. O con que, a pesar de toda la presión, las largas horas de trabajo y las lágrimas que había derramado, no había nada en el mundo que la llenara tanto como hacer felices a los demás.

Al final, se decidido por algo prudente aunque cierto:

—Me gustan las cosas bonitas. Y me gusta crearlas para que los demás se sientan también de ese modo.

—Vaya estupidez. —Habló de pronto con tanta frialdad y desdén que fue como si le echaran sal en una herida abierta—. ¿De qué sirve dedicar la vida a la belleza? No es más que el objeto de interés de aquellos estúpidos que lo único que saben hacer es pavonearse por ahí y atragantarse con sus halagos.

Niamh retrocedió. No era solo que fuera grosero; estaba siendo cruel. Y, si era franca, le parecía completamente ilógico. Era él quien iba a casarse. Era él quien en ese mismo momento llevaba unos zapatos que costaban más de lo que ella ganaba en un solo mes. Era suyo el chaleco de seda que casi suplicaba aparecer en un pasquín de moda. ¡Seda! En pleno verano, nada menos.

Deseó que estuviera muriéndose de calor. Deseó que…

—Muestra más respeto hacia nuestra invitada, Christopher —intervino de pronto el regente—. No pertenecerá a la aristocracia, pero tiene sangre divina.

Jamás había escuchado ese término, «sangre divina». Aun así, era obvio a qué se refería: a su *ceird*, a su don. A la magia. Quizás los avaleses creían también que procedía de los dioses. Aquello significaría que sus mitos se parecían más a los suyos de lo que le habían hecho creer.

Hacía muchos años, según la leyenda, cientos de dioses habían cruzado el mar para llegar a Machland y la habían convertido en su hogar, pero, antes de esconderse tras el velo del Domhan Síoraí, varios habían tomado a algunos humanos como sus amantes, lo cual había dotado de magia a su descendencia. Aquellos que desarrollaban un *ceird* afirmaban que su estirpe provenía de uno de los Justos.

De Luchta, capaz de crear espadas y escudos que determinaban el desenlace de las batallas; de Dian Cecht, cuyos remedios

podían sanar toda herida; de Goibnu, cuyos banquetes sacia-
ban el hambre de cualquier hombre durante una década completa; de Bres, que podía poner fin a cada enfrentamiento con
nada más que su lengua de oro; de Delbaeth, que arrojaba
fuego por la boca como los dragones. O, por supuesto, de
aquella que le había dado nombre: Niamh, la diosa de la Tierra de la Eterna Juventud. Lo cual siempre le había parecido
irónico; una broma de mal gusto.

—Como quieras, Jack. —Regresó a ella—. Veamos, pues,
qué tiene que ofrecer.

No le pasó desapercibida la amenaza implícita: *Deme una
razón para no enviarla al primer barco de vuelta.* No era que su-
piese que era superior a ella; era que se consideraba como tal.

Desde que había recibido la invitación del príncipe regente, había tenido claro que se trataba de una prueba más, no de
una recompensa por todo lo que había logrado. En aquel lugar, como plebeya, como machlandesa, tendría que trabajar el
doble para asegurarse el sustento.

La determinación se encargó de prenderle fuego al miedo;
lo único que quedó, ardiente en su interior, fue la necesidad de
no solo demostrarse a sí misma lo que valía, sino también a él.

—Será un placer. —Las palabras escaparon más afiladas
de lo que pretendía—. Pero necesitaré que alguien me haga
llegar mis pertenencias.

El príncipe regente —Jack— apenas tuvo que alzar un dedo
para lograr que uno de los sirvientes abandonara el salón de
inmediato.

—Tome asiento y póngase cómoda, si lo desea. Le llevará
un momento.

Se dejó caer con delicadeza justo en el borde de una silla.

—Se lo agradezco, Alteza.

Un minuto más tarde, el sirviente estuvo de vuelta con su
maletín. Niamh comenzó a rebuscar en el interior. No llevaba

demasiado consigo, y no pudo evitar pensar en lo vulgar que debería parecer su vida allí. Acabó sacando el bastidor de bordado, un par de tijeras, el alfiletero y un carrete de hilo, que midió y cortó. Una vez que se atrevió a alzar la mirada de nuevo, descubrió que el príncipe Christopher la contemplaba con una intensidad que estuvo a punto de hacerle perder los nervios.

No, se reprendió. *Vamos a dejarlo con la boca abierta.*

Su magia no era especialmente llamativa. En el pasado, tanto tiempo atrás que resultaría imposible determinarlo, una sola capa confeccionada por un Ó Conchobhair habría logrado arrodillar ejércitos enteros. No obstante, ella no buscaba cambiar el mundo; sus clientes acudían a ella tanto por sus diseños como por su don, que dotaba todo aquello que salía de sus manos de un sutil impulso. Nadie había sido capaz de describirlo de ninguna forma que no fuera que, cuando veías a alguien que llevaba una de sus prendas, sentías *algo*.

Había logrado transformar a una joven viuda en la viva imagen de la pena. Había conseguido que las jóvenes más tímidas pudieran desaparecer entre los rincones en mitad de un baile. Y, hacía dos años, había convertido a Caoimhe Ó Flaithbertaigh en duquesa.

Tomó aire despacio. Podía hacerlo.

Un alfiler mantenía el pañuelo en el que había estado trabajando durante el largo camino hasta Avaland enganchado al bastidor, a medio terminar. Le había bordado a conciencia unas florecillas tan vívidas que, sujetas y olvidadas en aquel trozo de seda, casi parecían reales. Al fin y al cabo, había usado treinta hilos de distintos colores. Solo con mirarlo, sintió que la embargaba la sensación de nostalgia por todo aquello que había tenido y después perdido.

Mientras la magia vibraba en su interior, pensó en el verano. En Caterlow, era la mejor estación del año; adoraba ver a los niños correr descalzos por el campo y sentir cómo la brisa marina le acariciaba la frente cubierta de sudor. Siempre le había parecido que aquellos días estaban repletos de posibilidades infinitas y de inagotable felicidad.

Dejó cada uno de esos recuerdos, que la habían mantenido a flote sobre las negras olas del mar machlandés, impresos en la tela.

Estaba lista.

Notó algo punzante, no más doloroso que la punta de una aguja, en el pecho y, entonces, su magia se liberó. El hilo comenzó a brillar como si sostuviera un delicado rayo de sol entre los dedos y su resplandor bañó el salón, los marcos de los retratos y los botones de bronce que decoraban los divanes.

El príncipe Christopher dejó escapar algo, tal vez una palabrota, aunque fue tan bajo que apenas lo escuchó.

Todo a su alrededor había desaparecido, excepto ellos dos y aquel resquicio de delicado anhelo que permanecía hilado en el ojo de la aguja. Él separó los labios y la magia le iluminó los ojos. Niamh sintió la caricia cálida tras el cuello y cómo el estómago se le revolvía. Habría jurado que su expresión se colmaba de asombro, maravillada.

Pero sabía que no era así; debía de estar imaginándoselo.

Apartó la mirada y comenzó a decorar la tela con unos pequeños ornamentos dorados. Al terminar, contempló el resultado; parecía que el mismísimo sol bailaba sobre los pétalos de las flores y que las hojitas estaban cubiertas de rocío. Con sumo cuidado, cortó el hilo sobrante y desenganchó la pieza del bastidor.

—No es ninguna locura, pero no quería obligarlos a permanecer aquí todo el día. —Extendió la mano hacia Christopher—. Espero que esto le sirva para hacerse una idea de lo que puedo hacer.

En cuanto él se estiró para tomar el pañuelo, le pareció cinco años más joven. Casi pudo leer el recuerdo que le nubló los ojos, cómo lo transportaba a algún lugar lejano; sin embargo, el efecto desapareció antes siquiera de lo que dura un parpadeo. De pronto, lo arrojó al suelo como si se hubiera quemado.

Niamh sintió que el corazón se le detenía al ver la tela arrugada ante ella. Él también la contempló durante un instante más; su cuello había comenzado a tornarse rojo.

—Eso —escupió— es solo un truco.

Su hermano, al menos, le evitó sufrir la humillación de tener que defenderse:

—No dirás una sola palabra más. La señorita O'Connor es la mejor costurera que he encontrado. Y no tendrás nada menos que lo mejor.

Christopher se alzó de su asiento con la ácida hostilidad de un animal acorralado. El príncipe regente le sacaba una cabeza entera y, aun así, su rabia se encargó de rellenar toda la estancia:

—Antes iría desnudo a mi boda que con cualquier cosa en la que ella hubiera puesto los ojos siquiera.

El enfado y la confusión la recorrieron de arriba abajo, ardientes, y la hicieron temblar en su intento por contener las emociones. Los ojos se le llenaron de lágrimas. Un *truco*, eso había dicho.

Niamh había aprendido a coser con su abuela antes incluso de empezar a caminar. Había dedicado toda su vida a perfeccionar su don; era lo más puro y real que había conocido jamás. Había abandonado un trazo de su propia alma en aquel pañuelo, y él había reaccionado como si hubiera escupido a sus pies. Aunque lo que le dolía de verdad era que ni siquiera había tenido la decencia de dirigirse a ella.

Ni siquiera la había mirado.

—Suficiente —determinó Jack—. He tomado una decisión. No hay un solo miembro de la corte que no se haya enamorado ya de su trabajo. Y el rey de Castilia y su hija llegarán en dos días. Has permanecido demasiado tiempo apartado del palacio, hermano. Lo mínimo que espero es que trates de dar buena impresión.

La expresión de Christopher abandonó su rostro; sin embargo, para su sorpresa, no dijo nada. *¿Apartado del palacio?* No era extraño que los nobles jóvenes se marcharan a recorrer distintos países, pero la forma en la que lo había dicho… Sonaba casi como a un castigo.

—Y en cuanto a usted, señorita O'Connor —continuó diciendo con cierta desgana—, cualquier cosa que necesite, comuníquesela a los miembros del servicio y me encargaré de que le sea entregada. En caso de que, por supuesto, no haya decidido cambiar de opinión.

—En absoluto, Alteza. Se lo agradezco. —Lo dijo tal vez demasiado alto. En un intento por remediarlo, le dedicó una reverencia—. No desperdiciaré esta oportunidad.

En ese mismo instante, alguien golpeó con suavidad la puerta, que se abrió apenas unos centímetros. Después, escuchó una voz:

—Un mensaje para Su Alteza Real.

—No se quede ahí como un pasmarote. Entre. —El príncipe regente cerró los ojos, como si estuviera tratando de alcanzar su reserva interna de paciencia—. ¿De qué se trata?

La puerta se deslizó lo suficiente como para permitirles ver al joven paje, que reposaba bajo el marco con la vista fija en el suelo. Tenía un sobre bien sujeto entre los dedos.

—Ha llegado otra carta de parte de la señora Helen Carlile, mi señor.

—Por todos los… ¿Otra? ¿Me ha interrumpido por otra carta de Helen Carlile?

Echó a caminar en su dirección y se la arrebató de un tirón. El paje se estremeció. *Pues hasta aquí los modales de la corte*, pensó Niamh.

—Lo siento, mi señor. Es la tercera en cuestión de unos días. He supuesto que sería importante.

—Pues sus suposiciones eran erróneas. —Rompió el sobre por la mitad—. Hoy no tengo tiempo para su palabrería. O, bueno, ni hoy ni ningún otro día. La próxima vez que reciba uno de esos, devuélvalo. No quiero volver a oír pronunciar su nombre entre estas paredes; ni el de Lovelace, ya que estamos, ¿queda claro?

—Sí, mi señor. —No se marchó de inmediato. Echó un vistazo rápido hacia su hermano y luego hacia Niamh, como si le diera miedo haber hablado demasiado—. Hay algo más. Es sobre el ayuda de cámara, señor... Pensé que querría saberlo cuanto antes, dadas las circunstancias.

Jack murmuró algo para sí. Durante un momento, pareció cansado, pero al siguiente parpadeo su expresión estoica había regresado.

—De acuerdo. Haga llamar a la señora Knight de inmediato; lo recibiré en mi despacho.

—Sí, mi señor.

—Bien. Puede marcharse. —En cuanto la puerta se cerró tras el joven, dejó escapar el suspiro más largo que Niamh había escuchado en su vida—. Ruego que me disculpen.

¿Cómo era posible que un ayuda de cámara y una sola mujer le causaran tanta frustración? ¿Y quién sería ese tal Lovelace?

Dirigió la vista hacia el príncipe Christopher, casi con la esperanza de que así fuera a obtener alguna pista, pero sus ojos estaban fijos en la espalda de su hermano. Rezumaban odio. Se le cortó la respiración; no se trataba de la inquina que en ocasiones los niños profesaban hacia sus hermanos mayores. No. Aquel odio era tan crudo como una noche de invierno y estaba bien arraigado. Debía de guardarle rencor desde hacía mucho tiempo.

Al ver que se lo había quedado observando, frunció el ceño.

—¿Qué mira?

—No... —La boca se le quedó abierta. Se prometió que cualquier día de esos le clavaría una aguja. Además, era él quien lo estaba haciendo en todo caso—. ¡No lo estoy mirando!

—Muy bien.

Y, sin más, se puso de pie y abandonó el salón.

Niamh se llevó las manos al rostro. Aquella era la oportunidad de su vida y, aun así, le habían asignado al cliente más irascible e inaccesible del universo. Por supuesto. Quizá, sí, era la oferta perfecta, sacada de un cuento de hadas; una trampa hermosa, como una manzana de cristal llena de veneno. Justo como su abuela le había advertido.

Nada estaba yendo como había soñado.

3

*A*penas unos instantes después de que Christopher se marchara, una sirvienta que se presentó como Abigail acudió a su encuentro para llevarla hasta su dormitorio. Estaba tan inmersa en sus pensamientos cíclicos que se golpeó de lleno con el marco de la puerta; lo bastante fuerte como para que su guía se detuviera y le preguntara si se encontraba bien. Cualquier tipo de respuesta coherente, sin embargo, se desvaneció en cuanto sus ojos recayeron en la estancia.

Las gruesas cortinas permitían que la luz del mediodía se desparramara por doquier y centelleara en contacto con las cuentas que pendían de la lámpara, dibujando delicados patrones arcoíris en la moqueta del suelo. Y, aunque tuvo que esforzarse al máximo para no lanzarse a la cama, el simple hecho de contemplar el lino inmaculado de las sábanas le pareció un pecado capital. Desde la distancia, era capaz de apreciar la meticulosidad con la que habían sido bordadas; incluso las habían adornado con la rosa del escudo de armas de la Casa Carmine en hilo blanco.

—¿Le gustaría darse un baño?

Fue consciente del tacto con el que Abigail pronunció la pregunta.

—Por favor. Me encantaría.

En cuestión de unos minutos, toda una congregación de criados se había encargado ya de cargar con una bañera hasta allí y habían colocado sus patas en forma de garra junto a la chimenea. Después, Abigail le llevó un carrito repleto de elegantes botellas de cristal y extendió el biombo para darle privacidad.

—Llámeme si necesita cualquier cosa, señorita.

Y, tras ello, la dejó sola.

De inmediato, sintió que se le formaba un nudo en la garganta y que le picaban los ojos. *No llores*, se dijo. Odiaba llorar cada vez que se enfadaba o se estresaba. No obstante, una vez que comenzó ya no pudo parar. Las lágrimas le recorrieron las mejillas y ni siquiera se molestó en apartárselas. Lo único en lo que podía pensar era en los ojos ambarinos de Christopher Carmine fijos en ella como si se tratase de una rata que acabara de colarse en la bodega; lo único que escuchaba era el desprecio en su voz.

Una estúpida que lo único que sabe hacer es pavonearse por ahí y atragantarse con sus halagos. No sabía *nada* de ella.

Antes de abandonar Caterlow hacía ya tres días, su madre había tomado su rostro y le había dicho: «La temporada puede llegar a ser peligrosa para una joven como tú. Si realmente deseas ir, *a stór*, no voy a impedírtelo, pero quiero recordarte que nuestro bienestar no es responsabilidad tuya».

Recordaba el tacto de sus dedos en la barbilla, los callos en las puntas tras décadas dedicadas a la costura y las articulaciones desgastadas por todas las horas de trabajo. La había mirado a los ojos, caídos y azules como los suyos, y se había fijado en las primeras arrugas que se le dibujaban en los bordes. Por primera vez, se había dado cuenta de que ya no era una mujer joven.

Y sí. Claro que el bienestar de ella y de su abuela era su responsabilidad. En especial en aquel momento, que se encontraba en Avaland, en el mismísimo hogar de la familia que se había encargado de dejarlos al borde del abismo. Una nueva bocanada de culpa la dejó sin aliento.

Su país había sufrido setecientos años de mandato avalés. Tal y como habían afirmado los primeros colonizadores, Machland era una tierra productiva y abundante; no había forma de agotarla. Antes de su llegada, durante el tiempo que sus habitantes habían podido campar a sus anchas, sus recursos habían comenzado a extenderse sin control; no obstante, sabían que, con el cuidado adecuado, comenzarían a dar sus frutos. Con el paso de los siglos, los avaleses habían ansiado conseguir cada vez más y más y habían exportado todo a su tierra natal; no les habían dejado nada a las personas encargadas del cultivo.

Habían exprimido cada uno de sus bienes hasta que no habían quedado ni los restos. Y después había llegado la plaga. La gota que colmó el vaso.

En Avaland hablaban de ella como un terrible accidente; para Machland, había sido una masacre.

Los avaleses consideraban que el barbecho era innecesario si podían contar con la magia de los Carmine, así que habían explotado la tierra hasta que ya no habían podido producir nada más. Un año, las cosechas se habían marchitado. Al siguiente, igual. Y al de después también.

Y, a pesar de que la sangre de la familia real se había encargado de mancillar su país, el rey, el padre de Christopher y Jack, no había movido un dedo. Se había quedado mirando mientras un millón de personas moría de hambre y el otro millón abandonaba la isla. La rebelión que había estallado después había sido sangrienta y rápida. Durante veinticinco años, Machland había logrado gobernar, pero no había una sola alma viviente que hubiera olvidado ni perdonado.

Niamh había crecido rodeada de todos aquellos fantasmas. Y siempre se había esforzado al máximo para aligerar el peso que cargaban su madre y su abuela y atenuar el recuerdo del pasado, que aún las atormentaba. Había decidido que se mostraría feliz cada día, justo porque sabía lo terrible que podía llegar a ser todo; sonreía porque no podía soportar que ninguna de ellas pensara por un momento siquiera que le habían fallado en algo.

De modo que sí, por supuesto que era su responsabilidad preocuparse por ellas después de lo que habían tenido que vivir. Tratar de ofrecerles lo que nunca habían tenido, ayuda y comodidades, era lo mínimo que podía hacer.

Ser buena persona era lo mínimo que podía hacer.

Cuando el llanto se detuvo por fin, se enjugó las lágrimas, se desató el vestido y el corsé y se introdujo en la bañera. El agua, tan caliente que casi dolía, le acarició las pantorrillas. El vapor formaba nubes a su alrededor que olían a lavanda y romero. Con cuidado, se agachó hasta que el agua le llegó por la barbilla y solo entonces deseó —por el bien de su conciencia, al menos— poder disfrutar del baño.

Nunca había hecho nada tan lujoso como aquello; en Caterlow, usaban jarros y una palangana para asearse. Y, en realidad, le parecían bastante más prácticos.

La suciedad, aunque prefirió no fijarse demasiado, fue abandonando su cuerpo poco a poco y, por suerte, también lo hizo la tensión. Extendió una mano para atrapar un cepillo que había en el carrito y comenzó a desenredarse el pelo. Se extendía por el agua, tan oscuro que apenas se diferenciaba de ella. Con miedo creciente, dirigió la vista a la sección plateada que se lo recorría.

Seguía igual que siempre, pero sabía que pronto…

No. No merecía la pena preocuparse antes de tiempo.

No estás enferma hasta que estés enferma.

Tras soltar un suspiro, comenzó a cepillarse tras el hombro para no tener que volver a verlo. Colocó los brazos en los bordes de la bañera y apoyó la mejilla en uno de ellos. Sintió el frío del cobre contra la piel, pero el fuego de la chimenea, que crepitaba con calma, lo contrastaba.

En apenas unas semanas, todo aquello habría terminado. Con el dinero que ganaría, podría traer a su familia a Sootham. Quizá su abuela no se mostraría demasiado contenta con la idea de primeras, pero sabía que no tardaría en darse cuenta de que allí tendrían una vida mejor; acabaría apreciando la belleza que había, por frívolo que pudiera ser todo.

Eso, claro, dando por hecho que lograba hacer algo lo bastante prodigioso como para cautivar incluso a alguien tan cínico como Christopher Carmine.

Algo más tarde, Niamh abrió la puerta de su dormitorio. La luz del sol de la tarde, que atravesaba las ventanas, pintaba el pasillo del tono rosáceo húmedo de una herida.

No tenía ni idea de dónde podían estar las cocinas, pero no creía que fuera a ser demasiado difícil encontrarlas. Si había algún sitio en el que pudiera estar Erin, era allí. Hacía mucho tiempo, el clan Ó Cinnéide había destacado por sus poderes curativos: elaboraban un tipo de elixir capaz de salvar a hombres al borde de la muerte y una pócima que regeneraba miembros cercenados.

Lo más impresionante que su amiga había conseguido preparar en su vida había sido una taza de té que le había calmado el dolor en las articulaciones durante un par de horas, aunque, eso sí, las tartas le salían deliciosas.

En mitad de su camino hacia las escaleras, escuchó un ruido —una especie de bramido, si hubiera tenido que describirlo de alguna forma— que venía desde el piso inferior. Y, entonces, estalló el caos.

Una mezcolanza de pisadas y voces comenzó a rebotar contra el suelo de madera y a extenderse por doquier. Niamh se aferró a la barandilla y echó un vistazo hacia abajo. Mucho más allá, tandas y tandas de sirvientes avanzaban a toda velocidad, cargados con platos, bandejas y una vajilla tan pulida y reluciente como el acero de una armadura. No pudo evitar asombrarse con toda aquella agitación ni pensar en lo fácil que lo tendrían si contaran con un *ceird*.

En Caterlow, había gente que podía hacer que los objetos llegaran a sus manos desde cualquier rincón y levantar tres veces el peso de un ser humano. Había escuchado que allí, entre las clases bajas avalesas, había casos de personas con poderes, pero eran excepcionales. Le parecía estúpido que la gente que tenía que llevar a cabo trabajos físicos no recibiera asistencia mágica.

Qué raro, pensó de pronto. *Tampoco parece haber ningún criado con poderes.*

—¡Eh! ¿Qué estás haciendo ahí?

Sobresaltada, se dio la vuelta para recibir la mirada de una mujer joven que llevaba una cesta con ropa de cama apoyada en la cadera. Haciendo gala de su brillante inteligencia, preguntó:

—¿Quién? ¿Yo?

Sin embargo, pareció que ni siquiera la había escuchado.

—El príncipe regente se encuentra de un humor terrible últimamente, ¿sabes? Imagino que no querrás que te encuentre deambulando por aquí, mirando a la nada como si nos sobrara personal.

Estaba claro que debía de haberla confundido con una criada. Niamh se balanceó sobre sus piernas con la vista fija en ella.

—No, señora. Lo siento, señora.

—Entonces, a trabajar. Y que parezca que tienes sangre en las venas.

Estuvo a punto de obedecer, pero en ese instante se dio cuenta de que podía aprovechar ese momento para recabar información.

—Disculpe, señora; quería saber si trabaja aquí una chica llamada Erin Ó Cinnéide.

—Erin —repitió ella. Había apretado los labios, pensativa. Sin embargo, su expresión se volvió sombría en cuanto reparó en a quién se refería—. Sí. Trabajaba aquí, pero se marchó. Hará unos dos días.

¿Se había ido? Era imposible.

—Ah, ¿sí? ¿Por qué?

—Ya me dirás tú —respondió, cortante, y después pasó por su lado, murmurando algo sobre lo vagos que eran los machlandeses entre dientes.

Después de la conversación con el príncipe Christopher, no le quedaba energía para tomarse aquello como algo personal siquiera. Y mucho menos en aquel momento. Se había quedado a cuadros.

Erin parecía contenta en Sootham; en todas sus cartas —en sus muchísimas páginas— había visto reflejado el ingenio, el humor, la serenidad y la inteligencia que la caracterizaban. Si hubiera querido regresar a Caterlow, o si no hubiera estado cómoda allí, lo habría mencionado. No tenía ninguna duda.

Aunque, en realidad, con lo mal que funcionaba el servicio postal, era bastante probable que se hubiera marchado de casa antes de que hubiera llegado la carta concreta en la que le decía aquello.

Decidió que le escribiría de inmediato, que llegaría al fondo del asunto. Sin embargo, fue entonces cuando el estómago comenzó a rugirle y su decisión dio un pequeño giro: primero iría a comer algo, aunque fuera ya tarde.

Cuanto más se aventuraba en el interior del palacio, mayor parecía ser el caos. Los lacayos llevaban de aquí para allá arreglos florales y lámparas, e incluso vio una escultura tallada en hielo. Algunos, subidos en escaleritas precarias, se tambaleaban mientras trataban de colocar velas en cada superficie libre. Las damas se afanaban en sacar brillo a los espejos; tanto que, al pasar por delante, un destello de luz rebotó en uno de ellos y alcanzó sus ojos. Cegada por un instante, acabó chocándose contra un pobre hombre que pasaba por ahí, centrado en sus propios asuntos.

Exclamó un «¡Lo siento muchísimo!» al mismo tiempo que él decía:

—Eh... ¿No es usted Niamh O'Connor?

Dio un paso atrás para observarlo.

El joven que se encontraba ante ella conocía el poder que otorgaba una buena vestimenta: llevaba un frac de color azul pálido con unos puños que le alcanzaban los nudillos al estilo jailleano y un chaleco de cuello alto que mostraba un patrón de rombos. Remataba el conjunto con un par de guantes color turquesa y un pañuelo atado al cuello que combinaba con ellos a la perfección. Incluso se había arreglado el cabello rubio a conciencia, dándole un efecto despeinado a base de cantidades ingentes de pomada.

Se trataba de un noble, sin duda, a juzgar por la fingida falta de interés escondida en su acento digno de cuento de hadas.

Se esforzó por no sonar demasiado sorprendida:

—¿Me conoce?

—Por supuesto que la conozco. He sido un gran admirador de su trabajo desde que logró cautivar a la alta sociedad hace ya dos temporadas. De hecho, vestir una de sus prendas sería para mí un sueño.

—Oh. —De pronto, se sentía hasta nerviosa—. Se lo agradezco enormemente. Sería un placer confeccionar algo para usted en cuanto tenga un hueco.

—No se comprometa a nada todavía. —Su sonrisa adquirió un ángulo un tanto pícaro—. Esta tarde he estado dando un paseo a caballo con el príncipe Kit y he escuchado cosas fascinantes sobre usted.

La simple mención de su nombre se encargó de arrebatarle la capacidad de lenguaje y cada brizna de sentido. Pensaba que había conseguido deshacerse de toda la rabia llorando, pero la sintió renacer en su interior. Debió de reflejarse en su rostro, porque él añadió:

—Veo que ha tenido una muy buena primera impresión de él.

Maldita sea. Ahora tendría que fingir. Según los cuentos que había leído, los príncipes eran caballerosos y románticos; no obstante, dos de los dos únicos que había conocido en la vida real habían demostrado ser unos excéntricos.

—Oh, sí. Fue encantador.

A sus palabras, la compostura del joven se quebró. Dejó escapar la carcajada menos aristocrática que había escuchado jamás.

—Debe de ser usted la mismísima santa Imogen si realmente lo cree. —Se sacó un pañuelito, con un precioso patrón, parecido al de su chaleco, del bolsillo delantero y se dio unos toquecitos en los ojos—. Gracias. Lo necesitaba.

—De… nada —respondió, casi como una pregunta.

—¡Ah! Pero ¿dónde están mis modales? En ocasiones me olvido de ellos; en especial, en presencia de jóvenes hermosas. —Le dedicó una sonrisa cargada de ironía, como si tratara de hacerle ver que estaba teatralizando el momento, y extendió una mano en su dirección—. Gabriel Sinclair.

Niamh colocó la suya encima y deseó no sonrojarse mientras él besaba el aire a escasos centímetros de sus nudillos.

—Es un placer conocerlo, lord Sinclair.

—Llámeme solo «Sinclair», por favor. —Su agradable sonrisa se desvaneció—. Parece algo perdida. Podría indicarle el camino a donde desee ir, si lo necesita.

Bueno, al menos había *una persona* en el palacio que quería ayudarla.

—¿Sabe usted dónde se encuentran las cocinas?

—¿Las cocinas? —Frunció el ceño—. ¿No preferiría que pidiese al servicio que prepararan té para ambos?

—¡No, no! ¡No se preocupe! No me gustaría obligarlo a tener que acompañarme.

—Permítame que insista; todos necesitamos contar con un amigo en la corte. —Le guiñó un ojo—. Especialmente cuando se procede de fuera.

Le hizo un gesto para que lo siguiera a través de otro pasillo.

Debía de tratarse de un buen amigo de los Carmine, desde luego: la guiaba por el palacio como si lo hubiera recorrido cientos de veces antes y, a medida que avanzaban, iba dando órdenes a los criados con soltura; una que, aun así, rezumaba modestia. No obstante, se fijó en que, de vez en cuando, cuchicheaban entre ellos y soltaban risitas. Aunque, si él se percataba de ello, no dio muestra de aquello. No pudo evitar sentir curiosidad; quizá, si hasta el servicio tenía la confianza suficiente como para tratarlo así, era porque él mismo provenía de fuera de la corte.

Encontraron asiento en una terraza acristalada y, apenas unos minutos después, una jovencita apresurada llegó con el servicio de té. Antes de desaparecer, depositó una torre de galletitas y una tetera que dejaba escapar una nube de vapor cuyo aroma lo llenó todo.

Mientras Sinclair se encargaba de rellenar las tazas, Niamh se llevó una de las galletas a la boca.

—Es usted un salvador. Se lo agradezco de verdad.

—Lo sé —respondió—. Aunque, por favor, mastique. Me está poniendo de los nervios.

Obedeció de inmediato; por fin tenía un segundo para saborear de verdad, y pudo apreciar su delicado toque floral y el delicioso regusto a mantequilla. Después le dio un sorbito al té; se arrepintió de inmediato, eso sí, porque le abrasó la garganta. Aunque al menos dejó sobre su lengua un agradable deje acaramelado. Su acompañante se mostró impresionado.

—Parece que las cosas están un poco agitadas por aquí hoy —comentó ella entonces—. ¿Conoce la razón?

—El príncipe Jack se encuentra de un humor bastante desagradable, así que todo el servicio se ha convertido en su reflejo perfecto. —Puso un mueca—. *El Fisgón* ha regresado a tiempo para la temporada.

—¿*El Fisgón*?

—Es una especie de crónica de sociedad; publica escándalos de la corte en la gaceta local, aunque debo confesar que considero que su autor, Lovelace, tiene cierta... perspicacia.

—¿A qué se refiere?

—Me refiero a que se pueden encontrar cotilleos sobre la temporada en cualquier parte, pero los suyos son distintos; cuentan siempre con un enfoque político. Lovelace se considera algo así como un defensor de los oprimidos, aunque sus publicaciones no son más que palabrería. —Se echó hacia atrás en su asiento—. Y no es que no esté de acuerdo con su punto de vista, por supuesto, pero ha dedicado tres años a defenderlos sin conseguir absolutamente nada. Aunque, eso sí, es casi digno de admirar el odio que profesa hacia Jack. Ha puesto todos sus esfuerzos en criticarlo sin descanso desde el primer momento.

—¿En serio? —susurró. Aunque apenas conocía al príncipe, no lo imaginaba como alguien que permitiera que le pusieran en ridículo ni tres minutos, así que ni hablar de tres años completos. Parecía demasiado orgulloso de sí mismo—. ¿Y cómo es que nadie le ha parado los pies?

—Si alguien hubiera conseguido atraparlo, no me cabe duda de que lo mínimo que haría Jack sería meterlo en prisión.

Nadie sabe quién es, pero, de alguna forma, él parece saberlo todo sobre todo el mundo. —Absorto en sus pensamientos, no se dio cuenta de que estaba deshaciendo la galleta que sostenía entre los dedos—. Cada una de las personas que menciona en sus columnas recibe un ejemplar el día antes de su publicación. Les da la oportunidad de comprar su silencio. No me preguntes cómo lo sé.

—¿Alguna vez ha escrito sobre usted?

—Unas cuantas, sí. Aunque mi padre, el duque de Pelinor, se lo ha tomado mucho peor que yo. No es en realidad tan terrible como parece —agregó—. Personalmente, creo que el hecho de que expongan tu verdadero yo resulta liberador. —A pesar de la indiferencia que trataba de dar a sus palabras, Niamh era capaz de apreciar el rencor en su voz, la *mentira*. Acababan de conocerse, sí, pero era casi doloroso verlo tratar de disimular que no le afectaba—. En ocasiones puede resultar una molestia, pero en otras puede ser incluso interesante. ¿Le gustaría leer alguna?

Dudó un instante. No le parecía del todo correcto meter las narices en los cotilleos que hablaban sobre el hombre que la había contratado, pero era cierto que, de vez en cuando, disfrutaba de enterarse de algún que otro chisme.

—Sí.

Sinclair tocó una campanita para llamar a uno de los criados y pedirle que les trajera un ejemplar de *La Gaceta Diaria*. En cuanto la tuvo entre sus manos, le preguntó con franqueza:

—¿Sabe leer?

Era una pregunta normal; muy pocas jóvenes de clase baja sabían hacerlo. Su madre le había enseñado, aunque lo cierto era que no solía leer más que las leyendas de los mapas y algunos pasquines de moda.

—Lo suficiente, creo.

Él se la tendió. El papel estaba usado y arrugado por la cantidad de veces que debían de habérselo pasado unos a otros. Se dispuso a abrirla, no sin cierta torpeza y esforzándose por apartar la sensación de ser demasiado pueblerina.

Jamás había visto una publicación como aquella. La idea de recibir noticias diarias le resultaba increíble; era algo casi más extraño que la magia.

En Machland, la información llegaba a cuentagotas. Podían tardar meses en saber qué había ocurrido en el continente. De lo que pasaba en Avaland solían enterarse en cuestión de un par de semanas, pero los sucesos de al otro lado del océano a veces tardaban incluso medio año en llegar. Y a todo eso debían añadírsele los días extra que les costaba alcanzar pueblos como Caterlow, claro. Un vez allí, uno de los pocos habitantes alfabetizados reunía al resto en la taberna para recitar en alto los distintos acontecimientos.

Aunque de todos modos tampoco era que hubiera demasiada necesidad de columnas de cotilleos; en realidad, todos acababan conociendo los asuntos de los demás. Si te daba por revelar un secreto en voz alta, el viento se encargaba de transportarlo por todas las casas antes de que el día llegara a su fin.

La Gaceta, por desgracia, resultó ser un tanto complicada de leer. La tipografía era demasiado pequeña, como si la persona que hubiera maquetado el texto se hubiera dejado la piel para encajarlo todo en primera plana. Entrecerró los párpados, deseando para sí contar con una lupa, y pasó las distintas páginas hasta llegar a la última. Allí, entre varios anuncios de venta de carruajes y enaguas, se encontraba la de *El Fisgón*.

Según pudo observar, Lovelace usaba epítetos para referirse a las personas de las que hablaba, pero resultaban lo bastante obvios como para que cualquiera que tuviera los contactos suficientes pudiera adivinar las verdaderas identidades.

Aunque no tardó en descubrir que otras no estaban ocultas en absoluto.

Recientemente, ha llegado a mis oídos el desastroso desenlace de la celebración de cierto almuerzo en la mansión de lord W, a quien es probable que recuerden por su implicación en el incidente de los viveros que tuvo lugar varios meses atrás. Al parecer, a la hora de servir el vino, ninguno de sus criados hizo acto de presencia y, en poco menos de una hora, la reunión fue disuelta. Podrán imaginar la terrible afrenta que supuso. Les informo de ello no con intención de extender rumores, sino para ofrecerles consuelo. O tal vez como advertencia.

Quizás ya se han percatado de que sus calendarios de eventos se encuentran más vacíos de lo normal esta temporada. No se alarmen; no es que sus amistades les hayan tomado inquina (quiero suponer), sino que se debe a que los miembros de la clase obrera machlandesa, instados por la señora HC, han suspendido sus oficios como protesta por el trato mediocre que reciben, así como para exigir una indemnización por la plaga que asoló su país. En lo referente a la señora HC, deseo poner fin a los ridículos rumores que han extendido la creencia de que es ella quien se encuentra tras estas palabras. Es cierto que compartimos una misma causa, y la admiro por haber sido capaz de movilizar al pueblo machlandés de forma tan efectiva, pero ¿acaso la han escuchado ustedes hablar? Su seriedad sobrepasa todos los límites, y yo no he sido serio ni un solo día de mi vida.

Me estoy desviando del tema. Permítanme destacar que Cierta Personalidad se ha mantenido en su determinación de negarse a celebrar un encuentro con ella, sin importarle siquiera que sus propios criados abandonen sus obligaciones en masa. Tal vez resulta que no es capaz de ponerse a la

altura de su padre —es obvio que carece de la firme deter-
minación que lo caracterizaba, por no hacer mención al te-
rrible temperamento del que ha hecho gala—, pero sí pare-
cen compartir un obvio rechazo hacia nuestros vecinos
machlandeses. O tal vez es que se encuentra demasiado ocu-
pado en sus intentos por contener a nuestro propio Hijo
Descarriado, que por fin ha regresado a casa tras cuatro lar-
gos años. Aún está por verse si sus modales han mejorado
desde la última vez, pero lo cierto es que tengo mis dudas.
De lo único que tengo plena certeza es de que esta tempora-
da hierve en descontento, tanto entre el pueblo machlandés
como en el seno de la corte.

Le ruego, pues, CP, por su propio bien y bajo la creencia
en la dignidad inherente a toda la humanidad, que escuche
los reclamos de esta parte de nuestra sociedad, una de las
más vulnerables, ya que, como habrá podido comprobar —y
como con toda seguridad seguirá experimentando—, sus
propios placeres dependen de su trabajo y de su magia.

Niamh apartó la vista, consciente del nudo que se le había
formado en el estómago. No importaba cuánto tiempo hubiera pasado; los avaleses no parecían dispuestos a dejar de piso-
tear a su pueblo. Sin embargo, no tenía sentido eso de que incluso Jack tratara mal a sus criados machlandeses; había sido
muy amable con ella. Aunque, en realidad, tampoco podía
fiarse. Siempre había sido demasiado confiada; siempre había
estado dispuesta a encontrar bondad en todas las personas.

Se preguntó entonces si quizás la longitud de las cartas de
Erin había sido más un reflejo de su soledad que de su entusiasmo. ¿Cómo era posible que no se hubiera dado cuenta?

Que existiera algo como *El Fisgón* era insólito. Atreverse a
cuestionar así la regencia el príncipe y apoyar tan abiertamente
la movilización de los suyos... Esperaba que Lovelace hubiera

tomado las precauciones necesarias para asegurarse de que nunca lo descubrieran. Los detalles de lo ocurrido en Jaille hacía ya treinta años habían llegado incluso a Caterlow; las clases bajas se habían hartado del trato que recibían por parte de la élite mágica y, un día, habían atrapado a la familia real y la habían quemado viva en las calles de la capital. Desde entonces, todos los monarcas del continente habían silenciado a sus detractores con una presteza sorprendente.

De todos modos, aquello era solo la opinión de una única persona. Y no podía tratarse de uno de los súbditos de Jack; estaba casi segura. Lovelace tenía que ser machlandés. Dudaba que un avalés fuera a apoyar a las clases bajas extranjeras de forma pública.

—Creo que alguien tan ocupado como el príncipe regente tiene cosas mucho más importantes por las que preocuparse que un columnista.

—Ya, bueno; lo que pasa es que tiene la horrible manía de convertir todo lo que ocurre en asunto suyo. —A juzgar por la amargura en la voz de Sinclair, le dio la sensación de que había arrojado sal en una herida abierta—. Aun así, sí: ha tenido que soportar mucha presión. Los miembros de la corte pueden volverse bastante insoportables cuando ven afectados sus compromisos sociales. Y, tal y como dice Lovelace, no es que cuente precisamente con la reputación que tenía su padre.

—¿Acaso no lo apoyan?

—No es como él —respondió con simpleza—. En el momento de mayor esplendor de su reinado, lo consideraban poco menos que un dios. Infundía respeto. O quizás miedo. Además, gobernaba de verdad. Jack, por su parte, se preocupa más por controlar lo que ocurre en el palacio que en el resto del reino.

Ella ya se había dado cuenta de eso. Estaba casado y tenía al ama de llaves, por lo que cualquiera de las dos podría encargarse de gestionar el palacio sin necesidad de su supervisión. Con cierta duda, separó los labios:

—¿Es habitual que los monarcas avaleses se ocupen de la organización del servicio?

—En absoluto. Es solo que Jack es un controlador donde los haya. Y no confía en nadie. —Le daba la sensación de que le había agradado la pregunta, pero se detuvo un instante, tal vez para buscar las palabras para responder—. Siendo sincero, en la actualidad, la mayoría de los reyes no son más que una figura que se sienta en el trono; carecen de verdadero poder político, a menos que realmente quieran ejercerlo, como ocurría con su padre. Las arcas reales financian a las autoridades y el rey dirige el Ejército; del resto, de las cuestiones más delicadas, se encarga el Parlamento.

Agitó una mano antes de continuar:

—Nuestros monarcas siempre han encontrado la forma de mantenerse ocupados cuando se aburrían de atender los asuntos del Estado. El padre de Jack tenía su colección de arte; su abuelo, una camada de los galgos más bonitos de todo el continente. Y Jack…, bueno, tiene su inmensa lista de eventos. La planificación de la boda de su hermano lo ha tenido bastante ocupado.

—Oh.

—Exacto. —Alzó la taza hacia ella—. Bienvenida a Avaland.

Sí, *bienvenida*, aunque eso no hacía que su trabajo fuera menos difícil. Si Christopher se negaba a vestir cualquier cosa que saliera de sus manos, estaba segura de que su hermano la reemplazaría por alguien a quien sí tolerara. Por mucho que hubiera amenazado con hacerlo, no podía ir desnudo a su boda. Sintió que el calor le subía a las mejillas solo con pensarlo.

—No me gustaría parecerle una cotilla, Sinclair, teniendo en cuenta que apenas nos acabamos de conocer, pero me gustaría saber si…

Él se echó hacia delante.

—¿Si...?

—¿Cuán bien conoce usted al príncipe Christopher?

Dejó escapar un suspiro antes de contestar:

—Lo cierto es que *demasiado* bien. Nos conocemos desde que éramos ambos unos críos, así que ninguno de los dos tuvo mucho que decir en cuanto a lo que a nuestra amistad se refiere.

Eso lo explicaba todo. Niamh sonrió, de pronto divertida ante la imagen de ambos interactuando.

—No parece que tengan demasiado en común. De hecho, me cuesta imaginar los temas sobre los que podrían hablar.

—Oh, sobre cientos de cosas. Kit tiene una lista de todos mis defectos por orden alfabético y le encanta quejarse de todos y cada uno de ellos continuamente.

Eso le arrancó una carcajada.

—Sí. Eso me encaja.

Él le dirigió una mirada maliciosa.

—¿Por qué lo pregunta?

—¡No es nada inapropiado, se lo prometo! Solo quería pedirle consejo, si es que tiene alguno que darme. Lo apreciaría enormemente. Sé que no soy del agrado de Su Alteza, pero aun así tengo que asegurarme de hacerle prendas que no odie. Dijo que... —Le costó un universo repetir sus palabras—: Que prefería morir que vestir cualquiera de mis prendas.

—Definitivamente, suena a algo que él diría —murmuró Sinclair con la profunda resignación de alguien que ha escuchado la misma historia cientos de veces antes. De pronto, su expresión se volvió seria—. No estoy tratando de excusarlo, pero Kit ha estado luchando durante muchos años contra sí mismo; a veces es inevitable encontrarse justo en mitad de un fuego cruzado. Intente no tomárselo como algo personal.

—Lo intentaré, sí.

No sonó demasiado convencida; ni siquiera para sí misma.

—Esa es la actitud. —La diversión volvió a iluminar sus ojos—. Una vez que consigues arrancarle todas las espinas, no resulta tan terrible. Kit tiene un buen fondo; puede llegar a ser dulce y agradable. Trate de ser usted misma, nada más. Esta tarde me ha permitido descubrir que es un huracán de honestidad y buena compañía con el tamaño de una pinta de cerveza. Ha sido…, bueno, una grata sorpresa. Algo distinto a lo de siempre.

Niamh no supo qué era peor, si pensar en el príncipe como alguien que pudiera ser «dulce y agradable» o si convencerse de que eso de tener «el tamaño de una pinta de cerveza» era un cumplido. Como si no fuera ya suficiente castigo ser incapaz de conseguir nada por sí misma.

—Gracias, Sinclair. Creo.

—Un placer. —Le sonrió—. Y buena suerte.

No le quedaba duda de que iba a necesitarla.

4

A la mañana siguiente, un criado la acompañó a su nuevo estudio y le tendió una carta. No tardó en reconocer la inmaculada caligrafía del príncipe regente:

Estimada señorita O'Connor:

Le ruego que acepte mis más sinceras disculpas por mi repentina marcha el día de ayer y por el comportamiento de mi hermano. Espero que se sienta cómoda en su nuevo hogar; le recuerdo que, en caso de que necesite cualquier cosa, puede dirigirse a los miembros del servicio...

El resto del mensaje lo componía una sucesión detalladísima de todos los eventos a los que asistiría Christopher durante la temporada. Además del traje que tendría que llevar para la presentación de las jóvenes en sociedad, que tendría lugar el mismo día de la llegada de su prometida —la primera vez en cien años que la familia real castiliana pisaría suelo avalés sin un estandarte de guerra y una flota entera a sus espaldas—, necesitaría un atuendo distinto para acudir a dos bailes por semana, una chaqueta de caza y, por supuesto, la capa de la boda.

Antes de marcharse de casa, Niamh había hecho acopio de toda la información que había podido encontrar sobre las costumbres nupciales de Avaland. Como parte de la ceremonia, el padrino le colocaba al novio una capa sobre los hombros como símbolo de su nueva labor como esposo y protector. Al parecer, conmemoraba la era de los caballeros, en la que los escuderos los ayudaban a vestirse antes de cada combate. No había nada que le pareciera menos romántico que comparar el matrimonio con la guerra. En Machland, los novios se intercambiaban monedas de oro y bailaban hasta el amanecer. Allí las bodas no solían durar más allá del mediodía.

Al llegar al final de la carta, soltó un gritito ahogado. La infanta Rosa solicitaba que fuera ella la encargada de diseñar su vestido. «Las especificaciones se determinarán a su llegada», había escrito Jack.

Era un honor tremendo; uno con el que ni siquiera se había atrevido a soñar. Sin embargo, unos segundos después, se percató de pronto de qué era lo que le estaban pidiendo: tendría que confeccionar diez conjuntos distintos en cuestión de seis semanas. A pesar de que el rey le había dicho que contaría con un equipo de asistentes que la ayudarían a unir las distintas piezas que diseñara, solo pensar en toda esa cantidad de trabajo la asustaba más de lo que le habría gustado admitir. Tuvieron que pasar casi diez minutos antes de que su agobio se transformara en determinación; no se dejaría amedrentar por ninguna fecha de entrega, por loca que fuera, ni mucho menos por un príncipe difícil de tratar. No cuando su abuela y su madre dependían de ella.

Además, le habían ofrecido un taller precioso.

El servicio lo había abastecido con todo lo que necesitaba y más. Había una rueca en el rincón del fondo, una mesa magnífica junto a la ventana y hasta un telar. Habían vaciado todas las estanterías y las habían rellenado con telas de todos los tipos imaginables y con mayor calidad que cualquiera de las que hubiera podido comprar jamás.

Se quedó de pie en mitad de la estancia, con las manos unidas sobre su pecho. Pensó que jamás querría marcharse de allí; era incapaz de creerse que un lugar así fuera a ser suyo, aunque solo fuera durante un mes.

Pero sí. A pesar de que solo fuera un mes, le pertenecía.

Quizás podría llegar a creer que se lo merecía.

Se arremangó las faldas y comenzó a dar vueltas por la sala. Nadie nunca le había enseñado a bailar, pero de pronto fue como si escuchara el creciente eco de un cuarteto de cuerdas al compás del un-dos-tres de sus pisadas. Y también sintió el peso de una mano en su cadera y...

—¿Se puede saber qué está haciendo?

Dejó escapar un gritito. Al girarse en dirección a la voz, se encontró con el príncipe Christopher. La observaba desde debajo del marco de la puerta. Se soltó el vestido y se irguió, no fuera a ser que de pronto se tropezara con el dobladillo.

—¿Ha llamado?

Durante un instante, lo único que hizo fue seguir mirándola. Su expresión era extraña; una mezcla entre irritación y diversión.

—Sí. He llamado.

—Pues, si no le importa, llame más fuerte la próxima vez.

Notaba el calor en las orejas y, en las mejillas, vergüenza. Era justo por eso por lo que no podía permitirse dejarse llevar por sus «viajes al reino de las fantasías», como los llamaba su abuela. Cada vez que se detenía a disfrutar de algo, cada vez que bebía de ello, ocurrían cosas terribles. Ya había perdido demasiado el tiempo durante tardes enteras, haciendo bocetos de vestidos que eran de todo menos prácticos, por no hablar de imposibles de vender, o soñando despierta mientras se le quemaba el pan que había dejado en el horno. Y, en aquel momento, la persona más crítica que conocía acababa de sorprenderla bailando sola.

—Me está asustando —dijo.

—Era usted quien se encontraba en otro universo; no sé qué culpa tengo yo de eso.

Niamh tuvo que aguantarse las ganas de gruñir; por supuesto que tenía cosas mucho mejores que hacer que solo venir a molestarla.

Lo consideró afortunado de que su voz fuera tan bonita como sus ojos; de lo contrario, no habría sido capaz de soportarlo jamás. Tenía una especie de deje áspero, parecido a cuando las olas acariciaban las orillas rocosas.

Forzó una sonrisa.

—¿Y qué puedo hacer por usted, Alteza?

—No se dirija a mí así; «Alteza» es mi hermano.

Así que iba a resultar que sí tenía algo en común con Sinclair. Ninguno parecía tenerle un especial aprecio ni a los títulos ni a las formalidades. Aun así, Christopher era incapaz de ocultar su verdadera forma de ser: el orgullo que rezumaba —en la forma en la que arrugaba la nariz o curvaba el labio con desdén— dejaba más que claro que lo que recorría sus venas era sangre real.

—¿«Mi señor», entonces?

Exasperado, bufó.

—Limítese a «Kit».

—De acuerdo, mi…

Se detuvo antes de terminar de decir «mi Kit» y arrepentirse de por vida. No. Era demasiado íntimo. No podía llamarlo por su nombre.

Decidió que, entonces, no lo llamaría de ninguna forma.

—Eh… Sí, lo siento. ¿Qué ha dicho que quería?

—Se supone que tengo que tomarme las medidas para que me haga un frac.

Pronunció «tomarme las medidas» como si fuera una especie de método de tortura y «frac» como si fuera el instrumento que se usara.

De pronto, el recuerdo de sus palabras, de su insulto, se abrió paso en su mente: «Antes iría desnudo a mi boda que con cualquier cosa en la que ella hubiera puesto los ojos siquiera». Le seguía doliendo, pero tomó una gran bocanada de aire para recomponerse. Al fin y al cabo, todo el mundo merecía una segunda oportunidad. Al menos, eso le había sugerido Sinclair. A su manera.

—¿Ha cambiado de idea, pues?

En cuanto lo dejó escapar, deseó ser capaz de borrarlo. Pretendía decirlo con cierta picardía; sin embargo, el rencor había abandonado su lengua como si fuera el hilo de un ovillo. Kit cuadró los hombros; tenía los párpados entrecerrados, como si no se fiara de algo.

—¿Idea de qué?

Lo sabes perfectamente, pensó. Aun así, se tragó su herido orgullo. Si estaba empeñado en creer que era tonta y una estirada, que lo creyera.

Con la sonrisa más dulce que fue capaz de convocar, dijo:

—O sea que ya no tiene intención de ir desnudo a su boda.

—Estoy aquí, ¿no? —replicó, sin inmutarse lo más mínimo. Fue casi decepcionante—. Pues venga. Acabemos cuanto antes.

—Como desee.

Aún no se había puesto a investigar el taller, pero no creía que fuera a ser complicado encontrar lo que necesitaba. Comenzó a abrir los cajones de la mesa de trabajo. Le llamó la atención que todo estuviera ordenado por colores y cada herramienta dispuesta con minuciosidad en varias filas. Quien se hubiera encargado de hacerlo debía de ser cuando menos puntilloso. En cuanto a su propio método de organización… bueno, creía que considerarlo *un método* era pasarse.

Después de un rato fisgoneando por ahí, acabó tomando una libreta, se colocó un lápiz de carboncillo tras la oreja y se pasó una cinta métrica tras el cuello. El príncipe se había quedado en el sitio exacto en el que lo había dejado, con los brazos cruzados y justo debajo de la puerta, listo para salir corriendo a la más mínima provocación. Niamh hizo una seña hacia el espejo.

—Póngase delante, por favor.

Para su asombro, él obedeció sin mediar palabra, aunque comenzó a caminar por el taller como si en cualquier momento uno de los maniquíes de medio cuerpo fuera a lanzarse contra él o como si uno de los rollos de seda fuera a desplegarse para salir volando y estrangularle.

Tenía que admitir que la ponía nerviosa lo cerca que pasó a estar de pronto y que la observara por encima del puente de la nariz. Era delgado como un lobo en mitad del invierno y algo más bajo que la mayoría de los hombres que había conocido. Aun así, ella seguía sin alcanzarlo del todo. Los separaban varios centímetros.

Y eso dificultaría las cosas.

—Un segundo.

Niamh se dirigió a uno de los rincones de la habitación, en el que había un reposapiés, y lo arrastró de regreso. Se quitó la cinta métrica y se subió a la otomana. Las patas temblaron bajo su peso y habría jurado ver que Kit se tensaba, como si por un instante hubiera tenido el impulso de sostenerla, pero se hubiera acabado conteniendo. Le sorprendió tanto que estuvo a punto de caerse de verdad. Tal vez sí tuviera algún tipo de instinto de caballero, al fin y al cabo. Aunque era posible que solo se lo hubiera imaginado.

En aquel momento, había vuelto la atención a uno de los muros y veía cómo apretaba la mandíbula.

Se recogió el pelo, que le caía por los hombros, en un moño para que no le molestara. Su reflejo en el espejo le confirmó que estaba hecha un completo desastre, pero, en realidad, no podía importarle menos. Y tampoco pensaba que fuera a impresionarlo. Ni siquiera intentándolo.

Comenzó a tomarle las medidas: la altura, la anchura de los hombros, la longitud de los brazos. Por algún motivo —casi milagroso—, él dejó que lo manipulara como si se tratara de un muñeco. Y no mostró más que una expresión de ligero martirio.

Sin embargo, cuando quiso darse cuenta ya había acabado con las partes que no consistían un peligro y no le quedaba ninguna.

Un peligro. Qué estupidez. Era una profesional; era él quien, con toda seguridad, empezaría a quejarse y a ponerse imposible cuando se enterara de lo que le tocaba hacer a continuación. Así que pensó que lo mejor sería advertirle y acabar rápido.

—Eh... —Un comienzo prometedor, desde luego. Se aclaró la garganta y lo volvió a intentar—: Voy a tener que acercarme un poco más. Si le molesta...

—Usted hágalo y ya.

—De acuerdo —respondió con otra sonrisa forzada—. Levante los brazos, por favor.

El silencio se afianzó a su alrededor. Sus propios brazos eran demasiado cortos como para poder permitirse evitar ese momento tan incómodo.

Niamh se acercó hasta que estuvo casi alineada a la perfección con su espalda, consciente de cómo el calor emanaba de él junto con su aroma; a brotes a punto de florecer y... a tabaco. Deseó poder dejar de darse cuenta de todo lo que tenía que ver con él. Jamás en su vida había sentido que se autoboicoteaba tanto.

A medida que le fue pasando la cinta métrica sobre el pecho, notó cómo los músculos se le tensaban. Cuando alcanzó con el codo la zona de sus costillas, él contuvo la respiración. La tela de su camisa le acarició la piel y...

—¿Acaso hay algo que tenga que decirme?

La brusquedad de su pregunta se encargó de desviar sus pensamientos del inapropiado sendero que estaban recorriendo.

—¿Eh?

—Lleva comportándose de forma extraña desde que he entrado por la puerta. Si tiene algo que decir, dígalo.

De forma extraña. Vaya cara tenía.

Cualquier rastro de paciencia desapareció de golpe.

—Bueno —comenzó—, ya que es tan amable de preguntarlo, sí: pensaba que, tal vez, querría disculparse.

El rostro del príncipe se cubrió de sorpresa durante un instante; pudo ver cómo comenzó a recomponerse poco a poco al comprender a qué se refería.

—Lo siento.

Fue una disculpa escupida, como si se tratase de un diente roto. Como si la hubiera arrancado tras torturarlo para que confesara sus crímenes. Si no hubiera estado tan enfadada, habría soltado una carcajada.

—¿Eso es todo?

Una chispa de frustración centelleó en sus ojos ambarinos.

—¿Y qué más quiere que diga?

—No lo sé. —Le latía el corazón con tanta violencia que apenas era capaz de escucharse a sí misma por encima de su estruendo. Una parte de ella, muy lejana, sabía que debía detenerse, aceptar sus palabras con una sonrisita y no objetar, que no debía dirigirse así a un príncipe. Quizás era ser consciente del tiempo de vida que le quedaba lo que potenciaba su temeridad. O tal vez solo la pasión por su trabajo; jamás había sido capaz de resistirse a tirar de los hilos sueltos—. Que se arrepiente de haber dicho que mi don era solo un truco.

Por encima del hombro, vio que volvía a fijar la vista en la pared.

—Estaba molesto.

—¡Yo estoy molesta! Para mí, mi trabajo es... —«Todo», estuvo a punto de decir—. Importante.

—No voy a disculparme por no sentir el impulso de arrodillarme maravillado ante usted. No soy yo quien la hizo venir.

—No me refiero a eso. —Le tembló la voz. No podía llorar; jamás se lo perdonaría—. Fue cruel. Y lo sabe.

—Claro que lo sé. Ya le he dicho que lo siento.

De inmediato, supo que esa era la máxima disculpa que iba a obtener de él. No se merecía nada más; era una joven machlandesa, al fin y al cabo. En mitad de la quietud, la distancia entre los dos se extendió aún más.

—Tengo que terminar de tomarle las medidas.

Fue lo único que fue capaz de decir. Tras ponerse a ello, comenzó a sentirse a cada segundo más apagada. Sinclair le había dicho que era inevitable que acabara encontrándose en mitad del fuego cruzado de esa guerra que había decidido librar. Fuera la que fuese.

Fue entonces cuando, de pronto, pudo ver el campo de batalla.

Con dos banderas rojas, el color de los Carmine, clavadas en la tierra: su boda con la infanta Rosa no iba a ser una unión por amor, sino por deber.

No soy yo quien la hizo venir.

Lo único que hago es seguir tus órdenes.

Era su hermano quien había concertado el matrimonio. Y, aunque había accedido, era obvio que pretendía desquitarse con todo el mundo hasta el fin de los tiempos.

De pronto, le sobrevino una oleada de tristeza. Niamh siempre había amado la idea del amor. Lo anhelaba. Y, pese a que nunca lo había sentido, no imaginaba nada más mágico y apasionado, capaz de encenderte desde dentro como una hoguera. Sin embargo, su vida iba a ser demasiado corta; jamás se había permitido cargar a nadie con el peso de aquella verdad. La había llevado consigo desde el día en que había visto por primera vez que sus dedos se volvían blancos por el frío. Aun así, aunque el amor no fuera para las jóvenes como ella, no había forma de silenciar a la romántica empedernida que habitaba en su interior.

Desconocía cómo había surgido. Al fin y al cabo, los mitos machlandeses no destacaban por tener historias demasiado bonitas ni que prometieran amor eterno. De hecho, el romance de la propia diosa Niamh estaba manchado por la tragedia.

Siglos atrás, cuando era reina, había tomado como amante a un joven mortal y lo había llevado consigo a su castillo en la Tierra de la Eterna Juventud. Allí siempre era primavera. Nada moría. Nada cambiaba.

No obstante, tiempo después, el joven había comenzado a sentir nostalgia por lo que había dejado atrás. Ella le había advertido que su familia y sus amigos ya habían muerto, pero era consciente de que no podía mantenerlo allí para siempre, como si fuera un prisionero; su soledad era más fuerte que su amor, así que había accedido a dejarlo ir con la condición de que no permitiera que sus pies tocaran el suelo.

Solo tras cabalgar en busca de rostros conocidos a través de los campos, pudo confirmar que la diosa le había estado diciendo la verdad; todos sus seres queridos habían muerto. Y, mientras se alejaba de la aldea que una vez había sido su hogar, un chasquido había asustado a su caballo y lo había arrojado por los aires. En cuanto cayó al suelo, sus cientos de años de vida se precipitaron sobre él y se transformó en un anciano, débil y enfermo.

Amar cosas frágiles jamás traía nada bueno.

Ella nunca había dado importancia a las leyendas machlandesas. Eran deprimentes. Solo hablaban de guerra, tragedia y del terrible peso del honor. No obstante, en su lugar, había pasado noches enteras entre las páginas de un libro de cuentos proveniente de Jaille. Había encontrado historias sobre niñas campesinas que se escapaban para acudir a bailes con zapatitos de cristal, que se casaban con príncipes gracias a su bondad y su belleza y que amaban tanto que lograban romper hasta las maldiciones más poderosas. Eran historias maravillosas, imposibles y románticas, que la habían hecho soñar despierta durante días.

Y dudaba que alguien como Kit pudiera pensar en tener algo semejante, pero le parecía muy triste que jamás fuera a tener la posibilidad siquiera.

Cuando sintió que estaba a punto de volverse loca por aquel silencio punzante, suspiró:

—¿Hay algo de la boda que le emocione?

Él la observó de arriba abajo, como si no se creyera lo que acababa de oír.

—¿Está intentando provocarme?

—¿Qué? ¡No! Solo… —Tuvo que aguantarse las ganas de estrangularlo con la cinta, aprovechando que se encontraba alrededor de su cuello—. Solo estaba sacándole conversación.

—La mayoría de la gente lo hace hablando del tiempo —objetó, aunque no se le pasó el diminuto deje de admiración resentida—. Usted es mucho más impertinente.

—Y usted no deja de replicar por todo.

A pesar de que entrecerró los ojos, no parecía enfadado. De hecho, era casi… incredulidad.

—Así que ahora me regaña.

—Pues… —Sintiéndose de pronto ridícula y expuesta ahí, mirándolo desde lo alto, se bajó de la otomana. Se quedó a la altura de su barbilla—. Quizá sí.

Pudo ver la fría diversión en sus ojos.

—Muy bien. Siga, entonces.

—Entiendo que esté lidiando con sentimientos complicados y mucha presión, pero... —Él soltó un risita. Aun así, siguió hablando; se negaba a prestar ni un segundo más de atención a su desdén—. *Pero* todo este proceso será mucho más sencillo si colabora. Su hermano...

—El problema es que usted no sabe nada de mi hermano.

De pronto, los muros que había construido a su alrededor se vinieron abajo y todas las armas postradas en las almenas se fijaron en ella.

Quizá si no hubiera sentido tanta rabia, si no hubiera leído lo que había escrito Lovelace, si no hubiera sufrido ya que dos personas la hubieran menospreciado por ser machlandesa, se habría acobardado. Sin embargo, algo en su interior, algo ardiente, le impedía mantener la boca cerrada.

¿Cómo era posible que alguien como él se sintiera así? Era un príncipe, hijo de uno de los hombres más poderosos en el mundo, y vivía en el palacio más hermoso que había visto en su vida. Jamás había pasado por penurias. Aquella era la primera vez que se veía obligado a hacer algo que no quería, ¿y esa era su forma de comportarse? Si quisiera, Kit podría convertir sus sueños en poco menos que un daño colateral; estaba segura de que lo haría sin pestañear.

Darse cuenta de eso fue un pinchazo en el estómago que acabó con todo el sentido común que le quedaba.

—Tal vez no —respondió—, pero sí lo conozco a usted. No se preocupa por absolutamente nadie más que por sí mismo; no me extraña que esté tan amargado. Y lo peor es que piensa en hacer todo lo que esté en su mano para que el resto de las personas lo estén también.

Lo vio abrir los labios, sorprendido, como si aquello lo hubiera afectado de verdad. Lo parecía. El estómago se le retorció por la culpa. No se sentía mejor por haber alimentado su rabia; lo único que había hecho había sido escarbar más profundo en la herida.

No obstante, un segundo más tarde, ese atisbo de dolor y vulnerabilidad abandonó su expresión para ser sustituido por el desdén que ya le era familiar.

—Esa ingenuidad le saldrá cara algún día. La corte de Avaland es un foso de víboras. Lo mejor es preocuparse por uno mismo. Siempre. Espero que le quede claro ahora, antes de que se descubra metida hasta el cuello.

Eres lista, Niamh, le había dicho su abuela la noche en la que había llegado la invitación al palacio, *pero tienes la cabeza en las nubes. Aún no has visto lo cruel que puede llegar a ser el mundo.*

El recuerdo fue como una bofetada.

La vida que le había dado su familia había sido feliz. Jamás había tenido que vivir la guerra. No había pasado hambre. De pequeña, había dedicado sus días libres a recorrer los rincones de Caterlow y a deslizarse por los montículos sagrados, tentando a los Justos para ver si se la llevaban consigo. No obstante, sí había visto oscuridad.

La había visto persiguiendo a los adultos del pueblo como un espíritu. Había sido testigo de las impredecibles oleadas de su pena y de sus cambios de humor, de cómo variaban —volviéndose océanos oscuros y opresivos— con la llegada de la época de cosecha y de cómo se calmaban de golpe en cuanto la primera patata surgía de la tierra.

Tal vez no había experimentado la crueldad en su propia piel, pero reconocía las cicatrices que dejaba a su paso. Y, aunque tal vez sí era inocente y distraída, no era ninguna tonta.

—En caso de que lo haya olvidado, vengo de Machland. Sé de primera mano cuán horrible puede llegar a ser la nobleza. Dice que la desprecia, pero es uno de ellos. De hecho, es peor que ellos. La magia de su familia fue la que causó la plaga en mi país y su padre no hizo *nada* mientras la gente moría de hambre. —Dio un paso hacia él; uno tan amplio que volvieron a quedar a escasos centímetros de distancia—. Y ahora su hermano tampoco está haciendo nada para evitar su sufrimiento. Lo único que lo he visto hacer es quejarse una y otra vez. Si de verdad cree que son tan terribles, ¿por qué no ha hecho nada al respecto?

Era como si el aire entre los dos estuviera a punto de incendiarse. Sus respiraciones sonaban agitadas y Niamh habría jurado que el pulso se le había acelerado tanto que incluso él podría oírlo. Cuando volvió a mirarlo, sus ojos centelleaban por la ira. Aunque más allá vio algo más, algo borroso y pequeño, pero que terminó de arrebatarle el aliento. Vergüenza.

—Hemos acabado por hoy —le dijo.

—¡Espere! Eh…

—Lo siento.

Cerró de un portazo.

La tensión la abandonó por completo y se dejó caer sobre la otomana. Hundió el rostro entre las manos para contener un gritito y poder liberar al menos un poco de la energía contenida. ¿Qué había sido eso? ¿Cómo se le había ocurrido discutir con el príncipe de Avaland? Aunque hubiera sido una discusión de la que él había huido.

Había hecho que *un príncipe* saliera corriendo.

Por alguna razón, se notaba temblorosa, como si acabara de descubrir un nuevo tipo de magia en sus manos. Ni siquiera reconocía esa parte de sí misma, tan impulsiva y dispuesta a engarzarse en confrontaciones. Era como si la discusión la hubiera transformado en otra persona. Ella nunca comenzaba las peleas, nunca usaba sus palabras con intención de hacer daño; sin embargo, Kit Carmine tenía algo que la sacaba de quicio. Y que le arrebataba cualquier brizna de instinto de supervivencia que tuviera.

Si le contaba a Jack lo que acababa de ocurrir, podría despedirla de inmediato. El simple pensamiento la puso alerta. No le quedaba alternativa: debía demostrar lo que valía de una vez por todas.

Le haría un frac que no podría evitar adorar.

Eso significaba que tendría que resistir la tentación de usar tela magenta o naranja solo para molestar; de todos modos, él ya la detestaba. No era necesario pasarse. Aun así, un color brillante combinaría a la perfección con su pelo y el amarillo destacaría el tono dorado de sus ojos y...

Céntrate, Niamh.

Echó un vistazo a su alrededor. Tuvo que parpadear un par de veces para que la vista se le ajustara; de pronto, todo se había vuelto más oscuro.

No tardó en reparar en que la mitad del ventanal estaba cubierto de ortigas; se adherían al cristal casi con ansia, como si fueran dedos puntiagudos que trataban de abrirse paso al interior. Sus flores, no obstante, eran doradas en lugar de rosas. Dudosa, cruzó el taller para abrirlo e hizo presión para soltar parte de ellas. Las vio caer en la distancia.

Aquella era la magia de Kit, tan hermosa como nociva.

5

A pesar del ruido que rellenaba cada rincón de la atestada recepción del palacio, Niamh temía quedarse dormida de pie en cualquier momento.

Llevaba mucho tiempo sin mantenerse despierta toda la noche para terminar una prenda. Había diseñado el frac el día después de la conversación con Kit y, durante el resto de la semana, sus ayudantes la habían asistido mientras trabajaba con toda su minuciosidad. Aun así, había estado hasta el último minuto tratando de impregnar la tela con encantamientos. Solo se había arrojado a la cama cuando los párpados le habían pesado una tonelada y se había pinchado ya por tercera vez con la aguja. Apenas había dormido más de tres horas, pero los nervios se habían encargado de aplacar la mayor parte del cansancio.

Estaba deseosa por verlo.

Unas horas antes, su ayuda de cámara había aparecido en el taller justo después de que ella y otra de las costureras le hubieran dado la última puntada al forro del frac. Él lo había metido en una caja, la había cerrado con un cordel, y se la había llevado.

Habría dado lo que fuera por presenciar el momento en el que el príncipe se lo probase; el momento en el que se diera cuenta de que la había juzgado sin sentido. O quizás en el que decidiera desprenderse de ella de una vez por todas.

La sensación de incomodidad le recorrió la columna vertebral, pero se esforzó por apartarla de su cabeza. Al fin y al cabo, aún no la habían desterrado de Avaland, e incluso Jack en persona la había invitado a la presentación de las debutantes esa noche, donde la infanta Rosa haría su primera aparición ante la corte. Su hospitalidad la seguía descolocando por completo. ¿Por qué iba a ofrecérsela a una joven cualquiera que, de hecho, ahora trabajaba en su palacio como criada de honor? No obstante, no era tan tonta como para cuestionarlo a él ni a su buena fortuna.

Había decidido que no tenía sentido preocuparse antes de tiempo; ya lo haría si de pronto la sacaban a rastras del palacio para imputarla por acoso al segundo príncipe.

Aunque fue él quien empezó todo.

De pronto, alguien le dio unos golpecitos en el hombro. Niamh se giró y se encontró con una muchacha; una debutante, a juzgar por el ramo de rosas rojas que aferraba entre las manos como si su vida dependiera de él.

—Discúlpeme, señorita. ¿Le importa si me quedo aquí, junto a usted? Sé que debo de sonar como una loca, pero tiene algo... un aura que la rodea y que... calma.

Lo cierto era que no le tomó por sorpresa. El encantamiento de paz que había engarzado en su vestido había demostrado ser más potente de lo que había pretendido; solo mirarlo aplacaba la mente tanto como llevarlo puesto. Para ella, era como introducir los pies en el agua del mar un día de niebla o coser a la luz de la lámpara antes de que el resto del mundo despertara.

—¡Oh! ¡No se preocupe en absoluto! Si logra encontrar un hueco, no habría ningún problema.

Al escuchar su acento, la cara de la muchacha se torció en una mueca. Aun así, al parecer la supervivencia tiraba mucho más que el estatus.

—Se lo agradezco, señorita. Ha sido usted realmente bendecida por los santos.

Y, tras ello, se unió al grupito que se había dispuesto alrededor de ella. Tal vez, en cualquier otra circunstancia, se habría sentido un tanto incómoda al verse rodeada de tantas jóvenes hermosas. No podían ser más distintas entre sí, tanto de forma y talla como de carácter: algunas espabiladas y de lengua afilada; otras, vergonzosas y calladas; varias parecían a punto de echarse a llorar, aunque otras tenían los ojos brillantes y posturas perfectas. Algunas de ellas se habían dispuesto en torno a un espejo y se pellizcaban las mejillas y se atusaban los tocados de plumas que llevaban en la cabeza.

La palabra de la temporada era «complejidad». La tendencia clásica a las siluetas simples había quedado atrás para dar paso a todo tipo de espantajos y delicias decorativas: hombreras, alamares, flores, volantes, toques de encaje y, por supuesto, cuentas y abalorios en cada pliegue. Solo con observar sus atuendos, era capaz de distinguir quiénes se bañaban en oro y quiénes se aferraban a su legado como si de un saliente en mitad del océano se tratase. La mayoría ni siquiera parecía tener más de dieciséis años; eran jóvenes que, ya a esa edad, estaban dispuestas a casarse para preservar el bienestar de sus familias.

Y, a pesar de ser consciente de las riquezas que atesoraban, Niamh no pudo evitar sentir verdadera lástima por ellas. Al menos, empatizaba con la situación de verse obligadas de cargar con un peso así en los hombros.

El lacayo que hacía guardia en la entrada le hizo un gesto con la cabeza.

—Es hora de que entre.

En cuanto obedeció, llevándose consigo los resquicios del encantamiento de calma, las jóvenes que quedaron a su espalda contuvieron gemidos nerviosos.

Al final del inmenso salón se encontraba el príncipe regente, inmóvil e imponente como una estatua. Desde cada uno de sus flancos, escuchaba cómo los nobles susurraban, hombro con hombro. Observó a la multitud por debajo de las pestañas. Sus expresiones variaban desde la ansiedad a la soberbia. Imaginaba que serían sus hijas las que se presentaban aquella noche ante Jack; eran tantas que resultaba sobrecogedor.

En Machland, se consideraban afortunados si nacía un niño que tuviera un don cada dos generaciones. Sin embargo, en Avaland, la aristocracia concertaba matrimonios estratégicamente para asegurarse de que su linaje mágico permanecía intacto.

—La señorita Niamh O'Connor.

En cuanto el lacayo encargado de anunciar la entrada de cada invitado pronunció su nombre, todas las miradas recayeron en ella. De inmediato, sus emociones colisionaron contra la magia que había tejido en su vestido y, a pesar de que escuchaba el eco de palabras como «machlandesa» y «costurera» dispersas en el aire, fue ella la que se encargó de mantenerse en un estado de calma inexpugnable. Lo único que quedó, en un leve latido, fue entusiasmo.

Mientras avanzaba hacia el centro del salón, los cristalitos que pendían de su corpiño centellearon como la luna en la superficie de un estanque. Sentía cómo la tensión en el ambiente fluctuaba, acallándose y encendiéndose a su paso, y cómo la contemplaban con deseo. Aquello iba a ser incluso mejor de lo esperado.

Pero entonces vio a Kit.

Sus ojos viajaron hasta los suyos, imperturbables. Niamh vaciló al mismo tiempo que notaba cómo la indignación la golpeaba desde dentro. Incluso ahí estaba tratando de intimidarla.

Alzó la barbilla, se detuvo ante Jack y le dedicó una reverencia.

—Señorita O'Connor —comenzó él—, me complace que nos acompañe hoy. Soy consciente de que no es habitual, pero quería asegurarme de que seguía sintiéndose bienvenida entre nosotros.

Una vez más, su amabilidad la hizo sentir extraña; no casaba en absoluto con la opinión que Lovelace tenía de él. ¿Cómo iba a ser tan agradable con ella si de verdad menospreciaba a su pueblo?

—Más me complace a mí, Alteza, y se lo agradezco. Me honra.

El característico ceño fruncido del regente desapareció al examinar su vestido; fue una transformación tan notable que le sorprendió lo exhausto que se veía en realidad. Era demasiado joven para tener que soportar tanta presión sobre los hombros.

—Desconozco el tipo de magia que ha usado con mi hermano, pero parece...

Niamh dirigió la atención de nuevo a Kit.

No supo qué palabra emplear para describirlo. «Llamativo», desde luego. «Regio», podría decirse. Pero «respetable» —aunque fuera lo que ella había pretendido conseguir—, ciertamente no. Irradiaba un desagrado tan poderoso que nadie era capaz de soportar encontrarse a un paso de distancia de él.

Quizás había sido su culpa.

No. *Era* su culpa.

Pocas de las prendas que había creado antes le habían supuesto tanta irritación como la que había sentido con aquel frac. Cada brizna de enfado y rabia se había impregnado en los hilos con tanta insistencia que se había pasado la mayor parte del tiempo deshaciendo los encantamientos. Su intención había sido dotarle de cierto halo de sumisión y un toquecito de fascinación, pero, en su lugar, parecía que había fracasado por completo y había caído de bruces en el reino de la oscuridad.

Lo veía ante ella, a espaldas de su hermano como si se tratase de un consejero que acechaba desde las sombras, ahí donde se perdía la tela traslúcida del faldón del frac.

Solo entonces, Jack terminó:

—Una persona civilizada.

—Oh, pues… Me complace que lo piense así, señor.

—Permítame presentarle a Sofia, mi esposa.

—¿A su…? ¡Oh!

La princesa le habría pasado totalmente desapercibida si él no la hubiera señalado en ese momento. Se encontraba de pie a su lado, recatada y sonriente; tanto que casi le hacía parecer ausente. No debía de tener más de veinte años y, para su asombro, era hermosa. Sin embargo, también era frágil y pálida como un copo de nieve; sus ojos tenían un tono azul claro, casi helado, y su cabello caía alrededor de su rostro en un reguero de rizos blancos que centelleaban a la luz de las velas.

—Es un verdadero placer conocerla, señorita O'Connor.

Extendió una mano hacia ella y Niamh la aceptó. Su muñeca era frágil y su piel, fría. En el pulgar llevaba un anillo con una pieza de zafiro.

—El placer es mío, Alteza.

Permaneció así un instante, con la mano de la princesa en la suya, sosteniéndosela con delicadeza. En cuanto se dio cuenta de la forma en la que Kit parecía disfrutar del silencio incómodo que las envolvió, pensó que debía de formar parte de algún tipo de ritual que desconocía. ¿Es que acaso no pensaba dejarla en paz jamás?

No obstante, Sofia no objetó nada cuando se deshizo de su agarre.

—Se desenvuelve con una soltura impresionante —comentó en su lugar—. Esta no es su primera temporada, ¿me equivoco?

En cuanto pronunció esas palabras, en un avalés entrecortado y preciso, Niamh captó un pequeño deje extranjero. Si la memoria no le fallaba, provenía de Saksa, un reino que había salido de una guerra civil hacía no demasiado tiempo. Había sido su padre quien había vencido y depuesto a la anterior familia real y, después, había adquirido y sellado su alianza con Avaland al decidir casar a su hija con el príncipe regente. Justo lo que él tenía intención de hacer con Kit.

Jack y Sofia mantenían una distancia decorosa, como si un muro de hielo los separara. Supo de inmediato que no había amor en su relación; no le sorprendía entonces que no buscase ni concibiera algo distinto para su hermano.

—Se debe al encantamiento de mi vestido, Alteza; no es virtud mía.

—Entonces, sepa que su talento es impresionante. Había leído que, en Machland, las personas tenían un don para las artes manuales, y ya veo que no eran en absoluto exageraciones. Debería pedir su ayuda para mis propios bordados, si tuviera un hueco libre.

—Me encantaría. —Niamh sonrió—. Nada me hace más feliz que la costura.

Un toque esperanzado curvó la sonrisa de la princesa.

—¡El señor Gabriel Sinclair! —exclamó el lacayo.

¿Señor? Tenía entendido que su padre era un duque.

Los murmullos que llenaban el salón se potenciaron de inmediato y le pareció percibir un cariz crítico en ellos. Todos se habían vuelto hacia él con expresiones de desagrado. Sintió un pinchazo en el pecho. ¿Qué podría haber escrito Lovelace sobre él para que reaccionaran así?

Sinclair se abrió paso con la barbilla en alto y un frac dorado. Estaba muy apuesto. No le dedicó a nadie una sola mirada, ni sonrisas ni saludos, pero Niamh, pese a que mantuvo la mano metida en uno de sus bolsillos en un gesto de indiferencia, pudo apreciar con claridad la tensión que se cerraba en torno a sus hombros.

Caminó hasta quedar justo al lado de ella y preguntó:

—Espero que mi interrupción no los haya importunado.

—Sinclair.

La voz de Jack emanaba evidente rechazo.

—Alteza. —Le dedicó una sonrisa inocente, pero el brillo en sus ojos dejaba claro que el sentimiento era mutuo—. ¿Me echaba de menos?

La pregunta pareció horrorizarlo, lo que para Niamh fue respuesta suficiente.

—¿Ha seguido considerando mi petición?

—En efecto, sí. No debe preocuparse por mí.

—Permítame dudarlo. —El príncipe suspiró—. Pueden retirarse. Ambos. Aún tengo otros invitados que recibir.

—Por supuesto, señor.

Sinclair se inclinó, haciendo florituras con la mano; fue demasiado formal como para resultar decoroso. ¿Qué estaba haciendo? Niamh deseó que fuera socialmente aceptado preguntar todo lo que se le pasaba por la cabeza.

Sin embargo, él no dudó un segundo antes de internarse de nuevo en la multitud. Ella lo siguió de inmediato, abriéndose paso como bien pudo entre la gente y murmurando disculpas por lo bajo, pero, en cuanto reparó en que Kit avanzaba tras ellos, tuvo que resistir, al mismo tiempo, el impulso de frenar en seco y el de salir corriendo.

Después de la conversación que habían tenido hacía ya una semana, lo que menos quería era hablar con él. Además, el encantamiento de su frac le ponía los pelos de punta y la piel de gallina. Incluso se percató de que Sinclair se estremecía al verle. Una parte de ella quería alegrarse de que se hubiera visto obligado a llevar puesto algo así, pero la otra era incapaz; jamás había hecho un trabajo tan mediocre. Nunca.

—Kit —lo llamó su amigo, aunque no parecía tener intención de detener su avance—, ¿te has estado portando bien?

—No soy el único que debería hacerlo, al parecer.

—Me ofendes. Y mira que pensaba que podría pasar esta temporada sin tener que escuchar críticas de más de un Carmine…

A pesar de que el príncipe se cruzó de brazos, su expresión se relajó.

—Ignóralo. Ha vuelto a leer la columna de Lovelace. No le ha sentado bien.

—Nunca le sienta bien nada. —Aunque un segundo después añadió—: Me gusta el frac.

—Ah, ¿sí? —preguntó, molesto.

—Oh, sí. No te ofendas, pero verte vestido siempre de negro sobre negro estaba empezando a deprimirme. Ahora, solo con mirarte, siento hasta ganas de abrazarte.

—Cierra la puta boca.

Niamh dio un respingo. Aunque no había verdadero reproche en su voz, no habría esperado, ni en mil vidas, que una réplica tan malsonante pudiera salir de los labios de un príncipe. En aquel instante veía poca diferencia entre ellos dos y cualquier pareja de chicos machlandeses dando tumbos por la calle en su camino de vuelta de la taberna. Algunas cosas, suponía, eran universales.

—No pretendía faltarle al respeto, por supuesto, señorita O'Connor —agregó Sinclair al cabo de un rato—. Lo cierto es que es un frac precioso. Le queda de maravilla.

—Gracias.

Él alzó una ceja ante su brusquedad y, después, intercambió la mirada entre los dos varias veces.

—Vaya. Veo que ambos estáis congeniando de maravilla.

Kit bufó.

—Eres incapaz de no meterte donde no te llaman, ¿eh?

—Christopher, Christopher…, no sé si te conviene tratarme así. Conozco todos tus secretos. —Estiró un tanto la pierna para situarse junto a Niamh y convirtió su voz en un intento de susurro misterioso—: ¿Sabe usted, señorita O'Connor, que, de pequeño, nuestro querido Kit aquí presente era un niño muy sensible? De hecho, creo recordar que en su décimo cumpleaños…

—Ya. —El rostro del aludido se había teñido de rojo—. ¿Se puede saber qué te pasa hoy?

—¿A mí? Nada, ¿por qué?

Aun así, le dirigió una sonrisita pícara a Niamh.

En ese momento, las puertas del salón se abrieron, dando paso a todo un estallido de voces cargadas de emoción y risillas nerviosas. La presentación de las debutantes acababa de empezar.

—La señorita Selby —anunció el lacayo—, en compañía de su madre, la honorable señora Selby.

La muchacha ingresó en aquel lugar con la barbilla tan alzada que bien podría haber sido para mantener su tocado en equilibrio. Las plumas que llevaba en el cabello se extendían a casi un metro de altura y temblaban con cada paso que daba. En una de las manos portaba un abanico hecho de marfil y, en el brazo contrario, un ramo de lirios blancos.

Hizo una reverencia ante Jack, tomó la mano que le ofrecía la princesa Sofia y besó el zafiro de su anillo. Fue entonces cuando Niamh reparó en el error que había cometido antes.

—Sus Altezas —comenzó la señorita Selby con voz solemne—, la sangre divina de la santa Isolde corre por mis venas. Díganme, ¿qué desean saber?

Los nobles que los rodeaban avanzaron en su dirección, soltando comentarios por lo bajo, agitados.

—¿Cuál es el don de la santa Isolde? —preguntó Niamh.

—El don de la profecía —respondió Kit.

Jamás había visto ese tipo de magia en persona. Los adivinos llevaban siglos sin pisar suelo machlandés; los avaleses se habían encargado de ello durante las primeras fases de la ocupación.

—Suena increíble.

Sinclair se encogió de hombros.

—No te emociones demasiado. El año pasado, su hermana mayor predijo que tendríamos como mínimo un heredero al trono correteando por doquier, y mira cómo estamos.

Kit lo fulminó con la mirada.

Justo entonces la princesa Sofia preguntó:

—¿Tendremos un clima favorable el día de la boda del príncipe Christopher y la infanta Rosa?

Los ojos de la señorita Selby soltaron un destello dorado. Una quietud dramática se extendió a su alrededor durante tanto tiempo que acabó siendo incómoda. Desde algún rincón del salón, alguien tosió.

Y, por fin, respondió:

—Hay un veinte por ciento de probabilidad de lluvia para el día de la boda. —Hizo una pausa—. Eh… Sí. Puedo afirmarlo con una certeza del veinticinco por ciento. Aproximadamente.

—Se lo agradecemos enormemente, señorita Selby. —Jack se presionó las sienes, como si le doliera la cabeza y estuviera tratando de aplacarlo—. Ha sido realmente revelador.

Hubo un aplauso no demasiado entusiasta en lo que ella abandonaba la estancia. Mientras la siguiente debutante entraba, Niamh miró de reojo a Kit. Por mucho que no lo soportara, por muy maleducado que fuera, no iba a permitir que pensara que aquel frac horrible representaba el compendio de sus habilidades. Jamás.

Se inclinó hacia él y susurró:

—Alteza.

—Ya le dije que no me llamase así. —Soltó un suspiro, como si ya se hubiera cansado de la conversación—. ¿Qué quiere?

Vaya. Estaba claro que ni en toda su vida como príncipe había logrado asimilar ni media noción de buenos modales. Sí, no sabía con exactitud qué era lo que les enseñaban a los niños nobles, pero estaba segura de que tenían, como mínimo, una o dos lecciones de etiqueta básica.

—Quería comentarle una cosa sobre el frac.

—Me hace parecer siniestro —se adelantó—. Ya lo sé.

Notó cómo sus hombros perdían fuerza.

—Sí…

—Es como si me odiara.

Puso una mueca arrepentida.

—Ya…

—Se supone que esto es una celebración; no me parece demasiado apropiado.

La humillación y la indignación la recorrieron de arriba abajo.

—Lo *sé*, pero ha sido un accidente. No hace falta que ponga el dedo en la llaga.

Él se mantuvo en silencio durante unos segundos eternos.

—Debería haber visto la cara de mi hermano.

La imagen se implantó en su cabeza con toda claridad: lo vio a él, bajando por la escalera imperial con esa aura amenazante, y a Jack, avergonzado hasta la médula pero siendo demasiado correcto como para decir nada al respecto. No pudo evitarlo: soltó una carcajada tan fuerte que tuvo que amortiguarla con la mano. Para su sorpresa, los labios de Kit se curvaron hacia arriba, aunque solo lo justo para mostrar una media sonrisa pícara.

Sí. Lo cierto es que era *muy* apuesto.

Y que debía dejar de fijarse en eso. La belleza no era más que un espejismo que ocultaba un lado oscuro, como ocurría con los Justos. Que hubieran compartido ese momento no quitaba todo lo demás.

—¡La señorita Beaufort! —anunció el lacayo—. ¡Acompañada de su tía, la vizcondesa de Grosvenor!

La joven, por su parte, tenía la sangre divina de una de las figuras más veneradas de la historia de Avaland: la santa Jeanne. Con un solo chasquido de dedos, logró apagar todas las velas del salón. Los invitados comenzaron a soltar risitas nerviosas que, de pronto, se transformaron en exclamaciones cuando se encendieron de nuevo, más vivas que antes.

Niamh volvió a dirigirse a Kit. En mitad de la muchedumbre, era casi como si estuvieran los dos solos.

—Pretendía preguntarle qué ideas tenía para el frac, ¿sabe? Pero se marchó antes de que pudiera hacerlo.

—*Ideas* —repitió él, escéptico.

—Claro. Y tendremos que hablar sobre cómo le gustaría vestir durante el resto de la temporada y, por supuesto, en la boda. Aunque el tema de la capa nupcial ya llegará, no se preocupe. Así que, dígame, ¿qué quiere llevar?

—Nada.

Y, como si de un acto reflejo se tratara, antes de que pudiera pensarlo siquiera, soltó un bufido y dijo:

—Es decir que ha vuelto a cambiar de planes.

Kit tardó un segundo de más en entenderlo; después, su rostro se fue pintando poco a poco de rojo hasta que logró cubrir toda su expresión de seriedad y la coronó con su ceño fruncido. Niamh no se había dado cuenta hasta entonces de que se ruborizaba con facilidad y de que, a pesar de lo distante que se empeñaba en ser, se le daba fatal ocultar sus emociones.

—*Lo que sea*, entonces. Me es igual.

—Pero estoy segura de que usted tiene opiniones —siguió ella, persistente—. Colores que le gustan y que no, algún tipo de corte que prefiera para sus trajes, cómo quiere que se sientan los demás cuando lo miren y...

—No podría importarme menos nada de eso —la cortó—. Nunca me he parado a pensar en colores. Estoy seguro de que mi hermano podrá opinar de sobra por los dos.

—Bueno, pero su hermano no va a ser quien suba al altar, sino usted. —Puso los brazos en jarras—. Cualquier cosa, lo que sea, me será de ayuda. —Y añadió, casi más como una pregunta—: Por favor.

—¿Qué es lo que no entiende? No quiero tener a nadie mirándome siquiera.

Y, entonces, se volvió con brusquedad y fijó la atención en el acto de presentación. Molesta, Niamh buscó a las debutantes con la mirada; no obstante, apenas pudo concentrarse.

Al cabo de un poco menos de una hora, acabó perdiéndose con las jóvenes. Una fue capaz de levitar varios centímetros por encima del suelo mientras su pelo se estiraba hacia al techo como si se encontrara bajo el agua. Otra se desmayó nada más besar el anillo de Sofia y fue necesario que acudieran su madre, dos asistentes más y otro con un puñado de sales aromáticas para ayudarla a volver en sí. No le pareció que fuera nada especialmente extraordinario, pero, aun así, todo el mundo aplaudió.

Solo cuando estaba empezando a pensar que le daría algo de puro aburrimiento, el lacayo volvió a alzar la voz:

—¡Su Real Majestad, el rey Felipe V de Todos los Santos de Carrillo!

Sintió la emoción como chispas en el estómago. Casi se había olvidado de que la infanta Rosa iba a hacer su aparición esa noche.

—Acude en compañía de su hija, Su Alteza Real, la infanta Rosa de Todos los Santos de Carillo, y de la señorita Miriam Lacalle.

Había llegado por fin lo que había estado esperando toda la noche: ver a la princesa. Eso, dando por hecho *poder* hacerlo, claro. A veces —casi siempre, en realidad— odiaba ser tan bajita.

Se puso de puntillas y estiró el cuello al máximo en un intento por obtener la mejor visión posible, pero apenas pudo captar un leve atisbo de lo que había más allá de aquel inmenso bosque de peluquines. Fue entonces cuando sintió que la mirada de Kit recaía en ella, cargada de la cruel fascinación de un chiquillo que observaba cómo una tortuga que se había quedado bocabajo trataba de darse la vuelta.

Niamh se preparó para recibir lo que fuera que pensase soltarle.

—Usted —llamó, sin embargo, al hombre que estaba justo enfrente.

Él se volvió de inmediato, molesto por la brusquedad de su tono, pero en cuanto vio que era el príncipe quien se encontraba a su espalda, con los brazos cruzados y expresión severa, su rostro cambió por completo.

—Alteza. ¿Qué puedo hacer por usted?

—Moverse. Está en el medio.

El asombro la golpeó de lleno.

—Pero… —El hombre estaba perplejo; sin embargo, acabó por asentir varias veces, servicial—. Por supuesto, Alteza. No me había dado cuenta. Mis más sinceras disculpas.

Varios de los nobles que lo rodeaban se apartaron también. Era obvio que lo hacían por si acaso, para no tener que enfrentarse a su dureza. Niamh lo miró, incrédula. ¿Por qué había hecho eso? Su vista tampoco debía de ser capaz de alcanzar demasiado desde allí, pero aun así no imaginaba que tuviera demasiado interés en ver a la mujer con la que lo habían obligado a casarse.

Al sentir que lo observaba, Kit se giró hacia ella:

—¿Qué?

—¡Nada!

Por lo menos, hacía que no le costase tragarse la gratitud.

El taconeo regular contra el suelo de madera se encargó de atravesar el eco de los cientos de conversaciones que los rodeaban y, cuando se detuvo, todas ellas se evaporaron. Incluso se percató de que Jack contemplaba la puerta con una expresión que no le había visto poner aún.

Con miedo.

El rey Felipe y la infanta Rosa se habían quedado de pie bajo el marco dorado de las puertas, recortados contra ellas como si fueran parte de un retrato al óleo, aunque el rey, grande como un oso, parecía ocupar el rellano por sí solo. Los detalles de oro que decoraban las hombreras de su chaqueta y la corona que reposaba sobre sus rizos oscuros centelleaban en la distancia. Sin embargo, de alguna forma, y pese a que no portaba ni un solo trazo dorado o piedra preciosa, era su hija la que atraía la atención de todo el salón.

Su vestido de volantes se extendía por el suelo en varias capas hechas de seda negra. Que hubieran elegido ese color era bastante sorprendente; las nobles avalesas jamás vestían de negro, a menos que estuvieran de luto. Los rizos de su cabello resaltaban su piel olivácea y llevaba un velo de encaje que no permitía apreciar la mayor parte de sus rasgos, pero Niamh alcanzó a ver que sus labios, que se inclinaban hacia abajo en las comisuras como si estuviera poniendo un puchero, también estaban pintados del mismo tono oscuro.

Examinaba a la gente con total desinterés bajo los párpados y, de hecho, los mantuvo tan bajos que casi parecía estar dormida.

Su dama de compañía avanzaba a un paso de distancia de ellos. En comparación con la infanta, la señorita Lacalle parecía el sol encarnado con su vestido escarlata. Tenía las mejillas redondeadas, una boca que parecía acostumbrada a esbozar sonrisas, unos ojos marrones que emanaban picardía y había recogido su cabello castaño en un moño bajo.

—Dios mío —escuchó que cuchicheaba alguien cercano—. Parece una muerta en vida.

—Peor —replicó su acompañante—. Una plebeya.

Los murmullos atravesaron el salón como si de vino dulce se tratase. Algunas personas parecían complacidas; otras, escandalizadas. Niamh, por su parte, no sabía qué pensar, aparte de que debía de haber algo en el aire de Sootham que contagiaba a todos los miembros de la aristocracia ese temperamento tan inestable.

La princesa de Castilia echó a caminar hacia Jack y Sofia, y Niamh volvió a echar otro vistazo a Kit; contemplaba su avance como si acabara de salir de la peor de sus pesadillas.

—Enhorabuena, Kit —susurró entonces Sinclair—. Es preciosa.

Sin embargo, por primera vez, él no pronunció palabra; se limitó a caminar hacia su hermano cuando se percató de que llevaba ya un rato indicándole con la mano que se acercara.

Iba a ser una boda interesante cuando menos.

Niamh trató de captar trazos de la conversación que habían comenzado a mantener ambas familias reales, pero cuanto más cerca se encontraba de ellos, menos alcanzaba a escuchar por culpa del creciente barullo. Aun así, no le pasó desapercibida la sonrisita que había cubierto los labios de Jack ni la forma en la que le brillaba la frente por el sudor. Se había inclinado tanto para recibirlos que, por un instante, pensó que llegaría a tocar el suelo con la nariz. Y, pese a que el rey Felipe era conocido por su mal carácter y su destreza militar, jamás habría imaginado que alguien como él fuera a mostrarle sus respetos de forma semejante.

—Resulta casi doloroso —le dijo Sinclair, que había seguido su mirada—. Nunca en mi vida había visto a Jack así, con tanto empeño por adular a nadie.

—¿Por qué cree que es?

—La infanta Rosa es la única hija del rey —respondió—, y él la tiene bastante sobreprotegida. Es su dulce niñita. No fue en absoluto sencillo conseguir que accediera a ofrecérsela a Avaland. Y lo cierto es que no creo que le costase demasiado cambiar de idea. Quiero decir, míralo.

Lo cierto era que el rey contemplaba a su hija con tal admiración que hizo que su corazón se estremeciera; una mezcla extraña de culpa y nostalgia. Sin embargo, al reparar en que el que sería su futuro esposo los alcanzaba, aquella actitud cambió por completo.

Niamh supo de inmediato que no se debió al efecto del encantamiento del frac. No; con solo una mirada lo había analizado y, a juzgar por la pétrea desaprobación que cubrió su rostro, había encontrado un buen puñado de faltas.

Una nueva ola de terror la golpeó entonces: no podría conseguir el dinero que necesitaba para su madre y su abuela si decidía cancelar la boda. Sus sueños dependían de que el hombre más desagradable y pretencioso de toda Avaland le demostrara que aquella unión valía la pena a otro que pensaba que nada ni nadie sería adecuado para su hija.

Lo cual significaba que solo le quedaba una alternativa: tendría que hacer todo lo que estuviera en su mano para que Kit pareciera un príncipe, incluso si no estaba dispuesto a actuar como uno.

6

$\mathcal{E}$l primer baile de la temporada tendría lugar aquella noche y Niamh aún no había conseguido terminar de impregnar el encantamiento en el nuevo frac de Kit.

La falta de sueño de las últimas noches había comenzado a pasarle factura y tenía ya los dedos pálidos y entumecidos. Sabía que era una advertencia. Si seguía forzándose así, no iba a acabar bien. Hacía ya tiempo desde que los síntomas de la enfermedad habían surgido por primera vez y habían comenzado a suponerle un impedimento para su trabajo, pero, aun así, jamás había usado sus poderes tanto como aquellos días. Y no sabía en qué lugar la ponía el hecho de que la frustración acabara siempre pesando más que la preocupación. Sin embargo, en ocasiones, la eterna lucha entre lo que su cuerpo era capaz de dar de sí y lo que demandaban su cabeza y las circunstancias amenazaba con volverla loca.

Creía tener bien aceptado su destino: su propia existencia la acabaría traicionando. Saber cómo iba a morir era, de una forma algo cruda, reconfortante, pese a no saber con exactitud cuándo ocurriría. Había llegado a un acuerdo un tanto precario con Donn, el dios de la muerte: él no le arrebataría la vida de golpe, como un ladrón en mitad de la noche; en su lugar, se la drenaría gota a gota, al igual que un granjero hacía con la sangre del ganado.

Gran parte de su familia —tanto entre los que contaban con un *ceird* y los que no— había desarrollado la misma condición: fatiga, dolores e inflamaciones sin causa aparente y dedos que se ponían blancos por el frío o por el estrés. Algunos habían llegado a vivir sesenta años; otros ni siquiera hasta los veinte. La única forma de saber cuánto le quedaba era su pelo. La pérdida de color era como un reloj de arena, un recordatorio de cuánto aliento quedaba aún en su interior.

Y de que tenía que seguir esforzándose al máximo.

Echó un vistazo a su cuaderno de bocetos, aunque fue incapaz de descifrar las ideas que había garabateado en algún momento hacia las tres de la mañana. Era como que los trazos se enlazaban entre sí cuanto más los miraba; no había forma de encontrarles sentido. Y ni siquiera recordaba dónde había dejado el carboncillo.

Se puso de pie y se dio de bruces contra uno de los maniquíes, que estuvo a punto de caerse, pero consiguió agarrarlo en el último instante.

—¡Ay! ¡Lo siento!

No tenía ojos —ni cabeza, de hecho—, pero hubiera jurado que la estaba juzgando con la mirada. Aunque quizás era solo que ya iba siendo hora de que se fuera a la cama. No recordaba cuándo había sido la última vez que lo había hecho.

No importaba.

Decidió que terminaría de ajustar los bordados del frac y ya después se echaría una siesta. Sacó un puñado de alfileres del cajón de la mesa de trabajo y se los colocó en la boca por uno de los extremos. A medida que trabajaba, los rayos de sol se iban deslizando por el suelo como si fueran las manecillas de un reloj.

—¿Quería verme?

Kit.

Niamh dio un respingo y giró sobre la silla. En cuanto sus ojos encontraron los del príncipe, todos los alfileres abandonaron sus labios y cayeron sobre la madera con un tintineo. Le vio abrir la boca en la distancia, estupefacto —tal vez sorprendido por haberla visto escupir metal—, y se la quedó mirando durante lo que le pareció una eternidad.

Las ortigas que había hecho surgir durante su última discusión se sacudían al otro lado de la ventana, casi como si fueran una bandera blanca. Las hojas se retorcían contra el cristal en un intento, quizás, por alcanzarla, y la luz que dejaban entrar hacía brillar todo el taller.

Sentía que el corazón le martillaba el pecho.

—¿Qué le dije sobre llamar a la puerta con más fuerza?

—Lo he hecho —replicó él—. Es usted quien tendría que estar más atenta a lo que pasa a su alrededor.

Tuvo que contenerse. Estaba demasiado cansada como para tener que verse envuelta en otra discusión con él.

—¿Le importaría cederme su frac un momento, por favor? Quiero asegurarme de que el nuevo le vale.

Sin mediar palabra, Kit se lo quitó y se lo tendió. La tela era cálida y suave y dejaba escapar un leve aroma a tierra mojada y tabaco. Niamh lo intercambió por el otro, que descansaba en el maniquí, y se esforzó por no mirar demasiado mientras se lo ponía. Con un primer vistazo, pudo comprobar que le quedaba de maravilla. Una oleada de orgullo la recorrió de arriba abajo.

Lo había conseguido por fin: parecía un príncipe imponente y regio.

Hasta entonces no se había detenido a admirar de verdad el frac. Era de un azul tan oscuro que bien podría haberse tratado de un trazo de medianoche, y se le ajustaba al cuerpo con líneas definidas y bien marcadas; sus ayudantes habían hecho un trabajo magnífico. Coser los bordados con el hilo plateado encantado le había llevado más tiempo del que había sido capaz de contar; mostraba un patrón de ortigas que recorrían toda la espalda, pero solo eran visibles al girar la cabeza de una forma determinada o cuando le daba la luz en el punto exacto.

Jamás había puesto tanto de sí misma en una prenda.

«No quiero tener a nadie mirándome siquiera». Eso le había dicho Kit; una respuesta mordaz que se había tomado como una confesión.

Y, por mucho que la irritara, había acabado engarzándole recuerdos de momentos en los que se hubiese sentido a salvo. El encantamiento le permitiría permanecer oculto aun a plena vista y, si prestaba atención y se relajaba, si ignoraba la familiaridad de su propia magia, podía verla comenzando a hacer efecto. Al llevar puesto aquel frac, su cuerpo y la claridad de sus rasgos se difuminaban.

Le haría parecer alguien más en medio de la multitud. Nadie se fijaría en él, como si fuera poco menos que una pieza de mobiliario.

En ese momento, Kit se dirigió al espejo. Por un segundo, creyó que retrocedería —la mayoría de la gente lo hacía hasta que conseguían acostumbrarse a lo que tenían ante ellos—, pero, en su lugar, se quedó inmóvil en el sitio, como una piedra, a pesar del brillo en sus ojos. Parecía de nuevo a kilómetros de distancia.

Niamh se preparó para recibir su desprecio, para que arrojara el frac contra el suelo al igual que había hecho con el pañuelo. Sin embargo, no dijo nada.

Un resquicio de esperanza nació en su pecho; llevó las manos hasta allí antes de preguntar:

—¿Qué le parece?

Odió el nerviosismo que se filtró en su voz.

Odió que le siguiera importando lo que él pensara.

—Está… bien. —Vaciló, como si se atragantara con las palabras—. Supongo. ¿Puedo irme?

Que estaba *bien, suponía*. No pudo evitar sentirse decepcionada, aunque, en realidad, si lo comparaba con las dos primeras reacciones que había tenido ante su trabajo, era todo un cumplido.

—Aún no. Necesito terminar el diseño y coser el forro, ya que estamos. Dese la vuelta, por favor.

Kit alzó las cejas; estaba claro que no le hacía demasiada gracia la idea de darse la vuelta, pero, aun así, permitió que ella lo fuera girando a medida que trabajaba. De hecho, le pareció que lo toleraba con una elegancia sorprendente.

Tras enderezarle las solapas del frac, examinó su obra.

Recorrió con la yema de los pulgares los bordados que se extendían por la zona de sus clavículas. Aunque solo al notar que su mirada recaía sobre ella, con los ojos bien abiertos, se percató de que no se trataba de un maniquí, sino de un hombre.

Las mejillas comenzaron a arderle.

—Eh…

Y al mismo tiempo él dijo:

—¿Qué…?

Pero en ese instante la puerta se abrió. Ambos se separaron tan rápido que Niamh estuvo a punto de tropezarse con sus propias faldas.

El príncipe regente se abrió paso por el taller con el serio porte de un dirigente del ejército, y solo eso fue suficiente para que Kit volviera a alzar la muralla que siempre lo rodeaba. La vulnerabilidad que le había cubierto el rostro hacía unos instantes se convirtió en una máscara de puro desprecio.

Aunque Jack no pareció darse cuenta. Echó una mirada a lo largo de toda la estancia y luego otra. Después, con el ceño fruncido, la fijó en ella.

—¿Qué estás haciendo aquí? —quiso saber su hermano.

—Ah. —Sonaba sorprendido—. Estás aquí.

Kit arqueó una ceja al verlo parpadear; sin embargo, justo entonces los ojos se le iluminaron al reparar en lo que Niamh había hecho.

Le dio la sensación de que estaba casi contento con el resultado.

La recorrió una sensación extraña. El encantamiento había funcionado tal y como esperaba, pero, en cuanto Jack había fijado la vista en él, el efecto se había atenuado. Y ahora lo estudiaba como si se tratara de un joyero con un monóculo, de una forma tan impersonal que hasta ella se sintió indignada.

Unos segundos después, el regente volvió a alzar la voz:

—¿Estás contento?

—Eufórico —respondió Kit, seco.

—Excelente. —Si era consciente de que su hermano parecía querer asesinarlo con la mirada, no dio muestra alguna de ello. Se limitó a sacar un reloj del bolsillito que llevaba en la cintura—. Ahora, ve a prepararte, Kit. No tenemos mucho tiempo. El rey Felipe y la infanta Rosa llegarán en unas horas.

—Espere —se vio obligada a intervenir Niamh. Ambos se dirigieron a ella con idénticas miradas de perplejidad, pero decidió continuar—: El frac no está terminado todavía.

Un tanto a regañadientes, Kit se lo devolvió.

Jack la observó como si se tratara de un enigma que no supiera muy bien cómo resolver.

—Muy bien, pues. Baje cuando esté lista para el baile.

No supo si fue pánico o ilusión lo que hizo que su corazón diese un vuelco.

—No sabía que estaba invitada.

—Por supuesto que sí. —Lo dijo como si fuera lo más obvio del mundo—. De hecho, espero que acuda. La corte debe verla.

¿Verme?, pensó. *¿A mí?*

No podía ser; ella no era nadie. Debía de estar hablando de sus diseños, seguro. Tal vez lo que quería era que fueran aumentando las expectativas de los trajes de la boda.

Tendría que pensar bien qué ponerse, entonces.

—De acuerdo; allí estaré.

Le hubiera gustado tener más tiempo para prepararse, pero no sería para tanto. En lo que debía centrarse era en terminar el forro del frac de Kit, lo cual le recordó de inmediato que seguía sin saber dónde había metido el carboncillo. Murmurando por lo bajo, comenzó a rebuscar entre el océano de bártulos que se esparcían por la mesa de trabajo. Trató de recordar dónde...

—Lo tiene detrás de la oreja.

La voz de Kit la detuvo.

—¿Cómo...? —Se llevó la mano a la sien y no tardó en rozar la punta de grafito—. Oh. Gracias.

—No hay de qué.

Lo dijo en un susurro y, después, se encaminó hacia la puerta a toda velocidad.

Esa noche, Niamh extendió sobre la cama todos los vestidos que se había traído de Machland. Se esforzó por no manipularlos demasiado; había que tener cuidado cuando se tenía delante una pila —o una montaña, en realidad, en ese caso en concreto— de prendas encantadas. Ir toqueteándolas a lo loco podía hacerte atravesar el espectro de emociones completo en lo que duraba un parpadeo. Le había ocurrido ya una o dos veces, y no estaba dispuesta a repetir la experiencia.

Su rostro se pintó de creciente disgusto a medida que los observaba. Aquel iba a ser el primer baile al que acudía en su vida y el príncipe regente la había invitado así, como si nada; como si no la hubiera lanzado directamente a un torbellino de pensamientos intrusivos.

Tenía que llevar algo elegante pero no anticuado; clásico pero que no estuviera pasado de moda. Necesitaba algo que le sirviera para encajar, pero que no la hiciera parecer presuntuosa.

Acabó descartando opciones hasta que, al final, se quedó con dos de sus vestidos favoritos. El primero era de muselina blanca y tenía unos brillantitos en la falda que había tardado semanas enteras en colocar. Había imbuido cada puntada de la felicidad embriagadora de las noches de verano y, en aquel momento, chispeaba como una carcajada. El segundo era de algodón anaranjado y le había bordado un encantamiento que doblaba la belleza de quien lo llevara ante los ojos de cualquiera que se fijara en ellos.

Y, aunque era consciente de que, en efecto, ese atraería las miradas, no había ido a Avaland para seducir a nadie; el blanco era su mejor opción.

Una vez que estuvo vestida, bajó al piso inferior con el nuevo frac de Kit bien doblado sobre el brazo. Se detuvo ante el descansillo que se encontraba en lo alto de la escalera imperial. Una sonrisa se abrió paso en sus labios al ver la imagen que extendía ante ella. Desde luego, el servicio había estado bien ocupado durante el tiempo que había pasado encerrada en su habitación: habían colocado arreglos forales de lirios blancos en cada uno de los escalones y ristras de jazmín que rodeaban la barandilla. Su néctar, dulce y delicado, perfumaba el aire.

Solo entonces se dio cuenta de que Jack y Sofia se encontraban a los pies de la escalinata junto a Kit, que, con las manos en los bolsillos, irradiaba un aura tan deprimente que bien podría haberse encontrado en mitad de un campo de batalla en lugar de en el centro del recibidor más bello que había visto en su vida. Se esforzó por no fijarse demasiado en el hecho de que no llevaba más que la camisa. Se apresuró a acudir a su encuentro y los tres se giraron hacia ella.

—Señorita O'Connor, parece usted uno de los campos helados de Saksa. —La voz de la princesa Sofia era cálida y sus ojos centelleaban—. A mí y a mis hermanas nos encantaba ir allí de pequeñas a jugar a perseguir a los espíritus de escarcha. ¿No piensas lo mismo, Jack?

La expresión de su esposo fue cuando menos curiosa: la examinaba como si no la conociera en absoluto.

—No sabría decirte. Nunca he estado, y tampoco antes te había oído mencionar nada parecido.

Aquello arrebató la ilusión de golpe. Niamh sintió que se le cerraba el estómago. Conocía a la perfección cómo debía de sentirse, su decepción: había estirado la mano y nadie se la había tomado. Aunque, en defensa del príncipe, no tardó en absoluto en darse cuenta de cómo había sonado y añadió:

—Pero lo cierto es que es un vestido hermoso. De hecho, me recuerda a los veranos que pasábamos en Woodville Hall. Padre siempre venía a visitarnos. ¿Te acuerdas, Kit?

—Ah —respondió él, sin demasiado entusiasmo—. Sí.

No obstante, tampoco se le pasó la frialdad que tomaron los rasgos de Jack de inmediato. Era obvio que cada uno tenía un recuerdo bastante distinto de lo mismo.

Durante unos segundos, los cuatro permanecieron en un silencio incómodo y, por alguna razón, Niamh sentía que necesitaba volver a ver esa alegría infantil en el rostro de Sofia. Por extraño que pudiera resultar, le enternecía que una mujer como ella, una princesa nada menos, pudiera ablandarse de esa forma ante uno de sus encantamientos.

—Podría darle este vestido si lo desea, Alteza.

Y, pese a que aquella vez fue un tanto más pequeña, su sonrisa regresó.

—Me encantaría.

—Muy generoso por su parte —intervino Jack, claramente incómodo.

—No es nada. De hecho, es lo mínimo que puedo hacer como agradecimiento después de que hayan sido tan amables al querer invitarme a estos eventos… —Tras sus palabras, estiró el frac hacia Kit en un intento por cerrar cualquier herida que su hermano hubiera abierto—. Pruébeselo.

Él obedeció sin queja alguna y el encantamiento hizo efecto al instante. Los bordes de su figura se difuminaron, convirtiéndolo en una especie de borrón negro como el carbón. Jack parpadeó, sorprendido, antes de que su boca se convirtiera en una línea recta; al fin entendía qué era lo que había hecho.

—Podrá ir controlándolo —se apresuró a decir Niamh—. Un poco.

—Bueno. Supongo que siempre viene bien tener un método de escape. —No parecía que se dirigiera a nadie en particular. Echó un vistazo a su reloj de bolsillo y dejó escapar un bufido—. Id acabando. Los invitados llegarán en cualquier momento. ¿Vamos yendo, Sofia?

Ella le rodeó el brazo con la mano y dejó que la guiara hacia la puerta principal. Ya casi era la hora.

A través de las ventanas, alcanzaba a ver la fila de carruajes que atravesaban la linde del bosque que daba a las puertas de los jardines del palacio. Y fue, por sus inmensas estructuras y sus majestuosos caballos, casi como si un pequeño ejército estuviera avanzando en su dirección. Y encima la expresión de Kit, que sobrepasaba sus estándares habituales de severidad, tampoco ayudaba demasiado a borrar la sensación. Sin embargo, no podía distraerse; debía centrarse en lo que tenía entre manos… si conseguía no perderlo de vista.

Tuvo que parpadear varias veces para conseguir que el encantamiento se desvaneciera tras sus ojos. A pesar de que su figura estaba borrosa, sus ojos parecían haberse convertido en un faro: brillaban como el fuego, ambarinos, y eran capaces de iluminar hasta un océano cubierto de bruma. Cada segundo que pasaba, lo veía con más claridad.

Sí, aquel frac le quedaba perfecto.

Lo único que faltaba era añadir un último toque.

—Siéntese, por favor.

Kit obedeció; ella se colocó justo a su lado en las escaleras, enhebró una aguja y comenzó a coser unos botones decorativos de madreperla en la tela. Su mundo se redujo a la velocidad en la que le latía el pulso y la calidez que emanaba de su cuerpo; lo sentía en sus propias manos.

Al terminar, cortó el sobrante del hilo y guardó las tijeras en su kit de costura.

—Con esto debería bastar —dijo, satisfecha—. No habrá rey que pueda sacarle pega alguna.

—Bien.

Bien. Se había pasado trabajando día y noche, durante una semana entera, y esa era toda la muestra de gratitud que iba a recibir por su parte. No obstante, al fijar los ojos en él, se dio cuenta de que, en realidad, parecía más distraído que cualquier otra cosa. Intentó no tomárselo como algo personal. Por primera vez no parecía que su sequedad fuera por ella.

Al cabo de un rato, lo vio sacar una pica y una cajita de cerillas.

No pudo evitar sorprenderse.

—No sabía que los príncipes fumaban en pipa —comentó, tentativa—. Aunque tampoco me extraña, viniendo de usted.

Se puso rígido; quizás considerando si se estaba burlando de él.

—Yo sí. No me gusta el rapé, así que este es el único vicio que me queda.

Niamh se quedó en silencio, incómoda. El tono que había usado no invitaba demasiado a hacer preguntas, pero, aun así, no había hecho ademán de marcharse. Y tampoco le había dicho a ella que se fuera. De alguna forma, por gracia divina, estaban siendo capaces de existir el uno junto al otro sin engazarse en ningún tipo de pelea estúpida. Y, aunque no quería acabar con el momento, le estaba costando un universo soportar aquel silencio, mantenerse quieta.

Los pensamientos estaban acudiendo en masa a su cabeza; pensamientos sobre lo extraño y a la vez fascinante que era ver cómo se coloca la pipa justo en la comisuras de la boca. Se forzó a apartar la mirada; no obstante, no pudo deshacerse de la imagen de la caña de madera sobre sus labios.

—Sofia es una mujer muy agradable.

La voz escapó sin permiso, un poquito estrangulada.

—Está hoy excediéndose con las confianzas, ¿no?

De pronto, regresó a su mente cada segundo de su conversación anterior.

—No he sido yo la primera en saltarse el decoro. Además, desde que estoy aquí, nadie me ha obligado a mantener distancias entre ustedes y yo.

—No porque no se haya intentado. —Encendió una cerilla y la llevó a la cazoleta de la pipa. El olor a tabaco bañaba el aire—. Conozco a Sofia lo mismo que usted.

Le llevó un instante asimilar que de verdad estaba siguiéndole la corriente en sus pobres intentos de mantener una conversación. Y eso activó su interés. No creía que Jack y Sofia acabaran de casarse, pero sí lo había escuchado mencionar que Kit había permanecido cierto tiempo fuera de la corte. ¿Acaso no se habían visto antes de ese verano? Era consciente de que se estaba pasando de entrometida —o de, como él mismo le había dicho, impertinente—, pero había algo en la forma en la que apoyaba el codo en la barandilla que parecía decirle que podía dar un paso más.

Por primera vez desde que lo había conocido, parecía relajado de verdad, como si estuviera fumando en mitad del campo en lugar de en el ultradecorado recibidor del palacio. Durante un instante, deseó ser capaz de ser tan segura de sí misma. O quizás no era eso, sino que, en realidad, no le importaba nada.

—¿Acudiste a su boda? —preguntó.

—Al parecer.

Tras decirlo, dejó escapar una bocanada de humo que Niamh tuvo que dispersar con una mano.

—Fue hace mucho, entonces.

—Hace un año y medio o así. —Dio otra larga calada y, después, la expulsó. Cada una de sus respiraciones subían y bajaban como la marea. Tomaba, sostenía y dejaba ir—. ¿Has acabado ya con el interrogatorio?

El calor cubrió sus mejillas. Sí, estaba siendo una impertinente, pero hasta ella sabía cuáles eran las preguntas que no podía hacerle, por mucho que fueran a darle las respuestas que quería de verdad. *¿Cómo puede haberse olvidado de algo como la boda de su propio hermano?*

—Por ahora.

—¡Christopher! —Jack apareció de pronto—. ¡Los invitados están...! —Se cortó de golpe y soltó un bufido—. ¡Por Dios! ¡Apaga eso! ¡No estamos en una taberna, ¿sabes?!

Kit se alzó y se guardó la pipa en un bolsillo. Después, tras fijar la vista en Niamh, dijo:

—Intente no meterse en problemas.

—*¿Perdón?*

Sin embargo, la pregunta quedó en el aire; él ya había echado a andar tras su hermano. Le molestó, por supuesto, pero al menos no tendría que soportar su ceño fruncido durante todo el baile.

El baile. El primer baile al que acudía en su vida.

¿Cómo se le podría haber olvidado?

En el fondo, sabía que no debía estar emocionada por algo así. Sin embargo, sus sueños de niña, los más estúpidos y descabellados, se habían empeñado en perseguirla hasta ese mismo instante. No podía dejar de pensar en cómo sería entrar en un inmenso salón y que todo el mundo supiera su nombre. En lo emocionante que sería bailar con un desconocido bajo la luz de las lámparas de araña.

Y enamorarse.

No. No debía permitirse ansiar esas cosas. Eran tonterías; puro egocentrismo. Incluso allí era capaz de sentir la dura mirada de su abuela. Pensó en todos aquellos que habían tenido que dejar sus trabajos en Machland, como Erin. En su frustración. Y allí se encontraba, disfrutando de los lujos de Avaland mientras tantos antes que ella habían sufrido bajo su mandato.

Tenía que trabajar al máximo, durante todo el tiempo posible y tan rápido como fuera capaz, para que aquellos a los que amaba estuvieran a salvo y felices, para asegurarse de preservar el legado de su familia. Si cargaba con su peso en los hombros, su vida —o los pocos años que le quedaran— tendría algún sentido.

Sus propias vivencias no importaban. Ya no.

No obstante, a medida que los primeros invitados iban abriéndose paso por las puertas del palacio, se descubrió incapaz de aminorar su anhelo, por muy autodestructivo que fuera. No pudo evitar pensar que ya había trabajado suficiente por aquel día; que tal vez podría permitirse pasárselo bien, aunque fuera un poco.

Que quizás, aunque solo fuera esa noche, podría ser un poquito egoísta.

7

Entrar al salón de baile fue como abrirse paso a través de un prado. Tuvo que llevarse una mano a la boca para no soltar un gritito de emoción.

Había flores por todas partes: en jarrones que se mantenían en equilibrio en lo alto de las columnas de mármol, por encima de los balcones y alrededor de los soportes de las tartas en la mesa de refrigerios. Incluso varias flotaban en el ponche.

También habían dispuesto cientos de velas que iluminaban cada rincón y sumían la estancia con un aura casi íntima, al igual que la luz de las lámparas de araña, que colgaban bajas y se reflejaban en la madera pulida del suelo. Y, a medida que el sol se ponía en el horizonte y sus rayos se colaban en el interior, el ambiente se templaba y todo parecía centellar.

—El baile no comenzará —informó, solemne, el lacayo que se encontraba en las puertas— hasta que Su Alteza Real, la infanta Rosa, llegue al palacio.

Habían colocado una inmensa lona blanca sobre la pista. Le pareció curioso que no les dejaran mirarla siquiera hasta entonces.

Niamh se dedicó a caminar entre los invitados como si estuviera en un sueño. Los criados iban de aquí para allá, cargados con bandejas de plata a rebosar de canapés de todos los tipos posibles. Probó un vasito de pudín de varias capas, algunos sándwiches de pepino, que estaban cortados en rodajas tan pequeñas que apenas tuvo que masticar, y tres galletitas rellenas de mermelada que habían decorado con pétalos de flor cristalizados.

Mientras se llevaba a la boca otra, una mujer de mediana edad la tomó por el brazo y prácticamente la arrastró hasta su grupo de amigas con los ojos brillantes.

—Dígame: ¿quién le ha hecho ese vestido?

—Yo misma —respondió con la boca llena de migas—. Soy costurera. Me llamo Niamh Ó Conchobhair.

Hubo un instante de silencio e intercambio de miraditas entre ellas, y una parte de la genuina alegría de la mujer desapareció de su rostro para dar paso a un interés casi cruel.

—¡¿Usted?! ¡¿Una chiquilla machlandesa?! ¡Oh, cielos! ¡Qué interesante! Tendrá que hacerle un vestido a mi hija, ¿no? ¡No! No hace falta que se decida ahora. Será mejor que le escriba y... ¡Ay! ¿Sabe usted leer? ¡Tamaña desfachatez la mía darlo por hecho!

Aquello le dolió, sí, pero se esforzó al máximo para mostrarle su mejor sonrisa. Siempre había creído que encontraría una vida mejor en Avaland, pero se había dado cuenta de que «una vida mejor» iba de la mano de cientos de adversidades diminutas más. A medida que fue avanzando por el salón, se fue topando con un puñado de conversaciones horribles distintas; una tras otra:

—Qué pena. Sangre divina, pero ni pizca de dinero ni estatus. —Un chasquido de lengua—. Sin embargo, es usted lo suficientemente bonita como para que alguna familia acepte reservarle a alguno de sus hijos menores. Tengo entendido que a las mujeres machlandesas se las conoce por su abundante fertilidad.

—Debería usted quedarse en mi propiedad durante un tiempo —le ofreció un anciano con voz tomada—, si puedo conseguir separarla de su señor. El vestido que lleva... No me había sentido así desde que era un muchacho. Ya nada me hace feliz, ¿sabe? Nada, excepto mis hermosos caballos...

—Tiene que ser muy extraño para usted estar aquí —le comentó una de las debutantes—. En Avaland somos muchísimo más discretos. Ay, he oído historias de todo tipo sobre su gente y su forma de vida... Es mucho más... desenfrenada.

Nadie le ofreció ningún baile.

Cuando por fin logró apartarse sin que nadie más la detuviera, se dirigió hasta una de las sillas y se dejó caer en ella. Soltó un suspiro de alivio. Las faldas del vestido se arremolinaban en torno a ella, tan brillantes bajo la luz de las velas que le hacían daño a los ojos. Había resultado que los bailes eran muchísimo menos románticos, y el doble de humillantes, de lo que había imaginado.

Bajó los párpados y los mantuvo cerrados mientras contaba hasta tres, tratando de tragarse el ya conocido nudo en la garganta que precedía a las lágrimas. Al separarlos, reparó casi de inmediato en que Sinclair acababa de hacer acto de presencia por uno de los lados del salón. Y no le hizo falta ser ningún miembro distinguido de la corte para saber qué había estado haciendo hasta entonces. Tenía la chaqueta arrugada y el pañuelo que llevaba atado al cuello estaba a punto de soltársele; aunque «atado» era un adjetivo demasiado generoso.

Aunque, eso sí, debía admitir que le impresionaba que no le hubiera costado ni una hora encontrar a alguien con quien escabullirse de allí.

Sus miradas se encontraron en la distancia y vio cómo el rostro se le iluminaba. Después, Sinclair alzó un dedo, como diciéndole que esperara. Se dirigió a la mesa de refrigerios para llenar dos copas de ponche y emprendió el camino hacia ella. El cabello rubio le caía, desordenado, por la frente, pero el resto de sus facciones centelleaban por la iluminación de la sala, como si se tratase de uno de los símbolos dorados que decoraban las iglesias avalesas.

—Vaya. Por un momento pensé que se trataba usted de una visión: parece hecha de la mismísima luz del sol.

El cumplido extendió su sonrisa.

—Hola, Sinclair.

Él le tendió una de las copas y chocó la suya contra la de ella. Niamh le dio un sorbito. Y estuvo a punto de escupirlo. El alcohol le abrasó la garganta y se revolvió en su estómago. Debía de tener como mínimo tres tipos de licor distintos, aparte de vino. Por los dioses, ¿cómo era la gente capaz de bailar, o ya solo caminar, tras beberse más de una de esas?

Sinclair se apoyó en la pared y dirigió un leve gesto a los invitados.

—¿Lo está pasando bien?

Apoyó la copa en una mesa cercana.

—Ha sido… curioso. Pero la comida está deliciosa.

—A usted le queda de maravilla, desde luego.

Lo pronunció como si nada, aunque hizo que bajara la vista, siguiendo la suya, y se percatara de que tenía los guantes manchados de rojo por la mermelada. Esperaba que fuera mermelada, al menos.

—Oh, no. Haga como que no lo ha visto, por favor.

—No puedo prometerle nada. Lo cierto es que me parece adorable. —Esbozó una sonrisa pícara—. ¿Le queda algún hueco en el carnet? Jamás me perdonaría perder la oportunidad de bailar con usted.

—Elija usted, pues. —Le mostró el carnet vacío. La sensación de soledad que tan bien conocía amenazó con recorrerla de arriba abajo de nuevo, así que añadió—: Aunque creo que será lo mejor. No conozco los bailes que hacen ustedes aquí.

En Machland, las fiestas eran mucho más íntimas: había menos gente, llevaban ropa mucho menos elegante y las danzas eran más animadas. Imaginaba que en Avaland eran tan pautados y decorosos como en todo lo demás, las figuritas de una caja de música que giraban sobre sí mismas.

—Entonces, permítame que le enseñe. Un vals, por ejemplo. No pienso permitir que una joven tan hermosa como usted no baile en la primera noche de la temporada.

Una chispita tentativa de emoción se encendió en su pecho, pero trató de contenerla lo mejor que pudo.

—No debería. Lo avergonzaría.

—Pero eso es parte de la diversión, ¿no le parece? —Puso una mueca de tristeza tan falsa que Niamh no pudo evitar sonreír—. Diga que sí, por favor.

—De acuerdo, pero luego no diga que no le he advertido cuando lo haya pisado quince veces.

—Estoy deseando que lo haga. —De pronto, entrecerró los párpados y fijó la vista en la pista de baile. Seguía cubierta por la lona, como si se tratara de un manto de nieve recién caída. Varios de los asistentes se habían dispuesto alrededor de ella y la miraban, impacientes—. Si es que llegamos a tener ocasión en algún momento.

—El lacayo de la puerta dijo que el baile no comenzaría hasta que la infanta Rosa llegara. ¿Es costumbre aquí?

Sinclair sacudió una mano.

—Más o menos. Cada año, Jack contrata un artista para que decore el suelo con un diseño distinto con el que abrir el baile inaugural de la temporada. Imagino que el de este año pretende rendir homenaje a nuestros invitados castilianos. Es tiza; no podemos destrozarlo antes de que lo vean ellos.

La imagen no tardó en abrirse paso en su mente: la tiza convertida en una nube de polvo a su alrededor y toda la ilustración emborronada mientras las parejas recorrían el salón y la magia cubría el aire. Era una belleza tan frágil y momentánea que no pudo evitar sentir cierta pena. Era casi agridulce.

—Suena espectacular.

—Lo es. Tiene que verlo cuando lo destapen. De hecho, ¿qué le parece si vamos a buscar una mejor perspectiva?

Le ofreció el brazo y, en cuanto cuando ella se lo tomó, sonrió.

—Fantástico.

Fue incapaz de ocultar la emoción de su voz.

A medida que la fue guiando entre la muchedumbre, comenzó a escuchar los susurros. Al principio, los ignoró, pero con cada paso iba siendo más consciente de las miradas que les echaban —algunas con lástima; otras, burlonas; varias, divertidas— y ya no pudo seguir haciéndolo. Sentía la vergüenza como un pinchazo en el estómago y la piel le ardía bajo su escrutinio.

—Sinclair —susurró—, ¿por qué nos mira todo el mundo?

—Mmm. —Echó un breve vistazo alrededor—. Ah. Me temo que es culpa mía.

—No. No me malinterprete. Ya me han dejado bien claro esta noche lo que piensan de mí. No me gustaría ser yo la que le supusiese un problema a usted.

Poco a poco, él empezó a ralentizar su caminar desenfadado hasta que se detuvo del todo. Cuando volvió a alzar la voz, Niamh se percató de que evitaba mirarla.

—No es por usted. No sabía cómo decirle esto, pero no he estado siendo del todo sincero.

—Oh. —Contempló su expresión, escondida tras la sombra de su pelo alborotado—. ¿A qué se refiere?

—A que la razón por la que he estado acercándome a usted estos días no ha sido completamente desinteresada. Lo cual no quiere decir que no disfrute de su compañía. En absoluto. Es solo que... —Dejó escapar una risa ahogada—. Me vendría bien tomar un poco de aire. ¿Usted...?

Era obvio que le afectaba lo que fuera que tuviera que decirle. Le dio un leve apretón en el brazo en un intento por reconfortarlo.

—Confíe en mí. No voy a enfadarme.

—¿Se acuerda de cuando Jack me preguntó, el día de la presentación de las debutantes, si había estado considerando algo que me había pedido? —Al ver que asentía, continuó—: Lo que quería era que cortejara a alguien durante esta temporada. Bueno, que fingiera hacerlo, en realidad. Sé que suena extraño, pero no tengo buena reputación y no quiere que Kit se vea más afectado por ella de lo que ya lo está. Por supuesto, pretendía ayudarla en su paso por la temporada. Tenía intención de presentarla a varios de mis contactos, si estaba interesada, pero jamás daría por hecho que...

—Sinclair, eh... Siento muchísimo la interrupción, pero... —Sentía que la cabeza le daba vueltas—. ¿Puedo preguntarle el porqué? Estoy segura de que habrá una mujer por ahí que estará encantada de recibir sus...

—No quiero cortejar a ninguna mujer.

Le sostuvo la mirada, firme.

Y solo entonces, tras un instante, Niamh entendió lo que quería decirle.

En Machland, no había ninguna ley que prohibiera amar ni casarse con quien se eligiera. De hecho, ella y Erin no habían tenido un cortejo oficial, pero hacía un año, la noche antes de que su amiga se hubiera marchado a Avaland, la había llevado a los acantilados de las afueras de Caterlow. Y, mientras el sol desaparecía tras la línea del océano y convertía su pelo rojo en puro fuego, la había besado. La calidez, el roce de sus labios y la infinita felicidad de aquel momento la habían hecho sentir tan efímera y momentánea como la tiza de la pista de baile.

Sin embargo, Niamh no había podido prometerle que esperaría su regreso; no sabía cuánto tiempo de vida le quedaba. Y tampoco podía irse con ella y verse obligada a sobrevivir con un trabajo mal pagado, por muy feliz que le hubiera hecho estar a su lado. El dolor que había visto en sus ojos, la compasión, habían estado a punto de romperle el corazón.

En realidad, no le sorprendió saber que allí, en ese país en el que la magia y la riqueza iban de la mano, en el que la nobleza se dejaba la piel por proteger su estirpe, esos enlaces estaban mal vistos.

—Yo también soy como usted —confesó, lo que le arrancó una sonrisa aliviada—. Pero ¿por qué yo? No puedo ser una candidata menos apropiada.

—Pues justo por eso creo que sería perfecta. No ha venido aquí en busca de marido. Ninguna madre con intención de casar a alguna de sus hijas me permitiría siquiera acercarme a ninguna de ellas. Además, a ojos de la sociedad, usted y yo somos iguales. Y, de hecho, casi que usted podría incluso superarme: tiene magia.

—Pero usted sigue siendo noble.

Aunque el lacayo lo había anunciado como «señor Gabriel Sinclair».

—Ya no —respondió, amargo—. No soy hijo de Pelinor; no de sangre, al menos. Me crie en su casa porque así se protegía tanto a sí mismo como a mi madre de la deshonra que caería sobre ella si alguien llegaba a enterarse, pero, hace unos años… Bueno, digamos que agoté su generosidad. Podía soportar tener a un bastardo sin sangre divina. Y habría podido soportar tener a un bastardo con inclinaciones como las mías si hubiera contado con la sangre divina de mi madre. Pero ¿ambas cosas? Impensable.

—Así que lo desheredó.

—Sí. —Soltó un suspiro y le dedicó una sonrisa. No obstante, Niamh fue capaz de ver cómo trataba de ocultar su dolor tras ella—. Aunque Kit se encargó de que no me faltara nada. Me concedió una de sus propiedades. Le debo mucho.

—¿Cómo? —No sabía qué le sorprendía más, que el duque pudiera haberle hecho algo tan cruel o que Kit hubiera sido tan amable—. ¡Pero eso es injusto!

—No se preocupe por mí. Es una casa preciosa, en el centro. De hecho, debería pasarse a verla algún día. —Le guiñó un ojo, pero ella se descubrió incapaz de seguirle el juego. ¿Cómo podía hablar de algo tan doloroso como si nada? Al reparar en su expresión, Sinclair sacudió la cabeza—. La he molestado. Mis más sinceras disculpas.

—Oh, no. No se disculpe. Es solo que... nadie debería tener que soportar algo así solo. —Le tomó ambas manos—. Me siento muy agradecida de que haya querido contármelo. Y, en lo que a mí respecta, será todo un honor aceptar su propuesta.

Sus ojos centellearon, agradecidos.

—¡Ah, señorita O'Connor! ¡Le acabaré rompiendo el corazón...!

—Y yo lo odiaré profundamente por ello —respondió, aunque su tono fue cálido—. Eso sí, llámame Niamh.

—Niamh.

Escuchar su nombre en su voz, con tanta cercanía y ternura, fue como un abrazo. Esa noche no se estaba pareciendo en absoluto a sus sueños infantiles y, aun así, en mitad de aquel salón de baile repleto de personas que los despreciaban a ambos, había encontrado un amigo.

—Sinclair, aquí estás.

Tan rápido como había mejorado la noche, regresó su regusto amargo.

Kit se encontraba a apenas unos pasos de distancia. Los bordados de su frac relucían en plata, aunque, a la luz de las velas que centelleaban tras él, sus rasgos se difuminaban. Al verlo, notó que la boca se le secaba. Quizás de rabia, por la forma en la que atraía su mirada sin esfuerzo, sin ningún sentido.

Al menos, sí parecía un príncipe sacado de las páginas de los cuentos jailleanos. O uno de los Justos, crueles y hermosos.

De pronto, fijó sus ojos dorados en ella y añadió:

—Ah, y usted.

¿Usted? Como si no supiera su nombre tras todo ese tiempo.

—Por fin apareces —intervino Sinclair. Y, con un pequeño deje de recelo en su voz, preguntó—: Aunque ¿qué te trae por aquí?

—He venido a por limonada. Así que puedes dejar de mirarme así.

—Ya, sí. Bien.

Por primera vez, Niamh percibió cierto malestar entre ambos. Echó un vistazo al vaso que llevaba Kit en la mano. Era de limonada, sí, y estaba decorada con una hojita de menta y una rodajita de pepino. Por alguna razón, se percató de que era la única persona de todo el salón que no estaba tomando ponche. Ya le había parecido que estaba algo distraído antes, en la entrada, pero en aquel momento se veía casi nervioso. Apretaba la mandíbula y sus ojos viajaban por toda la estancia sin llegar a posarse en nada ni en nadie.

—Jack está empeñado en tocarme las narices —soltó después de unos instantes de silencio, como si fuera lo único que se le hubiera ocurrido para quebrarlo—. Está demasiado dulce. No lo soporto.

Niamh separó los labios.

—¿No le gusta el dulce?

—No.

Por su tono, fue obvio que le había tomado por sorpresa el horror con el que había hecho la pregunta. Aun así, le resultaba increíble que alguien pudiera tener un aura tan oscura.

—¿Cómo que no?

—Pues no lo sé —respondió, a la defensiva, y que pareciera molesto solo consiguió confundirla más—. Pero tome.

Le ofreció el vaso de forma tan brusca que por un instante pensó que pretendía lanzárselo. Fue como si le hubieran obligado a hacerlo. O como si hubiera cambiado de parecer por completo. El hielo repiqueteó contra el cristal.

Demasiado desconcertada como para negarse, lo aceptó. Estaba helado y un hilillo de limonada se deslizaba por uno de los lados, de manera que acabó mojándole el guante. Se quedó mirando, obnubilada, la marca que había en el cristal, justo en el borde; ahí donde él había apoyado los labios.

Le dio la vuelta antes de darle un sorbito.

Sentía que temblaba de los nervios.

Sinclair los contemplaba a ambos con una expresión a medio camino entre el asombro y la repugnancia. Muy despacio, le dio un trago a su copa de ponche, como si las palabras le ardieran en la boca y tuviera que contenerlas con algo físico.

De pronto, todo el salón estalló en murmullos, que fueron multiplicándose hasta que por fin pudo comprender lo que decían: «La infanta ya está aquí».

—Tengo que irme —susurró Kit—. Adiós.

Y se marchó.

Lo cierto es que era un joven muy extraño, pero no podía permitirse darle vueltas; tenía cosas mucho más importantes que hacer en aquel momento.

Se puso de puntillas para ver por encima de las cabezas y, casi al instante, la encontró. De nuevo, la infanta Rosa vestía de negro. Llevaba una cinta negra alrededor de la cintura de su vestido de estilo imperio y las lágrimas decorativas que pendían de su falda captaban la luz con cada paso que daba. Agarrada a su brazo se encontraba su hermosa dama de compañía, y ambas seguían la estela del rey, con la vista fija en las hombreras que cubrían sus anchas espaldas.

Jack los estaba esperando en una especie de altarcillo improvisado, con las manos unidas por delante y acompañado por la princesa Sofia, que contemplaba a los recién llegados con pura serenidad. Mientras su esposo hablaba con el rey, los invitados comenzaron a apiñarse en torno a ellos. Todos estaban deseosos por comenzar el baile.

Por fin, tras lo que parecieron siglos, Jack dio un paso adelante y alzó la voz para que su tono señorial alcanzara a todos los presentes:

—Es para mí un honor abrir la pista de baile como acto inaugural de la temporada. Como muchos de ustedes saben, es ya una tradición contar con un diseño nuevo cada año, hecho de tiza, y, en esta ocasión, quería que fuera especial para dar la bienvenida a nuestros invitados, a los que pronto podré considerar familia. Así pues, sin más dilación...

Hizo un gesto a una pareja de lacayos, que se agacharon para tomar casi al unísono los extremos de la lona.

—¿Cómo será? —escuchó que alguien murmuraba a su lado, emocionado—. La ilustración del año pasado me parece bastante complicada de superar.

—¿Un retrato de la mismísima princesa, quizás? El que hicieron de la princesa Sofia para su boda fue... exquisito.

A medida que, centímetro a centímetro, la pista se fue destapando, las voces y risitas aumentaron más y más.

Hasta que, de pronto, la ilusión del rostro de Jack se evaporó.

La infanta contemplaba el suelo con una expresión tan carente de emoción que casi parecía deliberada. No obstante, sus ojillos oscuros relucían, divertidos. Su padre, por otro lado, no parecía en absoluto impresionado, ni siquiera al dirigir la atención de regreso a su anfitrión. Aun así, él no pareció darse cuenta; sus mejillas habían pasado de un blanco casi fantasmal a un rojo ira.

Desde el lugar al que la había llevado Sinclair, Niamh alcanzaba a ver la pista de baile a la perfección: habían dibujado, con trazos rígidos y furiosos, la runa del sol. El símbolo machlandés del dios de la justicia y la victoria. Un símbolo que incluso los avaleses serían capaces de reconocer en cualquier lugar, pues había sido estampado en cientos de edificios y banderas tras la guerra de la independencia.

Y, aunque por sí mismo era mensaje suficiente, quien fuera que lo hubiera plasmado había dejado también unas palabras en machlandés justo debajo.

Sinclair se inclinó hacia ella y susurró:

—¿Qué significa?

Niamh sintió que la recorría un escalofrío; no era el mejor lugar para pronunciarlo en voz alta.

—No creo que quieras saberlo.

En ocasiones, había llegado a creer que, por su elegancia y sonoridad, su idioma había sido creado para conjurar hechizos. Las perdía un tanto al ser traducido al avalés, pero, en esencia, lo que decía era:

Las puertas de los cielos jamás se abrirán ante usted, Jack Carmine.

Ojalá escuchéis el canto de las pintadas con el nacimiento de vuestro primogénito. Y solo así comprenderéis en qué os habéis convertido.

8

—*M*uy bien. —La voz de Jack sobrepasó la muchedumbre—. Disfruten del baile.

Con esas palabras, abandonó el salón a una velocidad de infarto y el rey de Castilia no tardó en seguirlo. La tranquilidad del rostro de la princesa Sofia se fragmentó lo suficiente como para que Niamh pudiera percibir una diminuta chispa de preocupación. Por su parte, Kit y la infanta dejaron el altar cada uno por su lado, como si fueran dos gatos que se hubieran dado de bruces en un callejón.

Aunque, en realidad, no habría sido capaz de soportar verlo faltarle el respeto a Rosa como sabía que acabaría haciendo. Bastante habían tenido ya esa noche.

Se alejó de donde se encontraba hasta que alcanzó una de las paredes y apoyó la espalda en ella. El aire estaba cargado del olor a licor, perfumes y sudor. Varias parejas, las más atrevidas, se habían dirigido a la pista de baile, y sus zapatos comenzaban a convertir en borrones las palabras en su lengua. Era capaz de percibir su poder en el aire, como si de verdad fuera magia real, arraigada y pura. Una tormenta eléctrica.

Era consciente de que, para gran parte de la corte, aquel incidente no había sido más que un espectáculo, una simple anécdota de la que reírse después. Sin embargo, muchos otros se lo tomarían como la amenaza que en realidad era.

En ese momento, dos mujeres pasaron por su lado, aleteando sus abanicos y con las cabezas muy juntas.

—Ya te digo: los machlandeses últimamente están muy revueltos —escuchó que decía una de ellas—. Si vieras a los miembros de mi servicio... Cada día, desde que esa Carlile decidió ponerse a armar barullo, el doble de ociosos. ¿Cómo se atreven a pedir más cuando se ponen a hacer menos?

Niamh sintió un pinchazo en el estómago.

En ese momento, Sinclair posó una mano en su hombro. Dio un respingo, aunque no tardó en ser capaz de entender el mensaje implícito en el apretón de sus dedos: «Vámonos de aquí antes de que digan algo que preferirías no escuchar». En su lugar, preguntó:

—¿Cómo de temerario sería si me atreviera a pedirte tu primer baile?

Debería haber sido fácil aceptar, marcharse de allí y fingir que nada de lo que había llegado a sus oídos había sido real; sin embargo, sentía que los pies la mantenían adherida al suelo. El eco del cuarteto de cuerdas parecía resonar a kilómetros de distancia.

—No me lo puedo creer —le llegó a continuación. Era otra mujer—. ¿Que el príncipe regente ha confiado en una de ellos para una tarea así? Los vestidos de la boda, nada menos.

—Vamos que sí. Y ha estado paseándola por todos los eventos como si se tratara de un potro de exhibición. Me resulta hasta gracioso lo evidente que es lo que pretende hacer: tratar de apaciguar a toda esa chusma en lugar de hacer algo al respecto. Su padre jamás habría permitido nada semejante. Qué falta de respeto.

—Desde luego que no —se mostró de acuerdo otra de sus acompañantes—. Lo tolera todo y así pasa; en especial, en lo que se refiere al intratable ese que tiene como hermano. Uy, las compañías de las que se rodea... Tendríais que haberlo visto con esos dos. Parecían el preámbulo de un chiste de taberna: una indigente, un borracho y un afeminado entran a un salón...

El eco de los cientos de conversaciones dispersas en el ambiente se convirtió en un rugido en el interior de sus oídos. Todo alrededor era un océano de caras pálidas que bebían, cuchicheaban, flirteaban y soltaban carcajadas. La vista comenzó a difuminársele por las lágrimas.

¿Cómo se le había ocurrido pensar, aunque fuera por un instante, que habría un hueco con su nombre entre ellos?

—Niamh —la llamó Sinclair con voz suave—. No dejes que te afecten sus palabras. Por favor.

—No me afectan. —Pero era mentira. Se esforzó para poder dedicarle la mejor de sus sonrisas—. ¿Podrías disculparme un momento? No tardaré.

Necesitaba tomar aire.

Se abrió paso a través de la multitud; en su estela, hizo que uno de los invitados volcara su bebida y se chocó con dos o tres arreglos florales. Sin embargo, en algún momento logró alcanzar una puerta. No le importó siquiera a dónde conducía. La abrió para atravesarla.

Y desembocó en un balcón.

Lo único que quebraba la oscuridad del exterior era el resplandor de las estrellas y unas pocas velas tan gastadas que casi eran charcos de cera. Por suerte, en cuanto cerró las puertas de cristal a su espalda, logró amortiguar el rumor de la música y las voces entrelazadas. Se frotó los brazos cuando se percató de que la brisa nocturna la acariciaba y le enfriaba el sudor tras la nuca.

No había nadie más allí.

Por fin, se permitió soltar las lágrimas.

Ha estado paseándola por todos los eventos como si se tratara de un potro de exhibición. Quería creer con todas sus fuerzas que no era cierto y, aun así, una parte de sí misma sabía que tenía que haberse dado cuenta antes. No había otra explicación para la hospitalidad y la atención que le había dedicado Jack desde su llegada. No la había elegido por su talento ni por su don; lo había hecho para parecer tolerante. Para quitarse de encima cualquier tipo de prejuicio.

Para él, no era más que una novedad que poder señalar mientras le decía a sus compatriotas: «¡Miren! ¡No todos los que son *como ustedes* sufren aquí!».

Pues le había ido de maravilla.

Sus criados machlandeses habían recurrido, después de todo ese tiempo, a desearle la peor de las desgracias delante de toda la corte. Después de lo que acababa de ocurrir, no le quedaba otra opción que escucharlos de una vez por todas.

Sabía que debía darse por satisfecha con ello, pero, por mucho que buscaba en su interior, lo único que lograba alcanzar era angustia. ¿Cómo podía haber sido tan estúpida, tan *egoísta*, como para haber estado perdiendo el tiempo, tan preciado, persiguiendo una fantasía como esa? Había ido hasta allí para trabajar, para ayudar a su madre y a su abuela, y nada más. El dolor que sentía era también un recordatorio, al igual que el trecho blanco de su pelo: lo mejor sería siempre mantener sus deseos a un lado; así no volverían a decepcionarla.

De pronto, la puerta que había cerrado a sus espaldas se abrió, dejando pasar un ligero reguero de luz anaranjada. Alguien salió al balcón.

Niamh se enjugó las lágrimas a toda prisa y pensó que, mientras se mantuviera en silencio, no la molestarían. Que, con un poco de suerte, ni siquiera se darían cuenta de que se encontraba allí; sin embargo, cuando dirigió la vista por encima de los mechones sueltos de su recogido, no vio nada ni a nadie.

La brisa fresca le congeló la piel al instante. *Un fantasma.* Debía de haberla seguido hacia allí, atraído por el perfume de su sufrimiento.

Erin siempre se había burlado de ella por creer en ese tipo de cosas, pero, en aquel instante, algo le decía que, sin ninguna duda, toda su vida había estado destinada a conducirla hasta allí. Si le ordenaba que se marchase, desaparecería como la niebla de las colinas en cuanto salía el sol.

Fue entonces cuando escuchó un fósforo que se encendía.

Y lo vio: la diminuta llama iluminaba los contornos difuminados de una figura. A medida que fue recuperando, poco a poco, consistencia, la vergüenza se encargó de arrebatarle cada brizna de miedo.

Era Kit, envuelto en el encantamiento que había cosido en su frac.

Estaba apoyado contra la barandilla, como un relámpago de oscuridad recortado contra el blanco del mármol. Y así, solo, bajo los rayos de la luna, parecía un alma en pena. Tuvo la sensación inmediata de que estaba interrumpiendo un momento privado, pero tampoco tenía forma de salir de allí sin que la viera. Tal vez podría...

—Sé que me está mirando.

—Alteza. —Sintió un escalofrío al escuchar el eco de las lágrimas en su propia voz—. No pretendía molestarlo.

Se giró hacia ella con brusquedad y reparó en el asombro pintado en sus rasgos. Se quedó mirándola, a cada segundo más alarmado, como si se encontrara en un barco a punto de naufragar y acabara de percatarse.

—¿Está... llorando?

—No. —Estuvo a punto de sorber por la nariz, pero logró contenerlo y suavizar el tono lo máximo posible—. Solo necesitaba tomar un poco de aire.

No obstante, parecía tan alarmado e incómodo al mismo tiempo que tuvo hasta ganas de reír. Solo pensar en Kit Carmine tratando de consolar a alguien era una idea absurda, pero darse cuenta de que, de alguna forma, se sentía obligado a hacerlo…, bueno, le dio casi ternura. Casi.

—Yo también. —Hizo una pausa—. Será mejor que me vaya.

—No hace falta —dejó escapar de pronto. Nada le apetecía menos que volver a encontrarse de lleno con sus propios pensamientos—. O sea, no me importa que esté aquí también. No tenemos que hablar si no…

—Tengo que hacerlo —remarcó él—. Debo irme si no quiero que la gente empiece a extender rumores por habernos visto aquí. Juntos.

—¿Qué rumores?

Incluso en mitad de la noche, Niamh fue capaz de ver el rubor que se extendió por el puente de su nariz.

—¿Sobre qué cree que podrían ser?

Oh. *Oh.*

Pese a que la fiesta se encontraba ya en su máximo esplendor al otro lado de las puertas de cristal, suponía que un balcón apartado como aquel sería un escondite perfecto para que una pareja de amantes pudiera robarle unos segundos de pasión a la noche, lejos de las miradas indiscretas de la corte.

Cualquiera que los descubriera allí fuera daría por hecho que estaban teniendo una especie de encuentro nada apropiado. De pronto, deseó que la tierra se abriera bajo sus pies; lo que fuera con tal de poder escapar de allí.

—No es que me importen especialmente los cotilleos —continuó Kit; era obvio que quería pasar a otro tema cuanto antes—. Pero que la relacionen conmigo solo le traerá problemas.

Pensar en lo que dirían envío un escalofrío por toda su espalda.

—Quizá sí debería irse —concedió entonces—. Es obvio que el padre de la infanta Rosa no está demasiado contento con usted. Y tampoco es el único.

El intratable ese que tiene como hermano.

Recordar la repulsión con la que aquella mujer había pronunciado esas palabras le devolvió una bocanada de rabia, y todo lo que había comido cayó como piedras en su estómago.

Sabía que no debía darle importancia, y menos cuando él había sido un insolente con ella con el tema de la limonada. Además, ni siquiera le caía bien. Si se ponía a pensarlo, no le costaba lo más mínimo recopilar una lista entera de argumentos por los cuales creía que merecía la mala opinión que la sociedad tenía de él, empezando por su comportamiento, que era insoportable, su siempre presente ceño fruncido y sus pésimas formas.

Aun así, era su príncipe. Por no hablar de que, tras lo que había sufrido aquella noche, era capaz de entender por qué guardaba tanto rencor a los miembros de la corte. Era un foso de víboras, desde luego.

Lo escuchó bufar mientras, ausente, daba una nueva calada a su pipa.

—Sí. Me he dado cuenta.

—¿Y de verdad no le afecta?

—No. Nunca me ha importado lo que otros pudieran pensar de mí; no tengo intención alguna de ajustarme o cambiar para complacer a otra gente. Y menos a gente por la que ni siquiera siento respeto. —Se dio la vuelta y contempló el jardín que se extendía más allá. Había fruncido el ceño; al volver a hablar, pudo apreciar la frustración en su tono—: Aunque a Sinclair y a mi hermano sí les importa. Y, por lo que veo, a usted también.

—Sí. Me preocupa que me odien y ridiculicen por lo que soy.

La vulnerabilidad con la que pronunció aquello la hizo tragar saliva, avergonzada. Y, a pesar de que inclinó la cabeza, dejando que el pelo cubriera su rostro, fue consciente de su mirada fija en ella, cargada de intensidad. Cuando se atrevió a volver a alzar la vista, el destello que distinguió en sus pupilas la calentó por dentro. Decía: «Nos parecemos más de lo que pensaba».

—Son unos necios. Todos ellos. No merecen sus lágrimas. Jamás logrará ajustarse a sus estándares, pero tampoco debería querer hacerlo. Es usted demasiado sincera para su propio bien. Y demasiado buena, ya que nos ponemos.

Una pequeña sonrisa se abrió paso por sus labios.

—¿Es eso un cumplido, Alteza?

—No deje que se le suba a la cabeza —refunfuñó, pero su molestia desapareció igual de rápido que había surgido—. Debo admitir que me sorprende que esté durando tanto tiempo aquí. ¿Por qué ha decidido quedarse?

—Por la misma razón que el resto de nosotros: para poder darle a mi familia una vida mejor. —Pensar en su madre y su abuela, solas en casa, la llenó de nostalgia. De pronto, se notaba mucho más pesada. Decidió que lo primero que haría al día siguiente sería escribirles para hacerles llegar una parte del primer pago de su encargo. Deseaba que, al menos, sirviera para calmar un poquito de culpa—. Apenas nos queda nada en Machland. En cuanto acabe mi trabajo, tendré el dinero suficiente para traerlas aquí y abrir mi propia tienda.

—¿Eso es todo?

—¿A qué se refiere?

—¿No estaba buscando asistir a bailes o conseguir un pretendiente? —preguntó, escéptico—. No los ha incluido en sus planes.

De pronto consciente de cada centímetro de sí misma, Niamh se pasó un mechón de pelo plateado por detrás de la oreja. Lo cierto era que no sabía qué haría una vez que se asegurase de que su familia contaba con lo necesario para el resto de su vida. No obstante, de poco servía crearse expectativas, soñar con sus posibilidades; cuantas más tuviera, más difícil sería todo cuando su salud comenzara a verse afectada.

Aquella noche se había percatado de que los bailes no iban con ella. Y no necesitaba pretendiente alguno; lo único que haría sería traer dolor a cualquier pobre alma que se enamorara de su persona. Por mucho que deseara tener a alguien que la cuidara, no podía permitirse ser tan egoísta.

Amar cosas frágiles jamás traía nada bueno.

—Poder seguir trabajando es recompensa más que suficiente.

Kit no pareció convencido del todo; aun así, dijo:

—Es usted bastante extraña.

—Usted un poco también, Alteza. —Sonrió con suavidad al verle fruncir el ceño—. De todas formas, me da la sensación de que pronto habré cumplido con mi cupo de fiestas de por vida. ¿Para qué querría nada más?

Él cuadró los hombros.

—Muy bien.

—Veo que no está demasiado emocionado por el resto de la temporada.

—No. Odio estar aquí. Ni siquiera querría haber tenido que volver.

Niamh se esforzó para que el asombro no se imprimiera en su expresión. ¿Por fin había decidido dejar de mantener la distancia entre los dos? ¿O sería como aquel cuento jailleano en el que los hechizos que nacían de la unión del sufrimiento compartido acababan rompiéndose al llegar la medianoche? No importaba; decidió aferrarse a aquel momento entre los dos durante el tiempo que durara.

—No ha estado estos años recorriendo el continente, ¿verdad?

En cuanto lo dejó escapar, él volvió a tomar una bocanada de la pipa. A medida que fue exhalando, el humo cubrió sus labios y se fue perdiendo en el aire en una perfecta línea gris.

—Eso no es sorpresa para nadie. Vuelva a entrar ahí dentro y pregúntele a cualquiera; estarán más que encantados de poder contarle la historia al detalle.

—Yo no lo sabía. Además, preferiría oírla de usted.

—Pues, entonces, no; no he estado recorriendo el continente.

A juzgar por la frialdad de su tono, supuso que aquello era la versión extendida de lo que había conseguido extraer hacía unos segundos.

Él se encargó de confirmar todas sus sospechas: lo habían echado del palacio, y ella había oído lo suficiente como para poder entrever la razón. Los horribles cuchicheos de aquellas mujeres, la preocupación de Sinclair sobre la bebida que iba a tomar, cuando le había dicho que fumar era el único vicio que le quedaba…

Él también estaba enfermo. A su manera. No se lo confesó como tal, pero no había hecho falta: habría reconocido su afección en cualquier lugar; sobre todo, teniendo en cuenta que la había visto abrirse camino por los hogares de Caterlow una y otra vez. Tras la plaga, el hambre y el dolor por la pérdida habían llevado a miles de personas a buscar consuelo en la bebida; en concreto, en el poitín que se destilaba en los hogares. Había sido testigo de los efectos de la dependencia del alcohol, de cómo destrozaba vidas enteras, de cómo parecían remitir y controlarse durante un tiempo y de cómo luego todos volvían a caer bajo su peso. Primero atacaba los lazos con aquellos que los amaban.

Y después acababa con sus vidas.

No podía evitar admirar a Kit por la forma en la que estaba logrando lidiar con ello.

Poco a poco, de forma tentativa, comenzó a recortar la distancia entre ellos. Hablar con él hasta entonces había sido como entrar en una habitación con el suelo cubierto de clavos y los ojos tapados, pero de todos modos sentía que tenía que intentarlo:

—Nunca llegué a disculparme por mis palabras durante nuestro primer encuentro. O sea, sigue siendo algo irascible y un tanto huraño, pero... Espere. Lo estoy haciendo fatal. Vuelvo a empezar.

—Sí —replicó, seco—. Será mejor.

—Sé que no es sencillo cambiar las cosas por uno mismo. Y no es justo que se lo compare con su padre. Ni usted ni yo habíamos nacido cuando Avaland tenía el control de mi país. —Juntó ambas manos—. Mire, sé que nunca voy a llegar a entenderlo por completo, pero sé cómo es vivir sintiendo que nada de lo que haces importa; que tienes que seguir un camino preestablecido y que no hay forma de detenerlo.

La emoción le apretujaba el pecho y hacía que le picaran los ojos. Fuera lo que fuese que hubiera tenido intención de decir antes, no había sido eso en absoluto.

Él cambió el peso de una pierna a la otra y fijó la vista en una pared, lejos de la suya.

—No tiene que disculparse. Tampoco estaba equivocada conmigo.

Solo entonces el hecho de que estaban solos la golpeó de lleno; se percató de que tenía el codo apoyado en la barandilla, cerca del suyo; tanto que casi podía sentir su calor. La luz de la luna caía sobre ellos como una cascada y hacía centellear los pétalos blancos de las florecillas que crecían a su alrededor.

Y también suavizaba la dureza de sus rasgos.

—El rumbo de mi vida no iba a ser este —dijo Kit de pronto. No pudo evitar sobresaltarse—. Si no se hubiera visto desesperado, mi hermano no habría intentado traerme de vuelta. Y, aunque a veces se comporta como un imbécil, nunca ha roto una promesa.

Niamh se preguntó a qué promesa se referiría, pero no quería arriesgarse a que ponerlo en palabras fuera a hacer que volviera a encerrarse en sí mismo; en su lugar, dijo:

—Quizás ha cambiado.

Él negó con la cabeza.

—Nadie cambia tanto. Jack no soporta que surja un problema y que no esté solucionado en cinco minutos, pero, como ya ha podido comprobar por sí misma, está evitando todos los que tiene ahora mismo. Debe de haber otra razón.

Pero ¿cuál podía ser? No conocía al príncipe regente lo suficiente, y mucho menos como lo debía de hacer su hermano, pero era incapaz de asociar una boda con algo malo, así como tampoco con algo que pudiera ir más allá de un hecho tan habitual como un lord avalés que desatendiera a sus sirvientes machlandeses.

—¿Cree que oculta algo?

Al escucharla, todo sentimiento abandonó su expresión, como si hubiera olvidado de pronto con quién estaba hablando, o incluso que lo había estado haciendo. No tardó en recomponerse, sin embargo, y se giró hacia ella con el ceño fruncido.

—No sé siquiera por qué estoy dándole explicaciones. Olvide que hemos mantenido esta conversación.

—Pero… —Su cabeza daba vueltas por el repentino cambio; sí, el hechizo se había roto al final—. ¡No puedo olvidarlo sin más! Y tampoco quiero.

Él apretó los ojos.

—Shh.

La boca se le abrió de inmediato.

—¿Perdone?

—Silencio —soltó—. Alguien está…

La puerta del balcón se abrió y el ruido del baile escapó al exterior. Había una mujer bajo el marco, recortada contra la luz y los brazos extendidos a ambos lados, como si estuviera haciendo las veces de barrera para que nadie cruzara.

—¡Oh, vaya! —exclamó—. ¿Interrumpo algo?

Azotada por el pánico, Niamh dejó escapar el aire. De alguna forma, había conseguido ver a través del encantamiento del frac. Debía de haber esperado encontrarse con dos personas. Había sido una idiota por haberse quedado allí con él. Si la reconocían…

—Sí, nos está interrumpiendo.

La grave voz de Kit retumbó en la noche; en ella había peligro, pero no le pasó desapercibido que el gesto de su boca era de pura resignación. De pronto, la luz de su magia llenó cada rincón de oro, y las plantas a su alrededor comenzaron a retorcerse. Niamh fue testigo de cómo la hiedra se separaba de los muros, de cómo las ramitas de la balaustrada comenzaba a desenredarse y de cómo, al igual que una ola, el follaje barría cada centímetro del suelo.

—Váyase de aquí —le ordenó el príncipe en un susurro.

Antes siquiera de que Niamh pudiera separar los labios, él se echó adelante, tan rápido que la mujer tropezó hacia atrás con el rostro cubierto de terror. Después, lo vio encaminarse al interior del salón de baile y no dudó ni un instante en arrojarse desde lo alto de los tres escalones que conducían al balcón.

La muchedumbre contuvo el aliento. Alguien incluso chilló.

Niamh se quedó de piedra. ¿Qué estaba haciendo?

¿Y a dónde pretendía exactamente que fuera? Comenzó a mirar a su alrededor, casi con desesperación, hasta que por fin, a varios metros de distancia, localizó otra puerta que debía de dar a una esquina recóndita del salón. Era perfecta.

Se dirigió hasta allí y la cruzó con la barbilla gacha.

Varias personas, las más atrevidas, estaban tratando de levantar a Kit mientras él los imprecaba; el resto, los más crueles, se quedaron observando la escena. Estaban encantados.

Ninguno de ellos se percató de dónde se encontraba ella.

No fue hasta que se encontraba ya en busca de una salida que cayó en la cuenta de que, quizás, Kit Carmine había montado ese espectáculo solo para proteger su reputación.

9

*D*espertar fue como si le lanzaran un cubo de agua fría. Niamh se irguió sobre el colchón con el corazón martillándole en el pecho y jadeó en mitad de la oscuridad. *No.* Se había pasado todo el día durmiendo.

Apartó las sábanas a patadas, escapó de la cama y descorrió las cortinas. Un airecillo húmedo atravesó la ventana y sacudió los mechones salvajes que le rodeaban el rostro. Por suerte, seguía siendo por la mañana, y lo bastante pronto como para que el sol no se hubiera encargado de acabar con la bruma que solía cubrir el lago. Agradeció a los dioses no haberse quedado dormida.

Apoyó la cabeza contra el frío cristal y tomó una gran bocanada de aire en un intento por deshacerse del malestar. La noche anterior había perdido muchísimo tiempo.

Anoche. Seguía atrapada en los recuerdos como si se trataran de una telaraña: había hablado con Kit bajo la tenue luz que bañaba el balcón y él, a su manera, había tratado de consolarla. Y después la había salvado de perder su honor.

No sabía cómo se sentía… ¿avergonzada? ¿Agradecida? Era incapaz de explicarlo, aunque tampoco pretendía hacerlo. Se negaba a dedicarle un solo segundo de más al embrollo de sentimientos que tenía hacia él. Era un cliente, y encima un príncipe —uno que, además, estaba prometido—, no un chico del pueblo con el que ponerse a fantasear. Tenía que centrarse.

Se obligó a sentarse delante del tocador. La simple imagen de su pelo la horrorizó; la mitad estaba hecha un inmenso nudo en lo alto. Se le había olvidado quitarse el recogido antes de caer contra la cama y ahora le tocaba cargar con las consecuencias. Comenzó a mojárselo con un cántaro y después, tras tomar un cepillo de entre todos los cachivaches acumulados por doquier, se lo desenredó desde la cabeza a las puntas. El ritmo mecánico del proceso le permitió organizar sus ideas.

Lo primero que haría sería encargarse de la correspondencia.

Cuando terminó con el pelo, se dirigió al escritorio y soltó un suspiro: también estaba hecho un desastre. Aún no había recibido noticia alguna de parte de Erin —para sorpresa de nadie, si tenía en cuenta cómo estaba funcionando el correo—, pero quería enviar el dinero a casa.

Odiaba imaginarlas mirando a través del cristal roto de la ventana de su cabaña y pensar en el techo desvencijado; en su abuela, envuelta en mantas incluso en verano; en su madre cuidando el jardín con sus manos doloridas e hinchadas. Pero, sobre todo, deseaba poder estar allí y poner a calentar el agua para el té, insistirle a su madre para que entrara y arrodillarse en el barro en su lugar y después dejar que la tarde transcurriera bajo la tenue luz de las velas.

Por suerte, pronto no tendría que preocuparse más por eso.

Según le habían dicho, los criados del palacio recibían el pago cada tres meses, pero Jack había accedido —muy generosamente, en su opinión— a darle su parte cada dos semanas, que era justo el tiempo que llevaba allí. Así que el dinero debía de estar escondido en... alguna parte. Tal vez debajo de algo.

Tendría que haber ordenado antes.

Con un gruñido, comenzó a rebuscar entre los papeles. Había un periódico que databa de la semana anterior, cientos de bocetos que había descartado y una carta que había empezado a escribir pero que nunca había acabado. Para cuando logró apartarlos todos, el miedo la atenazaba. No estaba.

Pero era imposible; ni siquiera ella habría sido tan descuidada.

Alguien llamó a la puerta.

Niamh dejó escapar el aire de golpe. *¿Tiene que ser justo ahora?*

—¡Un momento! —exclamó, sin embargo.

Corrió de vuelta al espejo y se pasó el borde de una de sus mangas por los ojos; seguían un tanto vidriosos, pero no era nada que fingir estar superanimada no pudiera ocultar. Se puso un vestido sencillo de color blanco y se recogió el pelo en un cola de caballo baja.

Ya está. Perfectamente presentable.

Tratando de dar a su voz toda la dulzura que fue capaz, canturreó un «buenos días» y accionó la manilla. Sin embargo, no encontró a nadie.

Estiró el cuello para echar un vistazo a ambos lados del pasillo. Estaba en silencio —tanto que resultaba hasta espeluznante— y no alcanzó a ver siquiera una mota de polvo a través de los rayos de sol que se colaban por los ventanales.

—¿Hola?

Con el ceño fruncido, bajó la vista y se percató de que, a sus pies, junto con el ejemplar de *La Gaceta Diaria*, había una carta. Se agachó para tomarlos; habían escrito su nombre en el sobre con una caligrafía impoluta. No sin cierta desconfianza, le dio la vuelta.

Estuvo a punto de arrojarlo contra el suelo. Por un instante, sintió que el sello que habían estampado con cera negra en el reverso la miraba. Era una «L».

Lovelace.

El autor de *El Fisgón* le había escrito. A ella. El simple hecho de sostenerlo entre sus dedos le parecía algo incendiario.
Sabía lo peligroso que era; sobre todo, tras haber leído aquella
columna. Era consciente de cuánto la detestaba Jack. Y, aun
así, no podía no leerla. La abrió de inmediato y sacó la carta
como pudo.

Estimada señorita Niamh Ó Conchobhair,

*Espero que perdone mi atrevimiento al presentarme —pues no
pecaré de arrogante al dar por hecho que conoce mi existencia—: me hago llamar Lovelace y soy el autor de una columna
que recibe el nombre de* El Fisgón, *cuyo primer y principal
objetivo es el de proteger y dar voz a los menos favorecidos
ante los poderosos. Para ello, me dirijo a los miembros de la
corte mediante un lenguaje que sean capaces de comprender;
este es, nos guste o no, el lenguaje de los cotilleos.*

*Soy consciente de que no lleva demasiado tiempo entre
nosotros, pero debido a su asistencia al baile de anoche, quiero suponer que ya se encuentra al corriente de la situación
del pueblo machlandés aquí, en Sootham. El conflicto ha es-
calado tras varios años de frustración acumulada; una frustración nacida de la negación por parte del príncipe regente
a participar en las cuestiones que se extienden más allá de
los muros del palacio.*

*Desde que se le otorgó el mandato, su decisión ha sido
recluirse y eludir toda audiencia y reunión parlamentaria
que se convocara, con la única excepción de los eventos sociales que su padre acogía en temporadas pasadas. No obstante, en los últimos tiempos ha demostrado estar profundamente implicado en los preparativos de la inminente celebración
del matrimonio de su hermano, lo cual encuentro extraño*

cuando menos; en especial si se tiene en cuenta que el príncipe Christopher no se ha visto en los mejores términos con la familia real durante años.

Tal vez esto no son más que especulaciones infundadas, pero cuesta creer que para el príncipe regente la política sea tan indiferente como trata de aparentar. Debe de haber una razón de peso que explique su insistencia en hacer la vista gorda hacia el malestar que se ha ido cerniendo a su alrededor; eso es lo que estoy tratando de descubrir. Y, si se mantiene firme en su decisión de no reunirse con Carlile ni abogar por reparaciones en el Parlamento, será información que usaré en su contra. Dispongo de un buen puñado de medios para ello, pero, con el paso de los años, él mismo ha ido descubriéndolos; todos los espías que he logrado introducir en el palacio como miembros del servicio acaban siendo despedidos al cabo de unos días.

Esta es la razón por la que he querido ponerme en contacto con usted, señorita O'Conchobhair: pido, humildemente, su ayuda en la lucha por los derechos del pueblo machlandés que habita en Avaland. Son pocos los métodos que no emplearía para lograr este fin, y espero que usted comparta mi visión. No pueden echarla del palacio; el príncipe tomó la decisión de contratarla tanto por su talento como por —bien lo sabemos— su procedencia. Es obvio que no está llevando nada bien que se hayan extendido rumores sobre la mala situación de sus criados machlandeses, así que supongo que querrá mantenerla complacida. Y tal vez usted no tenga su confianza, pero sí acceso a su persona.

Personalmente, no considero que sea un mal hombre, tan solo uno incapaz de cumplir con su cometido, pues él mismo lo evade.

Si desea aceptar mi propuesta, deje su respuesta en el árbol quemado que se encuentra justo a la entrada de los

jardines del palacio a medianoche. No es necesario que tome
una decisión inmediata. Me mantendré a la espera.

Con mis mejores deseos,
Lovelace

Debía de estar soñando.

Sí, no podía estar despierta, porque, si no, no se explicaba cómo podía haber llegado a una situación así. Y, sin embargo, era casi… estimulante. Nunca antes había esperado que le pudiera ocurrir algo tan increíble. ¿Quién en su sano juicio habría esperado que alguien fuera a intentar reclutar a una chiquilla de un pueblo como Caterlow para conspirar en contra del príncipe regente?

Oh, por los dioses.

La estaban reclutando para conspirar en contra del príncipe regente.

Aunque, en realidad, no tenía por qué acceder; Lovelace solo se lo había ofrecido. Por mucho que quisiera que la Corona admitiera todo el daño que había hecho, por mucho que deseara luchar junto a los suyos, no podía arriesgarse. Tanto ella como su familia dependían del apoyo y del trato de Jack.

Además, era consciente de que era tan sutil como una bandada de flamencos; no tenía dudas de que, si intentaba ejercer de espía de la familia real, acabaría fracasando estrepitosamente. Y si la descubrían, podía acabar condenada a muerte.

«Jack no soporta que surja un problema y que no esté solucionado en cinco minutos», le había dicho Kit la noche anterior. «Pero, como ya ha podido comprobar por sí misma, está evitando todos los que tiene ahora mismo. Debe de haber otra razón».

No, no, no.

Por muy curiosa que fuera, no podía meterse en los asuntos de los Carmine. Por no hablar de que, tras lo ocurrido en el baile, era obvio que la presión social se encargaría de que acabara accediendo a atender las peticiones de los manifestantes. Aparte, Lovelace ya se había encargado de exponerlo en la columna de aquel día.

Comenzó a pasar las páginas del periódico hasta que encontró la sección de *El Fisgón*.

¡Vaya noche inaugural! Parece, para sorpresa de nadie, que nuestro queridísimo Hijo Descarriado va a convertirse en la estrella indiscutible de esta temporada. Podrán decir lo que quieran sobre él, pero, desde luego, sabe dar mucho mejor espectáculo de lo que su hermano sería capaz jamás. Tras haber hecho gala de su mal humor toda la noche —y de negarse siquiera a dedicarle una sola mirada a su prometida—, se lanzó de bruces desde lo alto de las escaleras del balcón.

He escuchado todo tipo de rumores al respecto. Muchos entre ustedes, sin duda, creerán que lo único que hizo fue seguir con sus costumbres más arraigadas; otros —si es que son tan estúpidos como para creerse una sola palabra salida de la boca de la Señorita E—, afirmarán que no era más que una distracción. Al parecer, ella lo descubrió a solas junto a una joven, cosa que explicaría sin duda la falta de interés que ha demostrado hacia su prometida... Sin embargo, me inclino a pensar que, en realidad, lo que buscaba era sacarle los colores a Cierta Personalidad.

Aunque tendrá que esforzarse un poquito más si quiere lograr ser competencia suficiente para la estrategia de la «pista de baile convertida en mural de protesta». Lamento ser portador de malas noticias: nuestro invitado castiliano, el Ilustre Caballero, no se sintió en absoluto homenajeado por el diseño en tiza de este año. Es posible, de hecho, si se encontraban en la esquina norte del salón,

que lo escucharan reprender a CP por avergonzar a su
adorada y obediente hija, que, y cito aquí, «jamás en su vida
ha pedido nada».

Si esto no logra que CP se reúna con la señora HC,
puedo afirmar que solo sería el comienzo de una temporada enormemente tensa. Ninguna fiesta saldrá indemne;
no, querido lector, tampoco la suya. Por lo tanto, si desea
evitarse sufrir tal humillación, tal vez debería comenzar a
considerar si valdría la pena pagar a sus criados un salario
digno o extender la idea de que convendría comenzar con
la retribución a Machland en la próxima reunión del Parlamento. Pero ¿quién soy yo para dar consejo alguno?
Solo soy un humilde columnista; no un político.

Hablaba de ella. *El Fisgón* la mencionaba.

Esa tal Señorita E, fuera quien fuera, la había visto. Y si, por alguna razón, alguien acababa recordando a una joven con un tramo de pelo plateado que, justo al mismo tiempo en que tenía lugar el *accidente* del príncipe, salía corriendo del salón de baile, no tendría problema en relacionarlos.

De pronto, sintió que toda su vida se deshacía como si alguien estuviera tirando de un hilillo suelto hasta el final. Si ocurriera, perdería su honor. Tendría que abandonar el palacio. Nunca más volvería a encontrar trabajo. Se vería obligada a regresar a Caterlow y se quedaría allí, viendo cómo más y más de sus vecinos se marchaban, hasta que acabara marchitándose en la tienda de su familia mientras su madre y su abuela morían de hambre.

No. No podía permitirse entrar en pánico.

No parecía que Lovelace supiera que la joven era ella; si no, lo habría mencionado en su carta. A pesar de ello, seguía sintiendo que el corazón le latía en la garganta. Tendría que tener mucho más cuidado a partir de ese momento; no podía exponerse, y eso significaba que no sería espía para nadie y que jamás la volverían a encontrar sola en un balcón con Kit Carmine.

Con eso bastará, pensó.

Aun así, seguía teniendo un problema entre manos: el dinero. Aún no lo había encontrado. Era posible incluso que, con todo el caos que había habido durante los últimos días, se les hubiera olvidado dárselo. Se le ocurrió que tal vez podría ir a buscar a la señora Knight, pero hasta ese momento había sido Jack quien se había encargado de gestionar todas las cuestiones que tenían que ver con ella. De hecho, Sinclair le había dicho que prefería ser él quien se encargara de todo.

Solo pensar en hacerle una visita se le antojaba un universo, pero ¿qué más podía hacer?

Tras varios giros en esquinas equivocadas y peticiones de ayuda ignoradas por completo, por fin una criada joven acabó apiadándose de ella y accedió a mostrarle el camino hasta el despacho del príncipe regente. No obstante, cuando ya se encontraba subiendo la escalera imperial, escuchó que decía a sus espaldas:

—Si quiere mi consejo, esperaría hasta mañana para hablar con Su Alteza. Ahora mismo se encuentra reunido con su hermano.

Vaya. Lo cierto era que eso no auguraba nada bueno.

Una vez que encontró el despacho, se detuvo ante la puerta; la voz de Jack se filtraba a través de ella:

—No me queda tiempo para estas tonterías, Christopher. Tengo a toda la corte, a tu futuro suegro, a Carlile y a ese maldito columnista respirándome en la nuca. ¡Incluso a mi propio servicio, por Dios! ¿No tenías otro momento para añadir más leña al fuego? ¿A qué le debo el honor de esta increíble falta de juicio?

La respuesta de Kit fue tan suave que Niamh no alcanzó a oírla. Y, entonces, la curiosidad se encargó de tomar sus hilos; se acercó un poco más y se esforzó para captar mejor la conversación:

—No quiero escuchar más excusas. —Jack dejó escapar un suspiro largo, como si estuviera tratando de afianzar las riendas de su temperamento—. Soy consciente de que esta situación no está siendo fácil para ti, pero aun así...

—¿Y la culpa de eso es de...?

Lo siguiente fue una carcajada amarga.

—¿Quién era? La joven.

—Nadie. —Su tono cargaba un deje irritado y al mismo tiempo nervioso. En cualquier otra circunstancia, Niamh se habría reído. Por los dioses, entendía que fuera siempre tan directo; se le daba fatal mentir. En ese momento, y con cierta rabia, añadió—: Además, ¿quién te ha dicho que fuese una mujer?

—Mira, no me toques las narices —replicó, cortante. No obstante, la pausa que le siguió dejó claro que le había tomado desprevenido—. No puedes ir paseándote por aquí con quien te plazca, y menos delante de la infanta Rosa y de su padre; lo único que vas a conseguir es poner en peligro todo lo que he estado haciendo estos meses. Por ti. Y no he estado dejándome la piel para que ahora vayas y ensucies tu nombre y el mío por puro capricho. ¿Se puede saber en qué estabas pensando?

—No lo estaba haciendo —murmuró—. Pensando. Aunque, por lo que pude ver anoche, me parece que no soy solo yo quien tendría que preocuparse por estar ensuciando el nombre de nadie.

—Ya está bien. —Por primera vez su voz sonó grave, peligrosa—. Vas a casarte con la princesa de Castilia, lo cual, por cierto, supera con creces cualquier cosa que pudieras haber esperado tener en tu vida. Es una joven digna, y su familia cuenta con un linaje mágico muy poderoso. En su momento, hice una lista con todas las jóvenes disponibles del continente, y Rosa cumplía con todos y cada uno de los requisitos.

—¿Y estaba «que Kit se lleve bien con ella» entre ellos?

—Eso no importa. ¡Y, de hecho, sería imposible! Podría haberte traído a la mujer más hermosa, mejor educada y sumisa del universo y, aun así, seguirías encontrándole defectos.

—Ya estoy obligado a casarme con ella. ¿También tengo que fingir que la idea me complace?

—No. —Entonces, Niamh escuchó el choque de las palmas de sus manos al caer contra una superficie rígida—. Pero no pienso tolerar esa actitud. Esa arrogancia y tu continua brusquedad no son propias de un hombre de tu posición.

—Me da igual. —Kit remarcó cada una de las palabras.

—¿Sabes? Llegué a creer que el tiempo que has estado fuera acabaría dándote una pizca de sentido común aunque fuera, pero se ve que solo he sido un ingenuo. Esta es la realidad, Christopher; es lo que hay y ambos tenemos que aceptarlo. Son tus propias decisiones las que te han conducido hasta aquí, y ya no puedo seguir protegiéndote de las consecuencias. Ya no eres ningún niño y, Dios santo, eres un Carmine. Cumple con tu deber.

De pronto, las puertas se abrieron de golpe y Niamh retrocedió, asustada. Kit salió del despacho con el rostro rojo de ira y las manos cerradas en puños a ambos lados de su cuerpo.

Desde el interior, oyó a Jack gritar:

—¡Y no creas por un segundo que no acabaré encontrando a esa chica si insistes en seguir por ese camino!

Unos segundos después lo vio aparecer bajo el marco de la puerta y sus ojos centelleaban de rabia; sin embargo, en cuanto su hermano abandonó su campo de visión, todo rastro desapareció de inmediato. Dejó escapar otro suspiro y se pasó la mano por el rostro antes de dejarla caer de nuevo. La imagen que reveló la tomó incluso más por sorpresa: un agotamiento plagado de remordimientos.

Se descubrió en la tentación de darse la vuelta para no añadir un problema más la inmensa torre que era obvio que tenía ya, pero, antes de que pudiera retroceder siquiera, él se percató de que se encontraba ahí. Dio un respingo y se la quedó mirando con una expresión a cada instante más horrorizada.

Deseó poder desaparecer de inmediato, aunque fuera para evitarles a ambos tener que sufrir la incomodidad del momento. Verlo la hacía sentir extraña. De alguna forma, había llegado a creer que la desgracia que le habían deseado la noche anterior se había cernido sobre él como un velo, pero tenía el mismo aspecto que el día que lo había conocido: justo en el filo del nerviosismo y la serenidad.

Lo escuchó aclararse la garganta y fue testigo de cómo borraba de golpe cada brizna de sentimiento de sus rasgos:

—Señorita O'Connor, ¿qué puedo hacer por usted?

Para su sorpresa, sonaba agradado por su presencia. De pronto, la parte más masoquista de ella tuvo el impulso de preguntarle la razón por la que la había contratado; si realmente se lo había ganado por sí misma o si no era más que un símbolo que pretendía usar en su propio beneficio. No obstante, por mucho que fuera lo bastante valiente para hacerlo, decidió que no merecía la pena soportar más malos tragos.

—No es nada importante, Alteza. Si lo desea, puedo regresar más tarde.

—En absoluto —respondió, tan rápido que casi pareció brusco—. Está aquí, ¿no? Pase.

No sin cierta duda, lo siguió al interior de su despacho. Tenía cientos de libros y papeles apilados en montañitas en el escritorio y toda una colección de velas, algunas casi gastadas, ocupaba el alféizar de las ventanas. Justo en el centro de la estancia había un retrato con un marco decorado con filigranas de oro; mostraba la imagen de un hombre que era idéntico a Kit y Jack excepto por los ojos, que eran verdes. Su boca conformaba una fina línea, casi cruel; una expresión de disconformidad que se mantendría fija para siempre.

«Rey Albert iii», rezaba la placa.

Contuvo un escalofrío; no sabía cómo era capaz de soportar tener esa mirada fija en él todo el día.

A su espalda, el pestillo se cerró con un clic que restalló en mitad del silencio. De pronto, sintió que se le secaba la garganta.

—Siéntese —le indicó el príncipe—, por favor.

Niamh obedeció. Él se colocó en la silla tras el escritorio y fijó en ella la mirada. Era serena. La luz del sol que se colaba desde el exterior captaba el hilo dorado que recorría su chaqueta y hacía centellear el anillo que portaba en el pulgar.

Allí donde Kit estaba plagado de espinas, Jack era piedra pulida, rígida e inaccesible.

Hacía que fuera consciente de cada centímetro de su cuerpo.

Se había puesto tan nerviosa con la columna de Lovelace que se le había olvidado recogerse el pelo de manera apropiada. Se pasó un mechón de cabello plateado por detrás de la oreja y se apoyó las manos en el regazo. Fue entonces cuando él le preguntó:

—¿Qué la perturba?

Se pasó las manos por la falda.

—Lamento profundamente molestarlo, señor, con algo tan trivial como esto, pero…, verá, no he recibido el pago de esta semana.

Por un instante, llegó a pensar que se había dirigido a él en machlandés, o incluso que no había hablado en absoluto, debido a que se quedó callado e inmóvil como si hubiera colocado una máscara vacía. No obstante, acabó sacudiendo la cabeza.

—Eso no es para nada trivial. Soy yo quien debería disculparse por el descuido; me dirigiré a la señora Knight de inmediato.

Niamh tuvo que esforzarse para ocultar su asombro. ¿Eso iba a ser todo?

Con admirable agilidad, sacó un sobre y una pluma.

—¿Quiere un cheque?

—Preferiría en efectivo, si no le importa. —Un segundo después, añadió—: Alteza.

—Sin problema.

Puso sobre el escritorio un monedero, tomó una moneda y se la colocó en la palma. Niamh cerró los dedos a su alrededor y, aun así, habría jurado que la vio soltar un destello entre los huecos.

—Muchas gracias, señor.

Su voz escapó casi como un jadeo.

—No. Gracias a usted. —De alguna forma sonó al mismo tiempo sincero e impersonal—. Valoro que haya venido a informarme sobre esto. ¿Necesita algo más?

—No. Eso sería todo. Gracias de nuevo, señor.

En cuanto vio que se ponía en pie, alzó la voz:

—Espere un segundo.

Prácticamente se arrojó de nuevo contra la silla.

—¿Sí, señor?

—Quería disculparme por lo que ha tenido que escuchar antes.

Oh. Era obvio que no estaba disculpándose de verdad; debía de ser algún tipo de prueba.

—No es necesario que lo haga. No escuché nada.

—No hace falta que lo niegue. —Dejó escapar un suspiro—. Soy consciente de que, debido a su trabajo, ha tenido la oportunidad de acercarse a mi hermano y de entablar cierta relación. No me ha pasado por alto que, de alguna forma, ha tenido alguna especie de influencia en él. Al igual que en mi mujer, para el caso.

—Oh, no. No lo consideraría tanto.

—Su modestia la honra —opinó con tono neutro—, pero solo quería sacar el tema a colación para preguntarle si le parece que mi hermano se encuentra... bien.

Niamh se mordió el labio. Sabía a razón de qué venían sus palabras; aun así, se atrevió a preguntar:

—¿A qué se refiere, señor?

—Imagino que puede resultar una pregunta un tanto inusual. —De pronto, lucía incómodo, casi avergonzado, y de alguna forma le resultó tierno—. Y odio tener que ponerla en esta posición, pero me he dado cuenta de que tengo pocos recursos aparte de este para saber cómo está llevando toda esta situación. Saberlo de verdad.

—Lo cierto es que yo lo veo bien. —Y no mentía; sin contar con el hecho de que detestaba la vida en la corte, al menos. Además, una diminuta y egoísta parte de ella quería mantener para sí lo poco que Kit había decidido confiarle. No tenía derecho a contárselo a nadie; ni siquiera al príncipe regente—. ¿Hay algo que le preocupe?

Él esbozó una sonrisa; una que no le llegó a los ojos.

—¿Sabe usted lo que le ocurrió a mi padre, señorita O'Connor?

—Más o menos, sí.

Hacía varios años, había enfermado y ya nunca había logrado recuperarse. No obstante, eran pocos los detalles que habían sobrepasado los muros del palacio y, al menos a juzgar por la expresión cautelosa que veía ante ella, no parecía que quisiera compartírselos.

—Es más que suficiente. —Apoyó las palmas de las manos en el escritorio y comenzó a acariciar una grieta invisible—. Si, por lo que fuera, yo muriera antes que mi padre, el Parlamento no podría nombrar regente a mi hermano. Se parece demasiado a él. Sin embargo, hay una forma de hacer que a ojos de la corte un hombre parezca más respetable: el matrimonio. Soy consciente de que no comparte mis decisiones, pero estoy tratando de hacer lo que considero mejor para él y para asegurar la continuidad del legado de nuestra familia.

Ante sus ojos, parecía tan desgastado y curtido como la piedra sobre la que habían construido ese legado. No pudo evitar pensar en lo agotador que era tener la necesidad de resolver los problemas de todo el mundo solo; de tener que cargar el peso del deber y la presión de proteger a los que amabas.

Conocía bien esa sensación.

Sentía la mirada del retrato del rey, cargada de desprecio, fija en ella por encima de su cabeza. Si había tenido que retirarse hacía ya ocho años, significaba que Jack no debía de haber tenido más de veintidós cuando el Parlamento lo había nombrado regente. Se fijó en las ojeras que enmarcaban su mirada y en las líneas apenas visibles que le recorrían la frente; por primera vez, de alguna forma imposible, le suscitó cierta sensación de familiaridad.

—Entiendo, señor.

—Me alegro de que lo haga —respondió él—. En fin, ya la he entretenido demasiado. Aunque le pido que, de ahora en adelante, no se sobrepase a la hora de cumplir los deseos de mi hermano. Necesitaremos *verlo* el día de su boda, al fin y al cabo.

Niamh dejó escapar una risita.

—Sí, señor. Me aseguraré de que, como mínimo, se lo vea.

—Se lo agradezco, señorita O'Connor. Es un verdadero alivio. —Después, comprobó su reloj de bolsillo y frunció el ceño—. Ya que se encuentra aquí, permítame informarle de que se reunirá con la infanta Rosa dentro de un par de horas para tratar los temas relacionados con su vestido. He acordado enviarla a la casa en la que está alojada durante estos días, en el centro. ¿Le vendría bien a las diez?

Y lo hacía, así que, tras eso, la despidió.

Mientras recorría el camino de regreso a sus habitaciones, con la moneda apretada con fuerza en la mano, su mente comenzó a darle vueltas a toda la información que acababa de recibir: al hecho de que la fijación obsesiva que tenía Jack por la boda de su hermano y su falta de atención para con el servicio y las protestas nacían de su sentimiento de deber. De la devoción que le tenía a su familia.

Niamh le creía, por supuesto, e incluso lo admiraba por ello, pero ¿era aquella toda la verdad? Que *El Fisgón* lo hubiera criticado durante años significaba que debía de haber estado ignorando las injusticias que se cometían en el reino desde antes de que decidiera concertar el matrimonio de Kit.

No. No podía permitirse tener esos pensamientos. Era costurera, no una espía. Decidió que, en cuanto volviera de su encuentro con la infanta Rosa, escribiría también a Lovelace para decirle que no podía ayudarlo.

Jack se encargaría de ponerle solución a todo cuando su hermano se casara. Tenía que creer en ello.

10

*L*a casa en la que estaba alojada la infanta Rosa le recordó a una porción de tarta: una fina rebanada de ladrillo blanco recubierta con un elegante frontón y moteada con una capa de glicinias. Se encontraba en el fondo oeste de Bard Row, uno de los distritos más agradables y finos de Sootham. Todo a su alrededor eran hermosos jardines con el césped perfecto y árboles bien poblados, y había cestas de mimbre repletas de flores que colgaban de las lámparas de gas de la calle como si fueran pendientes.

La maravillaron tanto como la dejaron estupefacta.

Niamh se recogió el bajo del vestido de paseo mientras se acercaba a la puerta principal. El ala de su capota evitaba que el sol le diera en los ojos, pero la cinta que se la sostenía por debajo de la barbilla le picaba. Era horrible. Además, sentía cómo le caía el sudor por la sienes. Nunca en su vida se había sentido menos ella misma; aun así, era consciente de que debía parecer una dama de la alta sociedad avalesa si quería presentarse ante la princesa de Castilia, aunque hubiera poco que pudiera hacer con el tema de su acento.

El ama de llaves, que ya se encontraba esperándola en el porche, no se demoró ni un instante en escoltarla hasta el salón principal, que se encontraba en el segundo piso. Una vez allí, le dijo que Su Alteza Real no tardaría en recibirla. Ya habían dispuesto un servicio de té completo en una mesita, tan tentador como un plato de galletas en la cabaña de una bruja de cuento. Le rugió el estómago, pero se obligó a recordar lo irrespetuoso que era que empezara a comer sin que hubiera llegado su anfitriona.

Aun así, jamás había visto esa forma de disponerlo; ni en Avaland ni en Machland. La tetera de porcelana dejaba escapar un aroma amargo que le hizo arrugar la nariz, pero a su alrededor, dispuestos por doquier, había onzas de chocolate, tan oscuro y brillante como piedra pulida, unas rebanadas gruesas de pan recién hecho, una cuña de queso curado y pequeñas tiras de carne adobada.

Por los dioses, no tendría que haberme olvidado de comer.

El tiempo seguía escurriéndosele entre las manos. Aunque, en realidad, si se paraba a pensarlo, nadie se daría cuenta si se llevaba aunque fuera un trocito de chocolate. Se agachó para llevarse uno a la boca y estuvo a punto de soltar un gemidito de placer al sentir cómo se le deshacía en la lengua.

En ese momento, la puerta de los aposentos de la infanta, que daba justo al salón, se abrió. Niamh se irguió de inmediato y estuvo a punto de atragantarse. No obstante, y por suerte, no se trataba de ella, sino de su dama de compañía, la señorita Miriam Lacalle. La vio cerrar a sus espaldas y apoyarse en la madera, como si hubiera estado conteniendo a una bestia al otro lado.

—¡Buenos días! ¿Qué puedo hacer por usted?

—Hola. —Tuvo que esforzarse para no echar un vistazo demasiado evidente por encima del hombro—. He venido a ver a la infanta Rosa. Me han encargado que viniera a tomarle las medidas para su vestido de boda.

Los ojos de la joven prácticamente brillaron. A la luz de la mañana se la veía tan radiante y agradable como bajo el resplandor de las lámparas de araña del salón de baile.

—¡Ah! O sea que es usted la costurera sobre la que he escuchado hablar tantísimo estos días... No hay una sola columna de cotilleos que no esté hablando del vestido que llevó anoche. ¡Qué pena no haberlo llegado a ver!

—Espero que solo cosas buenas, al menos. —Esbozó una sonrisa tímida—. Me llamo Niamh O'Connor. Es un honor conocerla, milady.

—Me halaga, señorita O'Connor, pero no soy lady. —Soltó una risita—. Tan solo Miriam Lacalle.

No pudo evitar sorprenderse por el hecho de que la infanta hubiera elegido a una joven sin título.

—Es un placer, señorita Lacalle.

—Me temo que la infanta no se encuentra en casa en este momento. —De pronto, el ruido de algo al romperse estalló en la habitación a sus espaldas. Puso una mueca—. Quiero decir que no se encuentra bien.

Una vocecita dolorida escapó por la puerta:

—¿Con quién estás hablando, Miriam?

La joven cerró los ojos como si estuviera armándose de paciencia.

—¿Sabe qué? Pensándolo mejor, ¿por qué no me acompaña?

Le hizo un gesto para que la siguiera al interior de los aposentos. Una vez que cerró tras ambas, una oscuridad sepulcral las envolvió. Tuvo que parpadear varias veces para que sus ojos se acostumbraran.

Las cortinas de terciopelo estaban corridas y solo permitían que un diminuto rayo de sol se colara a través de ellas. Aun así, alcanzaba a ver gran parte de la estancia, y su estado la tomó por sorpresa: había pilas y pilas de vestidos, un collar extraviado que escapaba de debajo del armario y toda una colección de zapatos —algunos incluso desparejados— que se abría camino sin ton ni son por el suelo. Justo al lado de la ventana había también una mesa con un tablero de ajedrez, cuyas piezas seguían dispuestas en lo que parecía ser el final de la partida. Por alguna razón, una de las sillas estaba colocada bocabajo.

Todas y cada una de las preconcepciones que se había hecho sobre la nobleza se derrumbaron de inmediato.

—Lamento muchísimo el desorden —se disculpó con una risita nerviosa—. La infanta no es una persona demasiado madrugadora. No quería que eso la condicionara, ni a usted ni a su trabajo, pero supongo que, llegadas a este punto…

—¿Condicionarme? —Niamh fingió total naturalidad—. Tendría que ver mis propios aposentos; en comparación, estos se ven inmaculados.

La joven dio un par de golpecitos en otra puerta.

—Rosa. Tienes visita. —Tras unos segundos de silencio, se aclaró la garganta y exclamó—: ¡Rosa!

Escucharon el crujido de apertura y la infanta apareció bajo el marco, hermosa y terrorífica al mismo tiempo.

Niamh contuvo el aliento, consciente de cómo el rostro comenzaba a arderle. Tendría que acostumbrarse a su belleza o, si no, acabaría olvidándosele cómo hablar en su presencia.

Aunque la princesa era altísima, durante un instante le dio la sensación contraria debido a la dejadez de su postura; llevaba puesto un vestido que, una vez más, era negro, pero ya no llevaba el tocado de encaje que cubría sus rasgos y el pelo le caía sobre los hombros en rizos perfectos. No obstante, mostraba unas ojeras tan profundas que le hundían la mirada. O quizás era culpa del maquillaje, que lo tenía corrido por toda la cara como si no se lo hubiera quitado antes de acostarse.

Mientras la recorría con la mirada, pensó que parecía pintura de guerra.

—¿Usted quién es? —preguntó entonces. Al igual que su dama, tenía un deje extranjero sutil pero inconfundible—. Espero que una asesina a sueldo.

—Rosa —la reprendió ella, aunque fue evidente que quería dejar pasar el comentario cuanto antes, porque siguió—: Esta es la señorita O'Connor. Será la costurera de tu boda.

—Vaya. —Se dirigió a un diván y se dejó caer en él como si, de pronto, tener que cargar con su propio peso fuera todo un suplicio—. Qué decepción.

—No tome nada de lo que diga en serio —le susurró Miriam a Niamh—. Tiene un sentido del humor algo peculiar; a la única a la que pretende hacer gracia es a sí misma.

Trató de ocultar la sonrisa que tironeó de sus labios al inclinarse en una reverencia.

—Es un verdadero honor conocerla, Alteza.

De pronto, el interés iluminó la expresión de la infanta, que volvió a fijar su afilada mirada en ella. Estuvo a punto de dar un respingo; nada en sus palabras había sido especial..., ¿no? O al menos, eso creía.

—Lo mismo digo. —Después, bostezó—. Discúlpeme. De preferencia, me gusta disfrutar de mis doce horas de sueño, pero al final acabé yéndome a la cama mucho más tarde de lo que esperaba. Demasiadas emociones.

—Rosa...

—¿Qué? —Arqueó una ceja—. Mi prometido fue encantador, ¿no te lo pareció?

Lo dijo con un tono de voz tan seco que Niamh no fue capaz de decidir si lo opinaba de verdad. Y, como su dama se sumió en un silencio eterno, durante un rato no supo si mostrarse de acuerdo, si reír o si ponerse a llorar.

—No sabe cómo la entiendo, Alteza. Trataré de no demorarme demasiado.

—De maravilla. —Miriam juntó ambas manos—. Yo tengo que terminar de escribir una carta, así que voy a marcharme para que ambas podáis discutir los asuntos que os competen.

Y así, sin más, la dejó sola con la princesa de Castilia, que se pasó las manos por la falda para alisársela y suspiró.

—Quedo a su disposición, pues, señorita O'Connor. ¿Por dónde comenzamos?

—Por donde desee usted, Alteza. Puedo tomarle las medidas o puede comentarme las ideas que tenga para el vestido. Me encantaría saber qué estilo se lleva en su país y... ¡Ah! También podríamos...

—Despacio, se lo ruego. No he tomado aún nada de café y jamás en mi vida he escuchado un acento como el suyo. —Se frotó las sienes—. Casi que podría comenzar tomándome las medidas.

—Sí, por supuesto. Creo que sería lo mejor.

Apartó una montaña de ropa para poder abrir un hueco en el suelo y comenzó a trabajar. Para su alivio, Rosa parecía tener algo más de práctica que Kit; apenas necesitó indicarle qué debía hacer mientras le pasaba la cinta métrica por alrededor de la cintura, los muslos, el torso y los brazos.

Se encontraba inclinada sobre la mesa, apuntando ya los últimos datos, cuando la infanta alzó la voz:

—Es usted machlandesa.

Niamh golpeó la silla al volverse hacia ella, aunque la agarró por el respaldo para asegurarse de que se mantenía estable. Al igual que ella misma. No sabía hasta qué punto era problemático que una princesa quisiera destacar algo sobre su persona.

—En efecto, Alteza.

—Ya veo. —El mismo interés calculador de antes había vuelto a rellenar su mirada, pero su tono rebosaba simple cordialidad—. ¿Y cómo ha sido su estancia en Avaland hasta ahora?

—Lo cierto es que muy agradable —respondió tan animada como fue capaz—. El príncipe regente es un anfitrión realmente atento.

—Mmm. Sí, supongo que sí..., ¿no?

—¿Y usted, Alteza? ¿Es su primera vez aquí, en Sootham?

—Sí. Y hasta ahora la he encontrado fascinante. Todo el asunto de los modales anticuados, su clima gris, su gusto artístico... —Se cortó—. Pero, en fin, no está usted aquí para escuchar mis peroratas. ¿Por qué no pasamos a hablar del diseño del vestido?

—Oh, sí. Claro. ¿Tiene ya alguna idea?

—Querría que fuera de encaje negro.

Algo se apagó en su interior en cuanto escuchó aquello. De verdad, ¿qué tenía en contra del color? Además, solo pensar en tener que hacer un vestido entero de encaje la hacía temblar. El sentido de la moda de Rosa no era en absoluto común; al menos, para una mujer de su rango y según los estándares avaleses. Aunque, de alguna forma, le recordaba un poco al estilo de Machland. Allí muy pocas personas se compraban un atuendo nuevo para el día de su boda. Por lo general, llevaban el mejor traje de tono oscuro que tuvieran, pero porque era mucho más sencillo ocultar manchas; ella podría comprarse un vestido nuevo cada semana si quisiera.

—¿Y si probamos con algo con un poquito más de vida?

—¿De vida?

—Sí, no sé. —Niamh echó un vistazo a las prendas que se extendían por la estancia: todas de tela negra—. Tal vez con algo de color.

La infanta puso una mueca.

—No me gusta vestir con colores.

—¿De veras? Yo creo que estaría preciosa con... —Al sentir la mirada fija en ella, no le quedó otra que detenerse y decir—: Aunque en realidad creo que un vestido negro suena de maravilla. Muy... a la última.

—Es la nueva moda en Castilia —le aseguró—. Y creo que destacará. Aquí es todo demasiado... brillante.

En eso tenía razón. Y la verdad era que imaginar las caras de los miembros de la corte cuando la vieran aparecer de negro le agradó más de lo que le hubiera gustado admitir. Tuvo que llevarse los dedos a los labios para ocultar una risita.

—Oh, sí que destacará, sí.

Los labios de Rosa se curvaron en una sonrisa casi imperceptible.

—Y si no es mucho problema, sé que mi padre querría que llevara también un velo.

Niamh fue incapaz de interpretar su expresión tras decir aquello; por lo poco que había podido ver del rey, le había parecido que era un hombre muy autoritario. Estuvo a punto de preguntarle si era eso lo que ella quería también, pero en el último momento se retractó. Ya se había pasado con los comentarios desafortunados ante miembros de la realeza.

—¿Y qué tipo de encantamientos querría?

—¿Encantamientos?

—Verá, soy capaz de coser recuerdos y emociones en las prendas. Por lo tanto, si desea verse o sentirse de alguna forma, puedo...

—Así que ese es su don. Ya entiendo por qué la contrataron. —Se inclinó un tanto hacia ella y la contempló con los párpados entrecerrados—. Veamos... ¿Podría infligir terror en los corazones de aquellos que posaran la vista en mí?

Tuvo que esforzarse por aplacar la angustia en su voz:

—Verá, creo...

—Ya, sí. Quizás en otra ocasión. Padre no estaría contento. Lo pensaré. Esta boda está prometiendo ser cuando menos interesante, la verdad.

La necesidad por saber bulló en su interior, pero, aunque Kit toleraba bastante sus impertinencias, no tenía muy claro si ella lo haría. Sin embargo, parecía que Miriam y ella eran amigas, pese a la diferencia de su posición; no creía que fuera a molestarse o a reprenderla por hacer preguntas.

—Ah, ¿sí?

La infanta cruzó la habitación, se sentó ante el tablero de ajedrez y, como si nada, comenzó a recolocar las piezas.

—Debo reconocer que lo que ocurrió anoche en el baile me ha generado cierta curiosidad. Toda mi vida ha estado envuelta en malestar político: siendo apenas una niña, mi tío usurpó el trono de mi padre y fuimos desterrados de Castilia. Estuvimos viviendo en el exilio durante casi un año entero hasta que mi padre decidió regresar, y recuperó la corona tras una guerra que dejó a su paso charcos de sangre y cuerpos carbonizados.

Niamh se estremeció con la imagen. Había crecido escuchando historias sobre aquella violenta revolución, pero ella la había vivido; era incapaz de imaginar la clase de infancia que debía de haber tenido.

—¿Está asustada, entonces?

—Lo cierto es que no. —La miraba por debajo de las pestañas y fue capaz de apreciar un brillo curioso, plagado de decisión—. He presenciado tres cambios de régimen a lo largo de mi vida. He visto los errores que cometieron cada uno de los antecesores. Casi soporto mejor los tejemanejes políticos que todos estos... trámites; no entiendo por qué tanto revuelo para algo tan simple como una unión matrimonial. Desde mi punto de vista, sería el triple de sencillo limitarse a firmar un contrato y terminar con todo el paripé.

—Pero... —Las palabras abandonaron sus labios antes siquiera de poder reconsiderarlas—. ¿Qué hay de la parte romántica?

—No hay parte romántica en las bodas; no en las de la nobleza, al menos. —Niamh sintió cómo sus hombros perdían fuerza—. No es tan terrible, señorita O'Connor, se lo aseguro.

Además, personalmente me viene bien; me gusta el ajedrez, a fin de cuentas.

—¿El ajedrez? Creo que no la sigo.

—Todos y cada uno de nosotros cumplimos con un papel. Míreme a mí, por ejemplo: soy la única hija de la familia; por lo tanto, se me considera un peón. Y tengo muy claro qué se espera de mí: debo sacrificarme por el bien de sus propios intereses. —Tomó uno de los peones y lo examinó entre los dedos; era de cristal y la luz solar, al atravesarlo, dibujaba fragmentos del color del arcoíris sobre el tablero—. Y es justo por el hecho de que no me importa en absoluto con quién voy a casarme que me resulta un matrimonio conveniente.

Seguía sin comprenderlo y, de hecho, su confusión debía de ser muy obvia, porque, al cabo de unos segundos, la infanta continuó:

—La felicidad es algo simple. Una vez que aceptas tu destino, no hay grandes subidas ni bajadas; la incertidumbre es extenuante y, aparte, te impide tomar decisiones objetivas. —Volvió a colocar la figura en su sitio. Resonó un fuerte clac—. No ha sido una ni dos veces las que me han acusado de carecer de sentimientos, de pasiones; sin embargo, ha sido precisamente eso lo que me ha permitido cumplir con mi deber. Esta unión pretende potenciar la relación entre Avaland y Castilia, sí, pero sobre todo va a beneficiarme a mí. Mi dicha matrimonial, si es que puede llegar a existir algo así de verdad, va a ser inmaterial. Y sé muy bien qué es lo que tengo que hacer.

Así que tanto ella como Kit iban a casarse por simple deber. De alguna forma, la aliviaba que ambos tuvieran esa forma tan práctica de ver las cosas; aun así, le costaba aceptar que alguien estuviera dispuesto a resignarse a tener una vida tan monótona y falta de felicidad.

Ni siquiera yo.

Se aseguró de apartar el pensamiento y de arrojarlo de vuelta al lugar del que había venido y preguntó:

—¿Y cómo puede beneficiarla si el príncipe no le importa?

—Estoy más que acostumbrada a las intrigas palaciegas y siempre estoy dispuesta a descubrir la verdad tras ellas. —Frunció el ceño y, por un instante, una emoción que Niamh fue incapaz de reconocer le cubrió los rasgos—. Tengo mis razones.

En ese momento, su dama de compañía apareció por la puerta.

—Rosa, ¿ya estás atormentando a la chiquilla? Mi consejo es que no acepte a jugar al ajedrez con ella, señorita; no es nada divertido.

La infanta sonrió, pícara.

—Sí que lo es; es solo que tú eres mediocre. Y una pésima perdedora.

Niamh no pudo evitar volver a sonreír. Era obvio que Miriam era el único rayo de luz capaz de atravesar su oscuridad.

—¿Llevan mucho tiempo siendo amigas?

—¿Amigas? —repitió la princesa—. No, no. Te equivocas: la señorita Lacalle es mi carcelera.

—¡Ay, cállate!

Cuando Miriam reía, se le formaban arruguillas en torno a los ojos. Al oírla, la expresión de la infanta también se relajó, aunque solo fue durante unos segundos: de pronto, volvió a ser la joven política carente de emociones.

A Niamh siempre la había asombrado la gente que era capaz de mantener lo que sentía bien oculto en su interior. A ella se le reflejaba en el rostro como si fuera un libro abierto de par en par.

«Tengo mis razones», le acababa de decir. Y debían de ser unas lo bastante consistentes como para que no le importara su propia felicidad.

Deseó ser capaz de descubrirlas algún día.

Aquella noche, tras acabar con los bocetos del vestido, cuando ya las velas se habían casi consumido y las manecillas del reloj se encontraban cada vez más cerca de la medianoche, pudo devolver por fin su atención a la carta de Lovelace. Se encontraba en una esquina del escritorio; era una mancha color crema contra la envolvente oscuridad. El sello de cera brillaba bajo la luz de la llama como si se tratara de una moneda que acababan de acuñar.

Tomó una hoja de papel en blanco, abrió el tintero y derramó casi la mitad por toda la superficie. Aquello, desde luego, no era en absoluto buena señal.

Una vez consiguió arreglar el desastre y sacó otra hoja, acercó la pluma y comenzó a escribir su respuesta con trazos vacilantes:

Estimado Lovelace:

No se imagina cuánto agradezco que se haya puesto en contacto conmigo y, sobre todo, la atención y devoción que demuestra por mi pueblo. Admiro enormemente su causa, pero lamento tener que decirle que no puedo ayudarlo.

Cuanto más escribía, la culpabilidad le iba presionando más y más los hombros. Negarse a colaborar con él la hacía sentir… egoísta, cobarde. Sin embargo, si de verdad Jack estaba ocultando algo, no le correspondía a ella descubrirlo.

Solo faltaban quince minutos para que dieran las doce cuando salió por la puerta de su dormitorio y se internó en la oscuridad de los terrenos del palacio en dirección al lugar en el que Lovelace le había indicado que debía dejar su respuesta: el árbol quemado que se inclinaba sobre el lago. No tardó en distinguir sus ramas ennegrecidas y casi desnudas por completo recortadas contra el cielo nocturno.

Avanzó hasta él, bien envuelta en una pelliza y apretando con fuerza el asa de acero del farol, cuya luz creaba destellos en la capa de rocío que se extendía sobre la hierba. En cualquier otra circunstancia, le habría parecido un paseo agradable, pero hacía frío y, para cuando llegó al punto de encuentro, se encontraba tiritando. Y estaba asustada.

Si Jack se enteraba de que había mantenido correspondencia con Lovelace, incluso aunque fuera para rechazar su propuesta...

No. No debía pensar en eso.

El árbol estaba recubierto de muescas y largas ranuras de color negro, como venas burbujeantes; no obstante, el tacto de la corteza era igual de duro que el del hueso. Colocó la carta en un hueco que había en el tronco y se sacudió las manos.

Ya está.

Había completado la peor parte; lo único que le quedaba era regresar sin que la vieran. Y sin que la persiguiera ningún fantasma. O alguno de los Justos. Nunca se podía ser lo bastante prudente.

En cuanto se dio la vuelta, se quedó helada.

Porque lo vio: un fantasma.

Su silueta se iluminaba a lo lejos, de forma casi imperceptible, en uno de los balcones del segundo piso, y el dobladillo del camisón que llevaba se sacudía alrededor de sus tobillos como si se tratase de niebla. Tenía el pelo de un tono blanco que recordaba al resplandor de la luna y ondeaba en el aire por encima de sus hombros.

No, supo entonces. *No es un fantasma. Es la princesa Sofia.*

Se encontraba apoyada en la barandilla y tenía la mirada fija en el horizonte; Niamh casi podía notar en el pecho el anhelo que le hundía los hombros. Parecía tan sola que no pudo evitar sentir pena por ella.

De un soplido, apagó la llama del farol y, en cuanto se sumió en una oscuridad solo rota por el resplandor de los astros, echó a caminar hacia el palacio. El recibidor se mantenía en tal quietud que le dio la sensación de haberse colado en una tumba. Comenzó a subir la escalera imperial y se abrió paso por el pasillo que conducía a su dormitorio. Fue entonces cuando reparó en la luz. Escapaba por la única rendija que dejaba una puerta entreabierta. Se detuvo junto a ella.

¿Quién más está despierto a estas horas?

—¿Qué? —escuchó de pronto—. ¿No podía dormir?

Dio un salto que la hizo girar en mitad del aire.

Se apoyó la palma en el pecho, casi aliviada al comprobar que el corazón le seguía latiendo, y se colocó contra el marco de lo que de inmediato descubrió que era la entrada de la biblioteca. Cientos y cientos de estanterías repletas de ejemplares encuadernados en piel se extendían ante ella, a cada lado de la estancia, y la tenue iluminación llegaba a alcanzar los títulos, grabados en letras doradas.

Kit se encontraba junto a la ventana, sentado en una butaca y con el codo apoyado en la rodilla. Se había quitado la chaqueta y la había colocado en el respaldo; Niamh se esforzó por no prestar atención a ese dato en concreto. Por un segundo, llegó a esperar que tuviera un cigarro entre los dedos. No obstante, lo único que había en sus manos era un libro.

Verlo ahí hizo que el estómago se le encogiera en una mezcla de gratitud y humillación que se perseguían la una a la otra.

El príncipe fijó su atención en el farol.

—Ayuda que lo encienda, ¿sabe?

Aquello fue suficiente para devolverla a la realidad.

—Alteza —lo reprendió en un susurro—, no debería estar aquí.

—Estoy leyendo —replicó él, tranquilo—. En una biblioteca.

—Ya, sí... —Por un instante, se quedó en blanco—. A lo que me refiero es a que no deberían vernos aquí. Juntos.

Él lo consideró unos segundos antes de preguntar:

—¿Por qué no?

—¡¿Cómo que...?! —Dejó escapar un bufido. La sensación de que debía de parecer una idiota gritando en susurros de un lado a otro de la habitación la golpeó de lleno y dio un paso adelante—. Sabe muy bien por qué.

—Lo cierto es que no.

Niamh alzó las manos.

—¿Se está burlando de mí?

—Estamos en mitad de la noche. —Esa fue su respuesta, y ella estuvo a punto de soltar un «exacto», pero él continuó hablando—: No hay nadie aquí que pueda empezar a esparcir rumor alguno y me apetece hablar con usted, así que ¿por qué no iba a hacerlo?

De pronto, una sensación cálida la recorrió.

—¿Ha dicho que quiere hablar conmigo?

—¿Hay algo malo en ello?

No le pasó desapercibido el toque avergonzado en la velocidad con la que pronunció esas palabras. Pero sí. Claro que había algo malo en ello. Ya habían escrito sobre ambos en una columna de cotilleos, y no, no importaba que fuera por encima y solo para cuestionar el origen del rumor que los inmiscuía. Le parecía más que suficiente el hecho de que el padre de la infanta Rosa lo viera con malos ojos; por no hablar de que su hermano lo había amenazado con descubrir quién era esa chica.

Encima acababa de lavarse las manos en lo referente a la propuesta de Lovelace; lo único que quería hacer era poder trabajar en paz y acabar cuanto antes, sin más complicaciones y sin más distracciones.

No obstante, tras lo que pareció una eternidad contemplando esa duda casi infantil que revelaba la luz de las velas, le surgió un pensamiento que cada segundo se hizo más real: debía de sentirse muy solo allí. ¿Por qué otra razón alguien como el querría hablar con alguien como ella?

Sabía que, por su propio bien, lo mejor era que le dijera que avisara a Sinclair en su lugar, pero…, bueno, en realidad ella también se sentía un poco sola.

Darse cuenta de ello fue como volver a poner los pies en la tierra. Erin, justo antes de irse hacía ya un año, había sido la última amiga que le había quedado en Caterlow; hasta ese momento no se había parado a pensar en cuánto tiempo había pasado desde la última vez que había hablado con alguien de su edad.

De hecho, ¿acaso había hecho algo que no fuera trabajar?

—Si insiste —dijo, tratando de imprimir en su voz un tono agradable—, tal vez debería disculparme primero.

El asombro bañó el rostro del príncipe.

—¿Por qué?

—Sé que quería que olvidara lo que me contó en el balcón, pero no puedo hacerlo. Si no hubiera hecho lo que hizo, lo más probable es que hubiera perdido mi trabajo.

La culpa la atravesó de inmediato, tan repentina y punzante como una flecha directa al corazón. Si hubiera sido lo suficientemente fuerte como para lograr ignorar la crueldad de la corte, él jamás se habría visto obligado a humillarse de esa forma delante de todo el mundo. De gente que lo detestaba. Y solo para protegerla.

Le parecía injusto que su hermano lo hubiera llamado a su despacho para regañarlo como si se tratara de un chiquillo.

Se odiaba por haber tenido ese momento de debilidad, por haberse atrevido a soltarle todos sus estúpidos sentimientos. Ella siempre se había encargado de cuidar a los demás; jamás le había pedido a nadie que se lo devolviera. ¿De qué servía, si no?

—Siento muchísimo todas las molestias que le he podido ocasionar —continuó—. Si no hubiera...

—¿Si no hubiera qué? —No había rastro de burla en su tono, pero fue tan afilado que podría haber cortado el aire—. ¿Estado apoyada en la barandilla del balcón? ¿Respirado?

Niamh no supo cómo replicar ante eso; lo único que pudo hacer fue alzar la mirada del suelo y posarla en él. Había tanta intensidad en sus ojos, centelleantes en mitad de la librería, que casi amenazaba con derribarla.

La marcó como el sol marcaba el final del día al ponerse en el horizonte.

—Guárdese las disculpas para cuando realmente tenga que darlas. Usted no me obligó a hacer nada.

Aquello le dejó una sensación extraña.

No tenía sentido.

Se había pasado la vida entera pidiendo perdón por ocupar espacio, sintiéndose culpable por molestar a los demás con sus sentimientos y necesidades; incluso estaba segura de que había llegado a tener la tentación de disculparse por eso, por respirar, pero nadie nunca la había hecho sentirse así de estúpida por hacerlo.

Le dolió, pero, de alguna forma, también la alivió. Aunque, si se paraba a pensarlo, no debía haber esperado nada distinto de parte de un joven al que toda la sociedad, esa que se llenaba la boca de cortesía, rechazaba. Él, estaba segura, jamás se había disculpado por ser quien era en realidad.

—Entonces, permítame darle las gracias —dijo entonces—. Por el gesto; fue muy amable por su parte.

—¿Amable? —Le pareció incómodo de pronto, incluso asqueado—. En absoluto. A veces mi cuerpo va más rápido que mi cabeza.

Niamh no pudo evitar sonreír. Le parecía increíble que siempre estuviera tan dispuesto a negar hasta la más diminuta virtud que pudiera llegar a tener. Y el impulso de burlarse de él tiró de ella tan rápido que fue incapaz de aplacarlo:

—Pues permítame decirle que posee un instinto realmente noble, Alteza.

La mayoría de los hombres eran impulsivos a la hora de saciar sus propias necesidades, cuando querían alcanzar el placer y entregarse a sus deseos; sin embargo, Kit había estado dispuesto a sacrificarse en pos de otra persona.

Porque así era él, ¿no? La expresión que había visto en su rostro la noche anterior, tan apagada y resignada, no era la expresión de una persona egoísta.

—No lo es. Se lo aseguro.

Lo dijo con tanta frialdad que por un segundo creyó haberle ofendido.

—Alteza...

—Es hora de que me vaya a la cama.

Se levantó de la silla y, a la velocidad del rayo, pasó por su lado.

Sabía que no debía sentir sentirse mal por ello, al igual que sabía que no debía preguntarse qué había querido decir; lo más inteligente era que acabara con cualquier tipo de relación y que colocara el velo de la profesionalidad entre ambos.

Sí, eso era lo correcto, pero aun así...

«Una vez que consigues arrancarle todas las espinas, no resulta ser tan terrible», le había dicho Sinclair. Y lo cierto era que la vida había sido mucho más sencilla antes de empezar a creer en que era cierto.

11

No podía dejar de pensar en Lovelace.

Aún no había recibido respuesta por su parte. Y, sí, solo habían pasado doce horas desde que se había acercado al árbol quemado, pero su mente no dejaba de darle vueltas al tema. Quizás no había leído aún su carta. Quizás había considerado que su rechazo no merecía siquiera contestación. O tal vez la princesa Sofia la había visto en el exterior y solo era cuestión de tiempo para que la Guardia Real apareciera por la puerta para arrestarla por traición. Por supuesto, de haber sido así, lo más probable era que ya lo hubieran hecho; aun así…

—¿Qué la tiene tan absorta?

La pregunta le hizo dar un respingo en su sitio, sentada en una manta de pícnic sobre la hierba. Y se pinchó el dedo con la aguja.

—¡Ay!

Los ojos de Miriam se abrieron como platos.

—Cielos. Perdóneme.

Niamh se llevó el dedo a los labios y el regusto metálico de la sangre le impregnó la lengua. Sabía que debía esforzarse en ser la mejor compañía posible; en especial por el hecho de que, ya de primeras, dudaba de si era allí donde debía estar.

Aquel era el día de la presentación oficial de Kit y Rosa, y él había invitado a Sinclair, Sinclair la había invitado a ella (a través de una carta de visita que había introducido en el ramo de rosas más espectacular que había recibido jamás —aunque, bueno..., fuera el único que había recibido jamás—), y Rosa, para no quedarse atrás, había invitado a su dama. Por lo tanto ahí se encontrarían los cinco: un grupo variopinto cuando menos.

—No, no —dijo—. Perdóneme a mí. Estaba en las nubes.

—Lo entiendo. —Miriam le dedicó una sonrisita—. El día lo amerita.

Lo cierto era que hacía una tarde espléndida; de esas que parecían sacadas de una ensoñación de un perfecto día de verano: radiante y calmado. Y, aunque ella no soportaba mantenerse quieta, pensó que, ya que no le quedaba otra, mejor que fuera allí.

Eye Park se extendía ante ellas en todos los tonos de verde, impecable y atestado de gente. Era imposible no enamorarse del frenesí que parecía atraer el aire o de la necesidad casi imperiosa del verano por hacerse notar antes de llegar a su fin... Deseó capturar aquella sensación en sus hilos.

Varios carruajes y caballos avanzaban por los caminillos de grava; cientos de grupos de amigas ataviadas con sus atuendos más radiantes se repartían por doquier, soltando carcajadas con la nariz bien enterrada en las gacetas de cotilleos y refrescándose los labios con hielo de sabores. Las ramas de los árboles, repletas de limas que esparcían por el aire un maravilloso aroma cítrico, se abrían sobre sus cabezas como una cúpula. Y, justo a la derecha, alcanzaban a ver el río Norling, que centelleaba bajo la luz de la tarde, como si sus aguas estuvieran encantadas.

Miriam chasqueó la lengua.

—¿Es eso sangre, señorita O'Connor?

—¿Eh? —Miró hacia abajo; un pequeño reguero de sangre dorada le cubría la yema del dedo—. Oh, sí. Eso parece.

—Déjeme ver. —Antes siquiera de que llegara a terminar de pronunciarlo, le tomó la mano. Una chispa atravesó sus ojos brillantes y, de pronto, una sensación cálida comenzó a cubrirle la piel. Y, sin más, la herida desapareció. Magia—. Ahí tiene.

Niamh contempló el resultado, anonadada.

—¿Usted también tiene un *ceird*? O sea, sangre divina. O..., bueno, ¿cómo lo llaman ustedes en Castilia?

—Milagros. —Parpadeó—. ¿Sabe? Fue gracias a ellos que conocí a Rosa. Mi madre le salvó la vida a la reina, y a ella, el día que nació, y aquello hizo que le concedieran un lugar en la corte: comenzó a trabajar como médica de la Casa Real y yo, por lo tanto, me crie entre la aristocracia. Lo cual es un milagro por sí solo, si me pregunta.

—Una plebeya en la corte —se maravilló.

—Plebeya y siradi —añadió.

No había demasiados siradíes en Machland, pero Niamh conocía a una familia que vivía en Caterlow, los Pereira. Se habían instalado allí muchos años antes de que naciera, tras huir de la persecución religiosa de Castilia, y recordaba que algunos de sus vecinos apartaban a los niños al verlos por la calle, pero con ella siempre habían sido gente muy agradable.

Preparaban el pan más delicioso del universo y, cuando comenzaba el frío y las noches empezaban a alargarse, solía ir a encenderles la chimenea una vez por semana, el único día que no podían trabajar, como agradecimiento. En ese momento le vino a la mente la imagen de las velas que colocaban en las ventanas y, sobre todo, de sus maravillosas ropas: aquellas bandas de seda y sus remates dorados.

—Han tratado de expulsarnos varias veces de Castilia; de hecho, el rey no siempre nos ha tolerado. Personalmente, es un hombre que me da miedo. Incluso Rosa teme desobedecerlo y decepcionarlo. La única vez que se ha atrevido a llevarle la contraria fue… por mí. —De pronto, su expresión se pintó de nostalgia—. Rosa siempre me ha protegido. Supongo que es por eso por lo que me ha traído consigo. Aunque, por supuesto, jamás va a admitirlo en voz alta.

Niamh sintió que el corazón se le encogía.

—Quiere que se mantenga a su lado.

—Lo que quiere es que yo también me case con algún hombre de aquí —replicó ella con una mezcla de hastío y diversión—. Y ya le he dicho que no tengo el más mínimo interés en hacerlo, pero puede llegar a ser realmente testaruda cuando se le mete algo entre ceja y ceja.

—No me queda duda alguna. —Soltó una risita—. Así que no desea ser una esposa avalesa, ¿eh? ¿Y qué le gustaría hacer entonces?

—Me gustaría abrir mi propio consultorio médico para poder ayudar a todos aquellos que lo necesiten.

—Eso me parece un plan maravilloso.

—Es mi deber. —Miriam arrancó un puñado de hierba y lo dejó caer de nuevo—. Dios actuó a través de mi madre el día que salvó a Rosa y, desde entonces, sé que ha velado también por mí. Cargo con la culpa de saber que hay cientos de personas como yo sufriendo, cada día, mientras que yo no. Y, aun así, no puedo evitar pensar en que debería servirme de mi posición, de estar viva, para lograr mucho más. Si pudiera conseguir que algún miembro de la nobleza hiciera algo…

Sí, quiso decirle Niamh. *Es así como yo me siento.* Sin embargo, tuvo que limitarse a extender la mano para tomarle el brazo. Se lo estrechó.

—No me imagino lo difícil que debe de ser tener que vivir entre aquellos que han tratado siempre de hacer daño a tu gente, pero, si quiere mi opinión, no me parece justo que tenga que sufrir solo porque otros lo hayan hecho antes que usted. Me parece que sus sueños son perfectamente válidos.

—En realidad, creo que sí puede imaginarlo, señorita O'Connor. —Miriam le dedicó una sonrisa entristecida—. Veo que estamos hechas de la misma pasta, y algo me dice que también destinadas a permanecer la una junto a la otra.

Niamh sintió cómo los labios se le extendían a cada lado.

—Eso me encantaría.

De pronto, una sombra se cernió sobre ellas. Giró el cuello lo suficiente como para alcanzar a ver a Sinclair, de pie y con una mano en la frente para taparse el sol. Aun así, la zona de la cara que quedaba al descubierto brillaba con su siempre presente toque angelical.

—Traigo noticias nefastas: no he podido hacerme ni con medio dedo de limonada.

—¿Y se atreve a regresar con las manos vacías? —le pregunto Miriam, provocadora.

—Lo lamento profundamente, señorita. —Se llevó una mano al pecho—. No obstante, se me ha ocurrido una idea. ¿Qué les parece si nos aventuramos en una misión de rescate?

Dirigió la vista hacia los dos príncipes, que estaban sentados en un banco junto al río. Kit trataba de mantener cierta distancia, aunque entre los dedos sujetaba lo que la infanta había llamado *papelate* —tabaco envuelto en hojas de maíz, al parecer—. Había sido su intento por caerle bien, pero él se había limitado a aceptarlo sin mucha ceremonia; eso de complacer y dejarse complacer no era precisamente su fuerte. No obstante, Rosa, cuyo parasol repartía sombras por todo su rostro, parecía estar más que satisfecha con observar cómo los cisnes se abrían paso entre las espadañas.

La sonrisa de su dama se pintó de picardía.

—¿Cuál de los dos cree que necesita que lo rescaten?

Sinclair dio un golpecito en la tierra con su bastón.

—Definitivamente ambos.

—Toda la razón. Vayamos.

—Oh, id sin mí, por favor. —Niamh recogió el bastidor que había dejado sobre la hierba. Aquella mañana, le había pedido a sus ayudantes que comenzaran a trabajar en el encaje del vestido de la infanta mientras ella estaba fuera, pero no podía delegar todo en ellos—. Aún tengo que terminar este estampado.

De pronto, Sinclair se lo arrancó de las manos. Ella dejó escapar el aire y se puso de pie como un resorte.

—¡Oye!

Sin embargo, él lo sostuvo por encima de su cabeza, tan alto que habría sido incapaz de alcanzarlo incluso poniéndose de puntillas y saltando. De nuevo, su altura volvía a traicionarla. Sinclair, por su parte, no podía parecer más divertido por la situación.

—Me temo que es urgente, Niamh. Un día como el de hoy no va a disfrutarse solo, ¿no?

Aun a regañadientes, comenzó a seguirlos de camino al banco.

Había un grupo de niños que jugaban en la zona baja del río, salpicándose los unos a los otros mientras varios criados llenaban sus jarros con agua. Algo más allá, una mujer estaba intentando dar de comer a un cisne; la escuchó chillar cuando le mordió la mano. Los príncipes, no obstante, permanecían inmóviles como sombras en mitad del centelleante caos que los rodeaba.

—Buenas tardes, Sus Altezas —los saludó Sinclair—. ¿Podría convencerla de ir a dar un paseo o la exposición al sol la hará estallar en llamas, princesa?

—Unos minutos de sol serán más que bienvenidos. —Rosa se alzó de su asiento. Aquel día se había colocado fragmentos de encaje negro y plumas de cuervo por todo el pelo. Y, aunque se abanicó el rostro con modestia, Niamh fue capaz de leer el disgusto en sus ojos negros—. Estaba empezando a aburrirme del río.

Miriam entrelazó un brazo con el suyo.

—Entonces, deberíamos jugar a algo y así mantenemos ocupada esa cabecita tuya siempre en funcionamiento.

En cuanto regresaron a la manta de pícnic, la infanta se dejó caer sobre uno de los cojines y extendió su cuerpo como si se tratara de un gato. Kit ya había consumido todo el *papelate* y no tardó en encenderse otro, pero la bocanada de humo que convocó no logró ocultar cómo apretaba la mandíbula. Niamh lo observó de reojo, esforzándose al máximo para que no se diera cuenta de que estaba, en efecto, mirándolo. No se había dirigido a ella en todo el día, así que había dado por hecho que estaba enfadado por, entre otras muchas cosas, haberle dicho que había sido amable en la biblioteca. A veces podía llegar a ser muy confuso.

Por suerte, Sinclair se encargó de romper el silencio:

—Y, bueno, tortolitos, ¿sobre qué estaban hablando?

La infanta, que ya había cerrado los ojos, se pasó el brazo por encima de la cara y dijo, sin demasiada emoción:

—Quería saber la opinión del príncipe Christopher acerca de los últimos referéndums del Parlamento y sobre las próximas elecciones.

La sonrisa de Sinclair se desvaneció.

—Oh.

—Ha sido una conversación sorprendentemente corta.

Kit había subido los hombros hasta la altura de las orejas; su expresión a punto de echar chispas.

—No estoy puesto al día con la política.

—Ha sido culpa mía. —La voz de Rosa era calmada, pero era obvio que estaba frustrada—. Había olvidado que han pasado apenas unas semanas desde que regresó a Avaland. Desde luego, su hermano ha sido muy amable al permitirle viajar durante tanto tiempo. Cuatro años, ¿no es cierto?

—Y estoy seguro de que le habría gustado que durara incluso más —respondió él con sequedad—. Lo cierto es que no sabía que los hijos de la realeza de Castilia, sin contar al primogénito, tuvieran unos deberes políticos tan extensos.

La infanta se irguió, tranquila, la viva imagen de la indiferencia, pero sus palabras escaparon tan afiladas que bien podrían haber sido espadas:

—No, en absoluto. A excepción del heredero, mis queridos hermanos son militares, poetas y clérigos. Y, aunque a mí tampoco se me requiere para atender asuntos de gobierno, lo cierto es que me gusta saber cuándo y cómo puedo ejercer cierta presión, en caso de ser necesario.

Kit la fulminaba con la mirada. Debía de haber sentido en su piel el peso de las implicaciones de sus palabras, el insulto. Cuando habló, su voz rezumaba sarcasmo:

—¿Y eso le está sirviendo de algo? Al fin y al cabo, ambos nos encontramos en la misma situación.

—¿Y a usted le sirve su cinismo? —replicó ella—. Al fin y al cabo, no ha logrado escapar del mundo que tanto detesta.

—Puede continuar actuando como se espera de usted si eso la ayuda a dormir por las noches, pero yo me niego a ensalzar ese ideal de sacrificio y deber. Es ridículo.

La infanta abrió la boca y la cerró de nuevo. Una sombra helada le cruzó el rostro. Por suerte, justo cuando Niamh pensaba que no habría vuelta atrás, Sinclair dio una palmada.

—¡Bueno! ¿Qué hay de ese juego?

—Oh, ¡sí! —Miriam asintió—. ¿A qué les gustaría jugar?

—Pues yo había pensado en la gallinita ciega.

Kit alzó la vista. En sus ojos brillaba el interés, pero lo que escapó por su boca fue:

—¿En serio? ¿No tienes algo menos infantil?

—No se dejen engañar —les advirtió Sinclair—. *Adora* la gallinita ciega. Cuando éramos pequeños nos pasábamos horas enteras jugando sin parar con su hermano y la mía. Aún me acuerdo de esa vez en la que se puso tan en serio que acabó torciéndose el tobillo. Jack tuvo que cargar con él en brazos. Eran adorables por entonces. —Le guiñó un ojo a Rosa—. ¿Se lo imagina?

—Claro como el agua.

—De eso hace mucho. —El príncipe había tomado un tono rojo escarlata mientras dejaba escapar un hilillo de humo—. Yo también recuerdo cuando te caíste al lago. Te vendría bien repetirlo, fíjate.

—Oh, ¡venga ya! —rio él—. Lo que pasa es que te da miedo perder.

Kit bufó.

—No.

—Muy bien, entonces. —Se arrastró hacia delante para ponerse a su mismo nivel—. Demuéstralo.

Su sonrisa era traviesa, centelleaba por el reto, y consiguió lo que se proponía, porque no necesitó nada más para que la actitud de su amigo diera un giro completo. Por el rabillo del ojo, Niamh era capaz de percibir en él al chiquillo competitivo que había sido en el pasado.

Dejó caer el *papelate* y lo pisó.

El humo creó olas sinuosas en torno a los dos.

—Muy bien —acabó diciendo, resignado—. Ya que parece ser tan importante para ti.

Solo entonces Niamh alzó la mano.

—Disculpe. Tengo una pregunta.

—No —se adelantó Sinclair—. No puedes trabajar en lugar de jugar. ¿Alguna otra pregunta?

Ella chasqueó la lengua con dramatizada indignación.

—¿Qué es la gallinita ciega?

—Yo también querría saberlo —intervino Miriam.

Él las contempló como si no pudiera creérselo, aunque después dijo:

—Permítanme presentarles, pues, señoritas, uno de los mayores secretos de la cultura avalesa.

No era más que una especie de pilla-pilla, al parecer. Le cubrían los ojos a una persona y, entonces, eran los sonidos y la magia los que la guiaban. O confundían. Y una vez que conseguía atrapar a alguien, debía adivinar de quién se trataba. Si se confundía, el juego continuaba, pero, si estaba en lo cierto, el cautivo pasaba a sumirse en las sombras.

—Ah —dijo Rosa—, ya. En Castilia tenemos algo muy parecido. Bueno, venga; suena interesante.

Niamh llevó las manos al pecho.

—¡Sí! Y divertido.

Y lo fue, en efecto, al igual que un completo caos.

Eso sí, no recordaba la última vez que se lo había pasado tan bien.

Durante la primera ronda, Sinclair y Miriam se aliaron para guiar a la infanta; lo hicieron solo con sus voces y de forma tan escandalosa que ella, tras cinco minutos completos dando vueltas en círculos, acabó rindiéndose por, según dijo, «agotamiento acústico».

En la segunda, Kit se encontró varias veces a un brazo de distancia de que Sinclair lo atrapara; Miriam lo estuvo animando a gritos mientras él hacía fintas y esquivaba como si se encontrara en un combate de esgrima. Al final, había acabado haciendo que Sinclair chocara con Niamh. Y ella habría jurado que lo vio sonreír al escucharla gritar, indignada; era su turno.

Fue Sinclair quien se encargó de taparle los ojos. La tela le arañó la nariz y tuvo que contenerse para no estornudar. Una vez que estuvo lista, él la tomó por los hombros y comenzó a darle vueltas hasta que se sintió mareada.

El suelo se tambaleó bajo sus pies.

La oscuridad que ocupaba todo su rango de visión daba tumbos, subía y bajaba, pero logró que el resto de sus sentidos se afilaran. El crujido de las hojas comenzó a parecerse al de las olas al romper contra la orilla. El calor del sol bailaba en la piel de su frente y el aroma de las limas y del río penetraba en sus fosas nasales con fuerza.

—¡Allá voy!

Extendió las manos y dio un paso dudoso hacia delante. En cuanto su pie volvió a tocar el suelo, una fuerte ráfaga de viento estuvo a punto de derribarla. La trenza que llevaba le dio un latigazo en el hombro. Escuchaba la suave risa de Miriam a medida que se iba alejando con la agilidad de una sílfide. Una sensación eléctrica atravesó el aire y, de pronto, sintió un fuerte tirón en el colgante que llevaba en el pecho. Y la acabó dirigiendo por donde había venido.

Era magia lo que fluctuaba a su alrededor, dorada incluso tras la tela.

—Por aquí —trató de provocarla Sinclair con una voz que era, sin duda, una pésima imitación de la de Kit.

Tras soltar una carcajada, se abalanzó en su dirección, pero se tropezó con lo que debía de ser una raíz suelta. El estómago le dio un vuelco mientras perdía el equilibrio. Se abrazó a sí misma y apretó los ojos; sin embargo, el golpe nunca llegó. En su lugar, acabó chocando contra algo sólido pero cálido; unas manos le aferraron con firmeza los hombros y consiguieron estabilizarla.

—Oh.

Sentía el latido de un corazón justo en la palma de la mano, el eco de su aliento le acariciaba los mechones sueltos de pelo que le caían por las sienes y el olor a tabaco y zarzas la envolvió. No tuvo que decir una sola palabra; supo sin lugar a dudas de quién se trataba.

—¿Alteza?

Alzó uno de los extremos de la tela.

Kit se encontraba ante ella.

—¿Se encuentra bien?

Niamh tuvo que parpadear un par de veces para que la visión se le volviera a aclarar, pero, para cuando terminó de asimilar el hecho de que se había quedado mirándolo, la cautela en sus ojos se había convertido en algo que no fue capaz de desentrañar. A la luz del sol, parecían a punto de derretirse.

Su rostro brillaba en dorado.

—Eh... —Le ardían las mejillas—. Sí. Eso creo.

—Muy bien. —Sonaba ronco, aunque seguía sujetándola con una delicadeza sorprendente, como si creyera que fuera a venirse abajo en cuanto la dejara marchar. Y quizás tenía razón, a juzgar por cómo el mundo seguía dándole vueltas alrededor—. Le juro que es usted un imán para los problemas. ¿Cómo ha conseguido toparse con el único obstáculo que había en un radio de cinco kilómetros a la redonda?

—¡Eso no es cierto!

Por encima del hombro de Kit, alcanzó a ver que la infanta los observaba con una expresión muy peculiar; era casi enfado, pero no como tal, y no *hacia ella*, al menos. Incluso el rostro de Sinclair se mostraba serio.

¿No se había prometido a sí misma que tendría más cuidado?

Se separó de golpe y le tendió la venda.

—Es su turno.

El príncipe la tomó y, entonces, al menos cinco emociones distintas le recorrieron los rasgos hasta que por fin quedaron encajadas en incomodidad. Después, con un suspiro, se encaminó hacia el centro del círculo que conformaban los demás y se la colocó sobre los ojos.

—Esto es ridículo.

Y lo cierto era que, desde fuera, lo parecía.

Con un imborrable ceño fruncido, dejó que fuera Sinclair quien lo hiciera dar vueltas y, nada más dio comienzo el juego, quedó más que claro que Rosa había ido allí buscando sangre.

Entre sus manos empezó a brotar electricidad, que dibujó en sus facciones sombras de color azul. Niamh notó cómo el aire se colmaba por la magia, cómo soplaba contra sus mejillas y sus oídos y le sacudía la falda a la altura de los tobillos. Las nubes se oscurecieron sobre sus cabezas y comenzaron a esparcirse hasta tapar el sol. Por todo el parque, las sombrillas se alzaron como setas en mitad de la lluvia y las voces de la gente aumentaron mientras señalaban la tormenta que se acercaba.

Los Carmine controlaban la tierra; los Carrillo, los cielos.

Y Rosa, con los ojos centelleantes y su cabello agitándose en el aire, parecía una diosa: fiera, temible y hermosa. Un ramalazo de chispas le recorrió uno de los brazos y, de la punta de sus dedos, escapó un rayo que atravesó el aire justo por encima de la cabeza del príncipe, que se agachó en un acto reflejo. Después, se volvió hacia ella con los labios separados.

Niamh no alcanzaba a verle los ojos, pero habría jurado que parecía impresionado.

—¿Qué? —le preguntó—. ¿Ya se siente mejor?

Una sonrisa satisfecha le curvó las comisuras de los labios. Varios relámpagos seguían recorriéndole las manos y el olor a ozono permanecía disperso en el aire; no obstante, el viento empezaba a amainar a su alrededor.

—Sí. Enormemente. —Los rizos le caían, salvajes, por toda la frente—. Todo queda olvidado por mi parte.

Y, sin más, retomaron el juego.

Sinclair trepó por uno de los árboles y se situó en la rama más baja con las piernas recogidas para desaparecer entre las hojas. Gritó un par de veces hacia Kit para despistarlo, y consiguió hacerlo hasta que por fin se percató de dónde se había escondido.

—¿Haciendo trampas en la gallinita ciega? No tienes vergüenza ni la conoces.

—¿Haciendo trampas? ¿Yo? Por favor, me ofendes; lo que he hecho se llama *pensamiento estratégico*. —Posó una mano en su pecho, ufano—. Es solo que has perdido práctica.

El príncipe bufó, pero acabó torciendo el gesto en una sonrisa pícara e hizo un ademán con el brazo. De pronto, una enredadera surgió de la tierra y atrapó a su amigo por el tobillo. Sus ojos se abrieron como platos un segundo antes de que tirara de él y, con un quejido, lo arrojara al suelo.

Kit se quitó la venda y la lanzó en su dirección.

—Tu turno.

—De acuerdo.

Sinclair se dio la vuelta sobre la hierba, sonriente, pero, cuando trató de ponerse en pie, el rostro se le arrugó en una mueca de dolor. La enredadera yacía a su lado como una serpiente repleta de espinas. Le había arrancado un trozo de pantalón y la sangre, de un rojo brillante, le manchaba los calcetines. Al escucharlo dejar escapar el aire entre los dientes, Miriam se arrodilló junto a él.

—¿Se encuentra bien, señor Sinclair?

—Sí, sí —respondió con toda la naturalidad del mundo, aunque su sonrisa denotaba lo contrario—. He acabado peor en salones de baile.

—Mierda. —Kit estaba pálido—. Lo siento.

—No es más que un rasguño —le quitó importancia él—. En serio. No te preocupes.

—En efecto —añadió la infanta y se situó a su lado en el suelo—. Muy galante por su parte, Alteza. Aunque lo cierto es que iría dejando el juego por aquí.

Sin embargo, sus palabras no parecieron surgir efecto.

—De verdad que no pretendía…

—Eh —lo interrumpió Sinclair. Niamh ya había escuchado ese tono antes en su voz; era como si estuviera tratando de calmar a un caballo embravecido. O no, peor: como si tuviera miedo de algo—. Lo sé. Siéntate, ¿de acuerdo?

—Sí… —respondió Kit con voz ronca, pasándose la mano por el pelo—. Sí. De acuerdo.

Se dirigió de regreso a la manta de pícnic y se dejó caer junto a la base del tronco del árbol. Se quedó sentado recto, como si fuera una estatua, con el rostro medio oculto por las sombras. La brisa le acariciaba el pelo negro. Irradiaba un aura de culpa y… odio hacia sí mismo.

—… a veces le ocurre… —Las palabras de Sinclair llegaban a sus oídos y se diluían en el aire—… Sí, en unos minutos se le pasará…

«¿Amable? En absoluto. A veces mi cuerpo va más rápido que mi cabeza».

¿Se refería a lo que acababa de pasar? Cuando los habían interrumpido en el balcón la noche del baile, su magia había escapado de pronto; incluso, si se detenía a recordar, él se había sorprendido. Era como si, de alguna forma, estuviera preparado para enfrentarse a posibles amenazas. La preocupación y la frustración se clavaron en su estómago. Era obvio que Kit se consideraba un monstruo, pero lo que fuera que hubiera hecho antes de que decidieran llevárselo del palacio, lo que fuera que aún lo persiguiera, no podía ser contagioso, ¿no?

No sin cierta duda, comenzó a acercarse a él.

—¿Podría sentarme aquí?

Él no respondió, así que decidió tomárselo como autorización.

Recuperó su bastidor de bordado y se sentó en la hierba junto a él. Así, tan cerca que sus hombros casi se tocaban, era capaz de notar cómo temblaba. Tuvo la tentación de posar las manos sobre las suyas, pero sabía que causaría el escándalo del siglo. Aun así, no tardó en reparar en que quizás podía hacer algo distinto.

No había tenido intención de usar su don aquel día; no después de lo mucho que había abusado de él con los preparativos del baile. No obstante, para ella, siempre había de sobra, aunque fuera un poco, para dedicárselo a aquellos que lo necesitaran. Siempre estaría dispuesta a darse a los demás.

Cerró los párpados y comenzó a buscar en su interior. La magia se encontraba allí, dormida, pero, en cuanto la llamó, acudió con pasos lentos y medidos, como si se tratase de un cachorrillo. Una bocanada de recuerdos la recorrió de arriba abajo: una mano fresca que caía contra una frente ardiente por la fiebre, una taza de té entre los dedos al final del día, la calidez de las sábanas en la más fría de las mañanas de invierno, el abrazo de un amigo cuando parecía que el mundo se venía abajo.

Sintió cómo la garganta se le secaba del puro anhelo que escondían esos pequeños momentos y permitió que se engarzaran al hilo que llevaba entre las manos. Centelleó con luz dorada.

Y comenzó a bordar.

No se detuvo cuando fue consciente de que la respiración de Kit comenzaba a calmarse; no se detuvo hasta que la sintió avanzar al compás de la suya propia.

12

la mañana siguiente, antes incluso de salir de la cama, Niamh pidió que le trajeran una taza de té y un ejemplar de todas y cada una de las columnas de cotilleos famosas de Sootham. Las examinó de arriba abajo en busca de cualquier indicio que hablara de su inminente condena a muerte, pero lo único que encontró sobre el pícnic de la pareja real fueron, por suerte, alegaciones bastante poco inspiradas.

«Una misteriosísima tormenta se cernió sobre Eye Park ayer por la tarde», decía una. «¿Se tratará de un mal augurio para su boda?»

«¿Qué tipo de vestido diseñará ahora nuestra querida Belleza Provincial?», preguntaba otra. «No puedo evitar preguntarme si el Señor S, en su deshonra, acabará resultando ser una distracción o una musa para ella. Supongo que el tiempo lo dirá, pero yo, personalmente, siempre he sido amante de una buena historia de redención».

Nadie parecía haberse fijado en su amistad con Kit —si es que podía considerarse *amistad*—. Ni siquiera Lovelace, que había centrado toda su atención en la señora HC —suponía que Helen Carlile—, la mujer que, desde inicios de año, había comenzado a apoyar con fiereza las protestas de los machlandeses. El día anterior, al parecer, había estado a punto de abordar al príncipe regente durante su paseo matutino. Y él, a pesar de su insistencia, de lo ocurrido en el baile y de la presión de *El Fisgón*, seguía sin tener la más mínima intención de claudicar.

Se preguntó qué era lo que tenía que ocurrir para que lo hiciera.

Soltó un suspiro y apartó el periódico, pero entonces una carta escapó de entre las páginas. Reconoció el sello de cera negra de inmediato; Lovelace por fin le había respondido. Niamh la abrió con las manos temblorosas.

Estimada señorita O'Conchobhair:

La entiendo perfectamente. Al fin y al cabo, incluso yo escribo de forma anónima. Todos contamos con miles de cosas que no estamos dispuestos a arriesgar. No obstante, si por lo que fuera cambiara de opinión, ya sabe cómo ponerse en contacto conmigo.

L

Estuvo a punto de echarse a llorar de puro alivio. No sabía qué había esperado, en realidad. ¿Que fuera cruel con ella? ¿Que tomara represalias? ¿Que la chantajeara? Tal vez fuera ridículo, pero no había podido evitar pensar en lo peor. Sin embargo, ahora se sentía libre de un peso que, en cuanto cayó de sus hombros, la hizo darse cuenta de lo cansada que estaba. El día anterior se había presionado hasta el extremo, aunque, aun así, tampoco llegaba a arrepentirse del todo: tras terminar el bordado, había alzado la vista hacia Kit y lo había descubierto devolviéndole la mirada con algo parecido al agradecimiento.

Salió de la cama y se dirigió hacia el tocador. Sin embargo, en cuanto alcanzó a ver su reflejo, se quedó sin respiración. No fue por su piel, tan pálida que sus pecas destacaban el triple, ni por los trazos rojos que hacían centellar sus ojos azules. No.

De nuevo temblorosa, tomó entre los dedos uno de los mechones que le caían por la sien; en contraste con su pelo negro, aquel plateado siempre había llamado la atención, pero en aquel momento la diferencia la dejó paralizada. Parecía haber perdido todo su color a lo largo de la noche y ahora parecían dedos congelados por una helada demasiado temprana. Sintió que se le detenía el corazón.

Había caído un nuevo grano de arena en su reloj y, aun así, ahí se encontraba ella, jugando en parques y correteando como una chiquilla. Había vuelto a desperdiciar su tiempo. No podía permitírselo.

Desde que los síntomas habían comenzado, se había sentido perseguida por su propio fantasma. La esperaba al final de cada pasillo, en mitad de la oscuridad. Llevaba tanto tiempo corriendo que la aterraba pensar en lo que pasaría si se detuviera. Sabía que no sería capaz de enfrentarse a todo lo que se le vendría encima.

No importaba cuánto hiciera; nunca nada sería suficiente.

Se apartó de golpe del espejo. El aire cargado que colmaba su dormitorio caía contra ella. Era consciente de que si se quedaba allí encerrada, se pasaría las horas dándole vueltas a la cabeza, y serían horas que perdería. Era cierto que no había nada que le pudiera indicar cuándo moriría, pero, aunque lo supiera, estaba claro que no iba a cambiar nada si se quedaba quieta y lamentándose.

Lo único que podía hacer era seguir avanzando. Cada día.

Tomó un carboncillo y su cuaderno de bocetos y salió por la puerta. Sus piernas la condujeron a través de aquel laberinto de pasillos hasta que por fin alcanzó las puertas de la terraza que daban al jardín.

Toda una disposición de flores, con colores alineados a la perfección, conformaban patrones geométricos por doquier. Más allá del sendero bordeado de gravilla, que se abría en dos a mitad de camino, había un pequeño laberinto y, tras él, llegaba a ver la perfecta línea de árboles que parecían defender la entrada del bosque que marcaba los límites del palacio. Justo en el centro había una fuente con una preciosa estatua de una ninfa, que la miraba sin verla con sus ojos de mármol. Todo a su alrededor estaba medido, colocado y cuidado con minuciosidad. No le sorprendía, teniendo en cuenta a quién pertenecía.

Aun así, a pesar de todo aquel verde, le pareció que carecía de vida.

—Usted.

Niamh contuvo el aliento.

—Alteza.

No había visto que Kit se encontraba justo debajo, en el primer escalón, con la mano apoyada en la piedra pálida de la barandilla. Reparar en su expresión la removió por dentro: era capaz de adivinar, bajo todas sus capas de seriedad y firmeza, una chispa de incertidumbre. Tal vez había comenzado a ser capaz de interpretar las distintas texturas de sus miradas. Aquella pertenecía a un joven que no sabía si prepararse para recibir amabilidad o crueldad.

—Está siguiéndome.

Notó un pinchazo de indignación en el pecho; sabía que solo se estaba poniendo a la defensiva, pero ella también sabía jugar a eso.

—Tal vez sí.

Aquello lo desarmó por completo. Aun así, se alzó para replicar:

—¿Qué? ¿Por qué?

—Porque ¿qué clase de miembro de la realeza se levanta antes del mediodía? —preguntó ella—. He tenido que salir a comprobar que no estuviera ocultando algo terrible. Un secreto.

El recelo abandonó su rostro, sustituido por una fina máscara de picardía.

—Ah, ¿sí? ¿Como qué?

—Bueno… Por ejemplo que se transforma en lobo bajo la luz del sol. O tal vez está escondiendo un cadáver…

La respuesta pareció impresionarle.

—O sea, que ese es el tipo de cosas que le preocupan.

—¡Son preocupaciones perfectamente lícitas! —Tal vez era distinto en Avaland, pero no habría sido la primera vez que en Machland se encontraba a un hombre capaz de convertirse en una bestia—. En fin, no. No lo estaba siguiendo. Solo estaba paseando por aquí y resulta que es el mismo camino que ha tomado usted. Hay cierto matiz de diferencia.

De pronto, como si no la hubiera estado escuchando, Kit frunció el ceño.

—¿Está enferma?

Todos aquellos sentimientos que la habían removido por dentro hacía unos instantes desaparecieron de golpe. ¿Es que siempre tenía que decir lo primero que se le pasara por la cabeza de la forma más directa posible? De acuerdo, no había dormido una noche entera desde que había llegado a Sootham, hacía algo más de dos semanas, pero no le hacía falta que le recordaran lo demacrada que estaba.

—No estoy *tan* horrible, ¿no?

—No —respondió él de inmediato—. Es… Su pelo está distinto.

En un acto reflejo, Niamh se llevó la mano a los mechones blancos.

—Oh, pues qué raro que se lo parezca. No me he hecho nada. —Se quedó en silencio un instante y, después, preguntó—: ¿Usted se encuentra mejor hoy?

Con cierta sequedad, respondió:

—Sí. Gracias.

—Me alegro. —Dudó de nuevo—. Y, eh…, bueno, quería disculparme por lo de la otra noche en la biblioteca. No pretendía…

—Está bien.

La quietud los envolvió durante un par de latidos más, en los que la brisa repartió a su alrededor el aroma de las rosas y acarició las solapas de la chaqueta negra que llevaba.

—Supongo que ha salido por algo —continuó Kit entonces—. ¿Quiere dar un paseo? Si no, nada.

No lo hagas, le susurró en el oído la voz del sentido común. No obstante, antes siquiera de llegar a pensarlo, las palabras escaparon por sí solas:

—Oh. De acuerdo.

No es que pudiera negarse tampoco si buscaba su compañía, ¿no? Además, por mucho que supusiera ciertos riesgos y por mucho que se repitiera que no debía hacerlo, en realidad disfrutaba de estar con él. Y, aunque a veces la sacara de quicio, también tenía una forma muy curiosa de conseguir que se olvidara de lo sola que se encontraba allí.

Apretó el paso, con el cuaderno de bocetos bien sujeto contra el pecho, para ponerse a su altura. Mientras la guiaba a través de los jardines, sentía el cuerpo pesado por el cansancio, pero se forzó a continuar al mismo ritmo que él; parecía incapaz de mantener un paso casual. Aunque no le sorprendió lo más mínimo.

Y, en realidad, ella tampoco podía.

Una sonrisita amenazó con extenderse por sus labios, aunque se borró de golpe en cuanto Kit giró en dirección al bosque.

—¿Adónde estamos yendo?

—Ahora verá. Quiero enseñarle una cosa.

—¿En el bosque? —Eso era siniestro cuando menos—. Con todo el debido respeto, no me parece buena idea.

—Bueno, usted haga lo que quiera; yo voy a seguir por este camino tanto si desea acompañarme como si no.

Ante aquello no pudo más que quedarse callada.

No tardó en distinguir, justo detrás de la línea de árboles, un invernadero. Parecía en ruinas; estaba todo cubierto de musgo y hiedra, aunque sus paredes de cristal reflejaban la luz del sol con tanta fuerza que recordaba a las caras de un diamante. Kit no dijo palabra a medida que se acercaban; el único sonido que rompía el silencio era el del viento, que soplaba con suavidad contra sus orejas, y el del eco de sus pisadas sobre la hierba, que era tan alta que les llegaba hasta las rodillas.

Fue él quien se encargó de abrir la puerta y, después, le indicó que pasara. Lo primero en lo que Niamh se fijó fue en el calor que hacía. Era asfixiante. La condensación se adhería a las paredes y su pelo comenzó a enredarse al cabo de unos segundos. Sin embargo, una vez que consiguió dejar de pensar en ello, la imagen ante ella la maravilló.

Es hermoso.

El interior del invernadero era una explosión de luz y color, tan místico y atrayente como un bosque encantado. Cada brizna de vegetación se agitaba, se enrollaba y cambiaba de tamaño a su alrededor y, aunque el ambiente era pesado, cada rincón estaba repleto del dulce aroma a néctar, a tierra y a… *vida*. La emoción le latía en el pecho con fuerza; aquel lugar, salvaje y vibrante, le recordaba a Machland.

Bullía de pura magia.

En cuanto la puerta se cerró a sus espaldas, escuchó cómo Kit suspiraba; fue como si le acabaran de arrebatar un peso enorme de los hombros. Y, a medida que avanzaba sobre los adoquines del suelo, las flores comenzaron a abrirse y a expulsar polen, quizás en un intento por llamar su atención.

Se lo veía orgulloso, contento.

Le encantó ser testigo de ello; no sabía si era consciente de lo tranquilo que parecía allí, pero no quería decírselo por si acababa rompiendo el hechizo.

—Es espectacular —dejó escapar en su lugar—. No sabía que le gustaba la botánica.

—No me gusta; es aburridísima. Pero tuve que cuidar plantas miles de veces mientras estaba fuera y Jack quería que tuviera algo con lo que entretenerme aquí.

—¿Qué tipo de plantas cuidaba?

Con un pequeño deje de autocrítica, respondió:

—Estuve trabajando en un huerto de olivos en una de las islas de Helles.

—Oh, vaya. —Tenía sentido entonces que, si se había pasado años viviendo entre campesinos, no se comportara como un príncipe. Sus modales, incluso la forma en la que hablaba, eran infinitamente menos refinados que los de cualquier otro noble que hubiera conocido. Era como un gato de pura raza que había sido liberado y obligado a vivir en estado salvaje—. Suena duro.

—Lo es. Aunque, en realidad, pasé borracho la mayor parte del tiempo. Hasta hace un año o así. Lo cierto es que eso complica un poco las cosas.

No apartó la vista de ella en ningún momento y, a juzgar por sus ojos, estaba a la espera de recibir el rechazo por su parte.

—Enhorabuena —le dijo Niamh, sin embargo. Y realmente lo sentía—. Que haya pasado un año así es todo un logro.

—No necesito su condescendencia. —Aun así, no sonaba molesto; de hecho, como mucho parecía algo descolocado por el elogio. Quizás incluso avergonzado—. De todas formas, esto es mucho más sencillo de cuidar. Era el invernadero de mi madre. Se encargaba de plantarlo todo con sus propias manos, aunque mi padre pensaba que era una pérdida de tiempo:

cualquiera de nosotros podríamos haber hecho crecer las plantas y triplicar su tamaño en cuestión de horas. Pero ella era así de testaruda.

Así que era de ella de quien lo había heredado.

Niamh no pudo evitar sonreír.

De pronto, toda una ristra de preguntas empezó a surgir en su cabeza —desde cómo era su madre a cuál era su flor favorita—, pero, de nuevo, no quería que se cerrase en banda. Nunca antes había mencionado a sus padres mientras estaba con ella y, aun así, esta vez su tono había sido neutro, como si estuviera hablando del clima en lugar de sobre su madre, que había muerto hacía años, y de su padre, que estaba enfermo.

Alzó los dedos para acariciar los delicados pétalos de una orquídea en un intento por apartar la mirada de él.

—Debe de traerle muchos recuerdos estar aquí.

—Supongo. —De verdad que nunca había conocido a nadie que le tuviera tanta aversión a la simpatía—. Alguien tiene que mantener las flores con vida y lo cierto es que no me fío de nadie para que lo haga. Cuando volví al palacio, este lugar estaba hecho un desastre.

Niamh se agachó para alcanzar una de las macetas y acercó la nariz a sus flores, que eran un estallido de pétalos color índigo. Su olor dejaba un ligero toque especiado.

—¿Necesita ayuda? —preguntó.

—No. No me gustaría que se tropezara. —De pronto, le dirigió una mirada extraña—. Huela algo que tenga olor de verdad. Creo que le gustarían los lirios. Se encuentran un par de filas más allá.

—Oh. —Las mejillas le ardieron y, todo lo rápido que pudo, volvió a alzarse—. Gracias.

Él asintió, despacio, antes de acercarse a la puerta para tomar una especie de regadera que colgaba de un gancho.

Durante el tiempo que permaneció atendiendo a las plantas, Niamh se tomó la libertad de caminar entre la vegetación. Con el cuaderno de bocetos sujeto a la altura del codo, fue acariciando las flores que más llamaban su atención hasta que, al final, encontró un punto en concreto en el que poder instalarse: en lo alto de una pila de sacos de arpillera llenos de tierra.

Parece cómodo, decidió. Aunque estaba tan cansada que, en realidad, cualquier cosa le habría parecido mejor que permanecer de pie.

Apoyó la barbilla en un puño y dirigió la mirada hacia Kit. Le sorprendía que tuviera la paciencia suficiente como para dedicar su tiempo a un trabajo como aquel; el invernadero era inmenso. No obstante, parecía cómodo, sumido en ese ágil compás que lo acompañaba mientras regaba y podaba con una soltura que solo daba la práctica. La luz del sol atravesaba los cristales y pintaba el ambiente de un tono almibarado y cálido. Sabía que si cerraba los ojos, aunque fuera durante un segundo, se quedaría dormida.

Qué maravilloso sería, pensó, *poder pasar cada mañana así*.

En ese momento, Kit comenzó a desabotonarse la chaqueta y la colgó en el mango desgastado de una pala. Después, hizo lo propio con los de la muñeca, que centellearon como perlas, y se arremangó hasta los codos. No le pasó desapercibido que, justo debajo del moño en el que se había recogido el pelo, su piel resplandecía bajo una ligera capa de sudor.

Niamh dirigió una mano a la zona de sus clavículas, guiada por la humedad del aire. Tenía la garganta seca. Parecía que el calor se había intensificado de repente.

Se obligó a fijar la vista en el cuaderno de bocetos, consciente de cómo le ardían las mejillas. Estaba vacío. No sabía cuánto tiempo llevaba absorta de esa forma, pero tenía que concentrarse. Aun así, en esos instantes que se había permitido perderse en sí misma, se había sentido... bien.

Trató de apartar el pensamiento y comenzó a trabajar. Para cuando reparó en que la sombra de Kit se cernía sobre ella, ya contaba con nada más y nada menos que cinco diseños potenciales para la capa nupcial.

—Está cubierta de tierra —hizo notar él.

—¿Eh? —Dirigió la mirada a su vestido y descubrió que sí, tenía la falda repleta de manchas en pinceladas dispersas. *¿Cómo narices…?* En cuanto giró las manos, sin embargo, vio que sus palmas también estaban sucias de abono y polen. No sabía cuándo había ocurrido: si mientras se había dedicado a acariciar las flores o si se debía a haber estado sobre aquella montaña de sacos—. Oh. Oh, no.

El príncipe tenía una mano en la cadera y en sus ojos centelleaba algo… peculiar. No era desdén ni enfado; era diversión. De pronto, Niamh sintió cómo una chispa se prendía en su interior.

—¿Cómo se ha apañado para acabar así? —le preguntó—. Solo ha estado sentada ahí. Es impresionante.

—Hay toneladas enteras de tierra por todas partes. No es tan difícil.

—Sí, la hay —le concedió—. La mayoría en *macetas*.

—¡Que sí! —exclamó, indignada—. ¡Ya lo capto!

Él extendió su sonrisa, pícaro.

—Es casi como…

—¡Ya vale, Ki…!

Se cortó de inmediato, pero, aun así, vio cómo se le congelaba la expresión.

—¿Por qué no me llama por mi nombre?

Porque, en Avaland, llamar a un miembro de la realeza por su nombre de pila conllevaba una intimidad que solo se reservaba a los amigos y allegados más cercanos. Porque supondría cruzar una línea que no podía traspasar.

—¡Porque…! —Notó cómo el corazón le subía por la garganta—. Porque usted tampoco me llama por el mío. De hecho, solo se dirige a mí como «usted». ¿Acaso sabe cuál es mi nombre?

No pareció en absoluto alterado cuando contestó:

—Niamh.

Al escucharlo de sus labios, cada centímetro de su rostro entró en combustión. *Otra vez no.* Deseó ser capaz de arrancárselo de la piel o, al menos, hacer lo que fuese para que no lo viera. Trató de cubrirse el rostro con las manos. Y solo entonces se dio cuenta de que lo único que había logrado era estamparse dos huellas perfectas de barro.

—Lo está empeorando —le dijo él antes de emitir un sonido que fue una mezcla entre una risita y un bufido hastiado—. Espere. —Se sacó un pañuelo del bolsillo de la camisa—. Aquí tiene.

No pudo evitar pensar que era un gesto sorprendentemente caballeroso; en especial, viniendo de él. Casi esperó que se lo lanzara de pronto a la cara o que lo dejara caer en su dirección; no obstante, en lugar de eso, se arrodilló ante ella. Durante un instante, creyó verlo desde fuera de su cuerpo mientras alzaba la mano para darle un ligero toque en la mejilla.

Dejó de respirar.

Era consciente de la temperatura de su piel incluso a través de aquel diminuto trozo de tela y, por el rabillo del ojo, alcanzó a ver un destello arrancado de las paredes de cristal. De pronto, todo se llenó de magia.

Lo único que pudo ver con claridad fue la forma en la que Kit fruncía el ceño, concentrado, y las pequeñas sombras que dibujaban sus pestañas. Solo lo veía *a él*, más cerca —muchísimo más— de lo que sabía que debía estar.

Notaba su aliento como una caricia contra los labios.

—Ya está —susurró.

Y entonces, como si se acabara de dar cuenta de lo que acababa de hacer, como si hubiera apoyado la mano en los restos de una hoguera, se apartó y volvió a meterse el pañuelo a toda velocidad en el bolsillo.

—Gracias. —Las palabras abandonaron sus labios en un hilo. Niamh se quitó los guantes con la intención de evitar más accidentes y, cuando por fin sintió que se había recuperado, preguntó—: ¿De verdad quiere que lo llame por su nombre? No somos amigos. —El príncipe se la quedó mirando; no hubo ni un solo eco de emoción en su rostro—. ¿O sí?

La voz le tembló al pronunciarlo.

—No lo sé —respondió él—. No tengo amigos.

—Eso no es cierto. ¿Qué hay de Sinclair?

—¿Él? —Torció la boca—. No es más que un inútil que solo sabe autosabotearse y poner en peligro su existencia. Más que un amigo, me siento su cuidador; alguien tiene que asegurarse de que no se meta en líos.

Al igual que alguien tenía que encargarse de cuidar todas esas flores.

Al igual que alguien tenía que evitar que ella se metiera en problemas.

Alzó la barbilla en su dirección. Acababa de describir a Sinclair como si nada, pero había visto su reacción en el parque, cuando creía que le había hecho daño. Por no hablar de que él le había dicho que el príncipe le había dado una de sus casas y se había encargado de que no le faltara nada.

Comenzaba a desentrañarlo: trataba de cubrir su afecto con ácido en un intento por ocultar cómo se sentía en realidad.

—Ya no me engaña —soltó entonces, un tanto acusadora—. No quiere que nadie lo vea, o incluso puede que usted mismo se esfuerce por creer que no es cierto, pero se preocupa por los demás. *Es agradable.*

—Usted no sabe nada de mí.

De pronto, cada una de las plantas del invernadero se sacudió por la vehemencia de su afirmación. Eso era lo que siempre trataba de hacer: sacarle el filo a todo lo que lo rodeaba.

Kit era las espinas que rodeaban la más delicada flor.

El pensamiento hizo que tuviera que ocultar una risita con la mano.

—Sí, por supuesto. Tiene razón.

—Deje de sonreír de esa forma.

—Oh, lo siento. —Se mordió el labio en un intento por conseguirlo—. Aunque, si sirve de algo, creo que Sinclair es un buen hombre.

—Bueno. Puede ser inteligente si le da por ahí, lo cual no suele ocurrir. —Dudó un instante—. Pero nos entendemos.

—¿En qué?

—Hay ciertas cosas sobre las que no se puede hablar en una sociedad como la nuestra —respondió, despacio—. Nosotros jamás hemos tenido que fingir cuando estábamos el uno con el otro. Ni ser nadie que no fuéramos de verdad.

Recordó entonces las palabras de Sinclair, cuando le había dicho que no tenía buena reputación y que Jack no quería que su hermano se viera más afectado por ella de lo que ya lo estaba.

Dio un respingo. No quería dar nada por sentado, pero fue como si de pronto todas las piezas encajaran y entendió a la perfección la confesión que estaba tratando de escribir entre líneas.

—Estabais juntos. Los dos.

Él parpadeó, sorprendido.

—Usted ya lo sabía.

—Me lo dijo él, sí. O sea, no habló de ti, sino de él mismo. —Durante un instante, intentó mantener a raya su curiosidad. Fracasó—. Entonces, ¿estabais juntos?

—No —respondió de inmediato, aunque, un segundo más tarde, su expresión se cubrió con una máscara casi burlona—.

Nos habríamos matado. Tendría que haberlo visto con quince años; era el triple de peor. Aunque yo también.

Sonrió.

—Supongo que aquí en Sootham tiene más opciones que el resto de sus amigos. En Caterlow solo sabía de cuatro chicas a las que les gustaran las chicas, así que la cosa se me complicaba un poco.

—Entonces, usted también es como yo.

Como yo.

Que lo hubiera pronunciado con tanta naturalidad la colmó de una sensación cálida. De pertenencia. Dirigió la vista al cuaderno de bocetos, de pronto incapaz de continuar mirándolo. Era demasiado... íntimo.

—Eh... Kit...

Escuchar su nombre le provocó una reacción física. Por debajo de las pestañas, Niamh alcanzó a ver cómo se inclinaba hacia ella. Era consciente de lo mal visto que estaba que alguien de su posición se dirigiera así a un miembro de la realeza, pero, en realidad, si se paraba a pensarlo, ambos habían abandonado el decoro hacía ya mucho tiempo.

—¿Te... gustaría ver los bocetos que he hecho para la capa?

—Sí.

El príncipe tomó el cuaderno de sus manos y, despacio, comenzó a pasar las páginas con una expresión inescrutable. De pronto, el eco de la ansiedad se aposentó en su estómago. Desde que había llegado al palacio, había tratado con todas sus fuerzas de demostrarle lo que valían ella y su don, pero, en aquel momento, sentía que todo iba más allá de esa pequeña contienda entre ambos.

Lo que quería era que estuviera contento con su trabajo.

Quería hacerlo feliz.

Él no habló hasta que, al cabo de un rato, se lo devolvió:

—La verdad es que son… bonitos.

Niamh estuvo a punto de atragantarse con su propia saliva.

—¿Qué has dicho?

—No pienso repetirme —respondió—. Ya me has oído. —Algo parecido a la vergüenza le recorrió los rasgos, aunque desapareció casi al instante—. Haz lo que quieras con el diseño. Me fío de ti.

Aquello debía de ser lo más generoso que le había dicho jamás un cliente; una muestra de total confianza. El pecho se le llenó de emoción.

—¿En serio?

—Sí. En serio.

Se puso de pie casi de un salto.

—¿Estás completamente seguro?

Él retrocedió un paso.

—Sí. Estoy completamente seguro.

—Vale, porque si puedo tener total liber…

—Ya te he dicho que estoy seguro; no me hagas cambiar de idea.

—No, no —canturreó—. Ya no puedes echarte atrás.

—De acuerdo. —Alzó las manos—. Tú ganas.

Y, tras eso, se dio la vuelta para dirigirse al extremo opuesto del invernadero para comenzar a regar una planta que Niamh estaba casi segura de que ya había regado al menos una vez. Aunque ella tampoco sabía qué hacer a continuación. Se dejó caer de vuelta en su trono de sacos improvisado y, sonriente, ruborizada y manchada de tierra, contempló el techo. Estaba contenta, colmada de una especie de sensación de triunfo: por fin había conseguido su aprobación. Y, al parecer, también su amistad.

Porque era eso lo que tenían, ¿no?

Kit. Paladeó la forma de su nombre, presionando la punta de la lengua con delicadeza justo detrás de sus dientes.

Aún recordaba el eco de su roce en la piel, la forma en la que la había mirado con total concentración mientras le limpiaba la tierra. Lo único que los había separado en aquel momento había sido un finísimo trozo de seda. Él ni siquiera había llevado guantes.

Una nueva bocanada de calor la recorrió y con las yemas de los dedos alcanzó su labio inferior; hizo una leve presión mientras imaginaba...

Se detuvo de inmediato. *No.* No podía ir por ese camino; aquello era casi sobrevolarlo y dejarlo a kilómetros de distancia. El simple hecho de que una chica como ella deseara a alguien como Kit Carmine no podía —y no lo haría nunca— acabar bien.

13

*E*n cuanto Niamh abrió la puerta del taller, se dio de bruces con dos figuras que, recortadas contra la ventana, la estaban esperando. Estuvo a punto de chillar, pero consiguió taparse la boca con ambas manos antes de que ningún sonido pudiera salir de ella.

—Ah. —No le costó reconocer la voz de Sinclair—. Así que a esto te referirías con que era *asustadiza*.

Tuvo que parpadear un par de veces para que se le aclarara la vista y poder distinguirlo bien; quien estaba junto a él era Kit. Ambos vestían ropas de montar: Sinclair, un chaleco de terciopelo azul a juego con su sombrero y un pañuelo atado al cuello. El príncipe, un chaquetón color verde oscuro, un sombrero negro y unas botas de cuero con las que no dejaba de dar golpecitos en el suelo. La luz del sol caía sobre él como una cascada y dibujaba sombras rojizas en su cabello negro.

Tuvo que contener un gemidito.

Habían pasado dos días desde su encuentro en el invernadero y ni siquiera el paso del tiempo había sido capaz de atenuar la sensación que había tenido. El deseo. Sin embargo, hasta ese momento, había pensado que mantenerlo a raya sería una tarea sencilla. Tendría que haberlo sido. Al fin y al cabo, siempre le había parecido atractivo. Desde el principio. Había sido su forma de actuar lo que había contenido esa atracción, pero ahora era capaz de leer sus emociones, y sabía que su forma de manifestarlas era a través de la hostilidad y el sarcasmo. Por no hablar de que —y lo cual era incluso peor— había descubierto lo quisquilloso y rarito que era debajo de esa patética armadura. Estaba desarrollando cariño por él, y sentía que iba a convertirse en un problema.

Terminó de cerrar la puerta a sus espaldas.

—¿Qué estáis haciendo aquí?

—Esperándote.

Fue Kit quien respondió, y el cálido y familiar deje áspero de su voz le envió una bocanada de calor que hizo que le picara todo el cuerpo.

—¿Me he perdido algo o…?

—¿Ya te has olvidado? —Sinclair se quitó el sombrero y lo apretó justo delante de su pecho—. Estoy aquí para comenzar con nuestro cortejo.

Oh… Por los dioses, ¿era hoy?

Había vuelto a perder la noción del tiempo.

—Ay, Sinclair, lo siento muchísimo…

—No pasa nada —le aseguró—. Así que, si sigues libre, te ofrezco venir a cabalgar conmigo. Kit será nuestra carabina, por supuesto. No es que sea lo bastante respetable como para cumplir con el papel, pero, ya sabes lo que dicen, *a situaciones desesperadas…* No podía esperar más para verte.

—Como vuestra carabina —intervino el príncipe, seco—, me niego a tener que soportar este tipo de conversaciones en mi presencia.

—Oh, bueno, Kit. —Su amigo sonrió con picardía—. Tienes que admitir que está funcionando.

Él puso los ojos en blanco.

—Eres insoportable.

Para alivio de Niamh, parecía que había desaparecido cualquier rastro de la tensión que había visto entre ambos la tarde del pícnic. Y lo cierto era que la propuesta era tentadora, pero tenía muchas cosas que hacer. El día anterior le había mostrado los bocetos del vestido de boda a la infanta, quien había resultado tener unas ideas más exigentes de lo que había imaginado. La cantidad de encaje que ella y su equipo tendrían que confeccionar era... abrumadora, por describirlo de alguna forma.

—Soy capaz de escuchar los engranajes en tu cabecita desde aquí —canturreó Sinclair—. No te agobies. Me comprometo a traerte de vuelta antes siquiera de que tus bordados puedan comenzar a echarte de menos.

—De acuerdo —acabó accediendo—, pero debo advertirte que no es que se me dé especialmente bien montar a caballo.

Kit dejó escapar entre dientes algo que sonó como a puro asombro. Decidió ignorarlo, al menos por esa vez. Había muy poca gente en Caterlow que fuera capaz de permitirse tener sus propios caballos, a excepción de Erin, y sí que era cierto que, de pequeñas, algunas tardes, cuando el sol estaba a punto de marcharse, tomaban un par de yeguas y paseaban por la costa.

No obstante, y a pesar de que había pasado mucho tiempo desde la última vez, creía que era una de esas cosas que no se olvidaban así como así.

—Lo vas a hacer de maravilla —asintió su amigo—. No tengo ni la menor duda.

—Bueno, entonces nos reunimos de nuevo en un rato. Tendría que cambiarme de ropa.

—Te sugeriría que te pusieras algo oscuro —intervino entonces Kit—. Hace que se vea menos si te manchas de tierra.

En cuanto se dio de bruces con su estúpida sonrisita satisfecha, Niamh sintió cómo le ardían las orejas. Era obvio que estaba haciendo referencia al pequeño accidente que había tenido en el invernadero, y habría jurado que estaba burlándose de ella, pero quizás... No, no merecía la pena pensar en otras posibilidades. Con fingida inocencia, se dirigió a él:

—Por supuesto, me acomodaré a sus preferencias, Alteza.

—No decía... —comenzó; sin embargo, se cortó de inmediato y dejó escapar un suspiro—. Estaremos en los establos. Vamos, Sinclair.

Él arqueó las cejas, pero acabó siguiéndolo sin añadir nada.

Niamh se quedó junto a la ventana. Las ortigas continuaban cubriendo los aleros a modo de guirnaldas y se agitaban por la brisa; no obstante, Kit debía de haber apartado algunas sin que se diera cuenta, porque ahora alcanzaba a ver sin problema el prado que había más allá. Y, al cabo de un rato, a ellos dos.

Ambos charlaban, animados, aunque en realidad el príncipe parecía estar gritando por algo. La conversación, sin embargo, terminó de pronto, en cuanto lo vio empujar a su amigo contra un matorral que crecía junto a unas jardineras en uno de los extremos del camino.

Desde donde se encontraba, Niamh puso una mueca de dolor; Sinclair tendría que pasarse semanas quitándose espinas de aquella hermosa chaqueta. Y, aun así, le llegaba el sonido de sus carcajadas mientras el rostro de Kit se pintaba de rojo intenso.

Lo primero que aprendió fue que las damas avalesas nunca montaban a horcajadas; necesitó la ayuda de Sinclair, la de Kit y la de los dioses a los que rezó para lograr subirse de lado en la silla.

Según le había dicho el mozo de cuadra, su montura iba a ser Ferdinand, un caballo que ostentaba el dudoso honor de ser el más confiable y manso de todo el establo. Por suerte, cuando había alzado una mano para darle unos golpecitos en el hocico, él había resoplado, amigable. No había podido evitar pensar en que sus guantes color azul contrastaban a la perfección con el tono avellana de su pelaje.

—No ha tenido reparos hacia nadie en su vida —le había asegurado Sinclair mientras le sostenía con firmeza las bridas.

Kit, por su parte, se había agachado hasta quedar apoyado en una sola rodilla y había unido entre sí los dedos de ambas manos. Después, con su habitual gracia y encanto, le había dicho:

—Suba.

Le había llevado un par de segundos procesar el hecho de que pretendía que usara sus manos como un escalón con el que darse impulso.

—¿Está seguro, Alteza? No me gustaría hacerle daño.

Él bufó tan fuerte que los mechones sueltos de su cabello dieron un brinco. Niamh no sabía qué le molestaba más, si el hecho de que hubiera regresado a las formalidades o sus reparos.

—No va a hacerme daño. Es usted como una pluma.

Lo mismo podría decir de ti, pensó, aunque, haciendo gala de sus mejores modales, se contuvo de decirlo en voz alta. Aun así, al mismo tiempo era como que una parte de sí se negaba a discutir con él cuando estaba de rodillas frente a ella. Con un gruñido hastiado, agarró la silla de montar con una mano y le colocó la otra en el hombro. No pudo evitar sorprenderse al descubrir lo firme —y cálido, incluso a través del cuero de los guantes— que era su cuerpo.

Durante un instante, al sentir la impaciencia en la mirada que le echó, tuvo la sensación de que se había quedado paralizada ahí, sobre la tierra. Solo entonces, no sin cierta duda, apoyó la suela en el hueco que conformaban sus manos.

—Muy bien —lo escuchó decir—. Arriba.

Tras ello, la alzó.

No pudo evitar soltar un gritito en cuanto el pie contrario abandonó el suelo. Y hasta Ferdinand torció un tanto la cabeza para contemplarla, confuso. Entonces, cuando alcanzó el límite de la silla, Kit la tomó por la cintura y la estabilizó. De nuevo, el calor la recorrió de arriba abajo.

Se apresuró a encajar la rodilla en el borrén, pero el movimiento hizo que el vestido se le subiera y revelara la zona de su pantorrilla. Fue consciente de cómo los ojos del príncipe se posaban en su piel un segundo; después, los apartó de inmediato y preguntó:

—¿Bien?

—Ahora así —consiguió decir mientras se ajustaba la caída de la falda, tratando de no sonar demasiado ahogada—. Le agradezco su ayuda.

Él se agachó para tomar una de las fustas que se encontraban apoyadas en uno de los compartimentos del establo. No le pasó desapercibido que, por encima de la chaqueta, había un trazo de su cuello que había adquirido un tono rosado.

—Bien hecho, Niamh. —Sinclair le dio unas palmaditas en el cuello a su caballo—. Pareces toda una experta.

Por su parte, Kit le puso la fusta en las manos, aunque no la soltó de inmediato. Toda su cara era una mueca de desagrado.

—Trate de ser lo menos temeraria posible y mantenga la cabeza fría por una vez en su vida. Si se cae, no le va a ser fácil salir de la silla; quedará justo debajo del caballo y la aplastará.

Un escalofrío le recorrió la columna vertebral al convocar la imagen en su mente, pero esta vez fue incapaz de contener el impulso de contestar:

—Estaré bien, gracias. He conseguido sobrevivir dieciocho años sin sus sermones, ¿sabe?

—¿Sermones? —repitió él, indignado, aunque soltó la fusta por fin—. No le estoy dando ningún sermón. Limítese a no ser una molestia.

Sinclair le dedicó una mirada carente de toda emoción.

—Bueno, ¿vamos yendo?

No habían pasado ni cinco minutos de paseo cuando le asaltó el pensamiento de que tal vez Kit había estado en lo cierto. A pesar de que con el paso de Ferdinand no le costaba mantener el equilibrio, sentía que su postura era un tanto precaria. Al menos, la sensación del viento contra la capota que llevaba conseguía aplacar casi por completo el mareo.

El día había amanecido fresco y, a lo largo del campo, podían distinguirse tramos cubiertos de niebla. El *spencer* que se había puesto, decorado con un patrón de flores en hilo dorado, la mantenía bien abrigada, pero el aire le acariciaba la nariz y las mejillas, y sabía que tarde o temprano acabarían tomando color.

Al llegar a las puertas blancas que daban paso al Eye Park, tuvo la sensación de que algo iba mal. No veía nada a través de la bruma y, sin embargo, el rumor de unas voces entremezcladas le llegaba desde el otro lado.

Un ejército de fantasmas puesto en formación.

Sus acompañantes intercambiaron una mirada.

—Deberíamos volver —dijo Kit.

—No seas aburrido —replicó Sinclair—. Veamos qué causa tanto jaleo.

No esperó a recibir respuesta; se abrió paso al interior del parque.

A su espalda, el príncipe soltó un bufido, pero era obvio que su caballo, a juzgar por cómo cabriolaba, tenía ganas de echar a correr; apenas necesitó recibir la orden para avanzar tras Sinclair a un paso mucho más rápido que el pausado trote que le habían advertido a Niamh que debía mantener en los senderos. La niebla se los tragó como si se tratasen de una moneda lanzada a un pozo.

—Muy bien, Ferdinand. —En cuanto se inclinó sobre su cuello, vio cómo una de sus orejas se dirigía a ella—. Puedes seguirlos, ¿verdad?

Los tres cabalgaron en dirección al origen del barullo; no tuvieron que ir demasiado lejos: se encontraba justo en el centro del Eye Park.

Eran cientos de personas.

Sus pulsaciones comenzaron a acelerarse, tanto por la intriga como por el miedo. Varias de ellas se encontraban montando tiendas de campaña, como si tuvieran la intención de quedarse allí durante un tiempo. Nunca antes había visto tanta gente reunida en un único sitio; por no hablar de que, en la distancia, alcanzaba a ver a muchos más, que se expandían por la colina: todo un desfile que se encaminaba en dirección a la ciudad, al corazón de la sociedad.

Sinclair dirigió su montura hasta un caballero que también se había detenido, junto con su grupo, a contemplar el panorama.

—Disculpe, señor. ¿Sabe usted a qué se debe todo esto?

—Es cosa de Helen Carlile. Ha tenido el descaro de establecer un campamento aquí; es obvio que tanto ella como Lovelace quieren incitar a esos machlandeses a comenzar una nueva rebelión. Míralos ahí, reunidos como un batallón.

¿Machlandeses? O sea que son todos esos criados que habían *abandonado las casas de los nobles*.

Niamh no pudo evitar que su corazón se colmase de nostalgia en cuanto su vista regresó a la multitud. Estaban vestidos igual que sus vecinos de Caterlow, con ropa cosida a mano, aunque se veía manchada por los días de viaje.

Tenían la piel curtida y bronceada; parecían haber salido de la mismísima tierra.

Y ninguno llevaba armas.

En ese momento, el rostro del caballero se cubrió de asombro. Tenía la vista clavada en Kit.

—Alteza, mis más sinceras disculpas. No lo había visto. Aunque debo decir, señor, que es un verdadero alivio que se encuentre aquí. Ojalá pueda meterle un poco de sentido común en la sesera a esa mujer. Aunque si no, claro, para eso está la Guardia Real. Tal y como sea, este tipo de afrenta no se debe permitir.

Antes de que le pudiera responder, sin embargo, se llevó un mano al sombrero y se marchó. El príncipe afianzó las riendas y su caballo dio un par de zancadas en la hierba pisoteada.

—Si llamo a la Guardia Real, nuestras manos quedarán manchadas de sangre.

En cuanto Niamh lo escuchó, sintió el corazón en la garganta. No podía hacerlo. Las congregaciones en sitios públicos no debían considerarse un delito.

Sinclair había fruncido el ceño.

—Pues yo creo que Carlile los tiene bien puestos; eso hay que concedérselo.

—No es más que una necia —replicó Kit— si cree que esto servirá para algo.

—Está desesperada. Sabes tan bien como yo lo que es intentar que tu hermano te escuche. Sois los dos igual de testarudos. La pregunta es: ¿serías tú capaz de desligarte de todo durante tanto tiempo?

Aquello sonaba a una discusión arraigada en el pasado. El príncipe separó los labios, como si fuera a responder, pero debió de acabar mordiéndose la lengua.

—Lo único que va a ocurrir —continuó Sinclair— es que la nobleza va a ponerse nerviosa, y empeorará cuanto más tiempo dure. Alguien tiene que actuar antes de que la situación se ponga turbia.

Se quedaron de pie en lo alto de la colina, contemplando al gentío que se acumulaba más abajo. Habían puesto una especie de escenario improvisado hecho con troncos apelmazados y cascos de barco, y tres personas, demasiado borrosas en mitad de la niebla como para saber quiénes eran, se habían subido a él; Niamh supuso que eran los cabecillas.

De pronto, varias banderas se alzaron en mitad de la muchedumbre, ondeantes en la brisa. «UNIDAD», decía una en letras negras. «FUERZA». Las demás mostraban el símbolo de la revolución, el que habían dibujado en tiza en el suelo del salón de baile la noche inaugural: la runa del sol, con sus rayos extendidos. La energía que brotaba de entre todos ellos era casi palpable.

Había ira, sí, pero sobre todo esperanza.

Dirigió la vista hacia Kit.

—¿Qué piensa hacer?

—No hay nada que pueda hacer.

—¿Cómo puede decir eso? —Tomó las riendas de Ferdinand y trató lo mejor que pudo de maniobrar para enfrentarlo—. Es un *príncipe*.

—Sí, y cuánto bien me ha traído ese título… —Solo entonces dirigió los ojos hacia ella—. ¿Qué quiere que haga? No soy más que el segundón. No cuento con ningún aliado ni con el respeto de parte de los miembros de la corte. El causante de esta situación es mi hermano, y su intención es manejarla como él cree conveniente. Ya lo ha visto. Yo no le debo nada.

—Tal vez no. —Estaba comenzando a hartarse de su comportamiento de aquel día. Y quizás era por la energía que se respiraba en el aire, o tal vez encontrarse rodeada por su gente después de tanto tiempo, pero no estaba dispuesta a permitir que mirara hacia otro lado. Que les diera la espalda. Alzó un dedo y apuntó hacia la multitud—. Pero ¿no cree que alguien les debe algo a ellos?

Hacía treinta y cinco años, cientos de miles de personas en su país habían muerto por culpa de los hombres de su padre, el único con poder para hacer algo y que, aun así, se había negado. Niamh había crecido toda su vida rodeada de aquellos fantasmas, pero acababa de encontrar una nueva oportunidad para volver a luchar por su gente. Una oportunidad que estaba en las manos de un príncipe.

Del mismísimo Kit Carmine.

No importaba qué extraño vuelco del destino hubiera unido sus vidas, pero lo tenía delante y sentía que debía hacerle ver lo que ocurría. Sí, cargaba con todo un legado construido en la violencia, pero la sangre solo era sangre; no se trataba de ninguna maldición sacada de un cuento de hadas que tuviera que repetirse una y otra vez. Si él quisiera, podría hacer que todo fuera diferente.

—Sé que detestas a la nobleza —insistió entonces—. Pero ellos también. En este mismo momento, justo por el hecho de que te has pasado años fuera, tienes más poder del que crees. Tal vez ellos odien a tu hermano y a su gente, pero no *a ti*. No eras más que un chiquillo cuando te fuiste. Ahora tienes la oportunidad de demostrarles quién eres. En quién te has convertido.

Durante un instante, Kit pareció haberse quedado sin palabras.

—¿Y si no me gusta en qué me he convertido?

—Tu vida solo te pertenece a ti. Y nunca es tarde para cambiar.

Le escuchó dejar escapar el aire entre los dientes, pero no le pasó desapercibida la chispa de rabia —no, de miedo— que centelleó en sus pupilas.

—Maldita seas.

Y, entonces, sin más preámbulo, agitó las riendas de su caballo y ambos partieron colina abajo.

—Perdona, ¿qué acabas de hacer? —preguntó Sinclair, asombrado—. Nunca en mi vida lo he visto escuchar así a nadie.

—La... —No podía apartar los ojos de Kit—. La verdad es que no lo sé.

Él se punzó el puente de la nariz.

—Eres una mina de problemas. Venga, vamos.

Aferrada a Ferdinand como si su vida dependiera de ello, avanzó a toda velocidad tras el príncipe. Ambos lo alcanzaron justo en el momento en que comenzaba a frenar ante los límites de la congregación. Allí, entre el compendio de voces, Niamh apenas podía escuchar siquiera su propia respiración. Sin embargo, la gran mayoría hablaba en machlandés y algo cálido y familiar se removió en su interior.

La voz de Kit se alzó sobre el gentío:

—¿Dónde está Helen Carlile?

An prionsa, murmuraron casi al unísono. Su título.

Todos ellos, fila tras fila, giraron la cabeza en su dirección. Comenzó a ver sus gestos: muchos de ellos mostraban fría desconfianza; otros bullían en curiosidad y el resto centelleaba en algo parecido a la esperanza. Los hombros de Kit se tensaron, tal vez incómodo bajo todas aquellas miradas.

A medida que los susurros se expandían, la gente empezó a rodearlos, aunque dejaron un único pasillo. Fue entonces cuando Niamh reparó en la mujer que se encontraba de pie sobre el escenario improvisado y fue testigo del momento exacto en el que se percató de qué estaba ocurriendo. Sin dudarlo un instante, echó a caminar hacia ellos.

Es ella, pensó. *Es Helen Carlile.*

Era bastante poco probable que, como persona de clase baja, contara con sangre divina, pero había desarrollado una especie de magia mundana; una que arrebataba el aliento. Se movía entre la muchedumbre con la misma fuerza con la que la electricidad escapaba de las manos de la infanta Rosa, con la misma sencillez con la que Kit hacía brotar vida de la tierra. Y todos la observaban con adoración. Iba deteniéndose aquí y allá para saludar, estrechando manos y dando palmaditas en los hombros, como si fuera una amiga de toda la vida.

Al cabo de lo que parecieron siglos se detuvo frente a ellos.

Era una mujer mucho más normal de lo que Niamh espera- ba. La expresión de su rostro marcado por la edad era amable y abierta, y tenía el pelo, de un color castaño apagado, recogido en la nuca sin mucha ceremonia. No obstante, sus ropas eran elegantes: llevaba un abrigo de hombre y un bastón que soste- nía como si se tratara de un garrote.

—Vaya, pues esto sí que no me lo esperaba —comenzó, y no hizo falta más para que pareciera aumentar de tamaño ante ellos. Tenía una voz que te obligaba a escucharla, y sus ojos, grises y afilados, amenazaban con atraerte hasta sus ma- nos—. Usted debe de ser el príncipe Christopher.

La verdad era que, en ese momento, no había duda alguna: se encontraba sentado sobre aquel glorioso caballo, con las manos enguantadas bien aferradas a las riendas y la barbilla alzada de forma que parecía contemplarla por encima de la nariz. Y fue la viva imagen de la gracia aristocrática, impo- nente e inaccesible, hasta que, tras varios segundos de silen- cio, pasó una pierna por encima de la silla de montar y se asentó como un espíritu sobre la hierba.

—Sí —respondió con dureza—. Soy yo.

El rostro de Carlile se cubrió de interés al escuchar su tono.

—Es todo un honor recibir su visita, Alteza. —Después, dirigió la vista a su alrededor hasta que recayó en Niamh y, entonces, en un machlandés moteado por su acento, dijo—: Y usted debe de ser Niamh Ó Conchobhair.

—Un placer.

Estaba sorprendida y encantada al mismo tiempo. No esperaba que la conociera. Una pregunta surgió de pronto en su cabeza: *¿Y si ella —tan comprometida con la causa de su pueblo como estaba— era Lovelace?*

—Yo soy Gabriel Sinclair —se presentó entonces él—. Me complace profundamente conocerla.

—Oh, sí —regresó al avalés—. Sé quién es, señor Sinclair. —Al escucharlo, su expresión agradable se fracturó—. Creo que debo disculparme ante todos ustedes: ¿he interrumpido su paseo?

—Ya basta de cordialidades —la cortó Kit—. ¿Qué es lo que quiere conseguir con esto, Carlile?

Para su sorpresa, soltó una carcajada.

—Lo que quiero es hablar con su hermano.

—Eso me han dicho. —Contempló a la muchedumbre por encima de ella—. ¿Y esta es la mejor forma que ha encontrado? Hay quienes lo considerarían un asedio.

—Puedo asegurarle, señor, con mi propia vida, que no es esa mi intención. —Hizo un gesto a su espalda. Lo cierto era que, pese a ser tantos, no parecían mostrar en absoluto un odio visceral. Así como tampoco miedo—. Todos los aquí reunidos son personas honradas y trabajadoras que lo único que desean es ser escuchadas. Y yo los acompaño para hablar en su nombre; no buscan más que recibir la garantía de un trato justo, además de un reconocimiento por parte de la Corona de su responsabilidad en lo referente a la plaga que asoló las tierras de su país; lo que, en definitiva, los trajo hasta aquí.

—Me parece que habla usted con el príncipe equivocado.

Lo pronunció con voz ronca, pero no carente de sentimiento.

—Lo cierto es que me parece a mí que no. —Niamh sintió la intensidad de su mirada cuando pasó por su rostro antes de volver a fijarla en él—. Le agradecería enormemente si fuera tan amable de hacerle llegar un mensaje de mi parte a su hermano, señor. Dígale que estaré esperándolo, justo aquí, hasta que se decida a recibirme.

Jack los abordó en cuanto Kit y ella estuvieron de vuelta en el palacio.

Su pelo, que siempre llevaba peinado a la perfección, era un completo caos enmarañado, como si se lo hubiera sacudido en un arranque de cólera. Sofia avanzaba tras él y se cubría los labios con la mano, ansiosa. Niamh recordó de pronto la otra noche, cuando la había visto apoyada en el balcón y había pensado que se trataba de un fantasma; en aquel momento se la veía tan etérea como entonces, capaz casi de desvanecerse ante la ira de su esposo.

Los ojos del regente viajaron de su hermano a ella varias veces; no obstante, cualquier tipo de frustración o sospecha que hubiera llegado a tener quedó aplastada bajo el peso de la preocupación:

—¿Dónde habéis estado?

—Hablando con Helen Carlile —respondió Kit.

Se quedó mudo un instante.

—Tiene que ser una broma.

—Yo nunca estoy de broma. Tienes cientos de personas congregadas en Eye Park, esperándote. Doy por hecho que ya te han informado de ello.

—Tal vez deberíamos retirarnos al salón principal para tratar esto —intentó mediar la princesa—. Podría pedir que trajeran…

Su esposo alzó una mano.

—Ahora no, Sofia.

Su mirada cayó en el suelo. Niamh no puedo evitar sentir un pinchazo de dolor en el pecho. Que la desestimara de esa forma, siendo su propio marido... le parecía cruel. Deseó poder dedicarle una sonrisa, algo que la animara aunque fuera un poco, pero ella mantuvo la cabeza gacha de tal forma que varios bucles color platino le ocultaban los rasgos.

—Esa mujer —siguió diciendo Jack— ha llegado a enviarme diez cartas diarias. Supongo que ha vuelto para continuar insistiendo, pero ya debería saber que es una pérdida de tiempo tanto para ella como para mí. No puedo hacer absolutamente nada por esa gente.

El desdén que cargaba su voz hizo que Niamh se tensara.

Incluso si su magia no era tan poderosa como la de sus ancestros, seguía siendo el príncipe regente de Avaland. ¿Cómo podía decir, y creer, que no había nada que pudiera hacer? Si quisiera, podía emitir un comunicado ese mismo día en el que declarara la responsabilidad de su padre en la creación de la plaga de Machland. Podría aceptar todas y cada una de las medidas que le proponían y establecer requisitos para que su servicio tuviera mejores condiciones o...

Sabía que era estúpido sentirse traicionada por ello, pero de alguna forma siempre había confiado en él. En que acabaría haciendo lo correcto.

—Me han pedido que te haga saber que no se marchará hasta que accedas a concederle una audiencia. ¿De verdad esa va a ser tu respuesta, Jack? ¿Piensas esconderte para siempre?

—Ese idealismo es peligroso, Christopher. —Su voz sonaba rasgada, casi desesperada—. Te lo pido; si escuchas por una vez algo de lo que te digo, que sea esto: no vuelvas a reunirte con ella. Nos encontramos en una situación muy delicada, pero te juro que estoy tratando de ponerle solución al igual que he hecho cientos de veces con cosas que te inmiscuían a ti. Confía en mí.

No se le pasó desapercibida la súplica en su tono: *Déjame protegerte.*

La noche del baile, en el balcón, Kit le había dicho que tenía que haber una razón que explicara por qué estaba evitando todos los problemas que tenía. Aquella chispa de vulnerabilidad la congeló en el sitio. Y también debía de haberle sorprendido a él, porque, de pronto, su rostro perdió gran parte de la hostilidad que se lo había cubierto hasta ese mismo instante. Cuando volvió a hablar, utilizó el mismo tono reservado que usaba tanto con Sinclair como con ella:

—¿Y cómo pretendes que confíe en ti si tú no confías en mí? Si no discuto contigo es por mi propio bien, lo sabes, ¿verdad? Pero tarde o temprano todo lo que estás tratando de sostener se te va a derrumbar encima.

Los dos se contemplaron desde ambos extremos del patio cubierto, en mitad de un aire cargado del recuerdo de cientos de heridas aún abiertas.

—No te preocupes por mí. —Seguía sonando como antes, expuesto, pero era capaz de ver cómo volvía a hacer acopio de todas sus emociones, a doblarlas con suma precisión para devolverlas a su rincón. Después, como si de pronto se hubiera dado cuenta de algo, dijo—: Tengo una idea. Celebraremos un baile en Woodville Hall dentro de cuatro días.

Un denso silencio cayó sobre sus cabezas hasta que su hermano lo quebró:

—No puedes estar diciéndolo en serio. No pienso volver allí.

—Llevamos sin ir desde que madre murió. Ya es hora de que lo hagamos. Además, requiere de menos criados; podremos prescindir de los machlandeses. —Dirigió la mirada hacia Niamh—. Excepto de usted, por supuesto, señorita O'Connor. Usted nos acompañará.

Las voces de aquellas nobles regresaron a su mente: «Ha estado paseándola por todos los eventos como si se tratara de un potro de exhibición». No obstante, susurró:

—Será un honor.

Sofia retrocedió.

—Me parece que…

—O sea que —la interrumpió Kit— tu alternativa es salir corriendo cuando ya no puedes seguir escondiéndote, ¿no? —Al no recibir respuesta, soltó un bufido—. Increíble.

Y, sin más, se marchó. En cuanto desapareció, la princesa se volvió hacia su esposo. Su descontento era casi palpable.

—No creo que eso haya sido lo mejor.

—Ya. Me he dado cuenta. ¿Algún otro consejo que quieras darme? —preguntó con desgana—. O usted, señorita O'Connor, ¿también tiene algo que opinar?

Antes siquiera de que pudiera separar los labios, Sofia dio un paso adelante. Y, entonces, la temperatura del aire cayó en picado. De forma literal. Al dejar escapar el aire, Niamh vio que el aliento se le convertía en vaho ante sus ojos y se le puso la piel de gallina. Incluso Jack empalideció del asombro.

—No la metas en esto —le ordenó—. Sabes muy bien que no puede defenderse contra ti. Y, ya que preguntas, sí. Aún tengo varias cosas que decirte, Alteza.

Solo entonces frunció los labios, avergonzado.

—Tienes razón. Eso ha estado fuera de lugar por mi parte. Mis disculpas, señorita O'Connor.

—No hay problema —murmuró—. Si me disculpan, Altezas…

A medida que se alejaba, alcanzó a escuchar el eco de la voz de la princesa: «… deberíais llegar a un acuerdo»…

Una vez de vuelta en la intimidad de su taller, se dejó caer en una silla y se abrazó el cuerpo. Aún seguía muerta de frío. Además, una parte de ella se sentía diminuta y patética y, durante un instante, le permitió la entrada al pensamiento que la había asediado desde el momento en que había visto a la multitud en el parque.

Quería regresar a casa.

Sin embargo, sabía que jamás encontraría esperanza ni bienestar allí. Ya no le importaba lo triste que pudiera ser: sobrevivir en un país que la despreciaba siempre sería mejor que morirse de hambre por puro orgullo. Debía quedarse.

Quería creer que Jack acabaría accediendo. Había visto las grietas en su fachada. Reconocía el cansancio en su mirada.

Pero tarde o temprano todo lo que estás tratando de sostener se te va a derrumbar encima.

Y ella lo veía. Era consciente de cómo, cada día, iban aumentando las cargas que se colocaba sobre los hombros: un hermano que lo desafiaba, un matrimonio carente de amor, un servicio descontento, un legado tan pesado que amenazaba con venírsele encima. Nadie, no importaba lo fuerte que pudiera ser, sería capaz de soportar algo así durante mucho tiempo.

Por mucho que lo detestara por negarse a actuar, la aterrorizaba más pensar en lo que ocurriría cuando todo se quebrara en pedazos.

14

*C*uanto más se alejaban de la ciudad, más en casa se sentía.

Después de una hora de trayecto, el eterno gris de Sootham había dado paso a un verde que se extendía más allá de donde alcanzaba la vista. Tras las ventanas del carruaje, las colinas ondeaban como las olas del mar y la luz del sol coloreaba las aguas de los ríos de dorado. Por encima del traqueteo de las ruedas y del caminar de los caballos, escuchaba el cantar de los pájaros: el graznido suave de las urracas y el agudo piar de los jilgueros.

Casi, si obviaba toda la elegancia que se esparcía a su alrededor, podría haber creído que se encontraba de vuelta en Machland. No obstante, era bastante difícil obviarlo. Estaba sentada sobre varios cojines de terciopelo y le habían ofrecido un platito con trozos de tarta de almendra. Se había comido ya unos cinco, pero, aun así, le parecía excesivo; ella era la única que viajaba en el carruaje.

Ella y su veintena de carretes de hilo, claro.

El vestido de la infanta le estaba dando más quebraderos de cabeza de lo esperado. En especial, porque el encaje no era especialmente su fuerte: exigía la paciencia de un santo castiliano y un número casi alarmante de objetos puntiagudos. Cientos de agujas acabadas con diminutas perlas recorrían el patrón que había conformado en la almohada que descansaba en su regazo. Si entrecerraba los ojos, todo aquel entramado de hilo negro se le asemejaba a una celosía. Aunque, en realidad, se le asemejaba más a la mesa de disecciones de un naturalista que a la base de un diseño.

Rosa había pedido que el corpiño estuviera adornado al estilo castiliano; es decir, con delicados motivos florales, cosa que Niamh solo había sido capaz de descubrir tras pasarse la noche entera leyendo libros sobre la historia del encaje en su país. En su caso, no era tan sutil y fino como el que tanto gustaba en Avaland, sino extravagante y atrevido de una forma que ni siquiera casaba con la princesa. Aun así, sabía que, cuando por fin lograra terminarlo, se convertiría en lo más intrincado y refinado que había confeccionado en su vida.

En una pieza digna de la realeza.

Con un suspiro, siguió pasando los hilos por las agujas y comenzó a convocar su magia, que se desenrolló entre sus dedos como si de un ovillo de lana se tratase. El problema era que el bamboleo triplicaba la dificultad del trabajo y sentía que los ojos le picaban y se le cerraban de puro cansancio. Pensó que quizás debía ocuparse de aquello por la noche.

Apartó la vista del diseño justo en el momento en el que el carruaje terminaba de alcanzar lo alto de una colina.

Woodville Hall se encontraba acunado por el valle que se abría justo a sus pies y, nada más verla, se le cortó la respiración. No se parecía en absoluto al palacio real. Ahí donde el palacio reposaba con aquella imponente y ruda austeridad, aquella mansión centelleaba en vida y luz. Toda la fachada de ladrillo estaba cubierta de enredaderas de jazmines y glicinias violeta que se sacudían y hacían piruetas en la brisa; podía olerlas desde ahí.

Bajo la luz de la tarde, la propiedad parecía una pintura hecha al óleo, vibrante y mágica. Había una fila entera de carruajes tan hermosos como el suyo ante el pórtico de entrada y sus ocupantes comenzaban a salir al exterior. Desde donde se encontraba, no eran más que motitas de color vestidas de seda.

Cuando, al cabo de un rato se detuvo junto a ellos, un lacayo se encargó de abrirle la puerta y ayudarla a bajar. Llevaba una librea color carmín.

—Bienvenida, señorita. El príncipe regente está deseando recibirla.

—Ah, ¿sí? —Qué amable por su parte. Aunque, si se detenía a pensarlo, quizás era lo que estaba obligado a decirle a todos los invitados. Se aclaró la garganta—. Quiero decir…, por supuesto. Se lo agradezco.

Con las piernas aún temblorosas, subió los escalones y atravesó la puerta principal. A través de las ventanas de la fachada se colaban los rayos de sol de forma que dibujaban mosaicos de color miel en las desgastadas tablas del suelo. Jack y Sofia la estaban esperando en el vestíbulo, el uno al lado del otro y con expresiones idénticas cargadas de crispación. Le sorprendió que incluso ella, tan etérea como siempre con su vestido plateado, pareciera preocupada. Era obvio que el aire de la campiña no les hacía demasiado bien a ninguno de los dos.

Aun así, fue la primera en unir las manos para recibirla.

—Bienvenida, señorita O'Connor. Como siempre, estamos encantados de tenerla con nosotros.

—Les agradezco enormemente su hospitalidad —respondió ella, tan maravillada por lo que la rodeaba que tuvo que parpadear—. No han escatimado en gastos, por lo que veo, Alteza. Este lugar es espectacular.

En cuanto dijo aquello, Jack se tensó. Su esposa frunció más el ceño, pero, antes de que él pudiera alzar la voz, se adelantó:

—Gracias, señorita O'Connor. ¿Desea que le haga llegar un servicio de té a su dormitorio?

—Es todo un detalle por su parte, pero lo cierto es que me vendría bien estirar un poco las piernas después del viaje. ¿Les importaría que diera un paseo por la casa?

—En absoluto —contestó Sofia con un tono dulce, mucho más agradable—. De hecho, la animo fervientemente a hacerlo. Es una casa excepcional. O tuvo que serlo, al menos, si su misión era que Jack viviera en ella durante dieciocho años.

El comentario solo pareció molestarle un poco.

—Disfrute —le deseó—. Bienvenida.

Y, tras ello, Niamh comenzó a caminar.

A medida que subía por la inmensa escalera del recibidor, notó que la nuca se le comenzaba a humedecer por el sudor. Woodville Hall era, en efecto, una mansión preciosa, pero también un tanto extraña. Pese a que se encontraba casi desnuda de muebles —suponía que tras todos esos años en desuso—, le provocaba una sensación curiosa, como si estuviera despierta y tuviera vida propia.

Una brisa cálida se colaba a través de las pocas puertas abiertas, y aunque trató de abrir varias, que chirriaron bajo la presión de sus manos, no se encontró con nadie más. Lo más probable —y también lo más inteligente— era que todos estuvieran descansando tras el trayecto.

Los pasillos se extendieron ante ella como el rastro de pisadas en un bosque; parecían llamarla para que siguiera recorriéndolos. Muchos de ellos desembocaban en nuevas estancias, aunque otros acababan de pronto en rincones encantadores y misteriosos. En cierto punto, se encontró de frente con una escalinata que al único lugar al que conducía era a una pared en la que había un mural casi desgastado. Centelleaba con suavidad, como si lo hubieran hechizado para que durmiera.

Algo después, llegó a un balcón escondido en lo alto de un salón de baile; eran los propios haces de las velas de las lámparas del techo los que impedían ver a quienes lo ocupaban desde abajo. Después se internó en una alcoba que estaba encajada bajo la curva de una escalera y en cuyo interior había una ventana, recubierta de polvo y semitapada con un cúmulo de hojas desde el exterior. No tardó en reparar en que alguien había grabado las letras «KC» en la madera del alféizar.

Cada rincón le parecía... mágico. Le costaba imaginar a los hermanos Carmine viviendo allí, *jugando* allí. De hecho, una parte de ella casi dudaba de que Jack hubiera sido un niño en el pasado.

Sus pasos la condujeron hasta una galería. A ambos lados del corredor, generaciones enteras de ancestros de los príncipes la contemplaban con sus escalofriantes ojos verdes desde lo alto de los retratos; con toda seguridad, molestos porque una chiquilla machlandesa de clase baja —fruto de las vidas obstinadas con las que no habían conseguido acabar— había puesto un pie en su hogar.

Solo se detuvo al llegar al último de ellos, justo en el extremo contrario. Era casi tan alto como ella.

Esta debe de ser la familia real, pensó. *O debió de ser, vaya.*

Justo en el centro se encontraba el rey Albert III, el padre de Kit y Jack. A su lado se encontraba su última esposa; tenía el cabello castaño y esos ojos ambarinos que tan bien conocía. Aun así, tras su sonrisa misteriosa y dulce era capaz de leer lo terriblemente infeliz que era. Entre ambos había un muchacho que no debía de tener más de diez años y que cargaba con un recién nacido entre los brazos.

Lo que más llamó su atención, no obstante, fue el corte que segmentaba el lienzo como si se tratase de una cicatriz. Apenas se veía bien entre el leve brillo de la pintura. Niamh se inclinó para poder examinarlo desde más cerca, pero en ese momento escuchó el eco de unos pasos que se acercaban.

Dejó escapar el aire. ¿Qué pasaría si alguien la encontraba husmeando...? ¿Estaba acaso husmeando? No importaba. No podía permitir que la descubrieran. Aun así, no había ningún sitio en el que pudiera esconderse... A excepción de detrás de las cortinas que se sacudían por la ligera brisa que entraba por una ventana abierta. Se apresuró a envolverse en ellas.

El repicar de las pisadas comenzó a sonar cada vez más despacio, pero el sonido parecía permanecer durante siglos en el aire de la estancia.

—Ah. Parece que desde que estuve aquí por última vez les han salido pies a las cortinas.

Era Sinclair. Y Kit lo acompañaba.

Lo supo porque, incrédulo, se dirigió a ella:

—¿Por qué se esconde?

Niamh bajó la vista. La tela caía sobre sus tobillos como si se tratase del vuelo de un elegante vestido. Se deshizo de ella de inmediato.

—Oh, no. No me estaba escondiendo. Solo estaba, eh..., embebiéndome de la estancia.

Al mirarlo a los ojos, descubrió que había vuelto aquel brillo burlón y exasperante con el que ya se había topado antes.

—¿Y ha encontrado algo interesante?

Antes de responder, se giró hacia la ventana. Lo único que se veía a través de ella era un estrecho tramo de cielo justo por encima de un muro cubierto de hiedra, que se adhería al cristal y no permitía que entrasen más que unos pocos rayos de luz.

—Sí. Muchas cosas, de hecho. Pero, en fin, ¿qué los trae a ustedes dos por aquí?

Antes de que el príncipe pudiera responder, Sinclair se adelantó:

—Verás: en principio, no deberían tardar demasiado en llamarnos para la cena, así que Kit pensó que tal vez deberíamos asegurarnos de que sabías cómo llegar al comedor; por eso de que parece que los pasillos van cambiando a placer de un momento a otro. —Sonrió con picardía—. Muy considerado por su parte. Y raro, dado que nunca en su vida se ha salido de su camino con la intención de ayudar a nadie.

El aludido se giró hacia él.

—¿Qué estás queriendo decir con eso?

—Oh, nada. —Posó la mirada en Niamh con fingida modestia—. Nada de nada.

—Entonces cierra la boca por una vez en tu vida.

Y, aunque obedeció, parecía divertido. Demasiado.

Ella, por su parte, se descubrió de pronto incapaz de soportar el silencio que los envolvió y, tras escoger lo primero que se le vino a la cabeza, señaló el cuadro de la familia real.

—Lo cierto es que el parecido es sorprendente.

Kit frunció el ceño.

—¿Entre ese viejo y yo?

Niamh no pensaba que *sí* fuera la forma más correcta de responder a esa falta de respeto hacia el rey, pero, aun así, asintió.

—A excepción de los ojos, tanto su hermano como usted son la viva imagen de su padre.

Sinclair puso una mueca dolorida y la atmósfera se cargó como si acabara de caer un rayo en la cámara junto a los tres.

Tuvo la sensación de que tal vez no debería haber dicho eso.

—Hay quien lo piensa, sí. —El tono monocorde del príncipe no dejaba duda alguna sobre lo que pensaba de que lo hicieran. Se cruzó de brazos—. Era un maldito hijo de puta.

Su amigo, aliviado, soltó una carcajada.

—Eso es quedarse corto.

—Lo siento muchísimo. —Niamh estudió la expresión de Kit, pero fue incapaz de leerla—. No pretendía atraer recuerdos dolorosos.

—No se preocupe —respondió, aunque su voz seguía rebosando desdén—. Al fin y al cabo, ya no está.

—¿Que ya no está?

—En Sootham —aclaró—. Se retiró a uno de sus castillos para terminar de agotar el tiempo que le queda de su miserable existencia. Aunque estaba pensando en visitarlo un día de estos; he oído que está bastante tranquilito últimamente.

—Supongo que será… raro. La verdad es que, por lo que he oído, parecía un hombre formidable.

—Es una forma de decirlo. —No apartó la mirada del cuadro y, a pesar de que su voz sonaba tranquila, tenía los hombros rígidos—. Siempre tuvo mano dura con la disciplina. Valoraba el deber, el honor y la reputación por encima de todas las cosas. No soportaba que se mostrara un solo signo de debilidad por pequeño que fuera.

Había pronunciado «mano dura» con tanta crudeza que Niamh captó de inmediato a qué se refería. Aunque ella siempre se había esforzado por complacer a su madre y a su abuela, no era en absoluto inusual recibir algún toque de atención por desobedecer o contestar con descaro. No obstante, si se paraba a pensar en su reacción, en su forma de contestar…

«¿Sabe usted, señorita O'Connor, que, de pequeño, nuestro querido Kit aquí presente era un niño muy sensible?». Aquellas habían sido las palabras de Sinclair. No le había creído en su momento; sin embargo, ahora, veía con toda claridad la razón por la que Kit había cambiado.

Su voz escapó entonces en un susurro:

—¿Ni siquiera cuando enfermó?

—Ahí fue incluso a peor —respondió él—. Al principio, muchas veces la fiebre lo obligaba a tener que quedarse en cama; esos eran días buenos. Pero, a partir de que cumplí los diez años, los días buenos empezaron a escasear. Cuando quería, podía llegar a ser la persona más agradable del universo, pero, cuando no, se ponía a soltar barbaridades por la boca sin ningún tipo de control. Jack fue quien tuvo que soportarlo, y lo hizo por mí, aunque jamás lo admitiría en voz alta. —Se detuvo un instante, pensativo—. Fue eso lo que le hizo cambiar; supongo que cuando te pasas la vida enfrentándote a un monstruo, acabas convirtiéndote en uno también para poder sobrevivir.

Escucharle exponer sus sentimientos así, con tanta franqueza, la hizo sentir de pronto descolocada. Notó cómo el pecho se le encogía.

Ella siempre había tenido devoción por su madre y su abuela, y se la había dado sin pensarlo siquiera, pese a que ellas jamás la habían buscado. Pero ¿cómo no iba a ser así?

Sí, habían racionado la comida durante años, incluso en los que la cosecha de su pequeño huerto había dado buenos frutos; aquello le había enseñado a ser servicial y a sobrellevar la tensión que rellenaba su hogar con la llegada de la época de cosecha. Por no mencionar los cientos de veces que se había pinchado con la aguja y había soportado las críticas de su abuela mientras le enseñaba a perfeccionar su don, esa magia que los avaleses habían estado a punto de erradicar.

En ocasiones, sentía que había tomado todas y cada una de las heridas de su familia, las había transformado en una soga y se la había colgado al cuello.

Sin embargo, no podía quejarse, ni mucho menos compararse con lo que había vivido él. Y se había acostumbrado a llevar aquel peso. Ya no le molestaba.

Además, si no era ella quien lo cargaba, ¿quién lo haría?

—Estaba pensando —intervino entonces Sinclair— en que los dos hemos descargado nuestros problemas sobre ti y, aun así, tú sigues siendo un completo misterio para nosotros.

Aquello la sorprendió.

—¿Yo? Oh, te aseguro que mi vida es terriblemente aburrida. La mitad me la he pasado cosiendo.

En realidad, hasta ese momento, no se había parado a pensar en si había contado mucho o poco sobre sí misma; lo cierto era que, por lo general, trataba de evitar reflexionar sobre sus sentimientos y su vida. Siempre acababa conduciéndola por senderos peligrosos, como el que acababa de sortear hacía unos segundos, y sabía que si continuaba avanzando por ellos, ya nunca podría detenerse; que caería con tanta fuerza contra el suelo que sería incapaz de levantarse.

No podía permitirse perder el tiempo martirizándose y autocompadeciéndose, y solo pensar en cargarlos con cualquiera de sus estúpidas preocupaciones le ponía la piel de gallina. Aparte, recordaba cómo Kit había estado a punto de entrar en colapso al verla llorar en el balcón la noche del baile inaugural; no quería que tuviera que pasar por algo así de nuevo. Prefería, sin lugar a dudas, escuchar a los demás y esforzarse en intentar hacer algo que los reconfortara aunque fuera un poco.

Pocas cosas le parecían tan mágicas como el momento en que alguien, tras meses de paciencia, se abría finalmente ante ella.

—No sea modesta —dijo Kit.

—¿Y qué quieren saber?

—No sé. ¿Tiene padre? —A juzgar por su expresión, había tratado de sonar genuino, pero le había acabado saliendo algo más parecido al sarcasmo. No obstante, Niamh ya lo conocía lo suficiente como para no llevárselo a lo personal—. Nunca lo ha mencionado.

—Estoy segura de que lo tengo, sí, pero nunca lo he conocido.

—¡Ah! —exclamó Sinclair con ese tono suyo ya tan familiar, que se elevaba un par de notas de más—. ¿Ves? Es de conocimiento universal que los padres no sirven para nada.

Kit puso los ojos en blanco.

—Tómate las cosas en serio, ¿quieres?

—¡Eso estoy haciendo! Nos hemos pasado la vida deseando con mucha intensidad que los nuestros estuvieran muertos, ¿o acaso lo has olvidado?

—Aún uno de nosotros podría tener suerte y todo.

—Mira, ¿sabes qué? ¡Ya vale de hablar de temas tan funestos! —Sinclair le pasó a cada uno un brazo por encima del hombro y los presionó contra su cuerpo—. ¿Quién necesita a la familia cuando se tiene amigos tan maravillosos?

Pertenencia. Niamh la sintió estallar en su estómago junto con un ligero picor en los ojos.

—Mejor no te la juegues demasiado —rezongó Kit, aunque en ningún momento hizo ademán de separarse—. Vamos a llegar tarde a cenar.

Jamás había tenido tantas ganas de que acabara una cena.

Se había pasado la mayor parte del tiempo encajonada entre dos mujeres que la habían atiborrado a preguntas sobre sus vestidos, sobre cómo había conseguido burlar la holgazanería innata de los machlandeses y sobre qué opinaba de las protestas. Cuando se habían aburrido por fin de no recibir más que respuestas corteses por su parte, se habían vuelto al unísono hacia el resto de los invitados que las rodeaban y habían comenzado a criticar la comida.

—Tal vez Su Alteza debería ir pensando en despedir al cocinero —había dicho una mientras, sin mirar siquiera, daba vueltas a su crema de puerros con una cuchara.

—Eso, si es que no se ha ido él mismo, claro —había añadido la otra—. Según tengo entendido, era machlandés.

—Esto es inaceptablemente mediocre.

Inaceptablemente mediocre, había repetido Niamh en su cabeza. *No puede ser para tanto.* Guiada por la curiosidad, se había llevado un poco a la boca y se había estremecido al sentir cómo le bajaba por la garganta, fría y grumosa. Y su sabor había sido... indescriptible. Había apartado el plato de inmediato.

A continuación, se había dedicado a observar al rey de Castilla y a la infanta. Había sido él quien había respondido a todas las preguntas que le habían hecho a su hija antes de que ella pudiera abrir la boca siquiera; quien se había quejado en su nombre cada vez que parecía no gustarle algo del menú y quien le había insinuado no menos de tres veces a Kit que, tal vez, debía dedicarle algún elogio.

El rostro de Rosa —aún no sabía cómo— había sido una máscara avergonzada, irritada y resignada al mismo tiempo y, aun así, no había dicho nada para que parase. De hecho, no había pronunciado palabra en toda la velada.

«Soy la única hija de la familia», le había dicho el día que la había conocido. «Por lo tanto, se me considera un peón».

Hasta ese momento —hasta verlos a Kit y a ella—, no había entendido de verdad lo que significaba el deber real: hacerte, a ti mismo y a tus deseos, tan pequeño que pasaras a convertirte en nada.

No había podido soportar seguir mirándolos ni un segundo más.

Después de eso, habían ido pasando más de treinta platos a lo largo de la noche: un salmón demasiado hecho envuelto en una masa de hojaldre casi cruda, lengua de vaca hervida, una especie de pastel de lo que le parecieron —a simple vista, aunque no en el paladar— zanahorias, una tarta de espinaca y patata que se desmoronaba, y toda una sucesión de postres, cada cual con peor pinta que el anterior. No tenían apenas sabor, ni mucho menos una buena presentación, y entre que servían uno y otro, transcurrían intervalos de tiempo demasiado largos y extraños.

Por no hablar del servicio: debían de ser la mitad de lo normal y todos lucían cansados, lo cual se reflejaba en su trabajo. En una ocasión, un hombre había derramado vino encima del barón que estaba sentado justo enfrente de ella y, más tarde, una chiquilla había colocado en la mesa un plato de galletitas con tanta fuerza que había hecho que todos se callaran de golpe. Aun así, no había parecido avergonzarse por ello; le había dado la sensación de que estaba tan resentida que su expresión bien podría haber rivalizado con la del rey Felipe. Ambos, además, le habían dedicado miradas férreas aunque carentes de toda emoción a Jack.

Una vez que la cena llegó a su fin, Niamh siguió al resto de las mujeres hasta el salón principal. Se fijó en que habían quitado las alfombras del suelo y habían sacado el pianoforte.

Una joven se encontraba sentada en el taburete, tocando una melodía fuera de tono mientras el resto de los invitados iba rellenando la estancia. Parecía que sus dedos tropezaban con las teclas, pero al menos su voz sí fue capaz de abrirse paso en su mente. Y se quedó enganchada en ella como si se tratase de un anzuelo. Niamh se descubrió avanzando en su dirección, casi con ansia, víctima de un trance que nacía de su innegable belleza y...

Sacudió la cabeza.

Solo así consiguió deshacerse del hechizo.

La joven debía de tener sangre divina. No había duda.

Justo entonces reparó en la mujer que la acompañaba; le apoyaba un brazo en el hombro y, de alguna forma, su rostro mostraba al mismo tiempo orgullo y terror.

Al otro lado del salón, la infanta Rosa se había dispuesto en el sillón más cómodo que había encontrado: junto al parpadeante y cálido resplandor de una chimenea. Estuvo a punto de acercarse a saludarla, pero, en cuestión de unos segundos, nada menos que diez jovencitas habían acudido a su encuentro y se habían colocado alrededor de ella.

Fue en ese momento cuando se percató de que, a unos pasos de distancia, la princesa Sofia estaba disponiendo el té. Se había decorado el cuello con puntas de diamante afiladas; parecía una estrella polar, hermosa, fría y... solitaria. Cuando terminó su tarea, se acercó a un grupo de mujeres con las manos unidas ante su cuerpo y el rostro marcado por la ansiedad. Se quedó ahí, quieta. Era obvio que estaba tratando de ofrecerles tomar algo, pero ninguna de ellas le estaba haciendo ni el más mínimo caso.

Al cabo de un rato, se dio la vuelta y abandonó el salón sin despedirse siquiera. La simple imagen le atravesó el corazón.

No obstante, al mirar a su alrededor se fijó en que, justo a sus pies, había una cesta con los bordados a medio terminar. Eran suyos. De la princesa. Sin detenerse a pensarlo, tomó uno y la siguió al pasillo.

—¿Alteza?

Sofia frenó de golpe y, en mitad de las sombras, se volvió hacia ella.

—Señorita O'Connor. —Sonaba sorprendida—. ¿Hay algo en lo que pueda ayudarla?

—No, nada. —Dudó un instante. De pronto, se sentía estúpida. Fijó la atención en el diseño que llevaba en las manos; no pudo evitar pensar que era tan preciso y recatado como ella—. Es solo que he recordado que le prometí que la ayudaría con la costura, y he pensado que tal vez le gustaría que nos sentáramos un rato a hacerlo. Aunque debo decirle que sus puntadas son realmente delicadas y precisas; no sé hasta qué punto me necesitaría.

—Es muy amable por su parte que se haya acordado. E incluso más lo son sus palabras, teniendo en cuenta las maravillas que hace usted. Ser capaz de coser sus emociones así, con tanta libertad, y darles forma… Es un don hermoso.

Había algo en su tono que le llamó la atención; se forzó a mirarla a los ojos y fue entonces cuando se dio cuenta de la profunda tristeza que se los colmaba.

—Alteza, ¿se encuentra usted bien?

—Sí, es… —Se detuvo. No obstante, unos segundos después, echó a andar hacia la escalera imperial y se sentó en el primer escalón. No pronunció palabra durante varios minutos, pero, cuando lo hizo por fin, sonó rota—: Estoy muy cansada.

Niamh dio un par de pasitos tentativos.

—¿Ha ocurrido algo?

—Esta noche está siendo un desastre. Ni siquiera sé cómo vamos a pasar tres días enteros así. —Habló tan rápido y en un volumen tan bajo que tuvo que esforzarse para entenderla bien—. Estoy segura de que se habrá dado cuenta ya de que nos falta personal; muchos de nuestros criados han decidido marcharse, y los que no, están ahora sobrecargados de trabajo. Pero lo peor es que, si todo esto sale mal, la situación de Jack empeorará.

A medida que iban emanando sus emociones, también lo hacía su magia. Una suave luz dorada había comenzado a danzar por su piel y la temperatura a su alrededor descendió tanto que Niamh se vio obligada a apretar la mandíbula para que los dientes no le castañearan; le daba miedo interrumpirla y que nunca más volviera a abrirse ante ella.

—Y no sé cómo evitar que ocurra —seguía diciendo—. Él no permite que me encargue de los asuntos del palacio. Jamás me cuenta qué le sucede. No se abre conmigo. No soy más que un estorbo para él. Y todas las mujeres de la corte lo saben; lo saben y no tienen el más mínimo interés en establecer relación con una mujer que es incapaz de influir en su esposo. Durante un tiempo, al menos contaba con mis damas de compañía, pero Jack acabó echándolas y ahora no tengo a nadie. Lo único que puedo hacer es sonreír y fingir que todo va bien.

En cuanto dejó escapar eso último, una densa quietud las envolvió. La princesa apoyó la cabeza en la barandilla y cerró los ojos. Todo el suelo estaba cubierto de una fina capa de escarcha y la luz de su magia dibujaba senderos brillantes en los diamantes puntiagudos que llevaba en el cuello.

Niamh sintió que se le cerraba la garganta, tal vez al darse cuenta de repente de lo joven que era en realidad; no debía de superarla más que por un año o dos. Era incapaz de imaginar lo horrible que tenía que ser vivir en un lugar en el que la única persona que conocías era un hombre que no te valoraba; un hombre que tendría que amarte, no dejarte de lado junto con todo lo que lo rodea.

Se dejó caer con cuidado en el escalón, justo a su lado, y le apoyó una mano en la rodilla.

—Si quiere, puede contar conmigo a partir de ahora.

Sofia dio un respingo, aunque no supo si fue a causa de la sorpresa o al sentir el frío de su piel. Sus ojos claros se cubrieron de terror.

—Por favor, perdóneme. La estoy congelando viva y… No tendría por qué estar soportándolo.

—No tiene que disculparse por nada. —Ya no podía ocultar que estaba tiritando, pero era casi como si la sensación heladora se hubiera desvanecido—. No sirve de nada que trate de contener todo eso en su interior. Al final acaba saliendo de una forma u otra.

—Ya, supongo que tiene razón. —Cuando suspiró, una bocanada de vaho pendió del aire. Poco a poco, comenzó a recuperar la compostura—. ¿Sabe? Trata a todo el mundo con esa familiaridad…, con tanta dulzura, y sin importarle en absoluto la posición que tengan, que resulta casi imposible no ablandarse ante usted. Es… tan maravilloso como poco común.

—No sé ser de otro modo, Alteza, así que hay poco que admirar. Y, de hecho, me ha dado más problemas que otra cosa desde que llegué a Sootham.

—Pero no es en absoluto algo malo. Tiene la capacidad de sacar al exterior lo que el resto de la gente se esfuerza por ocultar, de poner en sus propias manos lo que desean mantener en la oscuridad. —Sofia posó en ella su mirada gris y le tomó la mano. Niamh sintió que se quedaba paralizada—. Creo que ese es su verdadero don, no la costura.

Aquello era lo más bonito, o tal vez lo más sincero, que alguien le había dicho jamás.

—Gracias, Alteza.

—Aunque, bueno —continuó—, soy yo la que está ahora sumándole problemas. Aun así, me parece precioso por su parte que esté dedicándole tanto tiempo a Christopher. Él tampoco cuenta con mucha compañía en la corte.

—No estoy…

La princesa sonrió. Había una chispa en sus ojos.

Reconocimiento.

—No se preocupe por nosotros —le pidió entonces—. Jack solo busca demostrarle al mundo que es tan bueno como su padre; por eso se esfuerza tanto por ser quien lo controla todo. Además, aunque él no me necesite aquí, el resto del mundo sí; mi presencia es la prueba de que Avaland apoya el gobierno de mi padre y ya, solo con eso, me siento satisfecha; sé que mis sacrificios merecen la pena, y estoy dispuesta a hacer lo que haga falta para que continúen de dicha manera. Lo entiende, ¿verdad?

Por supuesto que sí. Lo entendía más que nada.

Aun así, la intensidad en su voz, la dureza que de pronto había aparecido en su rostro... Le resultaba familiar y, por alguna razón, la colmó de una sensación de malestar de la que ya no pudo deshacerse.

15

El aroma de la lluvia —tierra fértil y roca húmeda— impregnaba el aire. A lo lejos, unas nubes grises se asomaban por encima de las colinas como si fueran la cola de un vestido que se hubiera manchado. Niamh ni siquiera había avanzado cinco pasos sobre el césped del patio de Woodville Hall cuando se percató de que ocurría algo. Era una sensación extraña. No se debía solo al tiempo, aunque no le parecía que fuera el día más indicado para celebrar una fiesta en los jardines. Veía a todos los invitados dispersos por doquier con cierto aire de aburrimiento y confusión.

Jamás había estado en una fiesta en un jardín, pero Sinclair ya se había encargado de explicarle su funcionamiento con todo detalle. La gente pasaría el tiempo compitiendo en los terrenos de juego, se reuniría en torno a una mesa para repartirse cartas y soltar carcajadas tras sus abanicos y manos enguantadas o beberían ponche hasta que se pusieran a decir tonterías.

No obstante, el jardín estaba desnudo: no había mesas ni juegos ni ponche ni criados; solo una comitiva de aristócratas a la espera de que pasara algo.

Qué extraño, pensó.

Cuando dirigió la vista de vuelta a la mansión, vio que Jack había salido al porche. Su expresión era sombría; tal vez porque justo tras él se encontraba el rey Felipe, y parecía estar soltándole una reprimenda, a juzgar por cómo alzaba un dedo para señalarle antes de dirigirlo hacia la no fiesta. Niamh se lo tomó como una señal para marcharse de ahí cuanto antes. Comenzó a caminar a través de la muchedumbre a la espera de encontrarse con alguna cara familiar.

Escuchaba murmullos a medida que avanzaba. De nuevo, parecía que su vestido volvía a llamar la atención de la gente. La falda se sacudía despacio a su alrededor incluso al estar quieta, como si la estuviera meciendo la corriente de un río.

Lo había confeccionado hacía ya años en una especie de arranque de frustración. Le había llevado días enteros coser el forro de encaje y varios más terminar de impregnarlo de todas las veces que la abuela le había dicho que se calmara. En teoría, con el encantamiento y el diseño había pretendido dispensar paciencia, pero en la práctica lo único que conseguía era que se sintiera como si se encontrara en un sueño. Suponía que haberse enfocado tanto en *calmarse* debía de haber traído consigo esos resultados inesperados.

No obstante, aquel día le venía de perlas. La noche anterior no había dormido nada. Se había quedado terminando el frac que Kit llevaría durante esos días en la campiña, y había dado la última puntada justo en el momento en el que el sol salía por el horizonte tras la ventana de sus aposentos. Ya solo el cansancio y el peso de sus párpados la hacían sentir medio dormida.

Por fin, tras lo que le parecieron siglos, acabó encontrando a sus amigos. *Amigos.* ¿Cuándo había pasado eso? La simple palabra la calentó por dentro.

Se encontraban a la sombra de un roble.

Rosa había tomado asiento en un columpio que colgaba de una de las ramas más gruesas y estaba dando pataditas en el aire. Miriam era la encargada de empujarla mientras, de vez en cuando, iba echando miraditas a las cuerdas, que chirriaban un tanto bajo el peso de la infanta. Kit y Sinclair se habían apoyado en el tronco y se los veía absortos en su conversación. El príncipe parecía más tranquilo de lo que había estado en días, aunque sabía que era por el encantamiento que había cosido en su frac. Lo cierto era que el efecto era fascinante: hacía brillar la tela como si se tratase de una armadura y, al mirarlo, se sentía mucho más valiente.

Se había pasado la noche buscando en su memoria aquellas ocasiones de su pasado en las que se había sentido así: el día que había saltado al océano desde lo alto de los acantilados de Caterlow, cuando había pisado por primera vez suelo avalés, el día que le había dicho a Kit que le habían dolido sus palabras.

Justo en ese momento, los ojos de ambos se encontraron, y Niamh se dio cuenta de que se lo había quedado mirando. En especial, porque lo vio alzar una ceja como diciendo: «¿Y bien?». Su estómago dio una especie de vuelco extraño.

No pudo evitar pensar que, tal vez, tendría que haber elegido otro vestido, aunque fuera para mantenerla con la cabeza donde debía tenerla.

Consciente del calor en sus mejillas, se inclinó en una reverencia.

—Buenos días, Altezas, señorita Lacalle, Sinclair.

Fue él quien la saludó primero, dándose un toquecito en el sombrero.

—Mira quién está aquí por fin. ¿Disfrutando de la fiesta más agitada de la temporada?

—Ya que lo mencionas —dijo—, ¿alguien sabe qué ocurre?

—Ya no queda ni un solo miembro del servicio —respondió Rosa sin mucha ceremonia—. Se han ido. Y casi diría que me alegro: así mi padre se mantiene ocupado gritando al príncipe regente y no encima de mí.

—Pero…

Los únicos criados que ya de por sí habían estado en la mansión eran avaleses y, aun así, la princesa Sofia había estado preocupada porque estuvieran frustrados y hasta arriba de trabajo al tener que cargar con las responsabilidades de los compañeros que se habían ido antes que ellos, los machlandeses.

De pronto, le vino a la mente la imagen del cielo partiéndose en dos de repente para terminar de coronar aquella fiesta como la peor en décadas. Las columnas de cotilleos se pondrían las botas. No supo si reír o llorar. Sería un completo desastre: todos aquellos vestidos de colores brillantes cubiertos de barro, los rizos de los peinados hechos un estropicio y las zapatillas de seda empapadas; aquel último pensamiento en concreto la hizo temblar.

—Estábamos hablando de ir nosotros a por nuestras mazas de croquet —le hizo saber Sinclair—. ¿Te apetece unirte a nosotros?

Rosa se masajeó las sienes y suspiró con fuerza.

—Oh, Dios. Estaban hablando en serio…

—Hace un día demasiado feo —intervino su dama, animada— como para quedarnos sentados sin hacer nada.

La simple idea de tener que seguir moviéndose era horrible, pero la alternativa —en efecto, no hacer nada— le parecía incluso peor, así que dijo:

—¡Sí, claro!

Los cinco juntos comenzaron a cruzar el patio. Al cabo de un rato, Niamh alcanzó a ver a través de la niebla la forma borrosa de un cobertizo. A cada segundo que pasaba, las nubes se volvían más oscuras por encima de sus cabezas y Sinclair soltó una carcajada cuando una bocanada de viento le arrebató el sombrero.

Después, se dirigió a la infanta:

—Estaba yo pensando, Alteza: ¿no podría hacer nada para arreglar esto?

—¿Por qué querría alterar la perfección?

Miriam avanzó hasta que se puso a la altura de Niamh y la tomó del brazo. Sus mejillas resplandecían bajo la brisa fresca y los rizos, a causa de la humedad, conformaban un halo en torno a su rostro.

—Siento que apenas nos hemos visto desde que llegamos —le dijo—. Estás preciosa hoy; pareces salida de un sueño.

—¡Oh, gracias! —Sonrió—. ¿Tú cómo te encuentras?

—Supongo que bien. —Dejó escapar un suspiro—. Aunque tengo que admitir que hoy me siento un poco rara. Aparte. Como una carga, la verdad.

—¿Cómo? ¿Quién en su sano juicio pensaría que eres una carga?

Ella se encogió de hombros.

—No es que nadie me lo haya dicho directamente ni nada. En realidad, es… una sensación que he tenido siempre. Verás, Rosa ha tenido problemas durante toda la vida para entablar relación con personas que podrían haberle hecho mucho más fácil la vida en la corte de Castilia por estar a mi lado. Y ha sido siempre decisión suya, sí, pero no puedo permitir que pase lo mismo aquí.

—Cualquiera se sentiría afortunado por tener el honor de pasar tiempo junto a ti. —Niamh posó una mano sobre la suya y le dio un leve apretón—. Además, me atrevería a decir que, más que tú, es su padre quien está poniendo trabas para que le cueste entablar relaciones. ¿Lo viste anoche en la cena?

Ella chasqueó la lengua.

—Sí.

—Aun así —continuó—, no sabes cuánto te entiendo. Yo también me siento un estorbo muchas veces.

Justo enfrente de ellas, Kit y la infanta caminaban con los brazos entrelazados. Y, por alguna razón, sintió un pinchazo en el estómago. Celos. *Eres tonta*, se dijo a sí misma. Conocía muy bien la situación en la que se encontraban.

Y también sabía cuál era su lugar.

Miriam no respondió; de pronto estaba absorta, con la vista fija en la pareja, y sus ojos centelleaban de una forma extraña, como si supiera algo que el resto del mundo no. Intercambiaron una miradita antes de que ella la apartara casi al instante.

Acabaron deteniéndose ante la puerta del cobertizo.

La base de los muros estaba cubierta de malas hierbas y el candado de la puerta se había oxidado. Parecía que nadie la había abierto en una década. Sinclair trató de hacerlo y lo único que consiguió fue arrancarle un repiqueteo antes de dirigirse a la infanta con una de sus sonrisas cargadas de picardía.

—Quizás podría lanzarle un rayo a esto, Alteza. —No obstante, en ese momento Kit agarró una roca del suelo y la estampó contra el candado, que cayó al suelo entre una lluvia de óxido y tierra reseca—. Bueno, es otra opción.

Rosa dejó escapar un *mmm* pensativo antes de decir:

—Y, definitivamente, con menos peligro de incendio.

—Y mucho más estilo —agregó Miriam.

El príncipe abrió la puerta con un empujón que reveló la colección de cachivaches abandonados hacía mucho tiempo que se esparcía por el suelo y el viejo soporte de madera repleto de mazas. Lo tomó y se lo tendió para que pudieran elegir la suya. Cada una de ellas tenía el mango decorado con un color distinto. Rosa no dudó un segundo en hacerse con el negro y Niamh, contenta como unas campanillas, escogió el rosa; las cosas bonitas, por pequeñas que fueran, siempre la hacían feliz. Mientras Sinclair se encargaba de clavar los aritos de metal en la tierra, lo sopesó entre las manos, conformando un arco ancho en el aire.

—Cuidado —le advirtió Kit—. No vaya a darle a alguien.

—Entonces —replicó ella con cierta burla— debería ser *usted* quien tendría que tener cuidado.

—¿Eso es una amenaza?

Había imitado su tono de voz y, por alguna razón, solo escucharlo hizo que las entrañas se le apretaran en un nudo. No supo qué responder a eso. Por suerte, consiguió evitar el silencio incómodo porque reparó en la figura que emergía de la niebla a lo lejos. El faldón de su chaqueta se sacudía en el viento como si fuera una bandera oscura que estuvieran ondeando por encima de la hierba.

—¿Quién es esa persona?

Sinclair entrecerró los ojos; a continuación, puso una mueca.

—Vale… Esto es raro.

Al cabo de unos segundos, lo entendió: se trataba de Jack.

Tenía el pelo revuelto por el aire y su forma de caminar era, por alguna extraña razón, desgarbada, casi suelta. Incluso les dedicó una sonrisa a medida que se acercaba, lo cual le pareció como si estuviera contemplando alguna especie de fenómeno meteorológico extraordinario. Y, de hecho, se olvidó de sus modales hasta que la infanta y su dama se inclinaron en una reverencia. Las imitó un instante después, dejando escapar un «Alteza» en un hilillo de voz.

—No es necesaria tanta formalidad —las amonestó—. ¿Permitirían que me uniera a su juego?

Kit se lo quedó mirando como si acabara de hablar en otro idioma. Por primera vez en su vida, parecía completamente mudo. No obstante, Sinclair consiguió recuperar la compostura de inmediato y, tras darle una palmadita en el hombro —una demasiado fuerte como para resultar amistosa—, respondió:

—Por supuesto, Jackie. Hazte con una maza.

Y, sin más preámbulos, comenzaron.

Fue una primera ronda cuando menos buena, si no se tenía en cuenta, claro, que Niamh estuvo a punto de partirse el tobillo con su tiro, que encima se le acabó yendo hacia donde no debía. La infanta, por su parte, golpeó con toda su desgana y la bola cayó a pocos metros de donde se encontraban. No obstante, cuando Jack golpeó la de su hermano con la suya y desvió ambas de la trayectoria, la tensión quebró el aire. Enfadado, Kit se volvió hacia él.

—¿Se puede saber qué estás haciendo?

—Jugar. Por lo que veo, sigues siendo un pésimo perdedor.

—No —replicó, despacio—. Me refiero a qué estás haciendo *aquí*. ¿Es que acaso no tienes ningún invitado al que atender o al que bajarle los humos, ya que estamos? Aunque, pensándolo bien, quizás deberías enfocarte primero en el servicio, ¿no?

Aquello se encargó de acabar con la máscara de dejadez tan extraña que le había cubierto los rasgos; sin embargo, en lugar de dirigirse a él, se volvió hacia Rosa:

—¿Qué opina usted, infanta? Estoy seguro de que ya está al corriente de la situación de nuestro país. Me gustaría conocer su parecer.

Ella, que con todo su decoro había estado fingiendo no escucharlos, le dedicó una mirada cargada de alarma mientras se apoyaba en su maza.

—¿De verdad quiere conocerlo, señor?

—Sí.

—Verá, mi parecer es que, teniendo en cuenta el asedio bajo el que se encuentra, ha tomado una posición defensiva un tanto... poco ventajosa. Creo que si le da al pueblo machlandés lo que pide, conseguirá ponerle fin. Al menos a la peor parte de sus problemas.

A juzgar por su expresión, parecía divertido de una forma casi amarga.

—¿Y cuando la corte me acuse de haber tomado una decisión que debilita mi posición y comience a insultar el legado de mi padre? ¿O cuando las clases obreras se arrojen contra mí por tratar a extranjeros como iguales?

—Pongámonos en el caso de que lo destituyan, pues: el nuevo regente trataría de usar la fuerza para tranquilizar a las masas; es decir, a aquellos que se oponen a usted y que le habrán cedido el poder. Lo único que conseguiría con ello, no obstante, sería empeorar la situación y, por lo tanto, potenciar el hipotético estallido de una revolución. Y sería esta mala gestión lo que le allanaría el camino de regreso al trono en cuanto su padre fallezca. Y, si la situación empeorara, podría pedirle ayuda a mi padre o al de su esposa. —Hizo una pausa—. Por supuesto, esta no es más que mi humilde opinión, Alteza.

—Oh, vaya: acaba de ponerle solución a todos mis problemas en cuestión de segundos. Increíble.

Ella entrecerró los ojos, molesta ante su evidente ironía. Tras dejar escapar algo en castiliano por lo bajo, golpeó su bola con la maza y la lanzó por los aires con tanta fuerza que acabó perdiéndose de vista. Después, se encaminó en su dirección. Una vez que se encontró lo suficientemente lejos, Kit se volvió hacia su hermano.

—¿Estás borracho?

—Han sido dos semanas muy largas —contestó él, áspero—. ¿Por qué no iba a poder pasármelo bien en mis propias tierras? No tengo ninguna duda de que madre apoyaría por completo que decidiera beber para celebrar la gran reapertura de su tan adorada casa.

—¿Que por qué? —siseó—. Porque te estás poniendo en ridículo. Y porque todo esto te va a acabar explotando en la cara.

Jack lo contempló durante unos instantes eternos con los ojos empañados hasta que, de pronto, soltó una carcajada tan fuerte que acabó arrancándole las lágrimas.

—¡Oh! ¡Es que mira quién fue a hablar!

Oh, no. Niamh retrocedió un par de pasos. Había sido ya testigo de varias de sus broncas; sabía que aquello no acabaría bien. Los ojos de Kit centellearon de rabia, pero lo ocultó frunciendo el ceño.

—A madre la avergonzaría ver en quién te has convertido. Hablas de nuestra familia como si te importara lo más mínimo, pero lo único que te interesa es la mierda del legado; no quienes quedamos atrás, y mucho menos el resto del reino.

—¿Madre? ¿Avergonzada de mí? —Torció la cabeza—. ¿De qué narices estás hablando? —Al escucharlo, el enfado de su hermano se cubrió de duda—. Si crees que le habría dedicado un solo pensamiento a nuestra situación que no fuera qué vestido habría llevado o qué habrían puesto de aperitivo, es que no la conocías ni lo más mínimo. —Esbozó una sonrisa cruda—. Aunque supongo que, en parte, tiene sentido, ¿qué iba a saber su niñito protegido?

Niamh contuvo el aliento. En ese momento, el viento se detuvo.

Lo que había visto entre ellos era el constante choque de las olas de Kit contra el inamovible acantilado que era él. Jack jamás se había despojado de la frialdad de los papeles que tenía que llevar a cabo, tanto el de príncipe como el de padre de reemplazo. Jamás había leído mezquindad o resentimiento en sus palabras.

Alguien debía intervenir antes de que el asunto se les fuera de las manos; no obstante, la infanta y su dama se habían marchado de allí y Sinclair le estaba haciendo gestos para que lo acompañara. Pero sentía que los pies se le habían quedado clavados en el suelo.

Los ojos de Kit se cubrieron de sombras.

—Jack.

—Sinceramente, no sé qué te ha dado para que te pongas a fingir tener la más mínima noción sobre lo que es el deber. Como si te hubiera importado alguna vez lo que es, vaya. Jamás has tenido ni la más mínima brizna de disciplina y dignidad que nos trató de inculcar padre.

—Al contrario que tú, cierto. —Temblaba por una ira apenas contenida—. Casi siento que estoy mirándolo a él ahora mismo. Lo peor es que intentas mantenerlo a raya, pero ambos sois lo mismo.

La expresión de Jack se afiló.

Niamh contuvo un jadeo cuando, de pronto, una tromba de vegetación emergió de la tierra bajo sus pies. Varias gruesas lianas repletas de espinas se alzaron entre las piernas de Kit, con los extremos apuntados en dirección a su hermano, cuyos poderes habían conjurado unos terribles arbustos recortados en cientos de formas puntiagudas que se esparcían a su alrededor. Tenían frutos; su solo color gritaba *veneno*.

Logró apartarse del camino justo antes de que una de las espinas le sajara el bajo de la falda.

—Eh... ¿Altezas?

No la escucharon.

—Si sabes lo que te conviene —escuchó decir a Jack—, vas a cerrar la boca.

—Ah, ¿sí? Y, si no, ¿qué? ¿Vas a pegarme? Muy bien. Hazlo.

—De poco servirá, la verdad, ya que está claro que ni a golpes va a conseguir nadie sacarte ni una sola pizca de gratitud. Me he pasado los últimos años midiéndolo todo al detalle; lo único que tenías que hacer tú era comportarte, pero eres tan egoísta que ni siquiera has sido capaz de hacer eso. No: lo único que haces es estallar a la mínima y, en cuanto las cosas comienzan a ir mal, cortas con todo y huyes, justo como hizo madre. Ninguno de los dos ha hecho nunca nada por mí. —En cuanto arrojó su maza al suelo, una de las comisuras de sus labios tembló; solo fue un instante antes de que volviera a convertirse en mármol, impenetrable e imponente—. Te has llevado lo peor de nuestros padres, Christopher. Lo único que has hecho desde que naciste ha sido causar problemas y he sido yo quien ha tenido que solucionarlos todos.

El suelo tembló y una inmensa liana, con sus espinas afiladas como garras, cayó contra él. Aunque ni siquiera se inmutó; se limitó a cerrar el puño y, ante sus ojos, sus hojas comenzaron a secarse hasta que, por fin, se marchitó.

Ambos hermanos se quedaron observándose el uno al otro. Ya no había ni rastro de sus armaduras. Una bocanada de sentimientos pasó por los ojos de Jack y, de pronto, sin pronunciar ni una sola palabra más, se dio la vuelta y comenzó a andar.

Sinclair corrió hasta su amigo y le puso una mano en el hombro.

—¿Estás bien, Kit?

—Déjame, joder. —Se lo sacudió de encima, jadeante—. No me toques.

Antes de que él pudiera decirle nada más, apretó el paso en dirección contraria. A medida que avanzaba, toda una maraña de plantas comenzó a emerger del suelo sin orden ni control: hiedra venenosa, hierba mora, acónito.

Se estrangulaban las unas a las otras tan rápido como aparecían.

—¡Kit! —Sinclair se apretó el puño contra los labios. Cuando volvió a bajar la mano, estaba demacrado y blanco como la nieve—. Mierda.

Niamh se puso a su altura.

—¿Por qué ha hecho eso?

—No lo sé —respondió en poco más que un susurro ronco—. Pero nunca he visto a su hermano ponerse así.

—¿Deberíamos ir a buscarlo?

—Sí... Sí. La última vez que... No sé. —Sonaba distante y al mismo tiempo asustado. Justo como aquella tarde en el parque, cuando Kit lo había atacado con sus poderes—. No sé qué va a hacer.

—¿Qué quieres decir?

Se pasó una mano por el rostro.

—En ocasiones, cuando se pone así, su magia puede llegar a ser peligrosa. Tanto para él como para los demás. Y quizá soy un cobarde, y sé que no es culpa suya, pero la última vez me enseñó que debía ser un poco más egoísta; no puedo ir tras él.

De pronto, Niamh sintió cómo la ansiedad le apretaba el pecho.

—Pues voy yo. Alguien tiene que asegurarse de que está bien.

—No. Tenemos que traer de vuelta a Jack.

—¿Crees que se encuentra en condiciones de solucionar esto?

En cuanto dio un paso para marcharse, Sinclair la tomó del codo y, aunque trató de soltarse, él consiguió tirar de ella hasta que volvieron a quedar cara a cara.

—Está bien, espera. Entiendo que estés preocupada, pero no deberíamos precipitarnos. Más que nada porque, para empezar, parece que estás a punto de desmayarte.

—Estoy perfectamente.

—Déjame acabar. —Su mirada se había cargado de severidad; aun así, al cabo de unos segundos, suspiró—. Escucha, no quería tener que sacar el tema, pero es que no se me ocurre otra cosa. Sabes que adoro a Kit, y tú, desde que llegaste, te has comportado de maravilla conmigo; eres mi amiga, así que no tiene sentido. Sé lo que pasa entre vosotros. —Ella lo contempló. Notaba que el aire le ardía en la garganta. Que estaba cayendo al vacío—. No soy idiota.

—No sé... No sé de qué estás hablando.

—¡Venga ya, Niamh! —exclamó, casi angustiado. Se acercó a ella, terminando con la distancia entre ambos, y la tomó de los hombros. Después, bajó la voz, como si hablar más alto fuera a descubrirlos—: Tengo ojos en la cara, y es como estar viendo una maldita ópera cada vez que cualquiera de los dos cruza aunque sea una mirada. Y, si yo me he dado cuenta, es cuestión de tiempo para que más gente lo haga también. No tientes a la suerte.

Una millonada de sentimientos la recorrió de arriba abajo: humillación, miedo, ira, tristeza. No era capaz de atraparlos. De darles sentido. Sinclair acababa de tomar su corazón y se lo había arrancado de cuajo; ahora reposaba a sus pies, aún latente. Sin embargo, lo único importante era que Kit estuviera bien.

—Entonces ayúdame. Si vienes tú conmigo, no pasará nada.

—No puedo.

—Pues déjame a mí. —Sus ojos se encontraron, firmes—. No le tengo miedo.

Por encima de sus cabezas, rugió un trueno.

Las primeras gotas de lluvia comenzaron a caer.

—Joder —susurró él. No obstante, se quitó la chaqueta y se la colocó sobre los hombros—. De acuerdo. Te acompañaré hasta los límites del bosque. Todos se habrán puesto a cubierto, pero hay ventanas por todas partes, así que... Ten cuidado. Y, por lo que más queráis, no volváis juntos.

Niamh se apretó las solapas contra el cuello.

—Mil gracias, Sinclair.

Él asintió y, mientras tomaba la que, con toda probabilidad, iba a ser la peor decisión de su vida, se quedó justo detrás de ella.

Al fijarse en las nubes negras que segmentaban el cielo, no pudo evitar pensar que parecían un mal agüero con todas las letras. La lluvia caía sin parar y le pegaba el pelo al rostro. Sabía que, en cuestión de minutos, tanto la chaqueta de Sinclair como su vestido estarían empapados. Por no hablar de que los dedos se le habían puesto ya blancos por el frío y había dejado de sentirlos; ni siquiera en ese momento podían los síntomas darle un respiro.

Tras las lindes del bosque, la vegetación de los terrenos de Woodville Hall comenzaba a tornarse salvaje y desenfrenada. Lo primero que encontró fue un campo de lavanda que se agitaba bajo las repentinas sacudidas del viento. Se arremangó las faldas y comenzó a atravesarlo. Con cada pisada, el aroma a flores y petricor emanaba de la tierra y, a medida que se acercaba a la puerta de acero revestido de la cerca, sus zapatos fueron hundiéndose en el lodo. El cerrojo estaba oxidado y chirrió al tratar de abrirlo de un empujón, así que decidió golpearlo con todo su peso. De lo cual se arrepintió en cuanto el dolor le palpitó en la cadera.

Tendría que trepar por ella, entonces.

Tomó una bocanada de aire y alzó los brazos para buscar algún hueco en el que aferrarse entre las decoraciones de metal. Los dedos se le resintieron al cerrarlos y cada una de sus articulaciones protestó cuando, tras emplear toda su fuerza, se dio impulso hacia arriba. Los remates puntiagudos se le clavaron en la tripa y se le quedaron enganchados en las ropas unos instantes. Para cuando logró bajar por el otro lado y desplomarse sobre el suelo, la parte delantera de su vestido era un rebujo color naranja que, además, se manchó de barro.

Se alzó como pudo y entrecerró los ojos para poder ver entre las sombras. Le dio la sensación de que, quizás en el pasado, debía de haber habido un jardín allí, pero en aquel momento todo era maleza descontrolada y tierra oscura, fragante y viva. Desde las macetas de piedra se desparramaban pétalos de tréboles púrpura sin ton ni son, y cientos de dientes de león nacían de entre las grietas de la roca, aunque eran las hojas de menta las que, avariciosas, se habían encargado de ocupar la mayor parte de la propiedad. Tenía que haber sido un sitio maravilloso cuando había alguien encargado de él y, aun así, que hubiesen sido capaces de permanecer allí, testarudas y obstinadas, a pesar del abandono, seguía pareciéndole increíble en cierta manera.

A medida que avanzaba, sentía cómo las raíces se le enganchaban a los bajos de la falda y cómo intentaban atraparla por los tobillos; incluso una fina enredadera le rodeó la muñeca, despacio, casi como si le apenara tener que hacerlo. Las plantas trataban de detener su avance, pero eran tan finas que no le supuso ningún esfuerzo ir soltándose. Era obvio que Kit no quería que lo encontraran.

Casi podía sentirlo a través de ellas, sin necesidad de ver el resplandor dorado que siempre danzaba sobre las hojas y sus nervios cuando usaba su poder.

Estaba cansada, tiritaba de frío y le costaba ver con claridad a su alrededor, pero se negaba a dejarlo solo.

—¡Kit! —lo llamó, pero el rugido de la tormenta se tragó su voz.

Continuó caminando bajo la sombra de varios manzanos retorcidos y atravesó varios huertos de los que no quedaba ni el recuerdo, y solo entonces, después de un tramo en el que los árboles comenzaban a volverse cada vez más delgados, alcanzó a ver la figura en mitad de la nada. Era él.

Parecía a punto de quebrarse. El agua de la lluvia creaba trazos plateados en su cuerpo, y su chaqueta y la corbata reposaban en el barro, a varios metros de distancia. Tenía la camisa tan empapada que se le trasparentaba.

Niamh, chapoteando en la tierra, apretó el paso en su dirección.

—¿Kit?

Él ni siquiera alzó la vista.

—Vete de aquí.

No obstante, ella siguió avanzando poco a poco.

—Sé que ahora mismo lo que menos deseas es verme, pero…

Se detuvo en cuanto se giró hacia ella. El pelo húmedo le caía por el rostro y afilaba sus rasgos, y sus ojos, en esa distancia manchada por la lluvia, centelleaban en dorado.

—He dicho que te vayas.

Toda una muralla de espinas emergió del suelo y lo rodeó por completo.

Niamh consiguió contener un gemido mientras retrocedía y, solo por suerte del destino, consiguió mantenerse estable. No obstante, antes siquiera de que pudiera procesar lo que estaba ocurriendo, varias ramas de escaramujo repletas de flores y frutos rojos se esparcieron alrededor del cuerpo de Kit. El agua caía de ellas como si se tratase de gotas de sangre divina.

Sintió cómo el pulso se le aceleraba. Lo notó en los antebrazos, en la punta de cada dedo. Jamás en su vida había visto una magia tan poderosa como aquella; tanto que no resultaba difícil creer que los Justos hubieran regresado, que volverían a vivir entre los humanos. Era terrible y hermoso al mismo tiempo.

Las espinas y las rosas salvajes le habían conformado un refugio; era como una perla escondida en su caracola. Los hombros le temblaban y, cuando sus ojos se cruzaron con los de Niamh, supo que se encontraba en dos sitios distintos al mismo tiempo: allí y muy lejos. La simple imagen se encargó de devolverla a la realidad.

No era un dios. Tampoco un príncipe.

Parecía un chiquillo aterrorizado.

Se dio cuenta de que las ramas, que iban apretando más y más su cuerpo a cada segundo, le abrían la piel. Y su sangre, tan dorada como la luz del sol, le manchaba la camisa.

—Déjame entrar —le ordenó, tratando de darle a su tono toda la seriedad que pudo convocar—. ¡Ahora!

Sin embargo, él ni siquiera parecía reconocerla. Sus ojos seguían brillando al igual que un faro en el bosque en mitad de la noche.

—No puedo.

—¿Cómo que no puedes?

—No puedo controlarlo.

Las espinas se comprimieron de nuevo. De pronto, una rama lanzó un golpe en dirección a Niamh, que, en aquella ocasión, fue incapaz de contener un gritito y, al retroceder, acabó cayendo contra el barro. La salpicó por todas partes y el golpe rebotó contra sus hombros.

Desde que tenía memoria, habían sido sus emociones las que habían controlado sus poderes; ser capaz de acceder a ellos había sido siempre cuestión de *sentir*. Al igual que parecía ocurrirle a él. No obstante, a ella jamás le habían hecho daño. La magia nunca había ignorado su llamada; ni siquiera cuando estaba triste, ni siquiera cuando estaba enfadada. La había sentido como una luz que emanaba de su interior como si fueran pétalos en mitad de la tormenta.

Para él, sin embargo, parecía ser todo lo contrario.

Una vez que consigues arrancarle todas las espinas, no resulta ser tan terrible.

Niamh ya se había percatado de eso hacía tiempo; la rabia que tenía, la forma en la que se dirigía al mundo, no eran más que las armas y el escudo que cargaban su propio miedo.

—Por favor, Kit. —Se irguió hasta ponerse de rodillas junto al límite de la maleza—. Escúchame.

—¿Para qué? —dejó escapar con la voz rasgada. Una nueva rama atravesó la tierra y se enganchó con fuerza a su brazo. Se hizo un ovillo—. Lo único que sé hacer es arruinar la vida de los demás.

—¡Claro que no! —Apretó la mandíbula—. Lo que ha dicho antes tu hermano… Solo estaba enfadado. Estaba tratando de hacerte daño. No significa que tengas que castigarte a ti mismo, y mucho menos que debas alejar a todo el mundo de ti. —Lo único que recibió como respuesta fue el silencio. Así que insistió—: No es justo que te obligues a soportar esto solo. Por favor.

Poco a poco, la coraza comenzó a desprenderse de su cuerpo, capa por capa, y sus ojos fueron tomando su tono ámbar. Aun así, seguían siendo lo más brillante que había visto en su vida y, por primera vez desde que lo había encontrado, se fijó en ella. Y la vio de verdad.

El reconocimiento le cubrió las pupilas.

—Tú.

—Kit. —En cuanto hizo ademán de ponerse en pie, el cansancio amenazó con lanzarla de regreso al suelo. Aun así, a pesar de las sombras que nublaron los límites de su visión, lo hizo. Aunque decidió que no volvería a quedarse despierta toda la noche—. Todo va a ir bien.

Sorprendido, separó los labios.

—Niamh…

De pronto, las piernas le fallaron. Era como si no se encontrara allí, como si flotara en el aire, justo encima de los dos, y su centro de gravedad la abandonó de inmediato; igual de rápido que un corte en la yugular.

—¡Niamh!

Antes de que su cuerpo encontrara el suelo, cayó contra algo sólido. Contra él. Su cabeza encontró el hueco entre su hombro y su cuello y, pese a que una parte de sí misma fue sacudida por una oleada de vergüenza, se sentía cómoda entre sus brazos. Era extraño pero cálido.

—¿Estás herida? —Lo último que vio, antes de verse sumida en la oscuridad, fueron sus ojos, el terror que los devoraba mientras se percataba de que su mayor debilidad no se encontraba en su interior, sino justo delante de él—. Respóndeme. Por favor. ¿Te he hecho…?

16

*C*uando volvió a abrir los ojos, se encontraba en un sitio cubierto. Y cálido.

La lluvia tamborileaba contra el techo, dibujaba carriles en las ventanas y brillaba a la luz de la vela que reposaba en su mesilla de noche. Habían encendido también el fuego de la chimenea y le llegaba el aroma de la madera quemada mientras, en el techo, un tramo de sombras se agitaba muy despacio. Estaba tan a gusto que, por un segundo, pensó en dormirse de nuevo, pero, de pronto, recordó todo.

Kit.

Niamh se deshizo de la sábana de lana con la que la habían cubierto y se forzó a sentarse recta; se arrepintió de inmediato. Le dolía la cabeza. Le dolía *todo*. Era como si le hubieran arrancado el interior del pecho, como si de pronto fuera un pozo demasiado hondo. No recordaba la última vez que se había sentido así, aunque, si la memoria no le fallaba, estimaba que no sería capaz de salir de la cama hasta dentro de dos o tres días. Tendría que vivir como una de esas damas encerradas en una torre y contemplar cómo la vida pasaba ante sus ojos a través del fragmento de un espejo.

Y solo quedaban dos semanas para la boda.

Cada segundo que permaneciera atrapada sobre el colchón, en su propio cuerpo traicionero, era un segundo que jamás podría recuperar.

Notó el ardor de las lágrimas y casi agradeció estar así de exhausta, porque no iba a ser capaz de acercarse al espejo para saber cuánta cantidad de pelo se le había vuelto plateado.

No estás enferma hasta que lo estés, se recordó. Y, aun así, cada vez le costaba más convencerse a sí misma de que estaba bien. Deseó, una vez más, no haberse presionado tanto.

Deseó no tener que preocuparse por haberse presionado.

De pronto, el eco de varias voces atravesó la rendija de la puerta. Se trataba de dos personas que hablaban en susurros. Parecían alteradas por alguna razón.

Contuvo el aliento y descubrió que, así, alcanzaba a adivinar más o menos lo que estaban diciendo:

—... hará será empeorar las cosas. —Era Miriam—. Váyase a dormir. Estará bien.

—Déjame verla, al menos.

El corazón le dio un vuelco.

Habría reconocido la voz de Kit en cualquier parte.

Después de eso, escuchó el sonido amortiguado de unas pisadas y, a continuación, el leve repiqueteo de las bisagras de la puerta.

—¿No le parece que ya ha hecho suficiente por hoy? —De nuevo, hubo más murmullos hasta que por fin, con desgana, Miriam cedió—: Como desee, Alteza. Volveré a comprobar cómo se encuentra.

El pomo de la puerta se accionó.

Oh, no.

Si la encontraba despierta, sabría que había estado husmeando.

Se removió para recuperar la sábana; no obstante, ya era demasiado tarde: la puerta se abrió y Miriam apareció bajo el marco. Durante un segundo le pareció que estaba exasperada; el tiempo que su boca tardó en conformar una *mueca* de sorpresa. Echó un vistazo por encima del hombro antes de cerrar la puerta tras de sí.

—Estás despierta.

—Acabo de despertarme.

Tras su respuesta, la examinó con una mirada que, de pronto, no supo describir.

—¿Cómo te encuentras?

—Bien.

Puso una mueca de dolor antes siquiera de terminar de pronunciarlo.

—No hace falta que te hagas la dura. —Su tono fue severo—. No quiero sonar demasiado invasiva, aunque tampoco puedo evitarlo; es la sanadora que vive en mi interior. Pero tienes que descansar. No es la primera vez que trato a gente que padece lo mismo que tú.

—¿En serio?

Supuso que tenía sentido, en realidad, que no fuera la única en el mundo, aunque jamás se había parado a pensar que tal vez se tratara de algo común.

—¿Algún otro miembro de tu familia ha presentado los mismos síntomas? —Niamh asintió—. Entonces, sí. Hay ciertas enfermedades que se trasmiten de generación en generación. Estos síntomas en concreto suelen darse en familias que cuentan con sangre mágica, aunque no se debe necesariamente a que ambas cosas estén conectadas; se debe a que el estrés los empeora, y el uso de magia puede llegar a ser bastante exigente para el cuerpo. Por desgracia, no se ha descubierto la cura de la enfermedad todavía, pero recibir el trato de un buen médico puede ayudarte a controlarla.

Los pensamientos habían comenzado a darle vueltas en la cabeza. No tenía tiempo para ponerse a buscar a nadie. Y, además, hasta que no hubiera acabado con su trabajo allí y se hubiese asegurado de que su familia tenía un lugar seguro, no podía permitirse frenar, y mucho menos pensar, ni aunque fuera durante un segundo, que tal vez podía llegar a tener una vida más larga o menos dolorosa de lo que siempre había creído.

—Perdóname —susurró entonces Miriam; debía de haber notado que se estaba agobiando—. Imagino que no es lo más agradable de escuchar cuando acabas de despertarte. En fin, el príncipe se encuentra fuera. Quiere verte.

—¿A mí?

—Fue él quien te trajo de vuelta a la mansión.

—¿*Qué*?

De todas las cosas que podría haberle dicho, aquella era la que menos se hubiera podido llegar a imaginar. Durante lo que pareció un siglo, fue incapaz de procesarlo. Ni siquiera conseguía visualizar la imagen en su cabeza.

Si había algún adjetivo para describir a Kit Carmine, no habría sido en absoluto «galante», aunque, en realidad, si se paraba a pensarlo, ¿quién, si no, podría haber sido? De pronto lo recordó: cómo la oscuridad había comenzado a adueñarse de su visión, la preocupación en sus ojos ambarinos, la sensación de estar a salvo entre sus brazos. Apartó el pensamiento de inmediato.

—Mmm —dijo Miriam—. Fue bastante impresionante, la verdad. Apareció en mitad de la tormenta, con los ojos desorbitados. —Ella misma abrió los suyos, como para darle más efecto—. Parecía un fantasma. Y tú, una muñeca de trapo; al principio pensé que estabas muerta. Me llevó un rato convencerlo para que te soltara.

A partir de entonces, no le costó nada en absoluto rellenar los huecos. Pensar en él, llevándola a pulso todo el camino de vuelta, completamente flácida entre sus brazos y chorreando... Era demasiado. Se sentía humillada. Nunca jamás sería capaz de volver a mirarlo a los ojos. Kit se lo recordaría de por vida.

No obstante, en cuanto el verdadero significado de lo que había hecho hizo mella en su estómago, el pánico la envolvió.

¿En qué narices había estado pensando? ¿Cómo se había atrevido a hacer algo así en público? Sinclair ya le había advertido. Además, sabía que era imposible que fuera ella la única que los había visto emerger de entre la niebla y la lluvia como si de una aparición se tratasen.

Había una pregunta más que le ardía en la garganta. Una que no se sentía capaz de pronunciar en voz alta. Pero, aun así, tenía que saberlo:

—¿Nos vio la infanta?

—No —respondió, rápida—. Gracias al cielo.

—Pero no tardará mucho en enterarse, estoy segura. Si lo viste tú, cualquiera podría haberlo hecho. —Se cubrió el rostro con las manos—. Oh, no… Qué desastre. Voy a tener que irme de Avaland. Necesito…

—Espera, espera. No nos precipitemos. —Miriam se dejó caer en el borde de la cama y le apretó el brazo en un intento por calmarla—. Puede que no lo parezca, pero Rosa es una persona muy comprensiva. Si surge el tema, se lo explicaré. Al fin y al cabo, el príncipe solo estaba sacándote del bosque. Nada más. ¿No?

—Sí.

—Genial. En fin…, sigue en el pasillo. Y me da la sensación de que ha tenido que abrir ya un hueco en los tablones del suelo por estar yendo de un lado a otro. Así que ¿quieres que lo eche? Me *encantaría* echarlo. Apesta desde aquí; fuma como un carretero cuando se estresa.

—No. Dile que entre.

Miriam suspiró.

—De acuerdo. Dame un segundo.

Desapareció bajo el umbral e intercambió un par de frases amortiguadas con él antes de que la puerta volviera a abrirse de nuevo con tanta fuerza que se golpeó contra la pared. Kit la cerró a su espalda con un pie y se encaminó hacia ella con los hombros cuadrados y pura determinación. Aún llevaba la ropa húmeda y cubierta de barro. El pelo le caía por los hombros y se le rizaba un tanto en las puntas; jamás se había fijado en lo largo que lo tenía en realidad.

Y sus ojos…

Estaban justo como Miriam había dicho; parecían arder con el mismísimo fuego de la chimenea. Un centenar de emociones le atravesaron el rostro al mismo tiempo, tan rápido que Niamh fue incapaz de desentrañarlas todas antes de que acabaran desembocando en enfado.

—Hola —comenzó ella.

—¿Se puede saber en qué estabas pensando, pedazo de idiota?

Lo único que fue capaz de hacer fue quedarse mirándolo con la boca abierta durante un rato eterno. Aunque, después, la indignación se encargó de arrasar con todo.

—¿Que en qué estaba pensando *yo*? Por los dioses, eres tan… ¡Argh! Aunque, en realidad, ¿qué esperaba? Si eso es todo lo que has venido a decirme, ya puedes ir saliendo por la puerta.

—Me has seguido. Bajo la tormenta. —Cada una de sus palabras, afiladas como cuchillos, era una acusación—. Y, de pronto, te desmayas. Sabía que eras patosa, pero nunca he visto nada igual. ¿Te desplomas como un árbol así porque sí? No me entra en la cabeza.

—Es por… —La garganta se le cerró. No. No quería contárselo; no podría soportar que le tuviera lástima—. Estaba cansada. Eso es todo.

—¿Y entonces por qué lo has hecho? —El pelo le cayó contra el rostro. Se lo apartó con una mano—. Tendencias suicidas. No se me ocurre otra explicación.

—¡Oh, sí! ¡Es justo eso! —Ahora era la vergüenza la que la punzaba por dentro. Y se sentía una idiota. ¿Cómo había podido desarrollar el más mínimo sentimiento hacia él?—. Pues, para que lo sepas, estaba preocupada por ti.

—¿Preocupada por mí? Estoy perfectamente.

—No, no lo estás. Lo que he visto no era estar bien, Kit.

La tensión entre los dos podría haberse cortado con un cuchillo, pero en ese momento Niamh pudo ver, con toda claridad, cómo se derrumbaban sus murallas. Cuando él volvió a hablar, lo hizo a toda velocidad, como si fuera a perder la cabeza si se detenía un segundo siquiera:

—¿Y qué hay de ti, entonces? Eres tú quien podría haber muerto de frío. O por tropezarse y caer contra una roca. Por no hablar de que estás continuamente metiéndote donde no te llaman y sobreexplotándote a ti misma. —Hizo una pausa y añadió—: Aunque no es que sea asunto mío.

Era un mentiroso. Un mentiroso terrible.

Era capaz de leer lo que estaba tratando de esconder, y estaba segura de que no se había imaginado la forma en la que la había mirado antes, en el jardín. Con miedo y algo más. Algo que… No. Era mejor que no pensara en ello.

Solo le haría más daño.

Incisiva, dijo:

—Ya. ¿Y entonces cómo es que estás tan pendiente de lo que hago?

—No estoy pendiente. Te lo acabo de decir. No me importa lo que hagas.

—¡No puedes hacer esto! —exclamó—. ¡No puedes cargar conmigo en mitad de una tormenta y después decir que no te importo! ¡No tiene sentido!

—Pues para mí sí.

De primeras, tuvo el impulso de quejarse de nuevo.

Alzó las manos. Él, sin embargo, ni siquiera parpadeó; se mantuvo rígido como una piedra y parecía… ¿Ruborizado? Debía de ser por el frío. O por el enfado. No lo sabía y no le importaba. Estaba harta de él; de que fuera la única persona en el mundo capaz de arrancarle esos impulsos tan infantiles.

—Pues entonces a mí tampoco me importas. Aunque sí hay una razón por la que ha pasado lo que ha pasado.

—Ah, ¿sí? ¿Cuál?

Incluso bajo la luz de las velas, sus pupilas parecían pozos negros. De pronto, la estancia le pareció demasiado pequeña y le latía el corazón demasiado fuerte.

—Es porque… —Dudó durante un instante más antes de terminar de sucumbir. En realidad, tampoco era un secreto, ¿no? Y ni siquiera creía que Kit fuera de los que solían sentir lástima. Se enrolló varios mechones de pelo blanco en un dedo antes de continuar—: Es porque me estoy muriendo.

En cuanto lo pronunció, su expresión se congeló.

—¿Cómo que te mueres?

—Tengo una enfermedad y no tiene cura, así que tarde o temprano me moriré. Supongo que, en parte, tenías razón. —Entrelazó las manos en el regazo—. Estoy esforzándome demasiado. Y sé que tendría que haber tenido más cuidado, pero, al mismo tiempo, no puedo permitirme otra cosa; todo depende de mi trabajo. De que lo haga bien.

—Tu familia.

—Eso es. —Cerró los ojos—. Mi abuela y yo somos las últimas O'Conchobhair con un don y, si no soy capaz de cumplir con esto… Significaría que el fin de cientos de años de linaje lo pondría una niñata tonta que echó a perder la oportunidad de su vida. No lo soportaría. Todos sus sacrificios serían en vano.

—Por supuesto que no. —Cada una de sus palabras estaban revestidas de enfado. Aunque no era hacia ella, sino *por* ella. La forma en que la miraba le recordó a cómo lo había hecho en el jardín. Como si necesitara protegerla—. A pesar de todo lo que has tenido que pasar, sigues aquí. No tienen derecho a pedirte nada más.

¿No?

De repente, tanto que se descubrió incapaz de detenerlo, su respiración dio paso a unos sollozos irregulares y temblorosos y las lágrimas comenzaron a descender por sus mejillas. No obstante, por alguna razón, apenas le importó estar llorando como un bebé delante de él. Otra vez.

—Claro que lo tienen. Simplemente existir no sirve de nada. Tengo que ser perfecta. Y nunca he sido perfecta. Jamás.

Gran parte de la intensidad de la mirada del príncipe había desaparecido y se había convertido en una especie de mezcla entre sorpresa y abatimiento.

—¿Por qué estás llorando?

—Porque me he esforzado al máximo, pero, aun así, tengo que dar más de mí para conseguir llegar hasta el final. Sé que puedo hacerlo.

—¿Estás escuchando lo que dices? No puedes hacer eso. No puedes dar más de lo que tienes.

—Sí. Puedo. —Sin darse cuenta, él le había abierto una herida que no había llegado a cicatrizar y todas las emociones que había mantenido encerradas bajo llave escaparon al exterior—. Pero tengo miedo, Kit. Tengo miedo a fallar y que no haya importado en absoluto lo que ya he tenido que pasar. Tengo miedo a decepcionar a todo el mundo. Y, en el fondo, sé que solo soy una egoísta, una egoísta horrible y sin remedio, porque me aterra morir sin haberme permitido tener una vida.

Fue una confesión, pero al mismo tiempo tuvo que pronunciarlo en voz alta para percatarse de que era cierto. Allí, en mitad de la oscuridad de Woodville Hall, se estaba permitiendo desear por primera vez. Lo bueno, lo malo y todo lo demás: cada brizna de vida y sus cientos de formas de romperte en mil pedazos; todo lo que nunca había imaginado que podría llegar a vivir.

Envejecer. Sentir pena. Enamorarse.

—Quizá sí eres egoísta —dijo Kit al cabo de un rato—. O quizás es simplemente que no sabes lo que quieres.

Un ramalazo de indignación la golpeó de lleno en el pecho.

Se cruzó de brazos.

—No hace falta que digas siempre lo que piensas; lo sabes, ¿verdad?

—Lo siento. No era eso lo que quería decir; es solo que… —Suspiró, frustrado—. La única felicidad que eres capaz de imaginar para las personas que te importan es la que viene a costa de ti; estás sufriendo casi a propósito. Ni te molestes en negarlo. Eres la persona más evidente y transparente que he conocido en mi vida.

Niamh dejó escapar una risa ahogada entre lágrimas.

—Ah, ¿sí?

—Al menos para mí. Tu forma de sonreír es igual que la de mi madre. Y tus ojos… —Se detuvo, como si se estuviera replanteando si terminar la frase. Con un tono más suave, continuó—: Olvídalo. Lo que quiero decir es que si tu familia te quiere de verdad, lo único que desearán es que seas feliz. Y serían idiotas si no son capaces de ver todo lo que has hecho por ellos o el talento que tienes. Así que… para. No tienes que seguir desgastándote. No tienes que seguir haciendo cosas por los demás sin tener en cuenta primero lo que necesitas tú. Todo eso que piensas que debes demostrar o ganarte está solo en tu cabeza. Tu existencia *sí* es suficiente por sí misma. Y si crees de verdad que no significas nada para nadie, entonces es que estás incluso más perdida de lo que pensaba.

Pero no sabía cómo ser capaz de creer en eso.

Y, sobre todo, no sabía cómo parar.

—Lo intentaré.

—Bien. Eso es todo lo que tenía que decir.

Se quedaron en silencio durante varios minutos hasta que Niamh, por fin, sintió que la respiración se le relajaba. Se sentía... horrible y, al mismo tiempo, por alguna razón, más ligera. Kit no la había tratado con delicadeza, aunque tampoco es lo que esperaba de él. Y, de alguna forma, le parecía hasta reconfortante que fuera tan directo; la obligaba a ser también honesta consigo misma.

Suponía que le debía lo mismo.

—¿Quieres hablar de lo que ha pasado antes?

—La verdad es que no.

—Es... lo justo.

Un poco a regañadientes, comenzó:

—Desde hace años, me cuesta controlar mis poderes; especialmente cuando me pasa algo. O estoy alterado. O cuando he bebido. De hecho, fue por eso que me enviaron a Helles.

—Oh.

Era evidente que le costaba hablar de ello; la sorprendía que hubiera accedido a contárselo. Aunque algo le decía que no quería recibir su compasión.

—Estar en esta casa, las palabras de mi hermano... Esas cosas hacen que la magia me saque de mí mismo. —Frunció el ceño—. Es difícil de explicar. Cuando pierdo el control, me siento como si estuviera en otro lugar; de regreso a un momento exacto, hace cuatro años. Y no quiero volver a hacer daño a nadie como ocurrió ahí.

—A mí no me hiciste daño. —Niamh dudó un instante—. Kit..., ¿qué fue lo que pasó hace cuatro años?

—De verdad no lo sabes.

Fue casi más una afirmación incrédula que una pregunta.

Y, sí, lo sabía, pero al mismo tiempo no. Hacía cuatro años que su madre había muerto, pero debía de haber algo más.

Algo que Jack era incapaz de tolerar. Algo que asustaba a Sinclair. Algo que a él lo avergonzaba más que nada en el mundo. Se preparó para que volviera a alzar la muralla —todas sus espinas— a su alrededor. Sin embargo, al cabo de un rato, dejó escapar un profundo suspiro y se sentó en el borde de su cama. El colchón chirrió bajo su peso.

—¿Qué sabes de mi madre?

—Solo lo que tú me has contado.

—Era una mujer complicada. —Con «complicada», entendió que quería decir «atormentada»—. Siempre me dio la sensación de que era incapaz de llegar a ella, como si viviese detrás de una pared de cristal. Y no fue hasta que la salud de mi padre comenzó a empeorar que, por fin, salió al exterior. Nunca antes la había visto tan feliz ni tan… viva. —Sus palabras estaban pintadas de amargura—. De pronto, comenzó a ir a todos los eventos de la temporada. Y, por supuesto, las columnas de cotilleos se enamoraron perdidamente de ella; examinaban sus movimientos al detalle, diseccionaban todas sus palabras y comentaban cada cosa que comía o llevaba puesta.

Se quedó callado unos segundos en los que Niamh llegó a pensar que había alcanzado su límite de vulnerabilidad. No obstante, para su sorpresa, tomó una bocanada de aire y continuó:

—Una noche, se marchó de un baile antes de que acabara. Era una noche oscura, de tormenta, como esta. Su carro volcó algo más allá de la puerta de entrada. —Dirigió la barbilla hacia la ventana—. Allí.

Un escalofrío la recorrió de arriba abajo mientras contemplaba la reja de hierro bañada por la lluvia.

—Yo era demasiado pequeño como para poder asistir al baile, así que me encontraba aquí. Escuché el golpe y pensé que era un trueno, pero cuando me acerqué para mirar, vi… —Cerró los ojos y su voz se impregnó de frustración—: No lo recuerdo exactamente. Ni siquiera recuerdo qué fue lo que la mató, a pesar de que me lo han dicho cientos de veces. No sé si fue que el caballo se cayó encima de ella o si fue que se golpeó la cabeza contra el suelo o… Soy incapaz de acordarme.

—Lo siento muchísimo, Kit. Es horrible.

—Si solo hubiera sido su muerte, habría sido capaz de sobrellevarlo. El problema fue lo de después. La prensa estaba desesperada por conocer todos los detalles. Eran como buitres, tanto ellos como el resto de la corte. Y jamás fui capaz de saciar su hambre. No podía dejar de pensar en lo que había ocurrido; no lo recordaba pero tampoco me permitían olvidarlo. Era como si se hubiera abierto un cráter enorme en mi vida y, de un día para otro, me descubrí incapaz de pasarlo por encima. Y me caí por él. Y una vez que caí ya no pude dejar de hacerlo ni de pensar hasta que, de pronto, me quedé completamente en blanco. Sentía que todo el mundo quería que mi duelo fuera diferente; parecían estar esperando a que colapsara del todo. Así que lo hice.

Niamh deseó poder hacer algo, decir algo, para conseguir que el dolor de sus recuerdos se disipara; no obstante, sabía que, en ocasiones, sangrar era la única forma de expulsar el veneno. Aun así, se echó hacia delante y le posó una mano en el brazo. Notó su pulso latir entre sus dedos. Él no se apartó.

—Fue una época horrible —continuó diciendo con una amargura que hizo que se le encogiera el corazón—. Mi hermano estaba todo el día encima de mí. Y no lo soportaba. Sinclair se esforzó al máximo por mantenerme a flote, pero de pronto comenzaron a correr los rumores sobre nosotros, y yo ya había mancillado tanto mi reputación que ni siquiera mi posición fue capaz de impedir que dijeran en voz alta lo que ya era de conocimiento público. A mí no me importaba lo que pudieran pensar de mí, pero él sabía lo que acabaría haciendo su padre si la voz se extendía lo suficiente.

—No tenían derecho a haceros eso. —Sentía que ardía de rabia. Le parecía horrible que algo así, nada más que un rumor impulsado por ese odio tan retrógrado, le hubiera quitado tanto a Sinclair—. ¿Qué pasó después?

—Al parecer, alguien hizo una insinuación sobre nosotros en otro baile justo cuando su padre pasaba por su lado. Yo me había pasado bebiendo y perdí la compostura. Y también el control de mis poderes. Sinclair trató de contenerme, pero yo estuve a punto de... Él casi... —Bufó—. Lo peor es que tampoco recuerdo qué fue lo que hice. Me enteré después, por la prensa.

No le hizo falta que se lo contara. El miedo que había visto en los ojos de Sinclair había sido más que suficiente. Por mucho que no hubiera sido intencionado, había acabado dejándole cicatrices. Y no todas debían de ser visibles.

Kit sacudió la cabeza y susurró:

—El muy idiota... Le encanta fingir que no le importa nada, pero no puede ser más leal.

—Te ha perdonado. —Apretó el amarre de sus dedos en torno a su muñeca—. Me dijo que te debía muchísimo.

—No. Soy yo quien le debe todo a él. Podría haberse alejado de mí cientos de veces antes. Y debería haberlo hecho; yo ya le estaba destrozando la vida mucho antes de esa noche, solo que era demasiado egoísta como para verlo. Después de eso, mi hermano me compró el primer pasaje a Helles que encontró. Estaba en todo su derecho. —Sus rasgos se afilaron—. Como también estaba en su derecho de decirme lo que me ha dicho antes: soy la mezcla de lo peor de nuestros padres. Estoy condenado a acabar completamente loco o muerto en una cuneta.

—Cielos, Kit —susurró ella, tratando de contener una nueva oleada de lágrimas—. Imagino lo duro que tiene que ser...

264

Sabía que lo que estaban haciendo era inadecuado y, aun así, para su sorpresa, él se inclinó hacia ella para apoyarle la cabeza en el hombro. Sin embargo, no parecía saber qué hacer con las manos; las dejó en su regazo, como si le diese miedo tocarla. Con cierta duda, Niamh le colocó una en la nuca y lo apretó contra sí. Se puso rígido de inmediato, pero fue relajándose poco a poco hasta que, al final, la rodeó con un brazo.

—Volví por él —continuó entonces, con un profundo suspiro—. Por Sinclair. Mi hermano me amenazó con suspender mi cuenta de ahorros si no accedía a casarme con Rosa.

—¿Cómo? —Dejó escapar el aliento—. ¿Entonces tú...? Eso es...

Kit se separó de inmediato. Y se llevó consigo toda su calidez.

—Ni se te ocurra contárselo. Te juro que como se...

—¡No voy a contárselo!

—Lo digo en serio. Si lo haces, no me lo perdonará jamás. Ya fue casi imposible conseguir que aceptara mi ayuda en un principio.

—No quiero empeorar la situación en la que estamos, así que voy a contenerme de recordarte que eres un buen hombre. —Hizo una pausa—. Y también que eres tú quien me ha dicho que no está bien que sufra a costa de los demás.

Él la contempló durante unos instantes.

—Tienes razón. Gracias.

—Aun así, te prometo que no voy a contárselo.

Pareció relajarse ante su reconfirmación. Una diminuta y egoísta parte de sí misma quería volver a atraerlo y apretarlo contra sí. Convencerlo para que aceptara más de una simple muestra de ternura y consuelo. Porque en ese secreto que le acababa de confesar había visto un atisbo de quien era en realidad. Aunque ¿acaso no lo sabía desde hacía ya tiempo?

Kit Carmine era igual que ella en lo que verdaderamente importaba.

—Aun así, creo que deberías saber que... —Niamh se aclaró la garganta; de pronto con cierta vergüenza—. Lo que dije el otro día era en serio. Nuestros destinos no están sellados. Nunca es demasiado tarde para vivir como deseas de verdad; no estás obligado a nada. Entiendo lo que es no querer decepcionar a los demás, pero tú también te mereces ser feliz. La vida es demasiado corta, y es *tuya*.

—Vaya hipócrita.

No sonaba a insulto genuino; lo pronunció como quien llamara a una mascota. Hizo que una bocanada de calor la recorriera de arriba abajo.

Y le sostuvo la mirada un segundo antes de comenzar a recorrer el resto de su cuerpo, como si estuviera tratando de memorizarla. Se detuvo en la curva de sus labios y ella no pudo evitar separarlos, nerviosa. En aquel momento no había nada ni nadie; solo estaban ellos dos. Sin expectativas, sin nada más que el deseo que veía reflejado en sus ojos.

Se sentía al borde de un abismo.

Algo en su rostro debía de haberlo hecho notar, porque de pronto Kit tensó los hombros. Hundió los dedos en su pelo suelto para apartárselo del rostro. Su roce ardió en contraste con su piel fría y supo, en lo más profundo de su ser, que iba a besarla. La cabeza le daba vueltas; se sentía en un sueño, entre las páginas de un cuento de hadas. Le parecía inconcebible que le hubieran permitido tener aquello que deseaba con tanta fuerza.

—¿Estás seguro? —dejó escapar—. Entiendo que, después de lo que ha pasado, te sientas cansado o...

—Cállate.

Y la besó.

Al principio, sus labios acariciaron los suyos con una dulzura imposible. Se colocó como pudo para recibirlo, aunque acabó hundiéndose en la pila de cojines que se acumulaba a su espalda mientras le recorría la mandíbula con la punta de los dedos. Sintió su aliento contra la boca. Y no hizo falta nada más.

Una especie de fuego líquido y puro le recorrió el cuerpo.

Los ojos de Kit, a medida que bebían de ella, se cubrieron de certeza. Y no pudo evitar pensar que quizás estaban destinados a acabar así desde la primera vez que le arrojó su rabia.

Cuando volvió a besarla, lo único que Niamh pudo pensar fue: *Por supuesto*. Aquella intensidad era él, era su esencia. Notó cómo deslizaba los dedos por su cuello y le alzaba la barbilla. Era inflexible y firme, como si su única fijación fuera acabar con cualquier tipo de pensamiento que pudiera llegar a surgir en su mente excepto: *más*. Y, en cuanto su lengua se abrió paso por su boca, se derritió por completo entre sus brazos.

Ninguno de ellos tenía ni una sola brizna de paciencia.

Kit se alzó sobre ella y apoyó una mano en su cintura mientras la atraía hacia sí. Niamh buscó los botones de bronce de su chaleco. Eran duros y estaban fríos, pero comenzó a deshacerse de ellos. Se dejó llevar por la bocanada de satisfacción que la recorrió al desatar por fin el último, y por la que vino después, a medida que dejaba que sus manos se abrieran paso bajo su camisa húmeda. Notó cómo los músculos se le ponían rígidos contra sus palmas y cómo se le entrecortaba la respiración.

Sabía a humo y olía a lluvia y madera mojada, y sintió que iba a perder la cabeza por lo bien que la hacía sentir, como si flotase en un mar de deleite y agotamiento.

—¿Estoy soñando?

—No lo sé —respondió él con voz ronca. Sus ojos centellearon—. Déjame besarte hasta al amanecer y supongo que lo
descubriremos.

Era posible que al día siguiente la realidad cayera sobre
ella, pero en aquel momento, en aquel lugar, con el eco rítmico de la lluvia y el susurro del fuego en la chimenea como
únicos testigos, fue incapaz de preocuparse. Ni mucho menos
de arrepentirse.

17

*N*iamh abrió los ojos en mitad de la oscuridad. La lluvia había amainado, pero el fuego de la chimenea se había reducido a cenizas y las velas estaban ya consumidas en sus soportes de metal. Se incorporó sobre la cama, despacio, y se llevó una mano a la cabeza. Le dolía y no sabía qué hora era. El cansancio le cubría la mirada como si se tratara de un velo, demasiado grueso para atravesarlo, y tenía tanta hambre que sentía que no había probado bocado en una década. Eso solo podía significar que se había pasado el día durmiendo.

Se puso en tensión, consciente de cómo el estómago se le apretaba en un nudo. No podía creérselo. Lo único que hacía era perder el tiempo y…

La voz de Kit se abrió paso entre sus recuerdos: «No tienes que seguir desgastándote. Todo eso que piensas que debes demostrar o ganarte está solo en tu cabeza».

Vale. Le había prometido que intentaría creerse eso, por imposible que pareciera. Y él luego la había besado.

Notó cómo las mariposas revoloteaban en su interior junto con una sensación efervescente que la recorrió de arriba abajo y que casi la mareó. Recordaba que le había preguntado si estaba soñando e, incluso en ese mismo instante, seguía sin asimilar que hubiera sido real. Kit le había entregado una parte de su corazón y, durante esas horas, en mitad de la bruma y la locura, la había convencido de que era lo bastante importante como para permitirse tener algo que le perteneciera.

De pronto, un sabor agridulce se posó sobre su lengua. Nunca había creído que podría llegar a sentirse así, que le desaparecería cada brizna de sentido común y que se vería consumida por la pasión, que la verían y desearían por quien era y nada más. Jamás había pensado que una joven como ella acabaría metida en ningún tipo de aventura desacertada y apasionada como esa; mucho menos con un príncipe.

Y sabía que no podía volver a ocurrir.

Aun así, al menos durante una noche, se había sentido despierta y viva de verdad, rodeada por un gozo tan ardiente como aquel. Decidió que guardaría el secreto consigo para siempre, que lo mantendría a buen recaudo, ardiente y brillante, entre las manos. Era suyo, solo suyo, y sería suficiente para mantenerla cálida durante el tiempo que le quedaba de vida. Tenía que hacerlo.

Por mucho que anhelara más, era consciente de que no podía interponerse en el camino de nadie. Tenía que acabar con el trabajo que le habían asignado y ahí quedaría todo.

Sentía el alma en carne viva, pero al menos estaba a salvo. Si de verdad alguien hubiera descubierto lo que había ocurrido, no se habría detenido ni un segundo para hacer..., bueno, lo que fuera que hicieran en Avaland con las mujeres que deseaban abarcar más de lo que marcaba su posición.

Con un gruñido, se dejó caer de espaldas sobre el colchón y se quedó mirando el techo. Y, sin darse cuenta apenas, sus dedos viajaron hasta sus labios. Estaban algo agrietados, aunque, si cerraba los ojos, casi creía sentir que Kit seguía junto a ella.

—¿Señorita?

Niamh dio un respingo.

Había una chiquilla en la puerta. A juzgar por la forma del uniforme que llevaba, era una criada, pero los colores pertenecían a otra familia.

No había escuchado que llamara a la puerta, aunque quizás era que había estado demasiado inmersa en sus pensamientos. Le daba la sensación de que estaba observando el mundo a través de un muro de cristal.

Dios. Tendría que seguir durmiendo.

—Oh —jadeó, sin embargo—. Hola.

—Siento molestarla, pero Su Alteza me ha pedido que le diga que se prepare. Su carruaje partirá en media hora.

¿Nos vamos ya? Sin embargo, en parte tenía sentido. Si no contaba con ningún miembro de su servicio, Jack no podría encargarse de los invitados. Debía de tener el orgullo muy herido.

Tuvo que hacer acopio de las únicas fuerzas que le quedaban para salir de la cama y comenzar a recoger. Una vez que todas sus cosas estuvieron bien guardadas y se las hubieron llevado, volvió a recorrer los pasillos de Woodville Hall, absorta, hasta que, por fin, se encontró ante la puerta principal y salió al exterior. Se dio de bruces con la luz de la luna, que acariciaba los charcos de agua de lluvia y barro al ritmo del sonido de los grillos. La brisa que se enganchó a los mechones sueltos de su cabello era fresca y dulce.

Se apoyó con los brazos cruzados sobre la balaustrada de granito, aun consciente de que, si agachaba la cabeza, podría quedarse dormida en el sitio.

En ese momento, alguien salió al porche.

—Señorita O'Connor.

Somnolienta, se volvió en dirección a la voz. El príncipe regente se había colocado justo a su lado, con los brazos cruzados a la espalda y la mirada fija en el horizonte. Incluso entre las sombras, sus ojos ambarinos brillaban; igual que los de Kit.

Una oleada de empatía se cernió sobre ella al contemplar su rostro demacrado y la rigidez de sus hombros; estaba siendo testigo del peso de los últimos cinco años. Sin un padre ni una madre que lo acompañaran, y con un hermano que se iba acercando a pasos agigantados hacia su propia ruina. Había perdido muchas cosas, pero estaba segura de que ni siquiera se había permitido un momento para llorar; se había limitado a tapar de inmediato todos los huecos que quedaban a su paso.

Al mirarla, frunció el ceño.

—La veo pálida. Mi hermano me ha dicho que se encontraba indispuesta.

—Así es. —No podía hablarle de su verdadera enfermedad, no fuera a ser que comenzara a creer que no era capaz de terminar con el encargo, así que, y pese a la forma en la que sentía que le temblaban las piernas, se acabó decantando por contarle una media verdad—: He debido de pillar frío con la lluvia.

—Esta vez, vamos a tener que compartir carruaje; no puedo enviarla de vuelta en el suyo. Aunque casi creo que será lo mejor. —Le ofreció una mano—. Si me permite…

—Es muy amable por su parte, señor, pero ya le he causado suficientes problemas.

—En absoluto. —Permitió que se apoyara en él a medida que avanzaban sobre el camino de piedra y comenzaban a dejar atrás la frondosidad salvaje de los jardines—. Quería disculparme por mi comportamiento de ayer.

En cuanto lo pronunció, Niamh estuvo a punto de tropezar con un canto algo suelto, aunque él la sostuvo de inmediato, con el rostro cubierto de alarma. Sus disculpas nunca dejaban de sorprenderla. Ni de parecerle menos extrañas.

—No tiene que disculparse conmigo, Alteza.

—Por supuesto que sí. —Se detuvo justo delante de la puerta del carruaje. El arco que conformaban sus cejas mostraba preocupación—. Se ha visto obligada a presenciar ya varias discusiones familiares.

—No hay nada que perdonar. Nadie tiene paciencia infinita. —Le dedicó una sonrisa—. Pero sí va a tener que disculparme a mí por preguntarle: ¿ha hablado con su hermano?

Las palabras abandonaron su boca sin permiso y se la cubrió con una mano. ¿Por qué narices era incapaz de tragarse sus preguntas impertinentes? Además su cansancio lo empeoraba todo.

Jack parpadeó, sorprendido.

—No —admitió—. Aunque creo que... —Se aclaró la garganta—. Es un buen consejo. Lo tendré en cuenta.

Le tendió una mano para ayudarla a subir. Sofia ya los estaba esperando en el interior y, algo más allá, girado con una postura rígida, se encontraba Kit.

El simple hecho de verlo ante ella hizo que el corazón comenzara a darle volteretas. Jamás en su vida había deseado tocar a alguien, hablar con alguien, con tanta desesperación. Sus ojos se encontraron en el reflejo del cristal. Todo el aire abandonó sus pulmones y el calor que vio en sus iris se encargó de acabar con hasta el más mínimo pensamiento. Había sido una estúpida al pensar en que podría conformarse con una sola noche a su lado.

Se escuchó tartamudear:

—A-Alteza.

Fue consciente del tono rojo que se extendía por su cuello.

—Señorita O'Connor.

Tuvo que obligarse a permanecer inmóvil. Jamás, desde que había llegado a Avaland, la había llamado así. Y, por alguna razón, el eco de la formalidad en su voz le gustó más de lo que sabía que debía hacerlo. Por no mencionar verlo ruborizado; en especial, tras lo atrevido que había sido mientras estaban juntos.

Justo entonces, Jack se aclaró la garganta.

No se había dado cuenta de que se había quedado a mitad de camino todo ese tiempo. Se apresuró a ocupar el sitio junto a Kit. Notó cómo los músculos se le tensaban al ser consciente de su cercanía y cómo cada centímetro que los separaba crujía por la tensión. No pudo evitar pensar en lo poco que le costaría colocar una mano sobre la suya, en lo mucho que deseaba compartir con él algo así, íntimo a la par que casual: entrelazar sus meñiques, apoyar la mejilla en su hombro, dejarse envolver por el peso de su brazo alrededor de los hombros. Pero estaba destinada a anhelar eternamente todo aquello que no podía tener.

Siguió su mirada al exterior, al otro lado de la ventana.

En cuestión de unos minutos, la hiedra que cubría la fachada de Woodvile Hall se perdió de vista tras los bordes de las colinas y sintió cierta pena al pensar en que no volvería a verla de nuevo. Se vieron sumidos en un silencio denso, solo quebrado por el rítmico bamboleo del carruaje. Mecida por él, apoyó la cabeza en el cristal. Los párpados se le cerraron.

—Kit —escuchó entonces que lo llamaba Jack—. No siento de verdad nada de lo que te dije ayer. Lo lamento de verdad.

Durante un rato, lo único que Niamh captó fue el repicar de las ruedas. Aunque, después, oyó cómo respondía a regañadientes:

—Yo también.

—En realidad —continuó su hermano—, me arrepiento de muchas cosas que he hecho. No me extraña que me odies.

—¿No hay otro momento para esto? —Kit suspiró. Y, después, cada una de sus palabras se fueron haciendo más y más lejanas a medida que el cansancio guiaba a Niamh de regreso a la oscuridad—. No te odio, pero más te vale tener una buena explicación para todo lo que ha pasado.

Se había vuelto loca. Y la culpa era de Kit.

Era incapaz de encontrar ninguna otra explicación razonable. Desde aquel día en el jardín, apenas había podido pensar en otra cosa que no fuera en él. De hecho, en ese mismo instante, mientras se encontraba bordando, sentada en una silla, lo único que era capaz de impregnar en la tela de la capa nupcial era su frustración y su deseo. Perfecto para la ocasión, desde luego.

La cercanía de la boda pendía sobre ella como si se tratara de la guadaña de un verdugo; llevaba así desde hacía ya una semana, desde que Jack había decidido mantener alejado a su hermano del palacio para ultimar los detalles. Niamh había tratado de que su ausencia no la afectara; sabía que lo mejor era que no se vieran, en especial tras lo ocurrido en el viaje de regreso.

No le haría ningún bien saberle cerca.

Solo dejó de coser cuando una criada llegó para traerle un té, sus cartas y la prensa de la mañana. Se sirvió un par de cucharadas de azúcar a medida que iba pasando las páginas de las columnas de cotilleos; aún nadie había escrito nada sobre ellos. Parecía que de verdad podía llegar a ser un secreto suyo y de nadie más; se lo imaginaba como una diminuta esfera de luz que podía atrapar con la mano.

Para sorpresa de absolutamente nadie, Lovelace estaba hablando del panorama político de Sootham: de que la congregación de Carlile permanecía en Eye Park y de que el número de protestantes no hacía más que aumentar con el paso de los días. Durante el tiempo que habían permanecido fuera, se habían dedicado a bloquear las rutas para los caballos, a cantar a voz en grito y a dar un discurso tras otro. Ahora que se encontraban de vuelta, Jack había ordenado a la Guardia Real que se desplegara para *controlar* la situación.

Y lo cierto era que Niamh se sentía incómoda. Sí, no estaban empleando la fuerza contra ellos, ya que no estaban haciendo nada ilegal ni violento. Sin embargo, se imaginaba la posibilidad de que ocurriera y le ardía en el pecho; se imaginaba a la caballería real atravesando la muchedumbre, con las palmas de las manos envueltas en halos de magia y con los sables desenvainados; los gritos y el sonido de los disparos al atravesar la noche. Y la sangre de su pueblo manchando las calles de rojo y dorado.

Apartó la columna de inmediato, mareada.

Por suerte, no tardó en encontrar una carta al fondo de la pila. Era de Erin. La sostuvo ante sus ojos y dejó escapar un «oh».

La emoción se encargó de opacar el malestar. Casi había olvidado que le había escrito hacía ya varias semanas. En cuanto abrió el sobre, se alegró de comprobar que su amiga había sido tan generosa con sus palabras como siempre. Dedicaba varios párrafos para cada uno de los miembros de su familia (los nueve perfectamente sanos, gracias a los dioses) y para contarle cómo se sentía tras haber vuelto a Machland («aburrida como una ostra») antes de responder, por fin, a sus preguntas:

Y, ¡ay! ¡Tienes que contarme todo lo que andas haciendo en el palacio y todos los detalles sobre la boda y sobre el príncipe y la infanta! He oído que él es un tanto… complicado. ¿Es cierto?

Me da muchísima pena que no hayamos podido coincidir. Me habría encantado trabajar contigo, pero no podía seguir en el palacio. Espero que a ti sí te estén tratando bien, Niamh. Era un buen trabajo, y estaba rodeada de gente maravillosa, pero fueron atrasándonos los pagos durante meses, cada vez más y más, hasta que simplemente dejaron de dárnoslos. Al principio pensaba que era culpa del ama de llaves, la señora Knight. ¡Qué mujer más horrible! Nos trataba de pena a nosotros y, al príncipe regente, como si fuera un perrito al que proteger. Pero bueno, me enteré de que hay muchísimos criados en Avaland que han pasado por lo mismo. Yo no sé muy bien qué pensar al respecto; quizás es que simplemente el príncipe es mala persona y ya.

Aun así, me siento orgullosa de que varios de los que nos hemos marchado hayamos abierto los ojos. El trato que nos daban allí era terrible y me alegra ver que, al menos, nos levantamos contra ello. De hecho, incluso llegué a plantearme unirme a las protestas, pero la verdad es que tenía ganas de volver a casa después de casi dos años. Todos te mandan recuerdos, por cierto. Lo que además me recuerda…

O sea que Jack no estaba pagando a los miembros del servicio.

Sabía que en realidad no debía sorprenderse; su propio pago había llegado con retraso y, aunque él se había mostrado arrepentido, era obvio que debía de ser consciente de ello: era el encargado de contratar a sus criados, de planificar los eventos y de llevar constancia de cada gasto. Lo controlaba todo.

Quizás Erin tenía razón: era mala persona, tal y como su padre.

Sin embargo, sabía que no podía resumirse en eso. A pesar de su mal genio, jamás lo había visto como alguien cruel; puede que no fuera el mejor marido y que su forma de gobernar fuera ignorar todo lo que sucedía en el exterior, sí, pero lo que realmente le importaba era su reputación. Si se extendiera la voz de que trataba al servicio así, le supondría una deshonra de primer orden. Estaba segura de que, si estuviera en su poder arreglarlo, ya lo habría hecho.

«No puedo hacer absolutamente nada por esa gente», le había dicho. Y Kit pensaba que no habría intentado traerlo de vuelta si no se hubiera sentido *tan desesperado*. Entonces, todo apuntaba a que ocultaba algo. Tanto su hermano como Lovelace lo sospechaban. Aun así, no podía tratarse solo de un problema de mala gestión; era demasiado banal.

Le dolía la cabeza de pensar. Deseaba tener la capacidad de ser buena con la estrategia, ser más lista o servir para algo que no fuera solo coser.

De pronto, escuchó unos golpecitos en la puerta.

El día anterior, Sinclair le había propuesto dar un paseo por los jardines esa mañana; llegaba un poco antes de lo que esperaba, pero salir a tomar un poco de aire sonaba el triple de mejor que quedarse ahondando en sus preocupaciones.

Atravesó la habitación y abrió la puerta.

—Pensaba que no vendrías hasta... ¡Ah! —exclamó—. ¡Kit!

—¿Esperabas a alguien más? —Cierta diversión centelleaba en sus pupilas—. ¿A quién tengo que retar a un duelo?

Durante un par de latidos, lo único que Niamh pudo hacer fue quedarse mirándolo, y cientos de preguntas, afirmaciones —ridículas y locas— y dudas se abrieron paso en su cabeza.

Quizá sí fue un sueño, al fin y al cabo.

¿Tú también sientes lo mismo que yo cuando te miro?

No deberíamos repetir lo que pasó, ¿verdad que no?

Pero, en su lugar, solo pudo convocar un:

—Pasa. Deprisa. —Lo atrajo hacia el interior y la puerta se cerró con fuerza a sus espaldas—. ¿Qué estás haciendo aquí?

Él ya no la miraba.

—No lo sé.

Una vez más, sus instintos infantiles la quemaron por dentro. Deseó estrangularlo. La otra noche la había besado como si pretendiera que olvidara todo cuanto conocía y la había dejado hecha un barullo confuso, ruborizado y enganchado a su recuerdo. Como una tonta. ¿Y lo que acababa recibiendo era un «no lo sé»?

¿Cómo podía ser tan predecible? Y, sobre todo, ¿por qué aun así seguía echándole de menos? Puso los brazos como jarras y se obligó a fijar la vista en él.

—¿Que no lo sabes?

—No lo he pensado —replicó, a la defensiva—. Me gusta estar contigo. Me gustas tú. Y no tenía nada planeado para esta mañana, así que aquí estoy.

Me gustas tú.

Lo había dejado caer como si no fuera más que una verdad inmutable, otra ley universal. Le recordó a aquella vez en la que le había dicho que hablaría con ella porque quería y que no importaban los demás.

Pero era mucho más difícil que eso; no podía hacerlo.

—Pero tú… Yo… —Su mente iba demasiado rápido; era incapaz de formar un solo pensamiento coherente—. Creo que deberíamos mantener distancia entre los dos. No queda nada para el día de la boda y es muy poco probable que vayamos a volver a vernos después de ella. Lo mejor será que nos mantengamos alejados. Como si siguiéramos siendo desconocidos.

Sin riesgo. Sin sufrimiento.

Kit pareció considerarlo. Después dio un paso hacia ella, y luego otro y otro, hasta que por fin su sombra se cernió sobre ella y pudo sentir la calidez que emanaba de su cuerpo. La chispa en su mirada, una cargada de reto, fue la culpable de que el pulso se le acelerara.

—¿Eso es lo que quieres?

Ella parpadeó, perpleja. No se trataba de qué era lo que quería.

—No...

Y pretendía haber añadido un «pero». De hecho, llegó a hacerlo. Sin embargo, la forma en que él la miraba, embelesado, como si se encontrara bajo los efectos de un encantamiento, hizo que se le olvidara por completo.

—Genial —lo escuchó decir—. Porque yo tampoco.

Y la besó.

Niamh fue incapaz de contener un sonidito estrangulado, que fue parte sorpresa, parte alivio y parte alegría. Sus bocas se movieron al unísono, libres y con urgencia. Él la condujo hasta que su espalda encontró una de las paredes y alzó uno de sus brazos para colocárselo tras la cabeza, arrinconándola a medida que ella se aferraba a las solapas de su camisa; al principio para estabilizarse y, después, para apretarlo contra sí misma.

No había ni rastro de la intensidad de su primer beso, de esa forma de combustionar al instante, ni del letargo en el que se habían sumido a medida que los segundos transcurrían. No. Aquello no les había llevado a ningún lado; esto tenía un claro objetivo.

Sabía que la desmantelaría por completo si se lo permitía.

En un segundo plano, una parte de su cabeza le decía que tarde o temprano tendrían que hablar de qué demonios estaban haciendo. De qué significaba aquello, de en qué términos los dejaba, de qué precauciones tendrían que comenzar a tomar... No obstante, a medida que sus labios se buscaban, era capaz de captar cómo él la deseaba tanto como ella; cómo el fuego en sus venas aumentaba. Se había preparado para negar lo ocurrido de por vida. Ahora que volvía a probarlo, lo que no estaba dispuesta era a limitarse a beber solo unos sorbitos.

De pronto, hubo una nueva tanda de golpes en la puerta. Se separaron al unísono.

—Soy yo —oyeron desde el otro lado.

Sinclair.

—Le diré que se vaya.

—¡No! —Él mismo la había advertido ya de lo *obvio* que era el efecto que ambos tenían entre sí y era consciente de que, si los encontraba juntos en esas circunstancias, no le infundiría ni la más mínima confianza. Jamás soportaría disgustarlo. Lo tomó de la muñeca mientras echaba un vistazo rápido a su alrededor—. Métete en el armario.

—¿Qué? No.

—Sí.

—Sé que estás ahí… —canturreó su amigo desde fuera.

Niamh gruñó y, después, tal vez demasiado tarde, exclamó:

—¡Dame un segundo!

El príncipe, aunque parecía angustiado y seguía un tanto desaliñado, acabó dejando escapar un suspiro resignado. Se echó el pelo hacia atrás, se lo recogió con la facilidad que solo concede la práctica y, sin necesidad de más, recuperó su apariencia calmada y distante. Ella regresó al lugar en el que había estado trabajando, esforzándose por conseguir serenarse. Sabía que poco podía hacer con la rojez de sus labios, pero el resto, al menos, no parecía demasiado alborotado.

—Muy bien —dijo entonces Sinclair—. Voy a entrar.

Niamh se alejó un poco más justo antes de que la puerta se abriera y se esforzó al máximo por no parecer culpable, a pesar de que sentía cómo el calor se le adhería a las mejillas. El recién llegado contempló la estampa ante sus ojos.

—Esto tiene que ser una broma.

Kit dejó escapar el aire, irritado, aunque se quedó con la vista fija en el faldón de su chaqué color coral mientras se abría paso por la estancia en dirección al servicio de té. Nadie dijo nada mientras se servía una taza y escogía una de las galletas que reposaban en la bandeja. Le dio un mordisco, masticó a conciencia y, después, se volvió hacia su amigo.

—¿Te has vuelto loco?

—Hola a ti también —replicó él.

Sinclair le lanzó lo que quedaba del dulce, que le golpeó el hombro antes de caer al suelo, deshecho por completo.

—Respóndeme a la pregunta.

—No. —Mantuvo la mirada en él mientras se sacudía las migas de la manga—. No me he vuelto loco.

—Entonces explícame que estás haciendo aquí, tú solo, en mitad de la mañana.

Niamh soltó una risita nerviosa.

—Creo que no hace falta que…

—Yo podría estar preguntándote lo mismo —la interrumpió el príncipe.

—He venido a tomar el té, como cualquier persona civilizada y *no comprometida*. —Se punzó el puente de la nariz y echó la cabeza hacia atrás—. Por Dios. ¿Alguno de vosotros ha escuchado hablar de lo que significa ser sutil? ¿Y desde cuándo piensas en romances, Christopher? Aunque tampoco es que vea ninguna flor por aquí; un descuido bastante poco excusable, teniendo en cuenta de que puedes hacerlas surgir de la nada cuando te dé la gana.

Tras cubrirse la cara con ambas manos, Niamh soltó un gemido. Y fue justo entonces cuando la compostura del príncipe se rompió. Lo vio fruncir el ceño, aunque cada centímetro de su rostro estaba cubierto de rojo.

—No tienes ni idea de lo que estás hablando.

—¡Oh, no, claro que no! Te agradecería que no me insultaras a la cara; tengo ante mí a los dos peores mentirosos que he conocido en mi vida. Y es obvio que necesitáis desesperadamente que os eche una mano, pero, si me paro a pensarlo, casi que prefiero no saber nada más del tema. Creo que ya he visto demasiado y, siendo franco, estoy hasta escandalizado.

—¿Has terminado?

De alguna forma, parecía haberse ruborizado incluso más.

—Lo cierto —respondió él con delicadeza— es que me encantaría seguir profundizando en lo poco acertado que es todo esto, pero, por el momento, sí. He terminado.

—Muy bien. Pues ya puedes irte.

—Ya puedes irte *tú* —contratacó—. Yo tengo una cita.

Se quedaron observándose durante unos segundos eternos antes de que, por fin, Kit claudicó. Se volvió hacia Niamh y, despacio, le dijo:

—Nos vemos mañana.

Ella tuvo que contenerse para no temblar. De hecho, lo único que pudo hacer fue asentir y fijar la mirada en su espalda hasta que se perdió por el pasillo. Su amigo se había quedado contemplando el intercambio entre los dos desde el diván del que se había apropiado y, en cuanto la puerta se cerró, devolvió la taza a su platito con un chasquido. A continuación, arqueó una ceja hacia ella.

«¿Y bien?», le decía sin necesidad de convocar palabra.

—¡No esperaba que ocurriera esto! Solo fue una vez, y se suponía que iba a quedarse así, pero entonces él... En realidad, nosotros no... —Las mejillas le ardían de la vergüenza—. ¡Da igual! ¡Estoy segura de que los detalles ni te van ni te vienen!

Él la siguió estudiando con una expresión que era mezcla de curiosidad y repulsión.

—Bueno, pero quiero saberlo: ¿cómo besa?

—¡Sinclair!

—Perdón, perdón. Sé que es serio, pero estoy tratando de asimilar el hecho de que hayáis decidido cometer la tontería más grande del universo; sobre todo después de que te advirtiera que no lo hicieras. —Se masajeó las sienes—. Al menos, creo que nadie se ha enterado todavía; si no, me habría llegado ya.

Todavía. Como si fuera algo inevitable.

—Oh, sí. Menudo consuelo.

—No pretendo preocuparte. —Aunque, en realidad, parecía estar conteniendo el impulso de seguir sermoneándola al respecto—. Es solo que *estoy* preocupado. Si os descubren...

Sería terrible para ambos.

—Lo sé. —Se dejó caer justo delante del tocador y se sostuvo la cabeza con ambas manos—. Y no sé qué hacer. Hemos sido amigos durante todo este tiempo, pero me temo que mis sentimientos hacia él han ido evolucionando y se han convertido en unos que no debería tener.

De pronto, la sorpresa le cubrió los rasgos.

Junto a algo muy parecido al arrepentimiento.

—Entonces, ¿para ti todo esto significa algo?

Niamh asintió.

—No esperaba que fuera a estar interesado en mí. Jamás. Y, de hecho, anoche, porque sé que no puede prometerme nada, estaba satisfecha con el hecho de haberlo podido tener al menos una vez. Y pensaba que podría mantenerme alejada de él, pero es tan... cabezota e imprudente, y me hace sentir...

A salvo. Importante. Cientos de cosas al mismo tiempo. Aunque no podía permitirse acercarse demasiado al borde del precipicio; acabaría cayéndose de bruces.

Sinclair colocó el té sobre la mesa y, con dulzura, dijo:

—Ven aquí, anda.

Se puso en pie para colocarse en uno de los extremos del diván. No obstante, él, sin dudarlo un instante, le rodeó los hombros con un brazo y la atrajo hacia sí. Ella no ofreció resistencia alguna; se acurrucó a su lado y apoyó la cabeza en su cuerpo. Se sentía un tanto egoísta por estar aceptando su consuelo después de lo ocurrido, pero había sido sugerencia suya; parecía querer tenerla cerca, así que cerró los ojos y se concentró en el eco de su corazón.

—No creo que haya nada que puedas hacer ahora mismo —acabó murmurando contra su pelo—, excepto tener cuidado, por el amor de Dios. Y esta vez lo digo muy en serio.

—Sí. —Sonrió, algo culpable—. Lo intentaré.

—No quiero que te hagan daño, Niamh. No va a ser fácil; ni siquiera manteniéndolo en silencio. Te acabará rompiendo el corazón, a menos que puedas contentarte con ser solo su querida.

Frunció el ceño.

—¿Su querida?

—En realidad, no sería tan terrible. Es bastante común entre los hombres de la nobleza tener amantes. Sí, es cierto que gran parte de la sociedad se negaría a relacionarse contigo, pero contarías con una propiedad para ti y una prestación continua. Además, si acabas teniendo hijos, puedo asegurarte que los bastardos tenemos una vida mejor que la mayoría.

¿De verdad no estaría tan mal? Si Kit conseguía llevar a su madre y a su abuela a Avaland, podrían tener una vida tranquila. Y, al fin y al cabo, era justo eso lo siempre había querido.

Aun así, «querida» no era más que un eufemismo. No sería lo que la llamaba su abuela ni la multitud congregada en Eye Park; la considerarían una *fraochún*, en el mejor de los casos, o una *fealltóir* en el peor.

No sabía si sería capaz de soportar el desprecio que aquello conllevaba. Siempre había creído que si trabajaba lo suficiente como para conseguir traer a su familia allí, ellas acabarían aprendiendo a vivir entre sus enemigos, pero por sí mismas, no por caridad; y aquella ya no sería solo de un avalés, sino de un Carmine, nada menos.

—Me convertiría en la vergüenza de mi familia.

—¿Porque es príncipe? —Cuando ella asintió, Sinclair masculló algo por lo bajo, perdido en sus pensamientos—. Mi padre era machlandés. El responsable de mi existencia, quiero decir; no el duque.

Niamh se separó un poco para poder mirarlo.

—¿En serio?

—Sí. Supongo que es la razón por la que me detesta tanto. Debo de ser para él una especie de recordatorio de cómo su mujer se rebajó para irse con un ser inferior. —Puso los ojos en blanco, pero era capaz de ver el verdadero enfado y dolor que subyacía—. No sé si sabes que cuenta con una empresa naviera bastante productiva; incluso Jack es uno de sus inversores. Y siempre he pensado que mi padre biológico tenía que ser uno de sus trabajadores.

Lo recorrió con la mirada, como si así fuera a encontrar algún rasgo nuevo en su rostro.

—¿Y por qué no me lo has dicho hasta ahora?

—Tendría que haberlo dicho, pero supongo que nunca me parecía el momento. No quería dar por hecho que había una conexión entre ambos por algo así; algo que no tengo derecho a reclamar.

—Pero sí lo tienes. Por supuesto que sí.

—Te lo agradezco. —Tomó una de sus manos y le dio un leve apretón—. A lo que me refería antes es a que…, hasta cierto punto, entiendo lo que es tener sentimientos contradictorios en lo que se refiere a Avaland y su gente. Pero lo que realmente sé, y lo que defiendo por encima de todo, es que tu familia es quien tú decides que lo sea. Al igual que tu hogar. Tienes que elegir tu propia felicidad. No puedes vivir por y para los demás.

—Supongo que no. —Y, aun así, era lo que había hecho siempre. No sabía cómo detener la rueda, pero tal vez podía proponerse intentarlo de verdad—. No te imaginas cuánto te agradezco que no me estés juzgando, Sinclair. Eres un buen amigo.

«El muy idiota… Le encanta fingir que no le importa nada, pero no puede ser más leal». Justo como había dicho Kit.

Ante sus palabras, una sonrisa le cubrió los labios; sin embargo, Niamh era capaz de ver que los recuerdos que había convocado permanecían en el aire. Y, cuando alzó los dedos para colocarle un mechón de pelo blanco tras la oreja, le pareció más triste que nunca.

—Intento serlo siempre.

18

*E*l día siguiente, a primera hora por la tarde, Niamh consiguió terminar la primera pieza del conjunto nupcial de la infanta: el velo. Era de un encaje negro que se enlazaba para dar lugar a un patrón de rosas, como tributo tanto a su nombre como al símbolo de los Carmine. Le había llevado días —y, con toda probabilidad, años de vida—; era lo más complicado que había hecho jamás y no podía negar la sensación de orgullo que la recorrió cuando le dedicó el último vistazo. Nunca había creído tener la paciencia suficiente para dedicarse a algo que ocupase tanto tiempo y supusiera tanto trabajo.

Lo envolvió en papel y lo introdujo en una caja.

Estaba lista para enseñárselo a Rosa. O, bueno, casi lista.

Sí, ella le había dicho que no sentía nada por Kit; que ni siquiera quería casarse con él y que, si lo hacía, era por deber. Aun así, Niamh temía que su rostro fuera a delatarla.

Una vez hubo elegido el vestido de paseo que llevaría, se dirigió al centro de la ciudad. Lo hizo a pie. Y se encontró con menos gente de lo habitual, pero el eco distante de la multitud reunida en el parque conseguía amortiguar el parloteo de quienes ocupaban las calles. Varios miembros de la Guardia Real, vestidos con sus uniformes y con las manos apoyadas en los borrenes de las sillas de sus caballos, patrullaban las zonas colindantes. En cierto punto, hizo contacto visual con uno de ellos sin quererlo y comenzó a caminar tan rápido que estuvo a punto de tropezar. Todo Sootham parecía estar conteniendo el aliento, a la espera de que pasara la tormenta.

Sabía que, al parecer, Jack no había abandonado sus aposentos desde que habían vuelto hacía ya tres días. Y no podía evitar sentirse... Bueno, lo cierto era que la única forma que encontraba de describirlo era «decepcionada».

Cuando por fin llegó a Bard Row, tan acogedor como siempre, el ama de llaves de la infanta la recibió y la condujo hasta sus habitaciones. Allí se la encontró, como si se tratara del gato mejor alimentado del mundo: extendida en su diván favorito, el que se encontraba justo debajo de la ventana que más luz dejaba entrar. Con los rizos aplastados por uno de los lados, daba la sensación de que acababa de despertarse de una siesta.

Por alguna razón, el desaliño de su estampa, la intimidad casual que rezumaba, la pescó con la guardia baja. Rosa confiaba en ella.

El corazón parecía ser tan traicionero como el resto del cuerpo.

—Vaya —comenzó la princesa, conteniendo un bostezo—. Ya veo que no te encuentras en tu mejor momento. Tienes una cara... Voy a pedir que te traigan una taza de café.

Niamh se obligó a sonreír.

—No se preocupe por mí, Alteza. Me recuperaré. En fin, voy a ir enseñándole lo que llevo ya.

Sacó el velo de la caja y se dispuso a colocárselo. El pelo de la infanta se deslizaba por entre sus dedos como si fuera seda y tuvo que esforzarse para lograr que la parte más desordenada fuera recuperando su forma.

En cuanto colocó el último alfiler en su sitio, la dirigió al espejo y comenzó a manipular la tela hasta que consiguió extenderla tras ella. Tenía los bordes festoneados con una delicadeza que evocaba a las olas del mar al romperse contra la costa. Después, se sentó en una silla cercana, apoyó la barbilla en los puños y se embebió de la visión ante sus ojos. Rosa parecía salida de un sueño: misteriosa, atrapante, seductora e inalcanzable.

Nerviosa, preguntó:

—Y, bueno, ¿qué le parece?

Ella se mantuvo quieta justo delante de su reflejo, envuelta en encaje negro. Una diminuta sonrisa jugueteaba con sus labios.

—Me parece que te has superado.

Niamh fue incapaz de evitarlo: se alzó con tanta fuerza que podría haber salido volando en ese mismo instante.

—¡Muchísimas gracias!

—Por los santos —murmuró ella—. Cuánto griterío.

—¡Lo siento!

—¿Se puede saber qué demonios está pasando aquí? —La puerta de la habitación contigua se deslizó para dar paso a Miriam, que de pronto se quedó congelada en el sitio con la boca entreabierta—. Oh, pero... ¡Estás espectacular, Rosa!

No obstante, la luz abandonó su rostro ante el cumplido; regresó a su habitual desgarbo y el tono de su voz sonó apagado:

—Ya estábamos terminando, en realidad. ¿Te apetece que salgamos a descubrir figuras en las nubes?

Su dama puso una mueca.

—Ya he cumplido por hoy con mi cupo de holgazanería. ¿Por qué no mejor vamos de compras? Y, si te apetece, podríamos ir incluso al palacio. Podría pedir que nos llevaran en barca hasta el centro del lago.

Aquello colmó de interés su mirada, así que Niamh se apresuró a quitarle los alfileres del pelo y a liberar el velo de la cárcel de sus rizos. Una vez que terminó, lo devolvió con cuidado a la cajita.

—Disfruten mucho —les deseó—. Yo debo volver y seguir trabajando.

La princesa chasqueó la lengua.

—Date un respiro, mujer. No pretendo ofender, pero creo que es obvio que lo necesitas.

—¡Ay, sí! —se mostró de acuerdo Miriam—. Podrías unirte a nosotras. Hace un día demasiado bonito como para pasarlo encerrada.

—Ahí voy a tener que quitarte la razón. Hace demasiado calor como para poder considerarlo *bonito*.

—¿Desde cuándo te ha dado por ahí, Rosa? —le preguntó ella, con cierto hastío—. En Castilia hace sol siempre.

—Y justo por eso es que he decidido venirme a vivir aquí. —Hizo un gesto desganado hacia su armario—. Puedes llevar contigo uno de mis parasoles, señorita O'Connor; no vaya a ser que acabes roja como un tomate.

Y así fue como, al cabo de unas horas, Niamh se descubrió paseando por las calles de Sootham con tres bolsas hasta arriba de lo que la infanta iba comprando colgadas de la muñeca y, en la mano contraria, uno de sus parasoles. Y, aunque lograba bloquear los rayos de sol, poco podía hacer contra el calor. El vestido se le pegaba a la piel y el sudor se le deslizaba por la nuca.

Miriam y Rosa caminaban sujetas del brazo justo a su lado, echando vistazos a los escaparates de las tiendas y hablando en una extraña mezcla de castiliano, avalés y otro idioma que no fue capaz de reconocer. No pudo evitar soltar alguna que otra risita; allí fuera, lejos del alcance de la mirada de los miembros de la realeza, podían parlotear como chiquillas. Sin que nada les importara.

Solo se detuvieron al llegar a una plaza, cuando la princesa declaró que ya había sufrido suficiente «exceso de sol» y se acercó a una confitería de hielo, en la que el dueño —tras reconocerla de inmediato— les sirvió a cada una tres perfectas esferas de hielo teñido de color naranja. E incluso las decoró con una hojita de menta y un diminuto chocolate en forma de rabito.

—Qué evocador —comentó con su característico tono neutro y vacío, a pesar de que sus ojos negros centelleaban de genuino placer—. Sabe literalmente a Castilia.

Niamh suspiró al imaginarlo. Debía de ser un sitio cargado de luz y felicidad, con aroma cítrico, a crema dulce, chocolate y un pequeñísimo toque de ron.

Durante un rato, lo único que rompió el silencio que las envolvió fue el borboteo del agua de la fuente. Sin embargo, fue entonces cuando llegaron las miradas. Y, después, las risitas mal disimuladas.

Se percató de que mucha de la gente que pasaba por ahí llevaba ejemplares de *La Gaceta Diaria* bajo el brazo, aunque otros tenían la nariz metida entre sus páginas. El estómago se le cerró a medida que, por encima del martilleo de su corazón, fue captando retazos de sus conversaciones:

—… los dos juntos…

—… qué desfachatez…

—¿Y cree usted que la infanta lo sabe?

De hecho, una mujer se quedó mirándolas durante tanto tiempo que estuvo a punto de caerse de cabeza en la fuente. En ese momento, Rosa dejó escapar un bufido y se dio unos toquecitos en la boca con un pañuelo.

—Quiero creer que no tengo nada en la cara. ¿Debería querer enterarme de qué es lo que pasa?

Sus dos acompañantes respondieron al unísono:

—Eh…

—Genial —las interrumpió—. Me encantan las sorpresas.

—Sea lo que sea que hayan escrito hoy —soltó Niamh de inmediato—, no es verdad. Se lo juro.

No se le escapó la mueca casi dolorida que puso Miriam. Y supo que era bastante probable que ella hubiera manejado las situación infinitamente mejor. Aun así, la princesa no se mostró en absoluto sorprendida.

—¿Se puede saber qué me estáis ocultando?

Su dama le tomó la mano por encima de la mesa.

—Tal vez deberíamos ir volviendo, así podríamos hablarlo en casa. O quizás podríamos olvidarlo y ya está. Ya sabes cuánto le gusta el chisme a los avaleses.

No obstante, ella, con toda su calma, se soltó de su amarre, se puso en pie y se convirtió en una sombra en contraste con el brillo que colmaba la plaza a medida que avanzaba en dirección al primer chico del periódico que encontró y que, de hecho, estuvo a punto de salir corriendo al verla. No hizo falta nada más que el centelleo de unas monedas para que el periódico acabara entre sus dedos.

En ese momento fue Niamh quien tuvo que contener el impulso de huir. O de quitárselo de las manos para arrojarlo a la fuente.

Rosa no tardó en dejarse caer en su asiento como si de una salpicadura de tela negra se tratase. Miriam hizo un par de intentos de arrebatárselo antes de que terminara golpeándola en la mano con él para que parase. Solo entonces se dispuso a examinar la columna de Lovelace y después se lo cedió a Niamh con la misma expresión que había tenido hasta ese instante.

—Jamás entenderé la fascinación que hay en Avaland por esta clase de tonterías. Deben de pensar que son supermordaces y ofensivos, pero el único insulto que veo aquí es que de verdad piensen que voy a enfadarme con una cosa así.

Pese a que no gusto de inmiscuirme en cotilleos de sociedad, sí es cierto que ha llegado a mis oídos cierto suceso acaecido durante el bucólico retiro de nuestra Personalidad favorita. Al parecer, está habiendo rencillas entre los miembros de la Familia Ilustrísima. Personalmente, desconozco los motivos que desembocaron en la discusión abierta entre ambos hermanos, pero no es sino el desenlace de la misma lo que despierta mis intrigas: nuestro Hijo Descarriado abandonó el lugar de los hechos y se internó en el bosque que rodea la propiedad, y no tardó en ser secundado por una mujer. Me toca ahora cuestionar la verdad sobre el rumor que extendió la Señorita E tras el baile inaugural y preguntarme si, en esta ocasión, se trata también de la misma joven que presuntamente se encontraba junto a él en el balcón. Lo que está claro es el escándalo que supondría coquetear con un hombre como él en un lugar tan indecoroso como ese. Querría poder deberle una disculpa a la Señorita E, pero entonces tendría que pasar por alto el incidente de malversación que tuvo lugar hace ya dos años. Por lo tanto, me resulta imposible.

Discúlpenme; uno debe mantener cierto sentido del humor ante esta completa e inescrutable locura, aunque debo confesar que no puedo evitar preguntarme qué implicaciones tendrá esto a partir de ahora. Deberé, pues, estar pendiente de la situación entre la Señorita R y su padre. Tal vez podríamos considerar lo que ha ocurrido como una bendición en el caso de que se decida cancelar el enlace; solo Dios sabe que Cierta Personalidad debería enfocarse un tanto menos en celebraciones y más en lo que se está desenvolviendo justo delante de sus narices.

Niamh sabía que era ridículo sentirse traicionada por alguien a quien no conocía —y menos por una columna de cotilleos—. Aun así, ser testigo de cómo alguien que afirmaba preocuparse por su pueblo hablaba sobre ella de esa forma, casi con burla, dolía. No obstante, ese dolor empalidecía ante el hecho de que se hubiera atrevido a inmiscuirse en aquel recuerdo que tanto atesoraba. Casi sintió cómo su diminuta llama se convertía en cenizas entre sus dedos.

Le habían arrebatado incluso el único instante de felicidad que se había permitido tener. Aunque quizá solo había sido una tonta por creer siquiera que le podía pertenecer.

No obstante, tenía asuntos más importantes que atender.

—Lo siento muchísimo, Alteza. La…

—¿Sentirlo por qué? —preguntó ella en su lugar—. Necesitaba alguien que lo consolara, y mejor tú que yo.

Aquello la sorprendió. No había ni un solo eco de ira en su voz, ni siquiera celos; lo único que hacía era contemplarla con la mirada oscura de siempre, sin juicios. Era cierto que Miriam le había dicho que era una persona muy comprensiva, pero no esperaba que eso significara que ni siquiera se inmutaría al enterarse.

—¿No está enfadada conmigo?

—No. —Se alisó la falda con las palmas de las manos—. Supone mucho esfuerzo enfadarse por cosas tan estúpidas, ¿sabes? Además, sé que sois buenos amigos. Voy a casarme con él; no a convertirme en toda su existencia.

—Gracias.

Le picaba la garganta por las ganas de llorar; la compasión de Rosa, por sutil que fuera, la había removido por dentro. No se la merecía.

Sintió cómo le recorría una bocanada de humillación. De rabia. Y no solo por Lovelace, sino por sí misma. Había sido una ingenua al creer que nadie se enteraría de lo ocurrido. Sin duda, más tarde que pronto, Jack acabaría uniendo los puntos y, si se tomaba los rumores en serio, su trabajo como costurera peligraría. Por no hablar de Kit… ¿Cómo podía haber sido tan descuidada después de todo lo que le había contado de su pasado? No podía dejar que se viera envuelto en otro escándalo.

Lo único que había hecho ella hasta ese momento había sido hacer daño a los que se encontraban a su alrededor.

Antes de que sus pensamientos pudieran entrar en bucle, Rosa volvió a alzar la voz:

—Oye, Miriam. ¿Podrías pedir que nos traigan el carruaje de vuelta? De pronto, me siento bastante cansada.

—¿Y por qué no lo haces tú? —se quejó ella. Desde el ángulo en el que se encontraba, Niamh no alcanzaba a ver la expresión de la infanta, pero le dio la sensación de que ambas conseguían comunicarse sin necesidad de palabras. Antes de acceder, se dibujó una sonrisa en los labios—. Por supuesto. Solo me llevará un momento.

En cuanto estuvieron solas, se volvió hacia ella.

—Bueno. ¿Quieres que seamos francas?

El estómago le dio un vuelco. ¿Cómo podía haber llegado a creer que alguien podía ser así de compasivo?

—Alteza, se lo juro: no ocurrió na…

—No me mientas.

—Lo siento —susurró—. No sé qué me pasó. Solo…

Pero Rosa la detuvo al posar una mano con suavidad en su rodilla.

—No te disculpes por eso. —Niamh alzó la mirada para buscar la suya y su rostro se difuminó tras la humedad que le cubría los ojos—. No me importa en absoluto lo que hagáis una vez que él y yo estemos casados. Si deseáis continuar con lo que sea que haya entre vosotros dos, tenéis mi bendición. Si decide comprarte una casa justo al lado de la de Sinclair y decide no volver la mayor parte de las noches, miraré para otro lado.

No era capaz de creerse que de verdad estuvieran teniendo esa conversación. Y no se habría quejado ni lo más mínimo si de pronto la tierra se la tragaba y después la escupía en mitad del océano.

—Pero… ¿Cómo voy a hacerle algo así?

—Eres adorable. —Se echó hacia atrás en su asiento—. Ya te dije en su momento que nuestra unión no es por amor; no es nada más que un juego muy enrevesado que, aun así, pretendo ganar. De hecho, ya lo he completado cientos de veces en mi cabeza, pero de pronto has aparecido tú. Has demostrado ser un obstáculo cuando menos inesperado.

—¿Un obstáculo?

—Lovelace está en lo cierto: mi padre es un hombre demasiado conservador, y ya de por sí piensa que el príncipe regente es un incompetente; si empieza a tener la sensación de que se me hace de menos o de que me toman por tonta, acabará negándose a seguir con el acuerdo. No sabes lo poco que costaría poner en peligro nuestra unión. Como tampoco lo sería lanzarte a ti fuera del tablero. —Y, pese a que lo pronunció sin ningún tipo de odio, la amenaza quedó bien implícita en sus palabras—. Te lo digo como amiga. Ándate con cuidado, Niamh. No es solo esa columna lo que debería preocuparte. El país entero tiene los ojos puestos en nosotros y nadie puede ganar una guerra librada en dos frentes; mucho menos por sí solo.

No obstante, ella ya se había dado cuenta de eso.

Sabía que jamás podría escapar de quien era: una joven estúpida e ingenua y atolondrada. Si todo el peso de la nobleza caía sobre ella, no tendría forma alguna de soportarlo. Aunque tampoco había pretendido hacerlo nunca; desde que había llegado a Avaland, se había visto atrapada en la tempestad de los caprichos de los poderosos. Y, mientras Rosa imaginaba mil formas distintas de ponerle el punto final a aquella temporada, su destino siempre había sido una verdad inevitable: no tenía forma de salir de allí intacta.

Asintió, no demasiado segura de ser capaz de convocar nada.

—Nada de esto supone resentimiento alguno en nuestra relación —concluyó la princesa—, pero no quiero volver a ver ninguna mención sobre ti en esa columna. Haz lo que tengas que hacer para que sea así.

—Sí, por supuesto.

—Muy bien. —Dirigió la vista al cielo y, de alguna forma, gran parte de la tensión de sus hombros desapareció. Las nubes patinaban sobre sus cabezas, dejando a su paso leves pinceladas blancas que parecían las alas de una paloma—. Mira, ahí está Miriam.

Cuando Niamh por fin se subió al carruaje tirado por dos caballos, tuvo que contenerse para no lanzarse al suelo y ponerse a llorar. Hasta aquel día no se había percatado de cuánto podía llegar a pesar la vergüenza, como si tuviera cuerpo propio; la sentía como piedras en los bolsillos.

19

Aunque era consciente de lo incauto —y estúpido— que era, no podía esperar ni un minuto más para hablar con Kit. Y sabía exactamente dónde podría encontrarlo.

Cuando Rosa y Miriam la dejaron en la entrada del palacio, lo rodeó a paso ligero para dirigirse directamente al invernadero; sin embargo, tras doblar la esquina, el corazón estuvo a punto de salírsele por la boca.

Kit se encontraba justo ahí, saliendo del bosque bajo la luz de las últimas horas de la tarde, que se extendía por sus hombros. Era la viva imagen del verano: hecho de oro y con las mejillas ruborizadas.

Él también se detuvo de golpe al distinguirla en la distancia.

Una bocanada de nervios la recorrió de arriba abajo y curvó los dedos de los pies en el interior de sus zapatos a medida que se acercaba.

—Tenemos que hablar —le dijo.

Su mirada se paseó por las ventanas que daban al jardín trasero.

—Aquí no. Sígueme.

Avanzó tras él a medida que se iba internando más y más entre la maleza. Y en cuanto los arbustos en flor fueron lo bastante altos como para ocultarlos, le tendió un brazo. Niamh se quedó mirándoselo durante unos segundos.

—Entonces sí que sabes cómo ser un caballero.

—La teoría —respondió, seco—. Solo lo hago para que no vuelvas a caerte.

No se ha enterado todavía de lo de Lovelace.

¿Sería demasiado egoísta si lo atrasaba un poco más?

Le rodeó el interior del codo con la mano.

Un laberinto se extendía ante ellos y, casi antes de que comenzara a guiarla a través de él, le llegó su aroma dulce y delicado. Era jazmín; todo el laberinto estaba hecho de jazmín. Mientras avanzaban, la gravilla blanca del suelo crujía bajo sus pies y los muros parecían ir cambiando de sitio con cada nuevo tumbo. Ninguno de ellos pronunció palabra en lo que tardaron en alcanzar el centro. Un cenador les dio la bienvenida. Varias enredaderas se enlazaban a sus columnas y trepaban por la celosía que componía su cúpula. Allí, por fin, podrían estar solos.

Sin ojos fijos en ellos. Sin nadie que pudiera escucharlos.

Kit —maldito fuera— se había quitado la corbata y lograba captar un leve atisbo de los huesos de su clavícula. Lo lejos que eran capaces de llegar sus pensamientos debería haberla hecho enrojecer, o quizás enviarle un escalofrío por toda la columna.

Tuvo el impulso de apoyarse en sus hombros para estabilizarse y alzar el rostro hacia él. Quería abrazarlo y sentir cómo le latía el corazón contra su mejilla. Quería arrojarlo contra la hierba, engancharle flores en el pelo, hablar hasta que el sol se pusiera en el horizonte y reírse a carcajadas por lo fácil que le resultaba ruborizarlo ahora que sabía cómo hacerlo.

Y, por la forma en que la miraba, con esos ojos cautelosos a la par que esperanzados, no tenía duda alguna de que se lo permitiría. De que le permitiría hacerlo todo.

No obstante, Lovelace se había encargado de impedírselo.

Era injusto. Era horrible. De nuevo, estuvo a punto de llorar.

—¿Qué ocurre? —le preguntó él; su tono se había cubierto de preocupación—. Pareces triste.

—¿Has leído la columna de *El Fisgón* hoy?

Torció la cabeza.

—¿*El Fisgón*? Pensaba que el único que leía esa basura era mi hermano.

—Esto es serio, Kit. Alguien nos vio.

Por primera vez, su rostro se cubrió de alarma.

—¿Qué? ¿Cuándo?

—En Woodville Hall. Cuando te seguí al bosque. Es bastante ambiguo, pero Rosa se ha enterado. No está…, bueno, enfadada con nosotros. Lo único que no quiere es que su padre sepa lo que ha ocurrido, así que…

Él parecía haber dejado de escucharla. Se sacó la pipa del bolsillo de la camisa y se la colocó entre los labios. La preocupación se encargó de acabar con todos sus miedos.

—¿Kit?

—No te molestes. Estoy bien.

Aun así, a continuación abrió su caja de cerillas. Con manos temblorosas. Y tras un par de intentos en vano, por fin, con un chasquido, consiguió encender una de ellas.

—No tienes por qué ocultarlo —le dijo ella con voz suave—. Entiendo que, para ti…

—Deja de hacer eso.

Le dolió la dureza de su réplica. Dio un paso atrás.

—¿Hacer qué?

—¡Eso! —bufó—. Ni siquiera te das cuenta. En cuanto ves la oportunidad de darle consuelo a alguien, te lanzas de cabeza; lo haces para olvidar tus propios sentimientos.

Su voz escapó en un susurro:

—No seas injusto.

—*Esto* es injusto. No quiero ser yo quien te ayude a hacerte daño a ti misma. —Tomó una nueva calada de la pipa y, al exhalar, la magia escapó de él también. A su alrededor, los pétalos de los jazmines comenzaron a marchitarse hasta que cayeron al suelo como si fueran nieve sucia. Un fuerte olor a podrido se asentó en el aire—. Búscate a otra persona a la que sobreproteger.

¿Sobreprotegiendo? ¿Eso pensaba que estaba haciendo?

Sí, claro que siempre preferiría escuchar a los demás hablar de sus problemas, aunque fuera durante horas, antes que sentarse a reflexionar sobre sus propios sentimientos durante un segundo más de lo necesario. Ese instinto de tratar de ayudar a los demás y de calmar su dolor estaba tan arraigado en su interior que no podía evitar tener el impulso de hacerlo. Aun así, con él era distinto.

Le importaba lo suficiente como para desear que compartiera con ella lo que le ocurría. Y, en aquel momento, el problema era de ambos.

No obstante, el Kit herido era también el Kit agresivo.

Pero no pensaba permitir que aquel día tomara el control.

—No te creas que no veo lo que estás tratando de hacer. Estás intentando echarme de tu lado porque prefieres estar solo a compartir tu dolor. —Había dado en el clavo; pudo verlo en su expresión, casi asustada. Fue entonces cuando la realidad la golpeó de lleno; lo recordaba a la perfección: hecho un ovillo empapado en su jaula de espinas. «Lo único que sé hacer es arruinar la vida de los demás». Decidió que, si lo que quería era echar en cara muestras de atención, eso tendría—. Pero va mucho más allá que eso, ¿me equivoco? Si prefieres estar solo es para no hacer daño a los demás.

A pesar de que no respondió, sus ojos centellearon con furiosa vulnerabilidad tras el hilillo de humo que escapó por sus fosas nasales.

—No vas a deshacerte de mí tan fácilmente, a menos que sea lo que de verdad quieres. —Dio un paso tentativo hacia él—. Así que dime: ¿qué quieres?

—¿Que qué quiero? —preguntó, incrédulo—. ¿Qué clase de pregunta es esa? Es ridícula.

—¿Tú crees?

—Lo que yo quiera no importa. —Le dio la espalda, y fue como si le hubiera cerrado una puerta en las narices y después hubiera encajado la llave en la cerradura—. Tenías razón. No es buena idea que pasemos tiempo juntos estos días; me distrae.

Niamh se llevó la mano al pecho, justo encima del corazón.

—Que te distrae...

—Ya sabes a qué me refiero. Hablaremos cuando todo esto acabe.

—¿Cuando todo acabe? ¿Cuando Rosa y tú ya estéis casados? —Una oleada de frustración la atravesó de arriba abajo. Solo quedaba una semana para la boda, pero hasta entonces podría pasar cualquier cosa—. Lovelace ha dejado bien claro su punto de vista ante la idea de que vuestro enlace no siga adelante. Cuando queramos darnos cuenta, habrá suficiente información como para conseguir truncarlo; hemos sido demasiado descuidados. Pero ¿acaso piensas seguir los pasos de tu hermano? ¿Ignorar tus problemas hasta que sean lo bastante grandes como para aplastarte?

—¿Y qué quieres que haga, Niamh? —La llamaba tan pocas veces por su nombre que escucharlo pronunciado con tanta frustración hizo que la recorriera un escalofrío—. Estás en tu momento más vulnerable; no pienso convertirme en tu ruina. —Ella contuvo el aliento ante la intensidad de sus palabras—. Tanto tú como Sinclair dependéis de que la infanta y yo nos casemos —continuó—. No puedo seguir dándole razones a Lovelace; todo el mundo va a tener la mirada puesta en mí, ahora más que nunca. Al igual que en ti. No me queda otra. Al menos, de momento.

Niamh posó la mirada en sus zapatos. Se sentía como si le hubieran arrancado algo a golpes. Y la vergüenza no tardó en rellenar el eco que había dejado su voz.

—No me parece justo que tengas que sufrir esto por mi culpa.

—Es lo que tengo que hacer. Desde aquel día en Eye Park, no he... —Dudó un instante—. Lo que decía esa gente... Sonaban igual que tú.

—¿Igual que yo?

—Has conseguido que vea cosas que hasta ese momento no había visto —respondió en apenas un susurro—. No puedo decir que me importas si ni siquiera me preocupo por pensar en lo que has tenido que sufrir. Tu pueblo merece mucho más de lo que recibe, pero mi hermano no piensa dárselo; lo que hace falta es alguien que no tenga miedo de enfrentarse a él, alguien que le haga rendir cuentas. Yo nunca he querido casarme. Nunca he querido tener el título que tengo. Pero aun así voy a hacerlo porque sé que es lo correcto.

Al escucharlo, el corazón se le encogió en el pecho. Por primera vez, casi deseó no haber conseguido inculcar esos pensamientos en nadie. A pesar de ello, le dedicó una sonrisa temblorosa.

—Eso es admirable.

Nunca antes, desde que se habían conocido, le había parecido tanto un príncipe como en aquel momento. O, al menos, no uno como los del imaginario de los cuentos de hadas, resueltos y virtuosos. Aun así, el fuego que brillaba en sus ojos ambarinos le quedaba a las mil maravillas. Casi pudo imaginarlo, justo y correcto, en uno de los retratos de las paredes de Woodville Hall.

Sin embargo, no pudo evitar preguntar en voz baja:

—Pero ¿qué pasará con nosotros?

Kit la contempló unos instantes, perplejo, como si en realidad fuera obvio. Aunque, cuando volvió a hablar, su voz contenía el máximo respeto:

—No te preocupes; me encargaré de ti.

Y supo que era cierto. Aquel era él; él y su vena protectora.

La idea de vivir bajo su amparo se le antojaba un sueño: una casa hermosa, contar con su atención, bienestar y seguridad para su madre y su abuela...

Sabía que le daría todo cuanto necesitara, pero también que se convertiría en un punto débil más para él, en otra cosa por la que preocuparse; en otra cosa que la corte podría explotar. No iba a permitirlo.

Como tampoco podía soportar imaginar un futuro en el que él se marchara cada noche y la dejara sola; en el que tuviera que quedarse en la distancia, viendo cómo criaba a los hijos que le diera Rosa; en el que su reputación estuviera tan destrozada que no pudiera volver a vender ninguno de sus vestidos.

No podía quedarse en una casa, marchitándose, por bonita que fuera o lo cerca que quedara de la de Sinclair. Jamás había dejado nada a medias; no podía conformarse con ser solo la mitad de su vida.

Fue entonces cuando decidió que, si no podía tenerlo, al menos se aseguraría de que su boda siguiera adelante y de que saliera perfecta, lo cual significaba que tendría que evitar que Lovelace la saboteara.

Le quedaba, claro, descubrir cómo.

—No te metas en líos hasta el día de la celebración. —Estuvo a punto de dar un respingo ante el sonido de la voz de Kit. Fue como si le hubiera estado leyendo el pensamiento—. Y no te des demasiada tralla. Por difícil que te resulte.

La indignación la golpeó en el rostro. Apretó la mandíbula.

—No eres mi príncipe. No puedes darme órdenes.

—Sería estúpido que lo hiciera. —Su réplica contenía un pequeño deje irritado. De pronto, le rodeó la muñeca con una mano y la interpuso entre los dos—. Te lo estoy pidiendo.

—Pues, entonces, hazlo bien.

Su mirada cayó con fuerza en la suya, pero no la soltó. Niamh notaba cómo el pulso latía, salvaje, contra sus dedos; cómo el estómago se le revolvía por los nervios. Estaban tan cerca el uno del otro que su aliento le acariciaba los labios y alcanzaba a ver el diminuto hilo de tierra que le recorría la mejilla. Tuvo que contenerse para no limpiárselo con el pulgar. Para no dejar que después recorriera su rostro hasta sus labios. Para no separárselos.

El deseo habitaba en su interior. Y a él le oscurecía la mirada.

Por los dioses...

Jamás, por mucho que tratara de enfrentarlo, podría aplacar lo que sentía por él.

Fue entonces cuando Kit le soltó la mano. Casi como si lo quemara. Y la dejó ahí, de pie. Con una leve sacudida de su cabeza, hizo acopio de toda su entereza, arqueó la espalda y pasó por su lado. El viento se encargó de arrastrar pétalos de jazmín sueltos hasta sus pies.

Hacía semanas, Lovelace le había indicado el lugar al que tendría que acudir si quería hacerle llegar un mensaje y Niamh, pese a que era consciente de que ella no le importaba en absoluto, sabía que al menos sí se preocupaba porque su pueblo tuviera lo que se merecía. Y, ahora, el príncipe también.

Si se lo contaba, era posible que decidiera dejarlo en paz.

Al fin y al cabo, solo sería una carta.

En el mensaje, le aseguró a Lovelace que, tras la boda, Kit presionaría a su hermano para que accediera por fin a interceder por los machlandeses; que incluso hablaría con Helen Carlile. Y, aunque se esforzó al máximo por contener el resentimiento que sentía, parte de él acabó filtrándose entre sus palabras:

«Si nos permitiera serlo, podría encontrar un aliado en nosotros».

Después, sujetó la carta con una cinta roja y delicada y la dejó en el hueco del árbol quemado. La respuesta, para su sorpresa, llegó al día siguiente. A primera hora. Alguien la introdujo de forma casi amenazante por debajo de la puerta de sus aposentos. Ni siquiera llamó.

Comprendo que esté molesta, pero le aseguro que nada de lo que he hecho es personal. Estoy seguro de que es capaz de comprender la necesidad del mal menor para tratar de alcanzar el bien superior. Para mí está claro que, mientras dure el espectáculo, el príncipe regente seguirá ignorando las protestas; si la boda se cancela, no le quedará ninguna otra ridiculez tras la que esconderse. Mi intención es continuar adelante. No obstante, si por lo que sea acaba encontrando algo lo bastante sustancial como para lograr hacerme cambiar de parecer —o si el príncipe Christopher obtiene de pronto la influencia política necesaria y desarrolla un plan para solucionar la situación—, estaré encantado de escucharla.

Tuvo que hacer acopio de toda su paciencia para no arrojar la notita al fuego, aunque era lo que merecía. En ese momento, lo único que podía pensar era en cuánto lo odiaba, a él y a sus aires de superioridad.

Se dejó caer en una de las sillas para seguir trabajando y reflexionar.

A medida que la noche iba adueñándose del cielo, sus ojos fueron acostumbrándose a la oscuridad. Aunque, de pronto, al dirigir la mirada a la ventana, le dio la sensación de que el mundo seguía iluminado; era la luna, que pintaba cada rincón de color plata.

El recuerdo del día de la fiesta en los jardines de Woodville Hall se repetía una y otra vez en su cabeza. La discusión entre Kit y Jack no había sido precisamente sutil; habían convertido el campo de croquet en todo un mar de sentimientos reprimidos. La mayoría de los invitados se había refugiado en el interior de la casa en cuanto había comenzado a llover, pero era cierto que cualquiera podría haberla visto mientras se internaba en el bosque. Aparte, antes de que se publicara la última versión de *El Fisgón*, los únicos que habían hecho alguna mención sobre lo que pasaba entre ellos habían sido Miriam y Sinclair, y de hecho él le había dicho que resultaba evidente.

«Tiene la capacidad de sacar al exterior lo que el resto de la gente se esfuerza por ocultar, de poner en sus propias manos lo que desean mantener en la oscuridad».

La princesa Sofia había valorado eso de ella, y era precioso.

Pero era mentira.

Un segundo, pensó de pronto. *Sofia*.

El miedo comenzó entonces a recorrerle la columna vertebral.

Durante el tiempo que llevaba en el palacio, había sido testigo de los diminutos actos de desprecio que había recibido de parte de los miembros de la corte. Una corte que jamás se había interesado en ella. Había visto cómo su esposo la desestimaba y silenciaba como si nada; la forma en que se relegaba en las esquinas, como si fuera el último resquicio del invierno antes de que lo devorara la primavera. La había visto apoyada en el balcón en mitad de la noche. Había visto cuánto extrañaba su hogar.

La gente odiaba por mucho menos que aquello.

Y sería razón más que suficiente para que alguien empatizara con otras personas a las que también miraran por encima del hombro y trataran de silenciar. Y, por supuesto, lo era también para que quisiera proteger a otra chica extranjera que tuviera que enfrentar sola el mismo destino que ella.

Recordó entonces las palabras de Lovelace en la primera carta que le había hecho llegar: que Jack había logrado deshacerse de todos sus espías. Al igual que de la damas de compañía de Sofia, tal y como ella le había confesado. ¿Significa eso que…?

No obstante, si la acusaba de ser Lovelace con la intención de que cesase en sus intentos de sabotear la boda, nadie le creería. De hecho, podrían llegar a condenarla por traición por el simple hecho de sugerirlo. A menos, por supuesto, que pudiera demostrarlo. Lo único que necesitaba era tener la oportunidad perfecta, las herramientas necesarias y un aliado adecuado.

Y no tardó en saber quién podría ser.

20

*N*iamh abrió la puerta de cristal que daba a la terraza del jardín y el perezoso y arrullador calor de la tarde danzó por su piel como un bálsamo.

Llevaba dos días sin salir de su alcoba, desde la conversación con Kit. La razón era que le aterrorizaba acabar soltando lo que había maquinado en su cabeza si alguien, quien fuera, le hacía la más mínima pregunta. Así que había pasado horas sentada junto a la ventana, convocando su magia poquito a poco para impregnarla en madejas enteras de hilo dorado. Después, había cosido y bordado hasta que se le habían resentido las articulaciones y las manos se le habían agarrotado.

Iba a tener el vestido de Rosa y la capa de Kit terminados para el día de la boda aunque se le fuera la vida en ello, y había decidido que se aseguraría de que estuvieran lo más felices posible, mientras hacían la promesa más triste de su existencia.

Miriam ya la estaba esperando fuera. Una sonrisita un tanto desconfiada le cubría los labios, pese a que, como siempre, parecía salida de un sueño. La luz del mediodía manchaba el jardín de motas doradas y prendía en llamas el tono rojo oscuro de sus rizos. Se fijó también en la forma en la que hacía brillar los anillos de oro que llevaba.

Cuando por fin Niamh la alcanzó, con cada uno de sus pensamientos bien apretados en un nudo, ella no dudó ni un instante: la envolvió en un abrazo, tierno y sin fronteras. No pudo evitar sorprenderse. Ni contener unas lágrimas que convirtieron cada rincón del mundo en un borrón de luz y color. Al alzar la voz, sonó ronca:

—Gracias por haber venido.

—Ya te dije que pensaba que estábamos destinadas a permanecer la una junto a la otra durante esta temporada; solo lo estoy cumpliendo. —Su voz fue un susurro contra su oído—. ¿Va todo bien? ¿Te ha molestado alguien durante estos días?

Niamh supo entonces que debía de haber estado mucho más angustiada por la situación de lo que se había permitido sentir; el simple hecho de tener a Miriam tan cerca, de recibir su genuina preocupación, hizo que todas sus emociones explotaran ante sus ojos. Los hombros comenzaron a temblarle y las lágrimas terminaron de recorrer sus mejillas. No obstante, ella no se apartó; permitió que se deshiciera entre sus brazos mientras le dedicaba unas palabras suaves y cargadas de empatía. Llevaba sin sentirse así desde niña, lo cual no hizo sino potenciar su llanto.

Al cabo de un rato, cuando por fin sus sollozos habían cesado, Miriam se separó de ella con una sonrisa dulce.

—¿Te apetece dar un paseo? A mí siempre me ayuda a despejar la mente.

Ella asintió mientras se enjugaba las lágrimas con el dorso de las manos y, entonces, sujetas del brazo, comenzaron a atravesar los jardines.

Lo cierto era que, en parte, esperaba encontrarse con Jack allí fuera; durante los últimos días lo había visto por la ventana, deambulando de aquí para allá, comprobando el estado de las plantas y deshaciéndose de aquellas que, al menos en apariencia, no debían de cumplir con unos requisitos que desconocía. En aquel momento, de hecho, su magia hacía que todas las flores, dispuestas con la perfecta simetría de un batallón en formación, se agitaran, y que las venas de sus pétalos centellearan.

Suponía que era su forma de lidiar con el estrés.

—¿Cómo está la infanta? —preguntó entonces.

—Pues como siempre. —Suspiró—. El príncipe y ella han estado estos días tratando de calmar los ánimos de su padre tras la publicación de la columna, y creo que han acabado consiguiendo convencerlo de que no es más que un rumor falso y de mal gusto. Aunque más bien diría que ha sido él quien se ha convencido a sí mismo de ello.

—No sabes cuánto me alegro…

—¿Y qué hay de ti? ¿Qué piensas hacer ahora?

—Es justo eso de lo que quería hablar contigo —respondió antes de que los nervios pudieran apresarla—. Necesito consejo.

—Oh. —Miriam abrió los ojos como platos—. Bueno, de primeras puedo asegurarte que lo que te dijo Rosa es la pura verdad. No va a poner ninguna pega ante cualquier decisión que decidáis tomar; que tampoco es que las mujeres pudieran decir algo al respecto, ¿no?, pero…

—No me refería a eso. —Le ardían las mejillas—. Es… Creo que he descubierto quién es Lovelace.

Sus dedos se apretaron en torno a su brazo.

—¿En serio? ¿Quién?

—La princesa Sofia.

—¡¿Cómo?!

De pronto, tiró de ella para dirigirla hasta una curva que quedaba oculta entre las sombras. Los girasoles que crecían a un lado del camino parecían inclinarse hacia ellas, como si quisieran enterarse también de sus conspiraciones.

Escuchó su teoría en silencio, aunque también con creciente alarma a medida que avanzaba. Y una vez hubo terminado, el descontento fue tan evidente en sus iris que estuvo a punto de venirse abajo ahí donde se encontraba.

En su lugar, enterró la cara entre las manos.

—Dios mío, Niamh. ¿Te das cuenta en lo que te estás metiendo? —le preguntó—. Es una completa y total locura. Por no mencionar *traición*.

Las palabras quedaron amortiguadas tras sus palmas:

—Sí, lo sé.

Miriam suspiró de nuevo.

—¿Por qué has decidido contármelo? O sea, yo feliz de escucharte, por supuesto, pero…

—De verdad que siento muchísimo cargarte con esto; es que no sabía a quién más dirigirme… —Le tomó las manos. Sabía que lo mejor era que no se metiera en líos, y de hecho Sinclair, que tenía su propia historia con *El Fisgón*, le había aconsejado que lo hiciera—. Si prefieres fingir que nunca hemos tenido esta conversación, lo entenderé perfectamente. Aun así, sé que te preocupas por Rosa tanto como yo me preocupo por Kit.

Sus palabras parecieron sorprenderla.

Y su rostro perdió todo su color.

—Sí… sí. Claro que me preocupo. —No obstante, se recuperó de inmediato. Se colocó un mechón de pelo tras la oreja—. Rosa está más que decidida a seguir adelante con la boda; Castilia necesita aliados, pero… es posible que Lovelace tenga razón. Verás, llevo un tiempo desconfiando de las intenciones del príncipe regente; de hecho, desde las negociaciones que hizo con el rey. Al parecer, fue demasiado insistente con el tema de la dote de Rosa.

Niamh frunció el ceño.

—¿Y eso?

—No lo sé. Por supuesto, no es raro que quisiera hablar de dinero, pero, según tengo entendido, fue demasiado evidente. Además, he escuchado ciertos rumores sobre él; nada demasiado importante, en realidad, pero aun así…

—Que no está pagando al servicio, ¿no?

—Sí. —Miriam se llevó los dedos a los labios, pensativa. Fue un gesto que le recordó tanto a Rosa que Niamh estuvo a punto de sonreír—. Me pregunto si será a propósito o si es porque últimamente está con otros asuntos.

—Sea lo que sea, si se descubre, nos traería muchos problemas. El rey Felipe cancelaría la boda de inmediato.

—Sí, no lo dudes. Ya ha amenazado varias veces con hacerlo. —Se dirigió hacia una gran maceta de granito que se encontraba a un lado del camino y se sentó en el borde—. Pero, entonces, ¿qué hacemos? No puedes ir acusando a la princesa sin pruebas de ser una radical ni de, Dios me libre, incitar al levantamiento contra su propio esposo.

—Tiene que haber algo que lo demuestre. Quizás en su dormitorio: un sello, una carta con la que podamos comparar su caligrafía, *algo*.

Miriam arqueó las cejas y, escéptica, preguntó:

—¿Y cómo propones precisamente que entremos en los aposentos reales para buscarlo?

Niamh frunció el ceño.

—Puedo llegar a ser muy sigilosa.

La mirada lastimera que le dedicó parecía gritar que ni siquiera sus dioses podrían ayudarla. No obstante, tuvo la piedad suficiente como para guardárselo para sí misma; en lugar de eso, con toda su diplomacia, dijo:

—Solo vas a tener una oportunidad de hacerlo antes de que todo el mundo se entere. Y, si te atrapan, te echarán de aquí. O algo peor.

—Tengo que intentarlo, al menos.

—¿Por qué? Te estás internando en un pozo del que no puedes ver el fondo, Niamh. Tienes talento y eres encantadora, y no hay nadie en todo el reino que no haya visto lo maravillosas que son las prendas que haces. Vas a tener cientos de oportunidades más para labrarte un nombre como costurera, por ti misma, incluso si te marchas de aquí mañana. No es justo que te cargues los problemas que pueda haber en Avaland. Ni en Castilia. ¿De verdad te merece la pena?

Quizás no los de Avaland y Castilia, pero los problemas de su pueblo sí le pertenecían. No podía darle la espalda después de lo que había visto; no cuando era consciente de todo lo que tenían que enfrentar. No podía volver a casa, a esa pequeña cabaña con las ventanas rotas, y volver a dejarse la vida trabajando y viendo cómo su madre y su abuela se marchitaban como las plantas durante la plaga. No podía quedarse callada mientras, cada día, cientos de personas se marchaban.

Allí no le quedaba nada.

Hasta que había llegado a Sootham, hasta que había conocido a gente como Sinclair, como Kit o como Miriam, se había dedicado a sobrevivir. No le importaba lo más mínimo si era tan estúpida como ella debía de estar pensando que era o si, como el príncipe la había acusado de hacer, solo buscaba autodestruirse. Incluso cuando no podía estar con él de verdad, conocía sus sentimientos; él también merecía que lo protegieran.

Ya se lo había dicho: no iba a librarse de ella con tanta facilidad.

—Sí. —Buscó a Miriam con la mirada—. Merece la pena.

—No hay forma de convencerte, ¿eh? Aunque supongo que puedo entenderlo. He visto la forma en la que el príncipe te mira cuando piensa que nadie está prestando atención. —Su tono de voz, dulce y soñador, dio un paso casi de inmediato a una picardía que centelleó en sus pupilas—. Y sí, supongo que su intensidad puede resultar bastante atractiva según las circunstancias.

Estuvo a punto de atragantarse. Separó un brazo.

—¡Miriam!

Sus carcajadas se fundieron en el cálido aire estival. Al cabo de un rato, se sentaron juntas sobre la piedra caliente de la maceta; los rayos del sol les calentaron la espalda. En algún punto en la distancia, Niamh escuchó el leve arrullo de las palomas.

Deseó poder quedarse ahí para siempre, envuelta en aquella quietud.

No obstante, su compañera acabó volviéndose hacia ella; de pronto con una expresión seria y calculadora que también debía de haber adquirido de la infanta. En ella, sin embargo, parecía casi retorcida.

—Bueno, supongo que vas a necesitar mi ayuda para conseguir entrar en los aposentos reales. Así que ¿alguna idea?

—La verdad es que n... Oh. Espera un segundo.

De pronto, la idea comenzó a formarse en su cabeza, con lentitud pero al mismo tiempo con seguridad. Era posible que sí hubiera una forma de colarse; una que quizás no resultaba tan difícil.

A juzgar por la mueca que puso Miriam entonces, pareció haberse arrepentido de haber preguntado siquiera.

—¿En qué estás pensando?

—Oh, en nada —contestó, radiante—. Aunque ¿no sabrás por casualidad dónde se encuentra el dormitorio de Kit?

No fue hasta el punto más álgido de la noche que el silencio se adueñó por fin del palacio. Los criados dejaron de recorrer los pasillos y de moverse con sigilo a través de sus pasadizos secretos; no había rastro de ningún invitado en el rellano ni escapaba música de pianoforte del salón principal. Lo único que Niamh escuchaba era el eco de las pisadas de sus zapatos contra el suelo y el susurro de la luz de la vela que llevaba Miriam en un farol contra las paredes. Veía su luz mecerse, despacio, en mitad de la penumbra.

—Que conste —la escuchó decir de pronto— que esto me parece una idea malísima. Terrible. Lo único que vamos a conseguir es que nos metan entre rejas.

—Qué exagerada. —Sacudió una mano—. No tardaré más que un segundo. Lo único que necesito es tomar prestado el frac que ha llevado esta noche.

—*Robarlo*.

—Técnicamente no es robar. Se lo hice yo, ¿no? Es más como si me estuviera devolviendo un regalo.

Miriam puso los ojos en blanco durante varios segundos; de hecho, hasta que pareció decidir que no merecía la pena discutir por eso.

Si era justa, tal vez sí se trataba de la peor idea que había tenido en su vida, pero tampoco tenía mejor opción. Lo único que sabía era que le debía los años que le quedaban de vida —y quizás hasta su primer hijo— por haber aceptado vigilar que nadie apareciera. Aunque hubiera sido a regañadientes.

Si alguien la pescaba husmeando cerca de los aposentos de Kit en mitad de la noche, no habría forma de detener la marea de rumores que desembocaría.

Se detuvieron ante una puerta dividida en paneles con bordes de oro y decorados a base de ilustraciones vegetales. Eran preciosas y delicadas. Bajo el resplandor del fuego, parecían centellear y chisporrotear.

Tras tomar una bocanada de aire, Niamh rodeó el pomo, que se abrió con un crujido que pareció recorrer el palacio entero. Incluso en mitad de las sombras, alcanzó a ver la alarma que había cubierto los ojos negros de Miriam. Y la verdad era que la imagen fue bastante más desalentadora de lo que le habría gustado.

Se coló en el interior y recibió de lleno una oleada extraña, una mezcla entre emoción y nerviosismo; no había hecho algo así en su vida. No obstante, la dulce sensación de rebelión se evaporó al cabo de unos instantes. Ante ella, la oscuridad era tan gruesa como una cortina. Tuvo que entrecerrar los párpados para que la visión se le ajustara y, cuando por fin pudo distinguir los bordes de la estancia en la que había entrado, separó los labios del asombro.

No era en absoluto lo que había estado esperando.

Era demasiado impersonal, como si se tratara de una habitación de invitados; como si en realidad nadie la ocupara. No había retratos. No había efectos personales. No había ni el más mínimo rastro de desorden. Lo único que llamó su atención fue el papel de pared, que mostraba un patrón de margaritas y violetas. Era bonito; tanto que incluso le molestaba. Todo a su alrededor era delicado, sencillo y hermoso: la sombra de un chiquillo que se había marchado hacía cuatro años y que, en realidad, ya ni siquiera existía.

Sinclair le había dicho que Kit había sido un niño sensible, pero era incapaz de imaginárselo así, dulce e inocente. El joven que conocía estaba hecho de una pasta muchísimo más resistente; era como esas hierbas que lograban abrirse paso a través de las grietas del suelo solo por puro resentimiento.

Finalmente, su mirada acabó recayendo en su cama, justo el lugar que había estado tratando de evitar; donde se encontraba él, durmiendo bajo una cascada de luz lunar. La sombra de los árboles que había al otro lado del cristal dibujaba motas negras por su rostro y el cabello se esparcía por su almohada como si se tratase de una salpicadura de agua. Ni siquiera mientras dormía parecía tranquilo.

No obstante, no pudo evitar pensar que su belleza era más cruel que nunca porque no podía acercarse. Y que acabaría quebrándola en mil pedazos si se mantenía inmóvil allí donde se encontraba.

Cerró la puerta, que apenas emitió un solo ruido mientras regresaba a su sitio. Lo único que tenía que hacer a partir de entonces era encontrar el frac que había encantado para hacerle pasar desapercibido. Para hacerle invisible.

Se dirigió hacia su armario.

Y se golpeó el meñique contra una de las patas.

El dolor la recorrió de arriba abajo y los ojos se le cubrieron de lágrimas. Se obligó a contener el gemido que amenazó con escapar de sus labios y, después, se giró hacia Kit. De pronto, comenzó a revolverse sobre las sábanas y fruncía el ceño. Fue entonces cuando se dio cuenta de que no se había preparado ninguna excusa para darle en caso de que se despertara y la encontrara allí. Una parte de sí quería saber qué haría si ocurriera.

Podía imaginar, con toda facilidad, el rubor que le cubriría de inmediato las mejillas y el furioso reproche que escaparía de sus ojos. Aunque también la forma en la que ambos desaparecerían al cabo de unos instantes y las palabras que escaparían de sus labios, las menos románticas que habría escuchado en su vida pero también las más atrapantes. Algo como: «Ven aquí».

Céntrate, se ordenó a sí misma.

Abrió las puertas del armario y comenzó a rebuscar entre sus camisas y chaquetas, aguantando la respiración cada vez que escuchaba el repiqueteo metálico de las perchas contra las barras. Cuando por fin alcanzó la última de las prendas, el corazón se le detuvo en el pecho. No había ni rastro del frac.

¿Acaso se había deshecho de él?

Sin embargo, en cuanto giró sobre sí misma, lo encontró. Se encontraba ahí, en una esquina, sobre el respaldo de la silla de su escritorio. En esta ocasión, la luz de la luna bailaba junto con los encantamientos que había engarzado en sus bordados. Parecía llamarla hacia sí.

Y lo habría sentido como una victoria si no hubiera sido por el hecho de que se encontraba a apenas un brazo de distancia de la cama. Notó cómo le ardían las mejillas, aunque al cabo de unos segundos pensó que tampoco le quedaba otra; bastante lejos había llegado ya.

Contuvo el aliento y echó a andar hacia allí. Cada chirrido que les arrancó a los tablones de madera del suelo le parecieron disparos de mosquete. Con cuidado, tomó el frac entre las manos y lo abrazó contra su cuerpo. La tela estaba fresca y la sintió suave contra su piel mientras la magia —la esperanza— relucía en su interior. De pronto, le dio la sensación de que la joven que lo había cosido era otra persona completamente distinta; una que había creído que Kit era cruel e inaccesible.

Se atrevió a mirarlo de nuevo.

Fue entonces, al fijarse en el trazo plateado que la luna dibujaba en sus rasgos, cuando el pensamiento llegó a su mente: aquella sería la última vez que ambos estarían así de cerca; nunca volvería a escuchar su tono rasgado ni a sentir cómo dirigía contra ella el filo de su mal genio. Que, quizás, algún día olvidaría lo que era sentirse cuidada y protegida por él.

Tuvo el impulso de despertarlo, de renovar los recuerdos que le quedarían de él, pero sabía que bastante había logrado atormentarse a sí misma ya esa noche.

En su lugar, murmuró:

—Adiós.

De pronto, Kit abrió los ojos.

Tuvo que contener un gritito de asombro.

—¿Niamh? —Tenía los ojos entrecerrados y su voz sonaba ronca por el suelo—. ¿Esto es un sueño?

—Sí —mintió ella casi de inmediato—. Es un sueño.

—Entonces, ven aquí.

Parecía seguir en duermevela, pero la firmeza de sus palabras era el eco de la orden de un príncipe. La hizo regresar de inmediato al mundo real.

No obstante, no sabía qué debía hacer. Si se marchaba, estaba segura de que volvería en sí, de que se daría cuenta de que se había colado en su dormitorio como un ladronzuelo. Lo único que podía hacer era esperar hasta que se volviera a quedar dormido y rezar para que a la mañana siguiente no recordara nada.

Despacio, se pasó el frac por encima de los hombros a modo de capa y se sentó en el borde de la cama. El colchón se hundió bajo su pecho.

Kit se giró hacia ella y masculló:

—Te he echado de menos.

Niamh sintió cómo el corazón le daba un vuelco. ¿Cómo podía ser tan débil? No obstante, cuando volvió a mirarlo, se percató de que había cerrado los ojos de nuevo. Poco a poco, su respiración se fue pausando y, aunque no sabía qué había estado esperando, no pudo evitar el pinchazo de decepción que le punzó el estómago. Así que se levantó y le cerró la puerta a lo que fuera que hubieran podido llegar a tener.

21

E

l último evento del calendario del príncipe regente, a solo cuatro días de la boda, se presentó ante ella como la ocasión perfecta para llevar a cabo su plan. Se trataba de una reunión más íntima, que tendría lugar esa noche y solo contaría con los miembros del cortejo nupcial y los miembros de la familia de los novios que fueran a asistir.

Desde la ventana de su dormitorio, Niamh fue testigo de cómo los Carrillo iban llegando. Eran muchísimos más de los que se había imaginado; llenaban una fila entera de carruajes colocados uno junto al otro. Al parecer, la infanta tenía once hermanos, y cumplían con el espectro de la edad al completo: el más mayor debía de tener treinta y algo mientras que el más joven apenas era un niño.

Solo alcanzó a ver al rey y a la reina durante un instante antes de que toda una comitiva de criados —junto al mismísimo Jack— acudieran a su encuentro y los dirigieran al interior del palacio.

Cuando llegó la hora de salir de su dormitorio, metió la última carta de Lovelace en el bolsillo del frac de Kit y se lo puso. De alguna forma, su peso le dio seguridad y la magia que pendía de sus hilos la reconfortó. Cerró los ojos y respiró hondo a medida que el encantamiento la recorría de arriba abajo. Siempre era igual: primero la emoción estallaba en su interior y, después, llegaban los recuerdos.

Todo aquello que había sentido mientras cosía regresaba a su encuentro: los momentos en los que se había sentido diminuta y a salvo, en los que la habían abrazado y consolado; la vez en la que se había ocultado en un hueco que había debajo de las raíces de un árbol mientras jugaba al escondite, cuando se había quedado a dormir en casa de alguna de sus amigas; todas esas ocasiones en las que el sueño la había encontrado en el regazo de su madre.

Se preguntó qué sería lo que Kit habría visto la primera vez que se lo había puesto, qué cosas de sí mismo, de cuando era pequeño, mantenía ocultas. Nunca había tenido la oportunidad de preguntárselo y ya nunca volvería a verlo vulnerable ante ella, ni envuelto en una cuna de espinas ni poniéndose nervioso al verla usar la aguja demasiado cerca.

No. No era momento de dejarse llevar por esos pensamientos.

Se dirigió a la inmensa escalinata principal y contempló cómo los invitados, vestidos con sus mejores atuendos, iban entrando al salón.

Jack había contratado a un trío de bailarines castilianos para que actuaran esa noche. Incluso había construido una especie de escenario que estaba rodeado por tres filas de sillas.

Se detuvo un momento, tratando de tener una mejor visión de sus ropas; no obstante, en ese momento las puertas se cerraron de golpe.

No hay tiempo que perder, pues.

Cada una de las estatuas que se dispersaban entre las sombras de los pasillos estaban bañadas por la luz de la luna y la observaron con sus ojos fríos y carentes de sentimiento a medida que avanzaba. Como si la juzgaran.

La puerta que llevaba al ala de los aposentos reales se alzaba como una torre, inmensa e imponente. Trató de accionar el pomo, pero estaba cerrada. Lo había imaginado, en realidad, y se había preparado para ello.

¿Cuán difícil podía ser realmente entrar? Se quitó una de las horquillas que le sostenían el recogido del pelo y sintió cómo la trenza caía contra su espalda. La introdujo en la cerradura, empujó, giró y escuchó un crac. La mitad de la horquilla que se había partido cayó contra el suelo.

—Maldita sea —murmuró.

—Te dije que no te metieras en líos.

Niamh contuvo la respiración y se dio la vuelta tan rápido que la trenza estuvo a punto de golpearle en la cara. Kit se encontraba a apenas un paso de distancia ante ella, apoyado contra una de las paredes. Sus ojos ambarinos parecían brillar en la penumbra, cargados de incredulidad exasperada y cientos de emociones mal contenidas.

—Kit.

—Tan fácil de sorprender como siempre… Deberías prestar más atención a tu alrededor; sobre todo si lo que intentas hacer es colarte en los aposentos reales.

No supo qué responder a eso. Así como no tenía ni idea de qué pensaba él en realidad; estaba ahí, como si nada, pero su tono era el más sarcástico que le había escuchado convocar nunca. Se apretó el frac contra la garganta y preguntó:

—¿Qué estás haciendo aquí? ¿No se suponía que estabas evitándome? —Y, entonces, se percató de algo más—. ¿Y cómo es que puedes verme?

—Me pareció hacerlo durante un segundo. En la entrada.

—O sea que has venido a buscarme. A propósito.

—No te confundas. —Aunque apartó la vista, Niamh alcanzó a ver una leve capa rojiza sobre el puente de su nariz—. Me dio la sensación de que te traías algo entre manos y, vaya, resulta que tenía razón. No puedes evitarlo, ¿no?

Todo el rostro se le encendió de vergüenza.

—¿Y tú qué? No es que seguirme hasta aquí haya sido tu idea más brillante; cualquiera podría haberte visto.

—¿Y? Es mi casa.

—Ya. Bueno. —Hizo una pausa—. Aun así, si vuelven a vernos juntos... Nos encontramos en una posición muy comprometida.

—Entonces, será mejor que no nos vean. —Fue entonces cuando por fin pudo reconocer el sentimiento que ardía en su mirada: desafío—. ¿Por qué estás aquí?

Fue incapaz de pensar una excusa plausible: se encontraba en mitad de un pasillo, a oscuras, con un frac que le había robado y una horquilla que había tratado de usar como ganzúa pero se le había roto.

—Solo estaba dando una vuelta.

—Ah, ¿así es como lo llamas? Por lo que sé, has estado haciéndolo bastante a menudo últimamente.

Le llevó un segundo de más entender a qué se refería.

—Estabas... ¿Estabas despierto?

—Estuviste a punto de romperme el armario de una patada; o sea, sí.

—Pero entonces... —Deseó que el suelo la engullese en ese mismo instante. O estallar en llamas—. ¡Estabas tomándome el pelo cuando me pediste que me acercara! ¿Por qué no me dijiste nada?

—Tal vez solo quería ver cómo reaccionabas. Sigo esperando tu respuesta, por cierto.

Por los dioses. ¿Por qué tenía que haberla encontrado? Había creído que sería pan comido, que conseguiría ayudarlo desde la distancia y después alejarse de su vida. Sin embargo, parecían atraerse el uno al otro, como si de imanes se tratasen, y la exasperaba lo sencillo que era seguir ese patrón con él; lo bien que se sentía al hacerlo. Como si fuera lo correcto.

—Estoy intentando descubrir quién es Lovelace —confesó por fin—. ¿Contento?

Kit arqueó una ceja.

—¿En el ala del palacio de mi hermano?

Oh, sí. Qué agudo. Sabía, a juzgar por su tono neutro y el frío brillo de sus ojos, que estaba disfrutando de aquello.

—Creo que es la princesa Sofia.

Toda diversión abandonó su rostro de golpe.

—¿Cómo?

Niamh puso una mueca.

—Sé que podría considerarse traición el simple hecho de insinuarlo, pero tengo razones para creerlo y no…

Un bufido la interrumpió.

—No tienes que darme explicaciones; no he venido a detenerte.

—Ah, ¿no?

—No. —Se apartó el pelo de la cara y suspiró, como si estuviera muy exasperado. Aun así, no le pasó desapercibido el hecho de que su expresión se había relajado—. Voy contigo, pero quiero el frac de vuelta.

—Hecho —respondió, aunque de pronto la sospecha la hizo detenerse—. Espera. ¿Por qué irías a ayudarme a colarme en los aposentos de tu hermano?

—Porque, aunque estés equivocada, no se merece ni un solo momento de paz. —Las palabras escaparon con toda su tranquilidad—. Y, si resulta que estás en lo cierto, te vas a meter hasta el cuello en una situación bastante turbia y no tienes a nadie que te proteja si las cosas se ponen peor.

—No necesito que nadie me proteja.

Sí que lo necesitaba, por supuesto, pero no pensaba darle la satisfacción de admitirlo en voz alta.

—Bueno, ya te he explicado el porqué; ahora devuélveme el frac.

Aunque no sin cierta reticencia, se lo tendió, y él se lo intercambió por el que se había puesto esa noche. La tela estaba caliente y portaba su aroma, esa mezcla de tierra húmeda y tabaco. Le pareció que era un intercambio más que justo. De inmediato, Niamh introdujo los brazos en las mangas y se lo echó por encima bajo su peculiar mirada. Rezumaba algo semejante a la admiración.

—¿Qué? —Fijó la vista en sus pies—. Parezco tonta, ¿no?

—No —respondió él, y de pronto sonaba incluso tímido—. O sea, te va grande, pero me gusta cómo te queda mi ropa.

—Oh. —Se aclaró la garganta, obligándose a no dejarse llevar por los nervios—. Eh… Bueno, ¿tienes la llave, entonces?

La sonrisa que se dibujó en sus labios entonces fue pícara, y no pudo evitar que el corazón se le acelerase de pronto. Nunca lo había visto poner una expresión como aquella; parecía a punto de cometer una trastada.

—No, pero no es la primera vez que me cuelo ahí dentro. Es fácil.

Entonces, sus ojos soltaron un destello dorado y Niamh notó el pulso mágico que le acarició la piel. Cada una de las plantas que los rodeaban se sacudieron en sus macetas y varias ramas finas escaparon para abrirse paso en el aire hasta el cerrojo. La madera comenzó a romperse y a crujir y, un par de latidos más tarde, la cerradura entera se separó de su sitio y golpeó el suelo con un estruendo metálico.

Se la quedó mirando con la boca abierta.

—Vaya. Está claro que era una forma de hacerlo, pero ahora tu hermano va a saber que alguien ha entrado ahí. ¿Cómo dices que pretendes explicárselo?

—No hará preguntas; dará por hecho que he venido a buscar alcohol. —La diversión había desaparecido de su voz—. Venga, vamos.

Pasó por su lado y ella aumentó el ritmo para ponerse a su altura. Después, con voz suave, le preguntó:

—¿Y no te importa dejar que crea eso?

—Lo que me importe o no es en lo que menos estoy pensando ahora mismo, la verdad. —Su tono se había cubierto de sarcasmo, aunque se encargó de deshacerse de él con un suspiro—. Jack no confía en mí ni va a volver a hacerlo nunca. Y con razón, si te soy sincero. Fui un cabrón antes de marcharme a Helles. Él apenas podía mantenerse a sí mismo, y tampoco es que nuestro padre le estuviera dando muy buen ejemplo sobre cómo criar a nadie.

Niamh aún recordaba el dolor, la crudeza y la rabia en la voz de su hermano la tarde de la fiesta en los jardines de Woodville Hall: «Lo único que haces es estallar a la mínima y, en cuanto las cosas comienzan a ir mal, cortas con todo y huyes, justo como hizo madre. Ninguno de los dos ha hecho nunca nada por mí».

—Creo que él tampoco está orgulloso de cómo actuó —dijo entonces ella, en voz baja—. A veces la desesperación hace que actuemos de formas de las que acabamos arrepintiéndonos. Aun así, no eras más que un niño. Ni siquiera eras tú en ese momento. Deberías ser un poco más justo contigo mismo.

Sus pisadas arrancaban ecos por todo el pasillo y, en mitad de la oscuridad, el mármol del suelo parecía una brillante capa de hielo. El príncipe se encaminó hacia el centro de la antecámara. Allí, a sus pies, se encontraba un mosaico que representaba el símbolo de los Carmine: una rosa en plena floración con una gota de sangre dorada sobre una de sus espinas.

—¿Adónde vamos ahora? —le preguntó.

Ella miró a su alrededor, dudosa.

—Eh… pues…

—No te creo. ¿Pensabas meterte aquí dentro sin ni siquiera un plan?

—Dame un segundo, ¿quieres? Estoy pensando. —Había tres corredores que partían desde donde se encontraban—. ¿Sabes dónde está la alcoba de la princesa? —Durante un segundo, le pareció que estuvo a punto de soltar otro comentario sobre su afán de colarse en dormitorios ajenos, así que añadió—: Mira. No digas nada.

Sin pensarlo, lo agarró del codo y comenzó a tirar de él. No fue hasta que ya habían cruzado el umbral de los aposentos de Sofia que se dio cuenta de que en ningún momento había hecho ademán de liberarse. Ni siquiera se había quejado.

Lo soltó de inmediato y echó un vistazo a su alrededor.

Cada rincón estaba tapizado con suaves telas de color blanco y gris, tan apagadas como un bosque en mitad del invierno. Se dirigió primero a su escritorio, pero no había nada en él a excepción de varias cartas a medio comenzar que estaban escritas en lengua extrajera. No obstante, su caligrafía no le resultaba familiar. Sintió que el corazón se le caía a los pies. Aun así, pensó que quizás el contenido de esas cartas podría revelarle algo que pudiera ayudarla a confirmar su teoría.

—¿Entiendes saskiano? —le preguntó a Kit.

—Más o menos. —Le tendió una mano—. Déjame ver.

Le cedió una de ellas y, mientras la leía, Niamh comenzó a rebuscar en los cajones. No encontró nada de nada; tan solo sellos de cera normales y corrientes y puntas de pluma de escribir que habían colocado en línea como si se tratara de instrumentos quirúrgicos.

—No dice nada importante —le informó el príncipe al cabo de un rato—. Es una carta para su hermana; le está diciendo que no es feliz aquí.

No le habría hecho falta leer su correspondencia para darse cuenta de eso. Se acercó a él para recuperarla y, con cuidado, la reemplazó por otra.

—Ya veo...

Justo cuando empezaba a pensar que tal vez estaba equivocada, reparó en la ventana; iba del suelo al techo y daba paso a un balcón. Más allá, alcanzaba a ver toda la extensión del jardín delantero y, a uno de sus lados, como si se tratase de un espíritu escuálido que atravesara la noche, se encontraba el árbol quemado. Recordaba a la perfección a la princesa allí, inclinada contra la barandilla, con las cortinas sacudiéndose a su espalda y la ropa pegada a su cuerpo por la brisa nocturna.

Y estaba segura de que ella también la había visto. Tenía que haberlo hecho.

—Pareces decepcionada —escuchó a su espalda.

—No. Es... Probemos en otra habitación.

Sin embargo, cuando trataron de abrir la que se encontraba justo al lado, la descubrieron cerrada. Kit cerró los ojos y apoyó una mano contra la puerta. El tenue resplandor dorado que se filtró entre sus pestañas le dibujó sombras en las mejillas y, entonces, una rama atravesó la cerradura desde el otro lado. La arrancó de cuajo y la hoja de madera se abrió con un gruñido.

—Guau —dejó escapar Niamh por lo bajo.

El descaro con el que lo había hecho la sorprendía; por muy príncipe que fuera, era incapaz de aplacar su verdadera naturaleza. Suponía que era lo que ocurría cuando crecías sabiendo que la tierra sobre la que caminabas te pertenecía. Vio cómo se abría paso por el dormitorio y encendía una de las lámparas de gas que pendían de las paredes. La luz se alzó de pronto por toda la habitación.

Era la de Jack. Y estaba tal y como la imaginaba: impecable.

—De pequeño, me gustaba venir aquí y molestarlo mientras trabajaba. —Dio unos golpecitos con el tacón de sus zapatos contra el suelo—. Si mueves cualquier cosa, aunque sea solo un poco, se dará cuenta. Es una especie de museo para él.

—Que no toquemos nada, ¿no? Ajá. Porque la puerta...

Era ya demasiado tarde como para andarse con precauciones.

—Quiero echar un vistazo —dijo Kit en su lugar.

Y, en realidad, a ella también le daba curiosidad saber qué mantenía a Jack tan ocupado allí. Vio que su hermano recorría, despacio, el perímetro de la estancia hasta que se detuvo ante el aparador que se encontraba justo detrás de su escritorio. Tomó un decantador de cristal con *whisky* que reposaba en una de las baldas, abrió la ventana y lo derramó. Mientras lo devolvía a su sitio, mantuvo la mandíbula apretada.

En ese momento, una brisa fresca se abrió paso por la estancia y acarició los papeles que había sobre la mesa. Niamh se unió a Kit, aunque no sin cierta duda. No había demasiado espacio entre la estantería y el sillón orejero y fue incapaz de evitar rozarle el hombro con el suyo a medida que revisaba lo que se encontraba en la superficie. Había un plano de los asientos de la boda —con cientos de nombres escritos, algunos tachados y recolocados cientos de veces— y menús con notitas meticulosas: «El bizcocho es demasiado pesado», decía una, «y el sabor del té me resulta abrumador. No soporto la lavanda».

Era todo demasiado ordinario.

Lo volvió a disponer todo en el que creía que era el orden correcto antes de dirigir su atención a los cajones. En ellos se topó con varios libros de contabilidad, muchísimos, todos idénticos y encuadernados en cuero. Sacó el más reciente, que cayó con fuerza contra la madera del escritorio.

—Se pasa el día haciendo anotaciones en libros como esos —comentó el príncipe entonces—. Aunque nunca me ha dejado ver qué pone.

—Pues adelante.

Cada uno se hizo con un tomo.

La meticulosa precisión de la pequeña letra de Jack y la inmensa cantidad de números que recorrían las páginas casi hicieron que le doliera la cabeza. Niamh había aprendido las matemáticas necesarias para ser capaz de llevar una tienda, pero no eran en absoluto su fuerte y le costó bastante entender lo que tenía ante ella. Aparte, aquí y allá, iba encontrando cartas dispersas y documentos oficiales sueltos, cada cual con una apariencia más importante y urgente que el anterior.

A su lado, Kit pasaba las páginas con la concentración impenetrable que empleaba en todos los ámbitos de su vida. Sin embargo, sus ojos estaban un tanto más abiertos de lo normal y, a medida que avanzaba, su piel se iba volviendo cada vez más pálida. Estuvo leyendo durante lo que se le antojó una eternidad antes de apartar el libro y hacerse con otro. Al cabo de un rato, todo el color regresó a su rostro. Junto con el enfado.

—Debe de haber un error.

—¿Qué ocurre?

El príncipe dio un paso hacia atrás con la vista fija en la mesa, como si le hubiera dado un mordisco.

—Las arcas reales están prácticamente vacías.

—¿Cómo?

No hubo respuesta; se puso a abrir cada cajón y cada armario. Sacó al exterior cartas procedentes de cada uno de los rincones del imperio, diseccionó la estancia con la precisión letal de un cazador al despiezar a su presa y, cuando terminó, se encontraban prácticamente enterrados entre papeles. Lo vio inclinarse de nuevo sobre el escritorio con los dedos apretados en los extremos.

—Esto se remonta a mi padre —dijo—, a hace décadas. Machland no fue la única colonia en la que estallaron revoluciones y, aun así, trató de acabar con todas ellas al mismo tiempo, y sus medios fueron demasiado caros. Él sabía que era una batalla perdida casi desde el inicio, pero trató de sacar lo que fuera de donde fuese para mantener su posición y agotó todos nuestros recursos. Por puro ego.

Niamh separó los labios. ¿Cuánta sangre se había derramado en todas esas guerras? La aterraba pensar qué habría ocurrido durante la Guerra de la Independencia machlandesa si el rey no hubiera dividido sus fuerzas para arrojarlas contra otros territorios. Habrían sido reducidos a cenizas.

—Y entonces —continuó Kit—, cuando perdió, su forma de sobrellevarlo fue dedicarse a mandar construir sus preciosos e inútiles palacios, como en el que se encuentra pudriéndose ahora mismo; cada uno es una monstruosidad hecha de oro. Por no mencionar los gastos que le han supuesto mantener a todas sus queridas, pagar el láudano que consumía y las obras de arte de su colección. La deuda que llegó a acumular es… una barbaridad.

—Y lo dejó todo en manos de tu hermano —comprendió ella—, sin ni siquiera molestarse en prepararlo para afrontar la situación.

—Sí —respondió, en apenas un hilo de voz—. Parece que se ha estado dejando la piel para rellenar huecos desde entonces. Y, mientras, tratando de aparentar que todo iba bien. —Después, agregó—: Uno de sus mayores inversores en la actualidad es el duque de Pelinor. El padre de Sinclair.

El corazón le dio un vuelco.

—Oh.

Kit comenzó a caminar por la habitación.

—No sé si lo sabes, pero es un hombre que ha obtenido la mitad de su fortuna a base de explotar a tu pueblo. Ya desde antes de la revolución contaba con sus propias tierras, y ahora en la actualidad se sirve de mano de obra machlandesa al menor precio para maximizar su propio beneficio.

Lo que significa que Jack no podía permitirse virar en su contra.

Se tuvo que apoyar en la mesa. Se sentía mareada.

—Así que por eso se niega a escuchar las protestas.

—Avaland está desangrándose. Y, aun así, no deja de gastar dinero. Mira la boda. No lo entiendo.

De pronto, el peso de sus palabras cayó sobre ella. Aquello era lo que Lovelace buscaba, lo que siempre había sospechado que ocurría.

Las deudas, los sobornos, la corrupción.

Lo único que mantenía al país en pie era pintura dorada, una oración y la determinación de un príncipe que estaba dispuesto a cargárselo todo a los hombros.

Kit comenzó a apartar todo lo que ocupaba el escritorio a manotazos. Cada uno de los libros de contabilidad golpeó el suelo; cientos de papeles se dispersaron por doquier.

—¿Cómo ha podido ocultármelo?

Niamh le apoyó una mano en el hombro.

—Eras muy joven.

—¡No es excusa! —soltó—. Vaya idiota. Si de pronto muriéramos esta noche, todo esto caería en las manos del pobre bastardo que el Parlamento creyera oportuno poner en el trono, y ninguno de ellos es lo bastante competente como para mantenerlo en las sombras tan bien como lo ha hecho mi hermano. Yo podría haberlo ayudado, pero no puedo hacer nada si no estoy al tanto de nuestra situación.

—No es responsabilidad tuya, Kit. Ni siquiera estabas aquí. Nada de esto ha sido por tu culpa.

—¡Ni tampoco la suya! Joder —susurró—. ¡Joder! Lo siento.

—¿Estás… bien?

Tardó un rato largo en responder:

—Sí. —Su enfado parecía haberse consumido; el único sentimiento que permanecía en sus rasgos era la férrea determinación—. En realidad, esto es bueno.

Abrió la boca, sorprendida.

—En serio, ¿te encuentras bien? Quizá soy yo, pero no soy capaz de verle el lado positivo a nada de esto. Ni espachurrándome la cabeza.

—Me encuentro mejor que nunca; es… Creo que puedo hacer algo al respecto. —Se apartó el pelo de la frente—. Durante mucho tiempo, me he sentido un inútil. Nunca he sido libre; siempre he pensado que jamás sería capaz de escapar, ni de mi familia ni de mi pasado ni de mí mismo. Hasta que volví, no importaba si dejaba de beber o no; apenas sentía que valiera la pena vivir. Me encontraba encerrado en una granja en Helles, no conocía a nadie, y lo único que podía hacer era pensar en todo lo que había perdido y en cada uno de mis errores.

»Pero un día me di cuenta de en qué me había convertido. El propietario del huerto en el que trabajaba me encontró inconsciente. No fue algo demasiado agradable de ver, según me contó. —Bufó—. Cuando recuperé la conciencia, se sentó a mi lado y me dijo que había visto cientos de hombres en situaciones como la mía a lo largo de su vida. Me dijo que, por mucho que alguien me hubiera hecho daño, no significaba que tuviera que hacérmelo yo a mí mismo. Y supe que tenía que tomar una decisión: podía quedarme allí y morir o podía seguir viviendo, impulsado por mi propio rencor.

Niamh sintió cómo las comisuras de sus labios amenazaban por curvarse hacia arriba. Por supuesto que iba a elegir aferrarse al rencor incluso cuando se encontraba al borde del abismo. Así era él.

—Y de alguna forma, sigo aquí. Aun no sé cómo abrirme; la mayoría de los días ni siquiera sé cómo debería vivir ni cómo ser buena persona. Pero supongo que, al menos, es un comienzo. —Posó la vista en los libros que había arrojado contra el suelo—. Creo que he conseguido ver lo que hay ante mí, y creo que por fin mi vida me pertenece. Sé qué es lo que quiero. Quiero hacer las cosas bien. Y quiero…

Se cortó antes de terminar. Y, aun así, Niamh no necesitó que lo hiciera para entenderlo. *Y quiero estar contigo.*

Dio un paso atrás y se golpeó con la estantería.

El astrolabio que había en ella se tambaleó.

—No digas tonterías.

—No lo son.

De pronto, se encontraban tan cerca el uno del otro que casi podrían haber compartido su aliento. Era injusto. Era cruel. Porque no importaba cuáles fueran sus sentimientos; nada de eso cambiaba sus posiciones sociales. No cambiaba el hecho de que, simplemente, no podía ocurrir nada entre ellos.

—Pero… no… —Le llevó un instante de más recordar cómo formular frases—. ¡No puede ser! Sabes que lo mejor es que nos mantengamos apartados el uno del otro. No soy buena para ti de ninguna forma; solo una tonta y una torpe que es incapaz de dejar de causar problemas a su alrededor. ¡Mira dónde nos encontramos!

—Debes de ser lo único bueno que he querido jamás en mi vida.

Un jadeo escapó de entre sus labios; no podía creerlo. No podía aceptarlo. No podía permitirse volver a tener esperanza. Acabaría haciéndole daño.

«Te acabará rompiendo el corazón».

—Deberíamos irnos antes de que alguien nos encuentre.

Sin darle un segundo para que replicara, se dio la vuelta.

—Espera. —Kit la tomó por la muñeca. Sus dedos ardían contra su piel; su agarre, aunque respetuoso, era firme. «Por favor», parecía decirle. Mientras se volvía hacia él, el pulso se revolucionó en sus venas—. Es solo… Detente aunque sea un momento. No lo haces nunca.

Se encontraban en medio de la estancia, pero, de alguna forma, sintió que su presencia la envolvía por completo. La intensidad de sus ojos fijos en los suyos la mantenía adherida al suelo.

Desde que había sido lo bastante mayor como para entender la situación en la que se encontraba, se había pasado la vida trabajando; siempre había estado lista para enfrentar lo inevitable, para ir en busca de lo que hacer a continuación, del siguiente roto que enmendar, la siguiente herida que cerrar. Siempre había creído que el tiempo se le escaparía entre las manos si se quedaba quieta, que era algo que se gastaba, no algo que le perteneciera.

Sin embargo, en aquel momento supo que había estado equivocada. Le latía el corazón. Tenía los pulmones repletos de aire. Y la vida se encontraba ahí, justo enfrente de ella. No, no pensaba moverse.

Los ojos del príncipe, tan ambarinos y brillantes como la mismísima luz del sol, parecían a punto de derretirse. Se encontraban en el borde de la línea que separaba el hambre de la frustración. Un escalofrío la recorrió de arriba abajo.

—Ya está. No es imposible, ¿verdad?

Su voz escapó en un suspiro:

—No.

Y no supo cómo pasó, quién dio el primer paso, pero de pronto se sintió ligera; de pronto se había puesto de puntillas y el torso contra el que apoyaba las palmas de sus manos estaba sólido y emitía calor. Notó los dedos que recaían en la parte inferior de su espalda, cómo la atraían hacia delante. Y, cuando sus labios la encontraron, ni siquiera parecían ser los de siempre; no se asemejaba a nada que hubiera vivido jamás. Eran dulces y tentativos y parecían encontrarse en busca de algo.

Niamh sonrió contra su boca.

Había muy pocas veces en las que no odiaba su cuerpo, que no detestaba lo traicionero que era, pero, en aquel momento, no le pareció que hubiera nada más mágico que la forma en la que se unían ambos, con ternura. Las lágrimas comenzaron a acumulársele tras los párpados, pero se sentía feliz, como si fuera a estallar mientras cada uno de sus latidos pronunciara su nombre. *Kit.*

Todo se estaba desmoronando a su alrededor, pero aun así ambos se encontraban allí; de pie, en mitad del ojo del huracán.

—¡Christopher!

Al escuchar el eco de la voz de Jack en la distancia, ambos se quedaron congelados. Fue entonces cuando oyó la orden en un susurro:

—Escóndete.

22

scóndete. Fue una forma demasiado fría de regresar a la realidad.

Y, aun así, todavía envuelta en el vaivén del beso, nada parecía consistente. Kit apoyó una mano en su hombro para que se agachara y sintió de pronto las faldas pesadas a su alrededor, como si fueran una trampa. No había tiempo para esconderse. Los pasos de Jack rebotaban en la antecámara, a cada segundo más sonoros.

Paseó la mirada por la estancia, pensando que, a menos que saltara por la ventana —lo cual, conociéndose, acabaría sin duda desembocando en algún tipo de lesión—, no había forma de escapar.

Su única opción era meterse debajo del escritorio.

Justo cuando terminó de arrastrarse hasta allí, la puerta se abrió de golpe.

—¿Qué te crees que estás haciendo?

Sintió que se le helaba la sangre. Al haberse criado en un hogar que siempre se había visto asediado por la pérdida, una parte de ella estaba acostumbrada a la rabia, a hacerse diminuta para que no la alcanzara, a salir corriendo entre cada una de sus estocadas. No obstante, Kit se enfrentó a su hermano con el estoicismo de un guerrero.

—Mira a tu alrededor, ¿no? —respondió como si nada.

Niamh se movió en su escondite, tratando de encontrar una posición más cómoda, pero la única forma de caber allí abajo era llevarse las rodillas al pecho y doblar el cuello en un ángulo bastante extraño. Aun así, si apoyaba la mejilla contra el suelo, alcanzaba a ver un leve atisbo de la alcoba: las tablas de madera del suelo, bajo la luz de luna y cubiertas de papeles, aunque también los zapatos negros del príncipe regente.

El silencio se alargó durante varios segundos. Aunque, después, Jack debió de fijarse en el decantador de *whisky* vacío, porque dijo:

—Estás borracho.

Su voz tembló de una forma que jamás habría creído que escucharía en él. De hecho, jamás habría imaginado que nadie podría otorgar tantos sentimientos a solo dos palabras; fue como si atravesara cada uno de los estados del duelo: de la negación a la desesperación en un bucle perfecto.

—No me mires así —le espetó su hermano; no obstante, escuchaba algo más en su voz, algo amargo: una culpa que no nacía de nada más que del odio, puro y profundo, que sentía hacia sí mismo—. Lo he tirado por la ventana.

—No te creo. —Su voz volvía a ser firme. Se había vuelto a colocar la armadura pieza por pieza. Aun así, el daño ya estaba hecho; la recorrían demasiadas grietas, y la impotencia y el dolor escapaban por todas ellas. Niamh sintió cómo se le cerraba la garganta al escucharlo—: ¿Cómo pretendes que te crea?

Estaba destrozado. Destrozado por lo mucho que lo quería.

—Bueno, pues no lo hagas. No me importa. —Aunque era obvio que sí lo hacía. Muchísimo. Podía imaginárselos a la perfección: cada uno a un lado de la estancia, como si los separara un abismo que no hubiera forma de cruzar—. Casi puedo ver los engranajes de tu cabecita dando vueltas, pero no soy un problema más que tengas que resolver. No soy un desastre más que tengas que solucionar. ¿Aún no lo captas?

Nunca vas a poder arreglarme. No lo conseguiste al mandarme a Helles, pero quizá sí fue una decisión correcta, aunque todavía te guarde rencor por ello; te habrías muerto tratando de hacerlo.

—Ki...

—Cállate —lo interrumpió con dureza y un millón de emociones impresas en su voz—. No quiero que hablemos de eso ahora. Bastantes problemas tienes tú ya, ¿me equivoco?

—¿De qué estás hablando?

Dejó escapar un soniquete burlón.

—Este reino se encuentra al borde del colapso económico. Y nada de lo que has hecho es capaz de detenerlo.

No le hizo falta ver a Jack para saber que, en ese momento, comenzó a observar lo que lo rodeaba: los documentos y los libros de cuentas que se esparcían por los rincones, todo lo que se había encargado de abrir y remover en su escritorio.

—No tienes ni idea. —Jadeaba, pero no era de rabia, sino casi de alivio—. Dios. No sabes la clase de peso que he tenido que cargar sobre los hombros desde que padre enfermó. Gastaba dinero como si no hubiera un mañana... Todos sus proyectos de colonización fallidos, sus chantajes, sus vicios... Avaland es un castillo de naipes, Christopher. Es una bestia hambrienta e incontrolable. Cada vez que conseguía taponar uno de sus huecos, se abría otro distinto. Jamás te habría traído de vuelta si hubiera podido evitarlo. Traté de alejarte de esto todo lo que pude.

—O sea que la boda...

—Es otro parche, sí —respondió, agotado—. Pretendo invertir la dote de la infanta.

Kit pareció encenderse de nuevo.

—¿Cómo demonios conseguiste convencer al rey Felipe?

—Porque le prometí apoyo militar; al igual que hice con el padre de Sofia.

—Pero no puedes dárselo en realidad.

—No, no puedo. Es una apuesta; una de la que obtendré unos beneficios enormes si Castilia se mantiene alejada de los conflictos hasta que mis inversiones den frutos. Calculo que de cinco a diez años. Después, la deuda estará saldada.

—¿De cinco a diez *años*?

—Y hasta entonces tenemos que mantener las apariencias. ¿Cuánto crees que tardaría el Parlamento en reemplazarme si descubriera la verdad? Preferiría morir antes que ver cómo cuatrocientos años de historia de nuestra familia se deshacen ante mis ojos. Padre confía en mí.

—¿Por qué sigues idolatrándolo? ¿Por qué sigues justificando todo lo que nos hizo? No era solo un hombre con defectos; era un monstruo. —Desde donde se encontraba, Niamh alcanzó a ver cómo cruzaba la estancia—. Sé lo que te hizo. No importa cuánto trates de esconderlo. Y ahora te ha dejado este entuerto a ti, y encima te has convencido de que eres el único que puede cargar con él. Mira hasta dónde te ha conducido. —No recibió respuesta, así que escupió—: No pienso seguir siendo tu peón. Querías que cumpliera con mi deber. Pues eso estoy haciendo, y cumpliré con el tuyo también si resultas no estar a la altura.

Entonces, Jack dejó escapar una carcajada entre sorprendida y mezquina.

—Ten cuidado con lo que insinúas, Christopher; podría empezar a tomarte en serio. Pero, bien, ilumíname: ¿realmente crees que todo mejorará si accedo a obedecer a los machlandeses y tomo unas medidas que no nos podemos permitir? ¿Si abdicase, alegando seguir mi sentido del honor? ¿Puedes imaginarte aunque sea el derramamiento de sangre que supondría mostrar semejante falta de poder? Estallaría una revuelta y cientos de potencias extranjeras tratarían de aprovecharse de ella. ¿Crees que Castilia tardaría mucho en cambiar de opinión sobre nuestro acuerdo? Estamos metidos en esto hasta el cuello; ya no hay vuelta atrás.

—Si tanto quieres solucionar los errores de padre —replicó Kit, despacio—, reúnete con Carlile. Es tu oportunidad de hacer *algo* que logre mejorar nuestras relaciones con los machlandeses.

—Tengo las manos atadas. Soy lo único que separa a nuestros súbditos de la ruina total; soy todo cuanto tienen, por poco que les complazca.

—Bájate del pedestal. Deja de creer que sabes lo que necesitan los demás mejor que ellos mismos. Todos estos años te han convertido en un egoísta incapaz de ver nada más allá de tus narices.

—Ya es suficiente. No me importa cuántas ganas tengas de discutir: te guste o no, no puedes escapar del hecho de que corre sangre real por tus venas. Tienes obligaciones que cumplir. No pienses que no sé qué te has estado trayendo entre manos. Me encantaría creer que lo que publica Lovelace no son más que patrañas de prensa rosa, pero te conozco muy bien. Me niego a que te anule el juicio una plebeya de...

Niamh apretó los párpados, lista para recibir de lleno el insulto.

Pero nunca llegó:

—No te atrevas a decir una sola palabra sobre ella.

—Vas a casarte con la infanta. —Su tono de voz fue frío—. No te queda elección.

—Me niego a hacerlo.

—¡Soy el príncipe regente! —estalló y, con él, la ventana. Hubo un estruendo desgarrador y varias enredaderas se abrieron paso por la estancia junto a grandes trozos de cristal. Algunos alcanzaron los pies de Niamh y reflejaron la luz de la luna—. ¡Puedes odiarme si así lo deseas, pero vas a obedecerme!

—Echa un vistazo a esos libros de cuentas, Jack. No eres príncipe de nada.

—Vete de aquí —ordenó entonces con una tranquilidad arrolladora—. Ya me he cansado de tus insolencias.

—Ah, ¿sí? —La ironía se filtró en cada una de sus palabras—. ¿Quién es ahora el que rompe con todo y sale corriendo?

—He dicho que te vayas.

Desde su escondite, pudo percibir que Kit dudaba. Y, de hecho, casi podía sentirlo buscándola en la distancia que los separaba. Deseó no haber accedido a devolverle el frac; podría haberlo usado para escapar.

—Muy bien —lo escuchó decir entonces—. Pero que sepas que esta conversación no ha terminado.

Un segundo más tarde, llegó el portazo. El impacto permaneció en el aire. Niamh se vio obligada a contener el aliento. Estaba casi segura de que, en cualquier momento, Jack iría tras él. No podía dejar que la conversación acabara así.

No obstante, lo único que hizo fue dejar escapar un largo suspiro, derrotado. Y, de pronto, el sonido de la tela cuando se quitó la chaqueta alcanzó sus oídos. La vio caer en el respaldo de la silla, justo delante de ella.

Oh, no.

Después, sus pasos se dirigieron hacia el escritorio; pudo entonces verlo, recortado contra la luz de la lámpara de aceite. Comenzó a deshacerse del resto de su ropa hasta que se quedó solo con la camisa y se aflojó la corbata. Después, se dirigió hacia la estantería para tomar el decantador de cristal, pero, en cuanto recordó que estaba vacío, soltó una palabrota.

—Ese maldito inútil… —murmuró—. Tendría que haberlo enviado al ejército.

Fue entonces cuando sus ojos cayeron en ella.

Fue testigo de cómo todo rastro de sangre abandonaba sus mejillas durante el tiempo, unos segundos horribles y eternos, que se mantuvieron la mirada. Se sintió como si fuera una fantasma cansina que pensara que ya se había marchado.

Una vez que Jack logró recomponerse, el asombro se convirtió en ira.

—¡Eh! —La agarró del codo para sacarla de donde se encontraba. Niamh no tardó en retroceder todo cuanto pudo—. ¿Qué está haciendo usted aquí? ¿Ha sido quien ha metido a mi hermano en todo esto?

—¡No! ¡Le juro que no!

—Lo único que ha hecho desde que llegó ha sido causarme problema tras problema. No es más que una niñata entrometida.

—¡Lo siento!

Apretó el cuerpo contra la pared, amedrentada por la locura que vio reflejada en su rostro. No sabía qué hacer ni sabía qué era capaz de hacer él. Quizás la golpeaba.

Apenas había reconocido el miedo en su propia voz; no obstante, al menos él pareció darse cuenta y, de inmediato, el eco de la culpa centelleó en sus pupilas, seguido de cerca por una verdadera vergüenza. Lo vio dirigir la mirada a su mano, que estaba cerrada en un puño; la extendió de inmediato, como si estuviera deshaciéndose de un mal recuerdo.

—Siento haberla asustado. Está siendo una noche muy larga. —Cerró los ojos y se masajeó las sienes—. ¿Tan patético soy que ni siquiera una joven cualquiera, ni mi propio hermano, me guardan ni el más mínimo respeto? Se ha aprovechado de mi compasión —la acusó—. Le ha dado a Lovelace leña con la que seguir alimentando su fuego y ahora le ha llenado a mi hermano la cabeza de tonterías.

La frialdad con la que habló de Kit le molestó de una forma que jamás había creído posible. No pudo contenerse de alzar la voz:

—Lamento profundamente cualquier problema que le haya podido causar, pero le aseguro que en todo momento he actuado en pos del bienestar de su familia. Y, en lo que se refiere al príncipe, lo único que he hecho ha sido tratarlo como él desea que lo hagan: como a una persona con sus propios sentimientos y capacidad de opinar.

—Ahórreselo, señorita. —De pronto, sonaba cansado—. Estoy seguro de que es lo bastante inteligente y de que tiene el suficiente sentido común para entender la situación en la que nos encontramos; no es apropiada para él en ninguno de los aspectos posibles. Lo cierto es que jamás la había considerado una joven ambiciosa, pero qué descaro... Aspirar tan por encima de su posición y atreverse a intentar romper una unión que solo busca el bien común...

—¿Qué quiere decir con todo esto, señor? —tuvo el valor de preguntar; no se detuvo a pensar siquiera—. Su hermano no me ha hecho propuesta alguna.

Él retrocedió, claramente enfadado por la mera sugerencia.

—¿Debo entonces dar por hecho que, en caso de que lo hubiera hecho, habría aceptado?

Tendría que ser una estúpida para responder con algo que no fuera una negativa. Siempre había sido consciente de los deberes que Kit tenía como príncipe, pero, aun así, también sabía que para él todo aquello era una pantomima, que jamás sacrificaría nada por un reino que lo detestaba ni por un matrimonio como aquel. Uno en el que ambas partes se sentirían atrapadas y serían infelices.

Se sentía incapaz de contener esa furia silenciosa a la vez que desesperada que ardía en su interior. Y fue entonces cuando la idea se coló en su mente: si ya de por sí iba a morir pronto, ¿por qué hacerlo tratando de complacer a todo el mundo excepto a sí misma?

—¿Y por qué no habría de hacerlo?

—No ponga a prueba mi paciencia, señorita O'Connor. —De pronto, le pareció que irradiaba malicia; una malicia poderosa, implacable y determinada a arrojar sobre ella todo el peso de cada gota de sangre real que recorría sus venas—. Si lo que busca es riqueza, ya sabe que aquí no va a encontrarla. ¿O acaso no ha estado escuchando cada maldito detalle de nuestro encuentro? ¿Acaso no entiende qué está en juego? Avaland no ha tratado bien a su pueblo a lo largo de la historia, todos lo sabemos, y lamento profundamente la forma en que mi padre gestionó la derrota, pero no puede tener tan poca empatía como para condenarnos a todos por un capricho.

—¡Tal vez hay otras opciones que no ha considerado! Una que no requiera de ninguno de esos sacrificios o alguna que abogue por un mundo más justo.

Su voz se cargó de burla:

—¿Y que se case usted con mi hermano traerá alguna de ellas?

—Lo...

—De modo que así es como muestra su gratitud por lo que hemos hecho por usted... ¿En qué mundo se ha visto algo semejante? Un príncipe de Avaland con una plebeya. ¡Con una machlandesa, ni más ni menos! —La luz de la luna que atravesaba la ventana rota no hizo sino subrayar la frialdad de sus palabras—. No quiero imaginar siquiera el escándalo, la desgracia, que supondría. ¿Cómo se atreve a decir que le importa mi hermano cuando sabe bien que estar con usted sería su ruina? ¿No le parece que ya ha sufrido bastante desprecio de parte de la sociedad?

—¿Realmente cree que le importa lo que la gente piense de él? Si ha sufrido por ello, ha sido porque teme lo que podría causarle a usted.

—Y no es para menos —espetó—. Si sigue así, el legado Carmine no recuperará su prestigio jamás. No se imagina lo que he tenido que pasar para llegar hasta aquí, así que no pienso permitirlo. Usted es una donnadie venida de ninguna parte. No tiene nada más que ofrecerle; ni siquiera su sangre divina.

—Tal vez no sea adecuada para él, pero lo quiero. ¿No es eso suficiente?

Lo quiero.

Había ocurrido. Siempre había imaginado el amor como algo brillante, algo capaz de abarcarlo todo, algo maravilloso como un amanecer; tan repentino como una puñalada en el corazón. Sin embargo, el que había descubierto era incluso más mágico y banal. Había ido creciendo en su interior, sin que se hubiera dado cuenta siquiera, hasta que no hubo ya forma de negarlo. Hasta que la certeza había escapado de entre sus labios, afilada como una roca capaz de derribarla.

Jack abrió los ojos, horrorizado.

—No tenéis remedio…

Niamh era consciente de que ya había llegado demasiado lejos como para echarse atrás. Así que, a pesar de la forma en que le temblaban las manos, alzó la barbilla y fijó los ojos en los suyos.

—No puede tomar decisiones por él durante toda la vida.

La sonrisa que le dedicó parecía casi entristecida.

—Ah, ¿no? Mi voluntad es la fuerza más poderosa del mundo. No te imaginas la extensión que abarca, lo que sería capaz de hacer con ella si me viese obligado ni hasta dónde soy capaz de llegar para proteger lo que es mío. No voy a dejar que vuelvan a hacerle daño, y mucho menos por un error tan evidente y enorme.

Niamh pudo verlo con total claridad en ese momento: irrompible e intraspasable como la roca. E, incluso así, estaba tratando de proteger a su hermano. Había pasado toda la vida, desde que era un niño, transformado en un muro para interponerse entre su padre y Kit, entre Kit y el peso de lo que suponía gobernar, entre Kit y sí mismo; entre los pecados de su padre y el reino.

Era capaz de leer, en la rigidez de sus hombros y la severidad de sus facciones, cada paso que había dado y todo lo que se había negado a sí mismo en nombre del deber. Estaba convencido de lo que valía y de que su meticuloso control era lo único que hacía que el universo siguiera girando sobre su eje.

Lo entendía. Lo entendía a la perfección, aunque al mismo tiempo lo odiara. No obstante, tampoco podía culparlo; ella también cargaba el peso de cientos de generaciones anteriores en sus hombros. Ella también había tenido que contenerse para no malgastar lo que le había sido dado.

Las lágrimas le inundaron los ojos.

—Tiene que haber otra forma. Por favor, dele una oportunidad. Deje que lo ayude a solucionar esto. Si lo obliga a casarse, lo único que conseguirá es que le guarde más rencor del que ya le guarda.

—Basta —ordenó, aunque lo hizo de una forma tan suave que casi pareció una plegaria—. No tengo tiempo para ponerme a buscar otra costurera. Se dedicará a cumplir con lo acordado y no le mencionará a nadie nada de lo que se ha hablado entre estas cuatro paredes. Y a partir de ahora, no irá a ningún lugar sin contar con mi permiso. ¿He sido lo suficientemente claro?

Por supuesto. Aquello significaba que no importaba nada lo que dijera o hiciera, que no importaba cuánto despotricara contra él; si no obedecía, la echaría de allí. Pero ¿qué pasaría si se negara? De igual manera la obligarían a marcharse; no podría despedirse de sus amigos ni quedarse con ninguno de los diseños que había hecho para la boda; no tendría oportunidad de decirle a Kit lo que sentía.

Se convertiría en exactamente lo que Jack le había dicho que era: una donnadie venida de ninguna parte, a donde tendría que regresar, rodeada por la deshonra.

Por ello, dejó escapar:

—Sí.

—Muy bien. —Se apoyó en el escritorio y comenzó a desabrocharse los puños de la camisa—. En cuanto dé la puntada final del último vestido, se subirá de vuelta a un barco directo a Machland. Tanto usted como yo seguiremos adelante con nuestras vidas y pronto todo esto no será más que un recuerdo lejano.

Un recuerdo lejano. Aquel había sido siempre su destino.

—¿Me permitiría volver a hablar con su hermano? Por favor.

Los envolvió un silencio terrible. No obstante, pudo ver cómo se quebraba su expresión férrea; cómo sus principios luchaban contra lo que lo unía a Kit. Se preparó para recibir su negativa, pero, al final, suspiró.

—Nadie podrá decir que no tengo corazón. Hágalo, pero, si lo quiere por algo más que su posición, sea sensata y márchese. —Se llevó una mano a la barbilla y sus ojos, cansados y consumidos, se cerraron—. Esta farsa debe continuar su curso, nos guste o no.

23

A medida que avanzaba a través de la penumbra que sumía los pasillos, alcanzaba a escuchar débiles trazos de la fiesta que se estaba celebrando bajo sus pies: el aplauso de los invitados, el triste rasgar de una guitarra y el estruendo de los pasos de los bailarines que actuaban, ataviados con sus hermosos vestidos. Rebotaban contra las paredes como si fuera el eco de una caja de música, aunque torpe y lejano.

Las sombras se extendían y nadaban entre trazos de luz acuosa. Le daba la sensación de que se encontraba deambulando en mitad de un sueño.

O más bien de una pesadilla.

Acabó desembocando en el patio interior. Kit estaba esperándola allí, deambulando de un lado a otro. En cuanto la escuchó acercarse, sus ojos la buscaron de inmediato; nunca antes lo había visto tan aliviado.

—¿Te ha encontrado?

No fue capaz de convocar la voz, así que asintió.

Entonces, él se encargó de acabar con la distancia que los separaba y la estrechó contra su cuerpo. Toda la tensión que la había estado agarrotando la abandonó y tuvo que esforzarse al máximo para no echarse a llorar. Despacio, le rodeó la cintura con los brazos y apoyó la cabeza en su pecho. El susurro llegó directo a su oído:

—¿Estás bien?

Niamh dejó escapar una risa ahogada y se echó atrás lo suficiente para poder mirarle a la cara. *No*, quiso decir.

—Sí. Creo que sí.

Porque ¿qué iba a decirle? «¿Tu hermano me ha acorralado y me ha exigido que pongamos fin a nuestro compromiso; solo que es uno que no existe y que, en realidad, no va a hacerlo nunca?». Lo cierto era que había disfrutado de ese momento, al verlo rojo de ira ante la simple idea. No obstante, Kit tenía que cumplir con su deber, fueran los que fuesen los sentimientos que tuvieran tanto ella como Rosa.

Sus deseos e imaginaciones no eran más que eso: deseos e imaginaciones; sueños estúpidos que jamás se harían realidad. Era consciente de que no existía un mundo en el que una costurera machlandesa pudiera casarse con un príncipe avalés y, aun así, era incapaz de despedirse. No en aquel momento.

—No está lo que se dice *contento* conmigo —añadió—, pero me va a permitir terminar con vuestros conjuntos para la boda. Y, a pesar de todo, siento que de alguna forma lo entiendo un poco mejor. Nunca lo había visto tan asustado como lo estaba por ti.

Al escucharlo, su rostro se descompuso.

—Si pudiera, lo mataría ahora mismo, pero me pone enfermo verlo así. No quiero que vuelva a pasar. Aunque nada me garantiza que no vaya a ocurrir.

Niamh le pasó las manos por las solapas del frac.

—Supongo que lo único que puedes hacer es ir poco a poco cada día. Al menos eso es lo que me digo a mí misma cuando todo lo que me rodea me resulta demasiado abrumador o cuando me olvido de por qué hago lo que hago. O cuando me aterra demasiado pensar en que me iré antes de lo que en verdad me gustaría.

—Poco a poco —repitió, como si estuviera midiendo la idea—. Cada día.

O quizás, pensó, *a cada momento*.

Haría que aquel, el último que compartirían, mereciera la pena.

Así que susurró contra su pecho:

—¿Quieres que vayamos a otro sitio?

Sin mediar palabra, Kit enlazó los dedos con los suyos y comenzó a guiarla de vuelta por los pasillos. La condujo hasta una sala que se encontraba en el piso más elevado del palacio, apartada en una esquina como si se tratara de un vestido en el fondo del armario, perdido y hermoso.

El rosetón que la coronaba reflejaba en el suelo un círculo de luz de luna moteado de sombras. Los asientos y divanes que se dispersaban por doquier estaban raídos y los cojines que los decoraban habían perdido su color. Se fijó también en el arpa que reposaba en uno de los rincones; estaba pulida y centelleaba, y ni siquiera la habían cubierto con una lona. Parecía estar esperando a que alguien se acercara, se sentara en el taburete y comenzara a tocarla.

—Es el solárium de mi madre —le hizo saber—. Era.

Eso explicaba por qué le hacía sentir tanta nostalgia. Estaba casi abandonado, pero algo le decía que de vez en cuando venían criados para quitarle el polvo a los muebles y ventilar. En casa, su madre siempre había atesorado las cosas de su padre: la chaqueta del ejército, doblada tal y como se la habían dado tras su muerte; la mecedora que tanto adoraba. Su pipa. Para ella eran lo más preciado del mundo y siempre las mantenía consigo. Y cada vez que de pequeña le había pedido que sacara alguna de ellas, lo había hecho.

A juzgar por lo que veía, Jack mantenía sus recuerdos ordenados, guardados de esa forma tan impersonal, como si se tratara de la exhibición de una galería de arte. Como si los hubiera descartado. De alguna forma, le pareció más triste que si los hubiera dejado pudrirse tal y como estaban.

—Es precioso —le dijo a Kit.

Después, se dirigió hacia uno de los inmensos ventanales. No alcanzaba a ver nada más aparte del cielo, que parecía satén negro, y de la curva dorada de la luna. Se sentó entre los cojines del asiento, pegada al cristal, y se abrazó a sí misma. No pudo evitar sentirse una niña pequeña por lo mucho que la reconfortó solo eso.

El príncipe no tardó en dejarse caer a su lado.

La luz del exterior le bordeó los rasgos de plata. En mitad de la quietud, Niamh no pudo evitar fijarse en lo cerca que estaban sus piernas, a apenas unos centímetros. Acabó juntando la rodilla a la suya y preguntó:

—¿Qué vas a hacer a partir de ahora?

—No lo sé.

—Entonces, ¿qué es lo que *quieres* hacer a partir ahora?

—Ya estamos —refunfuñó— hablando de nuevo sobre lo que quiero. ¿Qué es lo que quieres tú?

Esbozó una sonrisa diminuta.

—Quiero que seas feliz. Y me encantaría que tu deber y tu felicidad no fueran mutuamente excluyentes en este momento, pero sé que te va a ir bien. Sé que acabarás estando cómodo junto a Rosa.

Su rostro se cubrió de alarma.

—¿Por qué ha sonado eso a despedida?

—Porque... porque... —Tomó aire, temblorosa, deseando ser más elocuente de lo que estaba consiguiendo ser—. Porque lo es. Jack va a enviarme de vuelta a Machland en cuanto termine con el vestido.

—¿Qué?

—Lo siento muchísimo, Kit. —Se estaba esforzando por mantener un tono neutro, pero una marea de emociones la atravesaba por dentro y avanzaba con demasiada fuerza como para aplacarla—. Por todo. Nunca debí haberte metido en esta locura, en lo de esta noche… No tendría que haberme tomado tantas libertades al hablar contigo. Si nunca hubiera querido acercarme a ti, esto…

—No digas tonterías. —Sus protestas murieron en cuanto sus ojos cayeron sobre ella, aterrados y furiosos y repletos de dolor—. No es culpa tuya. Nada de esto lo es. Tienes que dejar de cargarte todo a los hombros y de llegar a conclusiones infundadas y de culparte a ti misma por cada cosa que pasa. Si alguien tiene la culpa de esto, soy yo. No habría sido capaz de mantenerme lejos de ti; ni aunque lo hubiera intentado.

Niamh nunca se había sentido como en aquel instante: con los pies sobre la tierra y al mismo tiempo completamente fuera de control. El corazón le martillaba el pecho, el aliento se le había acelerado y tuvo que clavar los dedos en uno de los cojines. El aire que los rodeaba pareció crujir, como si hubiera una tormenta en camino. Como si estuviera vivo.

En cuanto sus bocas se encontraron, cerró los ojos. Kit la atrajo hacia sí y ella le agarró las solapas del frac; no supo si para estabilizarse o para apretarlo más contra su cuerpo. La fuerza de su propia ansia la sorprendió, pero él la igualaba con creces. Se movía de forma tosca, casi con desesperación, mientras hundía los dedos en su pelo, a la altura de la nuca. Todas sus horquillas cayeron al suelo como si fueran lluvia y, cuando le atrapó el labio inferior con los dientes, ya se encontraba demasiado perdida como para sentirse avergonzada por el gemido que le arrancó.

La besó como si estuviera hambriento. Como si se quedara sin tiempo.

Aunque, en realidad, era justo eso lo que les ocurría.

Kit se echó hacia atrás y el corazón le dio un vuelco cuando fijó los ojos en los suyos. Se obligó a no echarse a llorar. Si arruinaba ese momento, jamás se lo perdonaría. Su mente barajaba cientos de posibilidades distintas, todas esas cosas que nunca podrían hacer, y cada una de sus fantasías cayó sobre ella al mismo tiempo. La manera en que su tacto conseguía que lo echara de menos incluso estando junto a él era abrumadora. Era incapaz de ponerle nombre a lo que deseaba.

Como tampoco pudo contener el sollozo.

—¿Te encuentras bien? —Veía que sus labios estaban enrojecidos y su respiración escapaba entre jadeos—. ¿Crees que nos estamos…?

Excediendo. No le costó en absoluto rellenar la pregunta en su cabeza, y su preocupación le pareció más tierna de lo que tenía derecho a ser.

Ante ella, se abrían dos caminos distintos. Se encontraba la ruta lógica, la que la obligaba a detenerse en ese mismo momento, antes de que pudiera arrepentirse de lo que estaba a punto de ocurrir; la que evitaría que su marcha fuera más difícil de lo que ya era. Pero también estaba la ruta egoísta, la estúpida, la que la haría estallar en llamas. Ni siquiera tuvo que pensarse cuál seguir.

Con dedos temblorosos, alzó una mano para posársela en la mandíbula y tomó aire con tanta intensidad que hasta escuchó cómo le atravesaba la garganta.

—Esto, solo esto, no me parece suficiente.

—Ah, ¿no? —Sus iris ámbar se cubrieron de ansia y se movió, alzando una rodilla hasta casi tocarse el pecho y extendiendo la contraria hacia el extremo del asiento para hacerle hueco—. Entonces, ven aquí.

No podía negarle nada si le hablaba así. La dirigió para que quedaran alineados, con la espalda contra su pecho. Niamh notó cómo respiraba contra su cuello, la forma en la que el corazón le latía, salvaje.

—¿Estás cómoda? —le preguntó.

Su aliento le acarició el cabello que le rodeaba el rostro; su voz era cálida contra su oído. Un pequeño escalofrío la recorrió de arriba abajo, toda ella respondía a él con ansia. Era casi humillante.

—Mmm —comenzó—. No demasiado.

Apretó las caderas contra su cuerpo, complacida por el gruñido que dejó escapar al sentirla y, cuando se giró un tanto para mirarlo de nuevo, no pudo evitar sonreír, pícara. El cuello se le había ido tornando más y más rojo.

—Ahora —murmuró, angelical—. Ahora sí que estoy cómoda.

—Bueno es saberlo.

El príncipe le acarició el tobillo justo antes de introducir la mano por debajo de su falda. Le pareció que la tenía lejos, más lejos de lo que le gustaría, pero fue alzándola, tan lento que fue agonizante. Sus dedos, ardientes como el fuego, le recorrieron la curva de la pantorrilla, la extensión del muslo y ahí donde se le unían los huesos de la cadera. A su alrededor, la estancia permanecía tan silenciosa que escuchaba con total claridad cómo la tela se deslizaba por su piel. El vello se le erizó de la cabeza a los pies, a pesar del calor que la envolvía, y se estremeció ante el leve susurro de su aliento contra el cuello.

Ante el leve clic cuando le desabrochó la liga.

El pulso se le aceleró.

Al separar las piernas, se golpeó la rodilla contra el cristal del ventanal, demasiado frío en contraste. En algún punto en la distancia, le llegó el eco de la fiesta que seguía celebrándose en los pisos inferiores. De pronto, fue consciente de la maraña de preguntas ansiosas que iban emergiendo hasta la superficie: ¿y si los descubrían? ¿Y si no sabía qué debía hacer? ¿Y si lo decepcionaba?

¿Y si, y si, y si, y si…?

Aun así, jamás se había sentido tan deseada.

Por eso, cuando sus dedos se deslizaron por fin por el hueco entre sus muslos, toda brizna de preocupación se evaporó. Un jadeo ahogado escapó de sus labios y cerró los ojos un instante antes de dejar caer la cabeza hacia atrás para apoyársela en el hombro. Él le besó el cuello y notó cómo cada una de sus extremidades perdían fuerza. Cómo el brazo que le quedaba libre le rodeaba la cintura para mantenerla sujeta a medida que se deshacía contra su cuerpo.

Niamh trató de buscar su boca, pero era incapaz de concentrarse; era incapaz de encontrar un buen ángulo. Se hallaba en mitad de una bruma y se sentía tan completa que deseó permanecer allí para siempre. Que ese momento nunca acabara. Lo único que existía era el peso de la palma de su mano contra su estómago, el ritmo constante de sus dedos y la manera en que sus caderas se movían al compás.

Nunca había odiado tanto tener que llevar corsé como en ese instante, cuando le recorrió el pecho a la altura de las ballenas. Nunca había deseado tanto que la tocaran. Sus respiraciones aceleradas se acoplaban a la del otro y comenzó a sentir cómo el placer estallaba en su interior; primero lento y, después, rellenando cada hueco. Tuvo que contenerse para no gemir.

Kit relajó su agarre, lo que permitió que se separara un tanto. Y, al mirarlo, vio que sus ojos entrecerrados estaban nublados. Maravillados.

—Eres increíble.

El calor le trepó por las mejillas, seguido de una bocanada de vergüenza que se extendió a medida que se evaporaba la niebla en su mente. Durante los siguientes minutos fue incapaz de convocar un solo pensamiento racional; se escapaban de sus intentos por atraparlos, como si quisieran reírse de ella. ¿Había hecho demasiado ruido? ¿Se había mostrado demasiado ansiosa? ¿Se había sobrepasado?

Ni siquiera quería pensar en el aspecto que debía de haber tenido. O en el que tendría ahora: el pelo desordenado, las mejillas ruborizadas.

—No te reías de mí, te lo pido. Estoy en un momento vulnerable.

Él parpadeó como si le hubiera dado un golpe en la cabeza.

—¿Qué?

—Estás burlándote de mí, ¿no? —Enterró la cabeza contra su cuello—. Seguro que piensas usar esto contra mí en un futuro.

Lo siguiente que escuchó fue una pequeña carcajada.

—Quizás. Aunque no por los motivos perversos que sea que te estés imaginando.

—¡Kit!

—No estoy burlándome de ti, de verdad. Ha sido… —Se pasó una mano por el pelo, como si estuviera tratando de encontrar las palabras adecuadas. No obstante, no debió de conseguirlo porque lo único que pudo hacer fue mirarla, casi desesperado antes de dejar escapar un—: Ha estado bien.

—Oh. —Volvió a sentir que le ardía el rostro—. Me alegro, entonces.

Al menos, servía para aumentar un poco su autoestima.

Tras soltar un suspiro algo tembloroso, se dio la vuelta sobre sus piernas y se quedó sentada a horcajadas sobre él, con las rodillas apoyadas contra sus caderas. Y se quedó mirándolo. Le sobrevino un relámpago de satisfacción al verle tragar saliva, aunque tuvo que esforzarse al máximo para no sucumbir al impulso de seguir el movimiento con los labios.

El príncipe tenía las manos sobre sus muslos, pero lo que de verdad estaba a punto de deshacerla en pedazos era el brillo en sus ojos. Un brillo que era él en todo su esplendor; que la desafiaba: «¿Ahora qué?».

Niamh pasó los dedos por su pelo hasta que encontró el lazo con el que se lo recogía; él contempló, sin mediar palabra, cómo se lo soltaba. Tuvo que contener un jadeo ante la belleza de la imagen de su melena al caer sobre sus hombros como si fuera una cascada.

Por los dioses, fue el pensamiento que surgió en su cabeza. *Esto es hasta injusto. Estoy segura de que ni siquiera se ha detenido a pensar en lo estúpidamente suave que lo tiene.* La luna se lo segmentaba en hilos de plata y hacía arder sus ojos en un fuego pálido.

Le apartó el frac hasta que se le deslizó por los hombros; después, le deshizo el nudo del pañuelo que llevaba al cuello. Sentía su mirada fija en ella, atenta a cada uno de sus movimientos, y de alguna forma parecía divertido y avergonzado y deshecho por completo ante la lentitud reverencial con la que lo estaba desvistiendo. De pronto, una fina lluvia comenzó a caer contra los cristales; fue suficiente para camuflar el eco de su respiración temblorosa y el del lino almidonado. Logró soltarle la corbata y, a través del diminuto hueco de la camisa, alcanzó a ver un leve atisbo de piel, justo debajo de su garganta.

Quería saber cómo sabía. Quería hacerle sentir lo mismo que había sentido ella bajo su tacto. Deseó poder decírselo; las manos le temblaban por los nervios y, aun así, lo que permanecía, bajo todas sus capas, era puro deseo. Y certeza.

Dejó que la palma de su mano se deslizara sobre la cálida seda de su chaleco hasta que alcanzó los botones.

—Kit. —Él no habló; se limitó a clavar los ojos en los suyos. La boca se le secó de inmediato—. ¿Quieres que siga?

—Apenas reconocía el sonido de su propia voz; la timidez y la duda que la envolvían, a pesar de lo que implicaban sus palabras—. Yo sí quiero.

En un primer momento, su única respuesta fue llevarle una mano a la nuca y besarla como si no hubiera un mañana. Después, murmuró contra sus labios.

—Sí… Sí.

24

*L*a lluvia repiqueteaba contra el tejado a un ritmo constante. El rosetón, que los contemplaba desde las alturas, parecía un pequeño lago flotante, y el cielo, al otro lado del cristal, un remolino de trazos violeta. A través de la rendija que habían abierto, de las cortinas de encaje, les llegaba el aroma de la tierra mojada.

El mundo parecía despertar bajo sus pies.

Niamh notaba la piel húmeda por el sudor, que también hacía surcos brillantes sobre los hombros de Kit. Se quedó mirando las sombras que le dibujaban trazos en las mejillas bajo el abanico negro de sus pestañas. Estaba hermoso.

El aliento que dejaba escapar le acariciaba la piel, y el corazón le latía contra el pecho, justo donde ella había apoyado la mejilla. Alargó una mano para apartarle un mechón suelto de la frente. La serenidad y la calma que emanaban de él la llenaron de arriba abajo, tanto que incluso sintió que le presionaban las costillas.

Pensó que podría quedarse así para siempre, enterrada bajo el peso de sus brazos. Sin embargo, esa sensación de bienestar no era más que otra de las cosas frágiles y efímeras que jamás le pertenecerían. Le acarició la mandíbula, dispuesta a aprenderse de memoria cada detalle de su rostro. Sí, era como uno de los Justos: aquella noche había atrapado su corazón y, a partir de ese momento, estaba condenada a perecer por el recuerdo de su amor.

—¿En qué estás pensando? —escuchó entonces que le preguntaba con voz ronca—. Lo veo en tus ojos y no sé si me gusta.

Se alzó como un resorte.

—Oh… No es nada.

A pesar de que no pareció demasiado convencido, no insistió; se limitó a atraparle un mechón de pelo y comenzó a enrollarlo entre sus dedos. Quizás era su forma de mantenerla atada a él.

—Ven aquí.

Estuvo a punto de hacerlo, aunque fuera solo para volver a besarlo y quedarse observando hasta dónde llegaba ese adorable rubor tan suyo; no obstante, en ese momento reparó en que había algo —algo familiar y extrañamente, al menos viniendo de él, colorido— en la pila que eran sus ropas.

Se inclinó sobre su cuerpo para tomarlo y todo el pelo se le deslizó por encima del hombro. En cuanto lo tocó, sin embargo, una curiosa sensación se adueñó de ella. Era felicidad, cálida y estática, y se balanceaba en los bordes de la amargura del adiós.

Lo habría reconocido en cualquier sitio, incluso cuando apenas quedaba rastro del encantamiento que había engarzado en él: se trataba del pañuelo que le había dado el día que había llegado a Avaland.

—¿Cómo es que sigues teniendo esto? —No pudo contener el tono acusatorio que impregnó su voz mientras se lo mostraba en el aire—. Lo arrojaste al suelo.

El pánico invadió su rostro; incluso Niamh fue prácticamente capaz de ver cómo trataba de luchar contra el impulso de salir corriendo. No obstante, tras varios segundos eternos, dijo:

—No…

—¿Cómo que no? —Le golpeó el brazo con él, lo que le hizo llevarse una miradita—. Aún recuerdo a la perfección lo que me dijiste; la cara que pusiste cuando te lo di. Por no hablar de tu pésima disculpa.

—No lo sé, ¿de acuerdo? —replicó, a la defensiva—. Me hizo sentir… incómodo. Tu magia me hace sentir cosas.

—¡De eso se trata precisamente! —exclamó—. Pero no entiendo qué pudo haberte hecho; no era más que un diminuto encantamiento de… de… nostalgia.

«¿Que qué quiero?», le había soltado él aquel día, en el laberinto. «¿Qué clase de pregunta es esa? Es ridícula».

—No quería sentir nada el día que nos conocimos, y mucho menos nostalgia. —Sonaba frustrado, pero… no parecía ser con ella—. Pero fui incapaz de deshacerme de la sensación después. Antes de que llegaras, no sabía siquiera lo que era sentirla. No sabía qué quería hasta que llegaste.

El corazón le latía contra las costillas con demasiada fuerza. Y sus ojos volvieron a arderle por las lágrimas.

—Y ahora sí lo sabes.

—Sí. Ahora sí. —Se apoyó en un codo para alzarse. La siguiente palabra que escapó de sus labios fue apenas una exhalación contra su cuello—: Quédate.

La hizo estremecer.

—Sabes que no puedo.

El príncipe apretó la mandíbula y sus ojos se encendieron.

—No podrá echarte tan fácilmente. No si estamos juntos.

Y pensó que quizá sí, que podrían estarlo. Pensó que tal vez Jack se daría cuenta de que darle algo para aplacarlo, para distraerlo, le permitiría continuar con sus maquinaciones. Así, de primeras, sonaba posible. Sonaba de maravilla.

Pero ella ya había tomado una decisión.

—No voy a ser tu querida, Kit.

—Pues entonces sé mi esposa.

Se le quedó la mente en blanco.

Fue incapaz de distinguir si le había escuchado bien o si no, o si... No. Sí, lo había hecho. No se parecía nada —nada en absoluto— a la imagen de pedida de mano romántica con la que había fantaseado de niña, una cargada de vibrante elocuencia y de, quizás, un ligero toque de súplica. De hecho, casi tuvo el impulso de rechazarlo de inmediato por su falta de pasión.

No obstante, aquel tipo de intensidad no casaba demasiado con la situación en la que se encontraban; ni siquiera podía enfadarse con él por arruinar su primera —y, con toda probabilidad, última— proposición de matrimonio. Sobre todo porque sabía que no podía estar yendo en serio y, en caso contrario, tenía que estar delirando; en aquel momento, estando ambos desnudos por completo, podría haberle ofrecido cualquier cosa. No le quedaba duda.

Se recolocó el pelo para que le cayera sobre los hombros.

—Es obvio que no estás pensando con claridad ahora mismo. No deberías proponerme algo que no te compete a ti decidir.

—Mi vida me pertenece solo a mí. —Su tono era firme, puntilloso y tan él que hizo que el corazón se le acelerase—. Al menos, eso me dijo alguien una vez.

—¡Aun así! ¡No puedes pedirme eso!

—Puedo pedirte lo que me dé la gana —replicó—. Soy un príncipe.

—Ese es justo el problema. ¿Qué dirá la gente?

Verlos salir a los dos de la catedral de Sootham dados de la mano podría ser, sin lugar a duda, la chispa que prendiera un levantamiento. Una joven de clase baja, machlandesa, casada con un príncipe. Ya no era que se tratase de algo poco común; según las leyes de la alta sociedad, era antinatural.

—Que digan lo que quieran. Ya va siendo hora de que las cosas empiecen a cambiar. —La seguridad de su voz la cautivó—. Lo he estado pensando; podría ser un símbolo. Les demostraríamos que estamos dispuestos a poner fin a nuestra eterna disputa contra Machland, que creemos que no existen diferencias entre nosotros. Y tú estarías conmigo, cambiándolo todo.

Sonaba demasiado bien para ser real.

—Pero Castilia…

—No necesito casarme con Rosa para asegurar nuestra alianza.

Sentía que la cabeza le daba vueltas.

—Y los problemas económicos…

—Hay más formas de abarcarlos; solo necesita un regente que no esté enfocado en mantener el *statu quo* por encima de todo.

—Tu hermano jamás lo permitiría.

—Su opinión no importará nada, si nos fugamos.

Niamh se dejó caer contra la ventana.

—Sí que has estado pensando en esto, sí.

Durante un segundo, pareció tan satisfecho como nervioso.

—¿Algo más que objetar?

—Kit… Ni siquiera creo… —*Ni siquiera creo merecerlo.* Agachó la cabeza y enterró el rostro entre las manos—. Es demasiado egoísta.

—No has sido egoísta ni una sola vez en tu vida. ¿Acaso no lo ves? Jamás he conocido a nadie que sea la mitad de comprometido o generoso que tú. —Le acunó el rostro; su tono se suavizó—: Deja de criticarte a ti misma y de menospreciar todo lo que haces. Deja de reducirte a nada; eres más que suficiente.

«Es una donnadie venida de ninguna parte».

«No puede tener tan poca empatía como para condenarnos a todos por un capricho».

El mundo entero se lanzaría contra ellos.

Deseó que hubiera una forma de detenerlo todo. Así, sin más.

Conformarse era estancarse; era rendirse. Era una condena a muerte. El camino que se extendía ante ella era oscuro y no sabía a dónde se dirigía, pero lo que quedaba a su espalda era un puente a punto de venirse abajo y, a sus pies, un río tan bravo que sería incapaz de cruzar sin ahogarse. La única opción que le quedaba era correr hacia delante, aunque fuera con los ojos tapados.

La mirada de Kit centelleaba, esperanzada, pero también reflejaba sus propios miedos en igual medida.

—Si me rechazas, que al menos no sea para castigarte a ti misma.

Niamh contuvo el aliento. Aun así, casi de inmediato, desesperada por calmar los ánimos, para evitar que sus pensamientos se convirtieran en un bucle, dijo:

—No puedo tomar una decisión ahora; no es justo cuando estás mirándome así. Estoy demasiado confundida. Necesito tiempo para pensarlo. Vuelve a pedírmelo mañana.

Le vio entrecerrar los párpados y fruncir el ceño; deseó estirar los dedos y borrárselo con su roce.

—Está bien.

Después, la ayudó a vestirse. Le ató el corsé con una destreza sorprendente y le abotonó el vestido. No obstante, el peso del silencio que los envolvió se le hizo insoportable, así que, por eso, alzó la voz:

—Se te da bastante bien, ¿sabes? Creo que podrías tener perfectamente una vida secreta como dama de compañía; una mucho más escandalosa, eso sí.

Él soltó un bufido.

—Y tú serías el ayudante de cámara menos profesional del mundo.

Niamh terminó de colocarle el pañuelo al cuello y le devolvió el que había cosido el día que se habían conocido, que lo metió en el bolsillo de su chaleco. Después, se agachó para recoger el frac. Fue entonces cuando una pequeña hoja de papel se deslizó desde uno de sus bolsillos. El corazón se le detuvo en el pecho.

Ahí, bañado por la luz de la luna, se encontraba la carta de Lovelace.

No. La palabra se encontraba ya en la punta de su lengua cuando Kit se inclinó para atraparla entre los dedos. Ahí estaba: su nombre escrito con su elegante caligrafía, el sello negro en el sobre. Parpadeó un instante antes de tendérselo.

No se atrevió a tocarlo.

—Vaya —dejó escapar—. La carta de amor que me han escrito.

—Te creería de no ser por la letra: es de Sinclair.

De pronto, todos sus pensamientos se evaporaron. Un estruendo metálico comenzó a rebotar contra las paredes de su cabeza en su intento por aferrarse a las palabras que acababan de salir de su boca.

—¿Perdón?

Él volvió a fruncir el ceño.

—¿Cómo que *perdón*?

Se vio obligada a apoyarse en la pared. Sentía que toda la estancia daba vueltas sobre ella, que el corazón le latía con fuerza desde cinco partes distintas de su cuerpo. En cuanto fue capaz de hablar de nuevo, su voz fue apenas un hilillo:

—¿Estás seguro de que es suya?

La pregunta lo tomó por sorpresa.

—Sí, claro. Me ha escrito cientos de cartas.

Sinclair era Lovelace.

Y había escrito sobre ellos, a pesar de que había confiado en él, a pesar de todo el tiempo que habían pasado juntos; a pesar de lo agradable que había sido desde el principio. La traición se encargó de abrirle un hueco en el pecho.

¿Cómo podía haberle hecho algo así?

¿Cómo podría habérselo hecho a su amigo?

—Kit —comenzó—. Tengo que contarte una cosa. Aunque quizás es mejor que la veas con tus propios ojos, pero va a sonar muy raro y voy a necesitar que me dejes darte una...

—Espera, espera. Más despacio. No te sigo.

Supo que, si quisiera, podría quedarse callada. Podría quitarle la carta de las manos, sonreír con toda su dulzura y fingir que no acababa de pasar nada. Podría besarlo, darle las buenas noches y permitirse aceptar cualquiera de sus propuestas. Podría dejar que siguiera adelante con su vida, sin el peso de saber que su mejor amigo había conspirado en su contra. Podría dejar que fuera feliz.

Pero si tan claro tenía que quería quedarse con ella, tendría que ser con la verdad por delante. Tenía que saber qué personas querían hacerle daño y cuáles le ocultaban la verdad. Incluso si era ella misma quien lo hacía.

Soltó un suspiro tembloroso.

—Abre la carta.

Pese a que, durante un segundo, siguió mostrándose dudoso, terminó haciéndolo. Niamh fijó la mirada en su rostro y fue testigo del momento exacto en el que comprendió qué era lo que estaba leyendo. Poco a poco, fue alzando la vista hasta que ambos se encontraron.

Fue como si una puerta de hierro se cerrara de golpe entre ellos.

De un instante a otro, no quedaba nada del joven que la había acariciado con todo cuidado, el que había tratado de convencerla de que aceptara casarse con él.

—«Si acaba encontrando algo lo bastante sustancial...»
—Su voz escapó, dura y distante—. Has estado intercambiando información con Lovelace.

—Te juro que no le he dicho nada sobre ti; solo que apoyabas a mi pueblo.

La miró como si no la reconociera.

—¿Es por esto por lo que eras tan agradable conmigo? ¿Para intentar descubrir si estaba ocultando algo?

Sus palabras fueron como un puñetazo en el vientre.

—¡No! Nunca haría algo así, Kit. Empecé a pasar tiempo contigo porque de verdad quería hacerlo.

—Claro, como siempre haces las cosas que tú quieres... Lo de esta noche... —El desdén que cargaban sus palabras se tambaleó—. Lo has complicado todo. Has hecho que me...

De todas las cosas que le había dicho desde que lo conocía, cada una de sus réplicas groseras y comportamientos mezquinos, la forma en la que se interrumpió a sí mismo fue la peor.

—¿Que te he hecho qué?

—Nada —respondió con dureza—. No importa. No tengo nada que decir.

—¡No hagas eso! ¡Es injusto! —Protestar así, sin ser capaz de controlar su tono, la hizo sentirse una niña inmadura—. No puedes enfadarte y negarte a hablar de algo que te ha dolido solo porque sea más fácil.

—¿Y qué es lo que haces tú, Niamh? Te apartas del mundo. Te fuerzas a trabajar para no pensar en las cosas que te afectan.

La amargura con la que se dirigió a ella la tomó por sorpresa; la conocía demasiado bien, sabía cuáles eran sus defectos: para ella, estarse quieta era perder el tiempo. Así había sido siempre. Sin embargo, quedarse quieta también podía ser como una puerta abierta, y la verdad podría escapar a través de ella como un delincuente furtivo. No importaba cuánto hiciera por los demás, cuánto ofreciera de sí misma ni el peso que se cargara a los hombros; no se merecía el amor de nadie.

—Tengo derecho a no querer seguir hablando de esto —continuó. Y quedó más que claro que con «de esto» quería decir «contigo». Arrugó la carta en el interior del puño y se la metió en el bolsillo—. Al menos, no ahora. Quédate aquí. Voy a cargarme a Sinclair.

Y era posible que fuera en serio; sabía de hombres que se habían batido en duelo por mucho menos. No es que fueran especialmente comunes en Caterlow, pero había escuchado la historia de un político que había asesinado a un miembro del partido contrario por llamarlo mentiroso en mitad de una asamblea parlamentaria.

En Avaland, no obstante, en donde lo primordial era siempre la propiedad y el honor... No quería pensar siquiera cuántas personas debían de haber muerto por insultos malintencionados y puro orgullo. La parte agraviada era la encargada de elegir el arma (ya fuera blanca, de fuego o magia) y las condiciones de la victoria (a un solo golpe, a primera sangre o a muerte).

Y Sinclair no tenía ninguna oportunidad contra él. El simple pensamiento la llenó de terror. Se echó hacia delante para atraparlo por el brazo.

—¡Kit! ¡Espera!

Él se apartó con brusquedad.

—No me toques.

Ver el dolor en sus ojos fue como si una mano invisible la estrangulara.

Aun así, apretó uno de los puños y se lo llevó al pecho.

—No tienes que perdonarme si no quieres; no voy a obligarte a hacerlo. Pero, por favor, escúchame. Si bajas ahí y te enfrentas a él delante de todo el mundo... No va a traer buenas consecuencias para ninguno de los dos.

—Qué pena que no me importe lo más mínimo.

Y, sin más preámbulos, abandonó el solárium.

—¡Kit!

En cuanto echó a correr en su dirección, él alzó el brazo. La ventana que se encontraba a su derecha estalló y una maraña de ortigas se abrió paso por el pasillo. Sus hojas, bien apretadas entre sí, se convirtieron en una muralla.

Niamh retrocedió del asombro.

Así que quieres jugar sucio, ¿eh...?

Se puso los guantes que guardaba en uno de los bolsillos y se arrojó hacia delante. Sin embargo, la fina tela no fue suficiente para contener el ardor que causó en su piel. Las espinas se le engancharon en el pelo, en el vestido, y tuvo que tirar con todas sus fuerzas para lograr liberarse y buscar otro camino a través de los pasillos a su espalda.

Cuando por fin logró alcanzarlo, ya había sacado a Sinclair del salón principal. Pudo verlos desde lo alto de la escalinata; se estaban dirigiendo a un corredor apartado. El príncipe avanzaba a la cabeza con todos los músculos rígidos.

La voz de su amigo atravesó la distancia:

—¿Debería preguntarte dónde te habías metido?

Sonaba jovial, aunque también tenso. No obstante, antes siquiera de que pudiera parpadear, Kit lo arrojó contra la pared con tanta fuerza que hizo temblar los retratos que colgaban en ella. Y, aunque era varios centímetros más bajo que él, su ira pareció llenar cada rincón como si estuviera en llamas.

—Pero ¡¿qué haces?! ¡¿A qué viene esto?!

—¿Por qué te crees que es, Sinclair? —escupió—. ¿O tal vez debería decir *Lovelace*?

Niamh nunca había visto que nadie lograra atraparlo con la guardia baja. No obstante, el rostro se le había puesto blanco como la nieve y todo su cuerpo, fijo contra el muro, había perdido fuerza. Aun así, fue testigo de cómo extendía las manos hacia delante, en un intento, quizás, por instar a la calma.

—Kit…

—No vuelvas a dirigirte a mí con ese tono. No soy un perro. —Apretó el antebrazo contra su cuello. Parecía brillar de pura rabia, pero la voz le temblaba, vulnerable, traicionada—. Y no te atrevas a intentar mentirme. No pienso dejarte marchar hasta que me expliques cómo demonios has podido sabotear a todo mundo y, mientras, fingir ser mi amigo.

Él resolló, incapaz de moverse; sus mejillas seguían cambiando de color. Niamh se apresuró a correr en su dirección.

—¡Kit! ¡Ya basta!

Al escucharla, y a pesar de que sus hombros se tensaron, lo soltó y dio un paso atrás. Su rostro se cubrió de asco, como si el joven ante él no fuera más que un charco sucio que había conseguido saltar en el último momento.

En cuanto Sinclair tocó el suelo, comenzó a toser.

—¿Y bien?

—Porque pensaba —dejó escapar en un hilo ronco— que eras como yo; que estabas vacío por dentro. —El príncipe retrocedió como si lo hubiera golpeado—. Cuando volviste a Avaland, estabas lleno de rabia; no eras capaz de ver más allá de tus narices. Y estamos rodeados de tantas injusticias… No sabía cómo te lo tomarías si te lo contara, así que pensé: ¡A la mierda! Puede que sea anónimo, pero al menos estoy haciendo algo.

Se pasó una mano por el pelo antes de continuar:

—Pero, entonces, empezaste a pasar tiempo con Niamh y eso hizo que comenzaras a prestar atención a lo que sucedía con los machlandeses. Sabía que nos apoyarías si te pidiera que lo hicieras, pero ¿de qué serviría, en realidad? No ibas a conseguir que Jack escuchara. No ejerces ningún tipo de influencia sobre él. ¿Qué importa lo que pienses si no tienes forma de cambiar las cosas?

—¿Y por qué escribir sobre nosotros? —intervino entonces ella—. Eras consciente del daño que causarías.

—Porque podía usarlo en beneficio de la causa. En realidad no sabía que entre vosotros... —La mirada que le dirigió estaba cargada de arrepentimiento—. Ya había enviado la columna a la imprenta el día que hablamos. Era demasiado tarde. Lo siento.

El silencio se extendió entre los tres.

Kit cerró los puños a ambos lados de su cuerpo.

—¿Qué? —preguntó entonces Sinclair, aunque sonaba abatido—. ¿Por primera vez no tienes nada que decir? ¿Qué piensas hacer ahora? ¿Ir a contarle a Jack? ¿Condenarme por calumnias e intento de sublevación y meterme en prisión?

—No. —La respuesta llegó de inmediato, sin duda. Toda la furia parecía haberlo abandonado y lo único que quedaba era llana y fría resignación—. Confiaba en ti. Y confiaba en Niamh. He sido un ingenuo y me tocará vivir con ello. —Sus palabras le cubrieron el rostro de sorpresa. Aun así, continuó—: ¿Alguna vez fue real nuestra amistad o has estado manipulándome desde el principio?

—¡Por supuesto que era real! ¡Claro que sí!

Sin embargo, su expresión se mantuvo intacta.

—No vuelvas a publicar nada más. Lo digo en serio; bastante has hecho ya. Y, a partir de ahora, no vuelvas a meter las narices en mis asuntos.

Se quedaron mirándolo mientras se marchaba; ninguno dijo nada. Niamh no supo cuánto tiempo estuvo allí, de pie, con las mejillas húmedas por las lágrimas y la sensación de que alguien le había abierto el pecho en dos. Pero, cuando quiso darse cuenta, un lacayo se encontraba junto a ella. Tenía el rostro serio.

—Su Alteza, el príncipe regente —comenzó—, ha ordenado que sea enviada de vuelta a sus aposentos.

Lo cual significaba que sería una prisionera durante el tiempo que le quedase allí. Dirigió una última mirada a Sinclair, que seguía tirado en el suelo. Y, a pesar de que seguía sintiendo el peso de la traición ardiente en su interior, la genuina culpa que había escuchado en su voz había conseguido aplacarlo un poco.

Le había mentido, sí. Había destrozado la única oportunidad que había tenido de estar con Kit. Y le dolía, pero, aun así, no quería que lo encerraran por ello. Había sido su amigo y se había esforzado por intentar acabar con el odio que los rodeaba desde todos los flancos. Vengarse no haría que el príncipe regresara a su lado. No conseguiría rellenar el vacío que sentía en sus entrañas.

—Buenas noches, Sinclair —murmuró—. Su secreto está a salvo conmigo.

No alzó la mirada; ni siquiera cuando se marchó.

Niamh avanzó con la mirada fija en la espalda del lacayo, sin prestar atención a nada más, ajena a todo ruido. Una vez que estuvo de vuelta en su dormitorio, cerró la puerta tras ella y usó todas sus fuerzas para echar la llave. Después, se dejó caer contra el suelo y lloró hasta que no le quedó ni una lágrima.

Al final, pensó, sí que había vivido un cuento de hadas.

Lo único era que había acabado justo en el que debería haber sido el comienzo: una doncella atrapada en una torre con una rueca como única compañía.

25

La boda era al día siguiente.

Aun así, en cuanto notó que tenía los ojos demasiado hinchados como para parpadear siquiera, y cada uno de los músculos, doloridos por la fuerza de los sollozos, Niamh decidió que ya había llorado lo suficiente. No iba a servir de nada seguir mortificándose por aquello que no podía cambiar, así que se metió de lleno en el trabajo, al igual que hacía siempre.

El simple hecho de fijar la vista en la capa de Kit la había mareado, así que había acabado colocándose el vestido de la infanta en el regazo y había comenzado a coser. Primero habían llegado varias ornamentaciones extra y, después, algún que otro encantamiento más: sus emociones, que se habían colado sin permiso entre las puntadas de encaje.

Se pinchó la punta de los dedos más veces de las que podía justificar llegados a ese punto de su carrera, pero apenas le dolieron.

Y, cuando terminó, se sentía más cáscara que persona.

Aunque ya no solo era que se sintiera como tal; lo parecía. Al mirarse en el espejo, descubrió la zona plateada de su cabello mucho más amplia que el día anterior, y también más pálida, como un hueso que hubieran dejado bajo el sol.

El vestido, no obstante, había quedado precioso. La tela era de un perfecto negro noche, pero, bajo la luz del sol, brillaba por la magia; cada costura, hilvanada como la tela de una araña, soltaba brillos dorados. Era la prenda más elaborada y ambiciosa que había confeccionado en su vida. Era sobrecogedora y real. Y mirarla le hacía sentir una pena inconmensurable.

Quería que Rosa lo adorara.

Pero también que lo odiara.

Era uno de los deseos más ridículos y sin sentido que había tenido en la vida, pero se imaginaba que lo miraba y soltaba que era horrible; que cancelaba la ceremonia de inmediato. Que Kit conseguía liberarse de las dos. Que Castilia lograba seguir adelante sin necesidad de arrastrar el cadáver de Avaland consigo durante cinco años eternos.

Sin embargo, sabía que eso no era del todo cierto; su egoísmo iba mucho más allá. En realidad, lo que soñaba era que, al ver a la princesa avanzando hacia el altar, Kit se daba cuenta de todo lo que mantenía oculto en su interior. Y la recordaba.

La recordaba a ella.

Unos golpecitos en la puerta la hicieron regresar al mundo real. Lo cierto era que no esperaba a nadie, pero de pronto se le pasó por la cabeza que quizá se trataba de la mismísima infanta, que hubiera venido para darse los últimos retoques. De inmediato, el miedo se le instaló en el pecho. No sabía cómo iba a dirigirse a ella. Temía que todo lo que había pasado se le reflejara en el rostro como siempre o que Rosa lo descifrara por la fuerza divina de su capacidad de observación, y no sabía qué ocurriría después. Cuando descubriera que Jack había pretendido utilizarla, a ella, a su familia…

Volvieron a llamar; esta vez con más premura.

La llave comenzó a girar en el interior de la cerradura y lo siguiente que escuchó fue un golpe seco. Se levantó de un salto y se dirigió a la puerta.

—Alteza, sie…

No había nadie tras la puerta; nada aparte de las motitas de polvo que flotaban entre los rayos de luz que se filtraban en el pasillo y coloreaba cada rincón del rosa brumoso del resplandor de las últimas horas de la tarde. Parecía que el universo entero estaba dormido.

Parpadeó. Debía de habérselo imaginado. Se había dejado tanto la piel trabajando que había acabado al borde de la locura. Aun así, no podía obviar el hecho de que la puerta de la habitación en la que la habían mantenido encerrada hasta entonces se había abierto.

Fue entonces cuando, a sus pies, la vio: una carta, su nombre escrito con hermosa precisión con la letra de Lovelace. De Sinclair.

El eco de la rabia se encargó de acabar con la confusión. ¿Cómo se atrevía a escribirle después de todo lo que había hecho? ¿A qué jugaba? Y, pese a que tuvo el impulso de romperla en pedazos y lanzarla por la ventana para que el viento se encargara de llevársela, la curiosidad siempre ganaba.

Así que abrió el sobre.

No quiero hacerte perder el tiempo ni poner a prueba tu buena fe; por eso, la única forma que concibo de comenzar estas líneas es con una disculpa. Lo siento muchísimo, Niamh. No te imaginas cuánto.

Si estás dispuesta a ver cómo me arrastro ante ti en persona, quiero que sepas que la invitación que te hice en su momento sigue en pie por mi parte. He encargado un carruaje que te está esperando ahora mismo fuera para llevarte a mi casa en el centro de la ciudad. Soy consciente de que es poco probable que desees en lo más mínimo verme, pero tal vez una mala compañía es mejor que no tener ninguna.

Quedarte quieta y ahondando en tu miseria no te sienta precisamente bien; casi temo pensar qué estás haciendo ahí dentro tú sola.

GS

Su primer pensamiento fue que tenía que estar insultando su inteligencia o sobrevalorando su capacidad de perdonar si esperaba que cayera en semejante trampa. Aunque, cuantas más veces leyó el mensaje, menos razones fue encontrando para sustentar sus sospechas. ¿Qué clase de daño podía hacerle en realidad? Sonaba genuino; no había rastro alguno de su amaneramiento habitual y solo una pizca de su picardía. Por no hablar de que tenía razón; cualquier cosa iba a ser mejor que quedarse encerrada en esa sofocante habitación, atormentada por sus pensamientos. Aun así, no sabía qué hacer.

No podía salir del palacio sin que la vieran. Ni tampoco tenía nada que le sirviera de ayuda. Nada excepto…

Claro.

Desenganchó el velo de la infanta del lugar en el que lo mantenía colgado y se lo colocó sobre el cabello. Bajo su delicada tela, la realidad se difuminaba, como si se encontrara en un sueño. Una humareda de recuerdos lejanos y sentimientos se cernió sobre ella, pero el encaje era tan intrincado que lograba ocultar sus rasgos a la perfección. Tenía que servir.

Sabía que era bastante más baja que Rosa, pero, por mucho que alguien se percatase, nadie se atrevería a detener a una princesa. O eso esperaba. No confiaba demasiado en sus capacidades de actuación en caso de tener que imitarla. Tras tomar una bocanada de aire, salió al pasillo.

En los pisos de abajo, el caos de los preparativos previos al baile de la noche de bodas rellenaba cada rincón: veía a los ayuda de cámara de los lores que habían venido de visita avanzando por doquier y a los criados ofreciendo sus servicios; varios lacayos cargaban con maletines, vestidos, esculturas hechas de hielo y caramelo, contenedores inmensos de comida que por fin llegaban —carne ahumada, sardinas en conserva, tomates, coles y patatas— y más arreglos florales de los que cualquier jardín botánico podría ofrecer. El suelo se había convertido en una capa de pétalos dispersos que repartían su perfume por el aire, junto al de la cera de las velas y al del abrillantador. Resultaba abrumador.

Aun así, fue incapaz de contener una sonrisita a medida que avanzaba a través de la aglomeración, arrastrando metros y metros de tela tras de sí; nadie se atrevía a fijar la vista en ella más que un instante. Merodear, cuando se era una princesa, resultaba fácil. No obstante, cuando se encontraba a apenas diez pasos de distancia de la puerta principal, la voz de Sofia resonó cerca de ella:

—¿Infanta Rosa?

Niamh se detuvo de inmediato y, poco a poco, se giró para enfrentarse a ella. Su belleza, fría y austera como siempre, la heló por completo.

Se encontraba ahí, con una postura perfecta, recta y serena, con las manos unidas ante el cuerpo, en mitad de la borrosa oleada de movimiento tras ella. Su vestido, de un blanco radiante, casi se fundía con el suelo de mármol, aunque también parecía igualar la palidez de su piel. No se le pasaron por alto las sombras bajo sus ojos. Parecía no haber dormido desde hacía días.

De alguna forma, verla —más frágil y desgastada que nunca— no la llenó de miedo, sino de culpa. Su intento por escapar de la soledad, aquella tontería que había sido poco más que impulso, la hizo sentir la peor persona del mundo, una especie de villana. Una diminuta parte de ella tuvo que contenerse para no ponerse de rodillas y comenzar a disculparse, aunque la otra, la sensata, deseaba huir cuanto antes del rango de visión de aquellos inquisitivos ojos plateados.

Por suerte, el velo hacía que le costara encontrar los suyos.

—Reciba mis más sinceras disculpas por no haberla recibido antes —continuó—. Nadie me ha hecho saber de su llegada.

No supo qué decir. Se dejó la cabeza en busca de la mejor forma de escapar de aquella conversación; al final, se aclaró la garganta y, con el tono más carente de sentimiento que fue capaz de convocar, respondió:

—Mi visita no iba a ser más que unos breves instantes; no quería molestarla.

De pronto, el rostro de Sofia se cubrió con una máscara incrédula, muy poco habitual en ella. Aun así, acabó asintiendo, dispuesta a mantenerse siempre cortés.

—¿Se encuentra bien, Alteza? Suena un tanto... congestionada.

Niamh fingió una pequeña tos.

—Debo de haberme resfriado.

—Cuánto lo siento. ¿Querría tomar un té conmigo antes de su marcha?

—Oh. De verdad que no me gustaría importunarla. —Puso una mueca. Aquello no sonaba en absoluto a algo que pudiera llegar a decir Rosa—. Quiero decir, el té que tienen aquí es demasiado... soso. No me va demasiado. Eh... —Apretó los labios, furiosa con su propio acento, que se había colado sin permiso—. Y lo cierto es que debería irme. Que tenga un buen día.

Fue entonces cuando Sofia se percató de lo que estaba ocurriendo; se llevó los dedos a los labios, como si hubiera tratado de contener un gritito.

—Señorita O'Connor..., ¿es usted?

—Baje la voz, se lo ruego. Verá, Alteza, lo que estaba...

No obstante, se detuvo al ver que la princesa echaba un vistazo a su alrededor antes de avanzar hacia ella y posar una mano en su brazo. Su roce fue delicado, pero le arrancó un escalofrío que la recorrió de arriba abajo. Después, se agachó para quedar a su altura y bajó la voz hasta que no fue más que un susurro:

—Váyase. Ya se me ocurrirá algo en caso de que mi esposo llegue a preguntar por usted.

—¿Cómo? —Parpadeó—. ¿Por qué...?

—No estoy de acuerdo con su decisión de encerrarla. No tiene derecho a castigarla como si hubiera cometido un crimen; no ha cometido ninguno.

—Pero, Alteza... —Enlazó las manos de ambas—. Lo único que he hecho desde mi llegada ha sido causarle problemas.

—Problemas... ¿Quién dice que los problemas tengan que ser necesariamente algo malo?

—¿A qué se refiere?

—Sabe que mi esposo se esfuerza al máximo cada día para mantenerlo todo bajo control; no lograrlo le afecta enormemente. Lleva sobre los hombros un peso inconmensurable, uno que siempre se ha empeñado en cargar él solo. Sin embargo, anoche... —Dudó un instante, pero una chispa de esperanza cubrió su voz—. Anoche, por primera vez, decidió confiar en mí.

La aterraba pensar siquiera en qué podría haberle contado. Aun así, por alguna razón, tal vez un milagro, nada en su expresión la hizo sospechar que ella también despreciara la ambición que la había acusado de tener.

—Tanto él como su hermano son hombres testarudos —siguió diciendo Sofia—. Y, aunque jamás vayan a admitirlo en voz alta, el distanciamiento que han tenido durante estos años era doloroso para ambos. No obstante, he visto cómo ha comenzado a brotar vida en mitad de esta tierra infértil. Y ha sido gracias a ti.

El recuerdo del día en que había llegado a Sootham regresó a su mente: la forma en la que Kit se había enfrentado a Jack, como si se tratara de un animal arrinconado que mostrara los colmillos. Aun así, si se paraba a pensarlo, sí que era cierto que, a medida que transcurrían las semanas, había dejado de reaccionar con tanta agresividad; había comenzado a ser simplemente más cortante.

Y, de hecho, la noche anterior, durante su discusión, se habían dirigido el uno al otro como iguales. Por no mencionar cómo el príncipe regente, cuando Niamh le había rogado que pensara en la felicidad de su hermano, le había pedido que parara; había sido casi una súplica.

A pesar de todo, nada de eso importaba ya.

—No sabía que era usted tan poética, Alteza.

—Quizás no me crea, pero de niña fui una verdadera amante de las historias y de las palabras. Un tanto extravagante, si me pregunta; mi padre no sabía qué hacer conmigo.

Aunque lo cierto era que sí se lo creía. Recordaba a la perfección la noche del baile inaugural, la felicidad que había cubierto su rostro cuando les había hablado de su infancia. La imaginaba corriendo por la nieve, con la nariz roja, mientras perseguía entre carcajadas espíritus que desaparecían entre las ventiscas cuando estaba a punto de atraparlos.

—Pero, en fin… —La cálida expresión del rostro de Sofia se diluyó un tanto cuando retomó la palabra—. Al final acabé perdiendo un tanto esa parte de mí, así que gracias, señorita O'Connor, por sus palabras. Me ha permitido recordarla, al menos. Sigo manteniendo lo que le dije aquel día: su don es extraordinario, pero su compasión y su paciencia hacia los demás lo supera. Allá donde va, consigue que todo resulte más agradable y sencillo.

La dulzura de sus palabras, una vez más, fue un puñal contra el corazón. Y tuvo que agradecer que ya no le quedaran lágrimas al dios compasivo que la estuviera observando desde el Otro Mundo.

—Gracias a usted, Alteza.

—¿Y a dónde se dirige ahora? —quiso saber ella entonces, casi emocionada—. ¿Pretende ir a hablar con Christopher?

No, quiso responder. *He perdido por completo la potestad de hacerlo*. Y, pese a que su rostro debió de reflejar en una perfecta expresión patética la pena que la recorrió, por alguna razón los ojos de la princesa se llenaron de —entre todas las emociones posibles— ilusión.

—Ya imaginaba. La infanta Rosa es una joven hermosa, pero solo hace falta veros para que resulte evidente que ambos están hechos el uno para el otro.

—En el punto en el que nos encontramos —replicó—, no puedo pedirle que abandone su deber por mí.

—Querida, yo misma me casé por deber. Sabía que sería mi destino desde bien joven, y siempre estuve reconciliada con la idea. El amor puede nacer y extenderse si se le da el tiempo y el espacio que necesita, pero permítame dejarme llevar de nuevo por mis impulsos más risueños, aunque sea solo un poco. —Un leve trazo de melancolía se pintó en los bordes de su sonrisa—. Si existe otra opción, si hay amor, ¿quiénes somos nosotros para interponernos en su camino? Desde que la conozco, ha estado dándose a los demás; me pregunto qué sendas recorrerá cuando también se permita *darse* a sí misma. ¿Me concederá el pacer de descubrir la respuesta por las dos?

«Si crees de verdad que no significas nada para nadie, entonces es que estás incluso más perdida de lo que pensaba».

Sí, hasta entonces había pensado que lo único que había hecho era causar problemas a los demás, pero quizás era solo lo que se había permitido creer.

Se echó hacia delante para rodear a Sofia con los brazos y la apretó contra su pecho. Y, aunque de primeras la tomó por sorpresa, ella acabó apoyando, muy poco a poco, una mano en lo alto de su espalda. El aroma de la nieve al caer junto con el del brote de las campanillas de invierno le acarició el rostro.

—No lo retrase más —le susurró después al oído—. Espero, con todo mi corazón, tener la oportunidad de seguir conociéndonos mejor en el futuro.

—Gracias.

Niamh se recolocó el velo y apretó el paso hacia la puerta. Fuera, tal y como Sinclair le había prometido, había un carruaje esperándola en la rotonda del camino. Y, cuando por fin los caballos comenzaron a dirigirla hacia la ciudad, no pudo evitar pensar que aquellas primeras sacudidas eran iguales que las olas del mar de Machland: infinitas e inciertas, como las posibilidades a su alcance.

Un sendero abovedado de buganvillas conformaba la entrada de la casa de Sinclair. Toda una cuna de pétalos rosados se esparcía sobre las losas del suelo, brillantes y un tanto curvados mientras iban secándose por el sol; algunos crujieron bajo sus botas a medida que se acercaba. Le pareció agradable, un sorbito de otoño aun a finales de verano. Kit había elegido una buena propiedad. Tenía que admitir que estaba sorprendida.

Cuando por fin alcanzó el último escalón, estuvo a punto de tropezar. Dejó escapar un gritito, pero consiguió apoyarse en la puerta en el último momento. El golpe debió de alertar a los miembros del servicio de su presencia, porque el ama de llaves abrió de inmediato. No parecía demasiado contenta.

Aun así, la dirigió hasta el salón principal y, apenas un minuto después, una criada le trajo un servicio de té. Al verlo, recordó que llevaba horas sin probar bocado, así que se hizo con un trocito de sándwich, tomó asiento y se lo llevó a la boca.

Sabía que era una acto poco educado por su parte, pero desde luego que lo que menos le debía a Sinclair en ese momento eran buenos modales.

—Has venido.

Estuvo a punto de atragantarse al escuchar su voz.

Se encontraba apoyado en el marco de la puerta y su pelo había perdido parte del intencional toque desordenado que lo caracterizaba. La única forma en que lo habría descrito en ese momento era *agobiado*; se encontraba en mangas de camisa, aunque llevaba corbata.

No se le escapó la marca que tenía en la garganta, allí donde Kit le había presionado con el codo. Hizo una mueca de dolor.

—¿Te encuentras bien?

—Sí. —Sinclair se llevó los dedos al cuello, como si acabara de acordarse de lo ocurrido. *Mentiroso*, pensó. Debía de dolerle muchísimo tragar; por no mencionar hablar. Sin embargo, se limitó a entrar en el salón y se sentó justo enfrente de ella con los codos apoyados en las rodillas. Aunque, tras beber de su expresión, acabó relajándose—. ¿Y tú?

—Aún no. Creo recordar que alguien me había prometido que se arrastraría ante mí.

—Cierto es. —Avergonzado, se rascó la nuca—. Y pienso pedirte perdón las veces que haga falta. No tendría que haber dejado que las cosas llegaran tan lejos, y menos con vosotros dos. Es solo que… desde que mi padre me desheredó, lo único que he sentido ha sido… rabia. Me inventé a Lovelace para asegurarme de que nadie volvía a sufrir lo mismo que yo; de que no castigaban, de que no odiaban, a nadie más por el simple hecho de no ser *del todo avalés*. —Hizo una pausa—. Me he pasado años dando tumbos, pero cuando por fin tuve la oportunidad de golpear a Jack donde sabía que más le dolería, me dejé llevar. No os he concedido siquiera el beneficio de la duda, ahora cargo con las consecuencias.

—¿De verdad pensabas que podíamos llegar a entregarte? —le preguntó, despacio—. Sabes que también comparto tu causa, que creo que es justa.

—Supongo que estoy demasiado acostumbrado a permanecer en el anonimato.

—Eres importante para nosotros, Sinclair. Fuiste el primero en acercarse a mí cuando llegué a Sootham; la única persona que fue amable conmigo. —Agachó la mirada—. Nunca he tenido muchos amigos, ¿sabes? Cada segundo que he compartido contigo y con Kit ha significado un mundo para mí. Supongo que es lo que más me duele de todo esto… Ha sido como si me arrebataran algo que había atesorado con todo mi cariño.

—Lo sé. Para mí también ha significado muchísimo y no… —Su voz se quebró—. Lo siento. Siento tanto todo…

Se hizo un silencio.

—Yo tampoco le dije a Kit que me escribías —murmuró ella entonces—. Los dos hemos cometido errores y… veo que estás tan arrepentido como yo. No puedo no perdonarte.

Sinclair alzó la cabeza y la observó durante una eternidad. Tenía los ojos enrojecidos.

—¿Lo dices en serio?

—Sí. —Le dirigió una sonrisa pequeña—. Aún sigo dolida, pero sé que nada de lo que has hecho ha sido con mala intención; que, de hecho, tus intenciones son buenas y que, bueno… En realidad has tenido razón todo este tiempo.

Sus palabras lo sorprendieron.

—¿Que he tenido…?

—Es verdad que Jack ocultaba algo.

La historia, la verdad sobre el caos que su padre había dejado en sus manos y la forma en la que se había dejado la piel para tratar de solventarlo, abandonó sus labios; compartirlo con alguien más fue como liberarse de un peso que no sabía que había estado cargando.

Él la escuchó sin interrumpir en ningún momento, ni siquiera al mencionar el papel que el duque de Pelinor tenía en todo aquello, aunque su rostro sí se ensombreció. Eso sí, cuando terminó, dejó escapar un silbidito.

—Maldito hijo de puta. Eso podría llegar a hundir a sus hijos de por vida. Si el Parlamento se enterase, le arrebatarían el trono a Jack de inmediato. Por no hablar de que no me extrañaría en absoluto que intentaran impedir continuar su sucesión cuando muriera. Y, aparte de eso, Castilia podría hacer algo peor que cancelar la boda; no me parece que Felipe sea el tipo de persona que se toma a buenas que intenten engañarlo.

—No. —El miedo se había apretado en un nudo en su pecho—. A mí tampoco.

De pronto, Sinclair frunció el ceño.

—Aunque no entiendo por qué me has contado esto; sabes lo que podría hacer con ello.

Niamh apretó los puños sobre su regazo.

—Porque sé que quieres demostrarme que te mereces mi perdón. Y porque, pese a todo, confío en ti. Sé que nunca has querido hacerle daño a Kit y que lo que de verdad deseas, por encima de todo, es ayudar a nuestro pueblo, y pienso que, quizás… Que quizás hay alguna forma de conseguirlo. Jack aún puede cambiar de opinión.

—¿Cambiar? ¿Jack Carmine? —La risa que soltó fue amarga—. ¿Estás hablando del mismo hombre que yo?

—Sí. En el fondo, quiere hacer las cosas bien —respondió—. No es como su padre. El problema es que no sabe cómo hacerlo, y mucho menos cómo salir del camino que ya ha comenzado a recorrer.

Su amigo se puso de pie y se dirigió al carrito de las bebidas.

—Necesito una copa. Y casi juraría que tú también. —Empezó a remover las botellas, que devolvieron el repicar del cristal contra el metal—. Tengo brandi, ¿quieres?

No había bebido brandi en su vida.

—Por favor.

Le llenó un vaso ancho y se lo tendió. Al otro lado de la ventana, las flores susurraban contra el cristal. La cálida luz de la tarde rellenaba cada rincón del salón.

Sinclair comenzó a dar vueltas a su bebida.

—Voy a concederte lo de que Jack tiene conciencia. El Parlamento nunca le dará una oportunidad a Kit como regente; es demasiado joven. Lo cual significa que nuestra única oportunidad sigue siendo él. Pero aún tenemos que conseguir que se salga de sus malditas trece de una vez por todas.

Muy en el fondo, Niamh debía admitir que la situación le parecía estimulante. Allí, sentada en aquella silla de piel, dando sorbitos de brandi, casi podía imaginar que era una noble influyente que se encontraba en un club de caballeros, en medio de una importantísima conversación sobre política.

—¿Y cómo propones que lo hagamos?

Sus ojos centellearon, pícaros, antes de responder:

—¿No es evidente? Tenemos que detener la boda.

Estuvo a punto de escupir el último trago que había dado.

—¡¿Qué?! ¡No! ¡No vamos a hacer eso!

—¿Y por qué no? —Se echó hacia delante en su asiento, casi vibrando de energía—. Si no hay boda, Jack se queda sin plan. Y no parece que los protestantes tengan intención de disgregarse, lo cual significa que se verá obligado a tomar ciertas decisiones: buscar apoyo económico de parte de otro inversor que no sea mi padre o dejar que sus consejeros lo ayuden, cosa que lleva sin hacer años. Si te paras a pensarlo, Castilia va a verse más bien poco beneficiada con el acuerdo; sencillamente, creo que es lo más ético. —Se detuvo un instante—. Además, ¿has visto cómo mira la infanta a Kit? Estoy seguro de que va a estar encantada de poder librarse de él.

—La verdad es que no me he fijado…

La mentira escapó en apenas un susurro.

—Tendremos que hacerlo con cierta delicadeza, por supuesto —continuó él con tono resuelto—. O sea, nuestra misión es conseguir detener la boda sin causar una disputa internacional que acabe con las relaciones entre Avaland y Castilia y sin destrozar por completo la reputación de Jack. Hay pocas posibilidades de que salga bien, pero es un riesgo que estoy más que dispuesto a asumir.

—Pero ¿por qué?

—¿Sabes, Niamh? Me vendría bien que mostraras un poquito más de emoción. —Sonrió con cierta amargura—. Supongo que es porque, a pesar de todo lo que ha ocurrido, Kit sigue siendo mi mejor amigo. Qué patético, ¿eh?

Pero no puede ser más leal.

El muy idiota…

—No. No lo es. A menos que también pienses que soy patética.

Al fin y al cabo, ella también lo quería.

Sinclair bufó, divertido.

—Si es que al final tiene su encanto y todo… —Cuando ella le devolvió la sonrisa, se dio unos golpecitos en la barbilla—. La mejor forma de conseguir que se cancele la boda es que lo hagan o él o la infanta. Todo el mundo sabe que los jóvenes cambiamos de opinión todo el tiempo; la gente no se pondrá demasiado puntillosa. Y, bueno, la verdad es que no conozco demasiado a Rosa, pero sí conozco a Kit. —Le dirigió una mirada que pareció durar una eternidad—. Nunca lo había visto tan feliz como durante estas semanas.

De inmediato, Niamh sintió cómo le ardían las mejillas. No le había dicho nada sobre su propuesta de matrimonio, pero era porque, en realidad, ella misma había deseado poder olvidarla.

—Sea lo que sea lo que estés queriendo decir, te aseguro que no está en mi mano. Ya no. Ya lo viste el otro día; no quiere volver a saber nada de nosotros.

—¡Venga! En serio, ¿dónde está esa actitud positiva que tanto te caracteriza? —Se cruzó de brazos—. Tú tan solo muéstrale esos ojitos azules tuyos, parpadea un poco y pídele perdón. Ya ha tenido tiempo de sobra para calmar los humos y, además, por si no te has dado cuenta, lo tienes en la palma de la mano.

Lo cierto era que dudaba bastante que sus «ojitos azules y parpadear un poco» fueran a conseguir nada, pero, llegados a ese punto, ¿qué más daba intentarlo aunque fuera?

—Pongamos que acepta mis disculpas; después, ¿qué?

—A Jack le aterra que alguien pueda descubrir su secreto, ¿no? Pues lo amenazo con contarlo y, entonces, Kit se niega a casarse. Fin: pierde todo su poder sobre nosotros. Incluso podría animarme a escribir una columna hablando de… ¿yo qué sé? De que Kit tiene una visión increíblemente innovadora para el futuro del reino o algo así. Nadie va a atreverse a alzar un dedo contra él. No hay razón alguna para que cargue con los errores de su padre.

Niamh dejó escapar un largo suspiro.

—De acuerdo. Intentaré hablar con él.

—¡Maravilloso! Por cierto, ya que viene al caso: resulta que sé dónde puede encontrarse ahora mismo.

Aquello le hizo dar un respingo.

—¿Dónde?

—Celebrando su despedida en casa de los Nightingale. —Puso una mueca—. Me canceló la invitación. Para sorpresa de nadie.

—Ya… En fin, ¿de qué se despide?

Lo siguiente que supo es que la observaba con los ojos como platos.

—¿Cómo? ¡Es su despedida de soltero! ¡El día más importante en la vida de un hombre! ¡Su último día de libertad!

Trató de explicarle en qué consistía, pero perdió el hilo a la mitad. Por lo que pudo entender, consistía en un grupo de hombres que se reunía en una habitación para ponerse hasta arriba de comida y bebida hasta que perdían el control. Después, borrachos como cubas, salían de caza y, con un poco de suerte, se hacían con un ciervo, lo desollaban y le entregaban la piel a la novia como regalo de bodas.

La simple imagen de la infanta sosteniéndola entre sus manos, carente de expresión y completamente desconcertada, estuvo a punto de tirarla de espaldas.

—Considérate afortunado —dijo—. En Caterlow, la tradición es que los vecinos persigan a los recién casados hasta el lago mientras les lanzan barro y flores y, después, los obligan a lanzarse al agua.

—La verdad es que suena el triple de divertido.

Después, el silencio los envolvió.

Niamh enterró la cabeza entre las manos. Era una idea pésima. Casi ridícula; Kit ya le había propuesto matrimonio —por terrible que hubiera sido la forma en la que lo había hecho, sí—, y nunca tendría la oportunidad de que ocurriera de nuevo. Si accedía a cancelar la boda, se quedaría sola. Por no hablar de que todo su trabajo habría sido en vano. La única oportunidad que había tenido de darle a su madre y a su abuela una mejor vida quedaría reducida a cenizas.

—¿De verdad crees que merecerá la pena? —preguntó en voz baja—. El plan de Jack podría funcionar.

—Ah, ¿sí? —Sinclair frunció el ceño—. Pongámonos en el caso, venga: Kit y la infanta se casan. Castilia se mantiene alejada de cualquier tipo de conflicto armado durante cinco años completos. Tú regresas a tu casa, sabiendo que has conocido al amor de tu vida pero que, aun así, lo has dejado marchar; solo que, oye, al menos el resto del mundo se ha salido con la suya. Todos contentos. *A tu costa*. ¿Eso es para ti la verdadera felicidad?

Dicho así, quizá sí sonaba horrible.

—La… La verdad es que no lo sé.

Sinclair arqueó una ceja.

—¿Crees que, cuando te encuentres en tu lecho de muerte, te sentirás orgullosa al pensar en que siempre has puesto las necesidades de todo el mundo por delante de las tuyas? ¿O crees que desearás haber tenido algo más?

Un diminuto brote de esperanza surgió en su pecho, pero se encargó de aplastarlo entre los dedos.

—¿De qué me va a servir buscar mi propia felicidad si cuando quiera darme cuenta habrá llegado mi hora? ¿Qué clase de significado va a darle eso a mi vida? Mi madre y mi abuela dependen de mí.

—¡Lo que seguro que no va a darle ningún significado es que te vayas matando poco a poco para hacer felices a los demás!

Se quedó muda, sorprendida por la fiereza de su voz.

—Yo mismo he intentado hacerlo, Niamh —dijo entonces—. Créeme. Lo he intentado un millón de veces. —Se recostó contra el respaldo de su asiento, como si de pronto estuviera exhausto. El dolor que rezumaban sus palabras hizo que el corazón se le encogiera—: Intenté ser el hijo que mi padre quería que fuera. Intenté salvar a Kit de sí mismo cuando ni siquiera él quería salvarse. Pero nada de eso es amor; es locura. Es cruel. Tanto para ti como para el resto del mundo. ¿No lo ves?

Estuvo a punto de soltar un sollozo. Si se paraba a pensar en qué la hacía feliz, feliz de verdad... Eran cosas semejantes a ese momento: era tomar brandi en un lugar acogedor junto a alguien que podía volver a ser su amigo, pese a todo lo que había pasado. Era correr sobre la hierba en verano y jugar en grupo. Era abrazar a Kit bajo la lluvia o tejer bordados, abstraída, mientras él cuidaba las plantas del invernadero. Eran aquellos momentos de calma, pequeños como la luz de una vela, pero que, cuando se unían, se expandían e iluminaban cada rincón como las estrellas de la galaxia.

Algo tan hermoso y delicado no podía ser egoísta, ¿no?

La felicidad no era pasarse la noche cosiendo a la luz de la lámpara, ignorando que su cuerpo había comenzado a pedir piedad. No era que le dolieran los dedos ni ahogarse en sus pensamientos. No era la sensación de estar hundiéndose cada vez más y más bajo el peso de la culpa.

Sinclair suspiró y le ofreció un pañuelo.

—He visto cosas horribles en Sootham a lo largo de mi vida —continuó—. A gente que estaba dispuesta a hacer cualquier cosa solo para proteger su legado; a llegar a cualquier sitio, a hacer daño. Sin embargo, también he visto maravillas, como el lago que hay cerca de la casa de campo de los Pelinor. Quizá suena estúpido, pero... adoraba ir allí a ver a los patos.

Al escuchar la risita que dejó escapar Niamh, sonrió.

—¿Sabes que cuando rompen el cascarón quedan marcados de por vida por lo primero que ven? Normalmente suelen ser sus madres. Pero una vez, una temporada, me encontré un huevo en un nido abandonado. Cuando se abrió, lo primero que vio el patito fue a uno de los perros de mi padre. Y salió corriendo hacia él. Es lo que pasa siempre; no les importa que sea peligroso ni que, desde fuera, pueda parecer extraño. Es puro instinto. Es lo primero que hacen; viven por amor.

»No hay nada garantizado en esta vida, Niamh. Todos vamos a morir. Estamos muriendo en este mismo momento, de hecho, pero eso no significa que no estemos vivos al mismo tiempo. Es el amor lo que hace que merezca la pena vivir. Es lo que nos hace actuar de la forma en la que lo hacemos; es nuestro verdadero legado. Lo que de verdad importa es la manera en que queremos a quienes nos rodean; no cuánto sacrificamos por ellos.

—Gracias, Sinclair. —Se dio unos toquecitos en los ojos con el pañuelo—. De verdad.

—No es nada. —Al expandir su sonrisa, le recordó al mismísimo dios de las travesuras—. Y, bueno, ¿qué me dices? ¿Les hacemos una visita a los Nightingale?

26

*P*ese a lo tarde que era, las calles de Sootham estaban repletas de gente.

Vivas.

No obstante, Niamh mantuvo los ojos fijos en las puntas de sus pies. Los adoquines, brillantes y resbaladizos, amenazaban con arrojarla al suelo en cualquier instante. El agua de lluvia —mezclada con todo tipo de líquidos que casi prefería no saber— se acumulaba en los huecos y reflejaba la luz dorada de las farolas. Se negaba a volver a mancharse el bajo de la falda y arruinar otro par de zapatos.

Aquella noche, más que nunca, no podía permitirse parecer una chiquilla descuidada. Trató de bajarse del bordillo con delicadeza, pero, de pronto, un tirón en el brazo la hizo regresar a su sitio. Al girarse, se dio de bruces con Sinclair; a su espalda, un carruaje comenzaba a desaparecer en la oscuridad. Los caballos que lo llevaban fueron convirtiéndose en un borrón en la distancia mientras sus ruedas traqueteaban casi al ritmo de los latidos de su corazón.

—Ve con cuidado.

Después, le ofreció el brazo y ella, agradecida, lo tomó.

Comenzó a guiarla entre los charcos y la ruidosa marabunta de hombres que salían y entraban de las tabernas y clubes, tambaleándose por el alcohol. Jamás en su vida se había sentido tan fuera de lugar como en ese momento, y le quedó más que claro que no era uno en el que debiera encontrarse una joven precisamente. Por suerte, aferrada a uno de los columnistas políticos más famosos de la ciudad —y con ya más bien poca reputación que perder— se sentía a salvo de una forma difícil de concebir.

Al cabo de un rato, él se inclinó hacia su oído y susurró:

—Es aquí a donde los nobles suelen traer a sus amantes. Y es el sitio al que tienes que venir si quieres encontrar los mejores cotilleos.

—¿Compartiendo tus fuentes, Sinclair?

—Ya te gustaría —bufó. A continuación, dirigió la barbilla hacia uno de los edificios—. Ahí la tienes: la perdición de los hombres de la alta sociedad.

Encajada entre los escaparates de las tiendas y varias cafeterías, la casona de los Nightingale, con su fachada de piedra blanca y sus imponentes almenas, emergía de entre la penumbra y el abrazo protector de varios robles. Hacía que la hermosa mansión de su amigo no pareciera más que una casa de muñecas. Justo detrás de la valla de hierro forjado, las lámparas de gas centelleaban como si fueran los ojos de dos inmensas bestias y, desde lo alto, un ventanal casi opaco por el que corrían regueros de agua vigilaba la calle.

Si entrecerraba un poco los ojos, alcanzaba a ver la silueta de las personas que se encontraban justo detrás.

—Sinceramente —dijo en un hilillo de voz—, no sé muy bien cómo sentirme al respecto.

—Ay, querida e inocente compañera mía, no hay de qué preocuparse. Ya te he dicho que no son más que hombres que vienen aquí a discutir un poco entre sí y a apostar; la mayoría son juegos de cartas o de azar, aunque también hay libros de apuestas. Les encanta predecir quién va a casarse con quién al final de la temporada y qué matrimonios van a acabar en la ruina. Y, bueno, una vez escuché que lord

Bowsworth apostó doscientas gallinas en una carrera de gotas de lluvia.

Entonces, eran el tipo de hombres a los que acabaría enfadando si tenían éxito en sus planes. Aunque, si se paraba a pensarlo, quizás alguno de ellos ya había apostado en contra de la boda de Kit y Rosa.

Se obligó a tragarse el nudo que se le había formado en la garganta.

—De acuerdo. Vamos.

Sinclair dio unos golpecitos con su bastón en los adoquines y, después, lo dirigió hacia el enrejado que subía a lo largo de uno de los muros laterales como si se tratara de una escalera. El olor de las glicinias que rodeaban toda la estructura conseguía alcanzar sus fosas nasales incluso desde donde se encontraban.

—Ves eso, ¿verdad? Puedes trepar por él hasta llegar al balcón. Mientras, yo me encargaré de entrar y trataré de distraer de alguna forma a quien encuentre. Kit irá derechito a por ti en cuanto logre que lo dejen solo; estoy seguro. Así que, *pum*, momento de que lleves a cabo tus tejemanejes: él se da cuenta de que se ha estado comportando como un idiota testarudo, cancela la boda y fin, crisis esquivada. ¿Entendido?

Niamh asintió. No obstante, reparó en que de inmediato devolvía la vista a la fachada y entrecerraba los párpados.

—¿Estás segura de que puedes hacerlo? —le preguntó él—. Ya de por sí te cuesta mantenerte de pie estando en tierra.

—¡Me empujará mi espíritu salido de mi cuerpo si hace falta! —Chasqueó la lengua—. Ten un poquito de fe en mí, hombre.

—Como digas —replicó, escéptico—. Ahora nos vemos.

Una vez que se alejó en dirección a la entrada, como la viva imagen de la convicción, Niamh comenzó a rodear la vivienda. Desde allí, se fijó en el estrecho callejón que quedaba justo detrás, cubierto por la neblina que rodeaba casi con pereza los halos de las farolas. De pronto, una sombra se desprendió de entre todas las demás y saltó en su dirección.

Estuvo a punto de gritar.

Después, se percató de que se trataba de un gato negro. Cuando pasó por su lado, le pareció que soltaba un maullidito inquisitivo, como si estuviera dando parte de su presencia.

Al final, dejó escapar un suspiro, molesta consigo misma. Debía seguir adelante. Tenía que hacerlo por su pueblo, por Castilia y por el hombre al que amaba.

Se aferró al enrejado, frío y resbaloso contra sus manos, y toda la estructura gruñó bajo su peso en cuanto se dio impulso y apoyó el primer pie. Trató de ignorarlo todo lo que pudo mientras avanzaba, poco a poco, entre las glicinias que pendían a su alrededor. Así de cerca, su aroma resultaba casi repulsivo; por no mencionar que le hacían cosquillas en la nariz. El aliento comenzó a escaparle cada vez con mayor dificultad, pero se negó a mirar atrás; ni siquiera quiso pensar en lo lejos que debía de encontrarse del suelo.

Tras lo que le pareció una eternidad, consiguió alcanzar con dedos temblorosos un barrote de la barandilla de uno de los balcones. Con máximo cuidado, pasó una pierna por encima de ella y...

Cayó de golpe hacia el otro lado. Se quedó de espaldas, con el pecho subiendo y bajando sin parar, mientras las estrellas daban vueltas por encima de su cabeza y la visión se le tambaleaba. Acordarse de respirar mientras trepaba no había estado entre sus prioridades.

Quizá Sinclair había hecho bien en preocuparse; era, sin duda, la que encabezaba la lista de todas las malas ideas que había tomado en su vida. Y eran unas cuantas.

Cuando por fin logró que se le calmara el pulso, se puso en pie, dispuesta a esperar. Una pequeña rendija de luz atravesaba la puerta de cristal a apenas un metro de distancia de donde se encontraba. Y, pese a la opresiva bruma que lo cubría todo, alcanzaba a ver lo que había más allá. La mayoría de los hombres, que chocaban sus vasos y soltaban risotadas mientras recopilaban sus inmensas fortunas, se encontraban reunidos alrededor de una mesa, aunque varios de ellos merodeaban por la zona del bar.

Había bastantes menos armas de caza de las que le había hecho creer Sinclair, aunque en realidad era casi más culpa suya; ya tendría que conocer su gusto por exagerar.

En ese momento, la puerta se abrió de par en par.

Tuvo que volver a contenerse para no gritar.

Kit salió al exterior y se dejó caer contra la barandilla. Dejó escapar todo el aire de pronto, como si se hubiera pasado horas conteniéndolo. Llevaba impregnado el olor del club: el del amargo humo del tabaco y el toque dulce y punzante del alcohol. No debía de estar siendo una noche agradable para él. Tenía la piel más pálida de lo normal y húmeda por el sudor. Por suerte, nadie parecía prestarle demasiada atención; se los veía demasiado inmersos en sus cartas y sus vasos de licor.

Nada más verlo, por más horrible y desaliñado que fuera su aspecto, el corazón le dio un vuelco. Su mirada viajó hasta las mangas de su camisa, subidas hasta los codos; debía de haberse dejado la chaqueta olvidada en el respaldo de alguna silla.

Deseó poder tocarlo de nuevo. Deseó tener derecho a hacerlo.

La punta del cigarro que llevaba entre los dedos se iluminó como si fuera un fuego fatuo. Comenzó a darle caladas; tan absorto en sus pensamientos que no se percató de que se encontraba a su lado, contemplándolo en mitad de la oscuridad como una tonta.

—Kit.

Estuvo a punto de caerse del respingo que le hizo dar, y lo cierto es que tuvo que admitir que era casi satisfactorio ser quien asustaba, y no al revés, por primera vez. Lo vio parpadear, detenerse y luego hacerlo de nuevo, como si fuera una visión terrible que pensaba que podía disipar si se esforzaba lo suficiente. No obstante, cuando debió de darse cuenta de que no funcionaba, se la quedó mirando. Niamh fue incapaz de descifrar las emociones que le recorrieron el rostro, aunque, una a una, le fueron golpeando en el pecho hasta que, al final, pareció quedarse con la más predecible de todas: ira.

—¿Qué demonios estás haciendo tú aquí?

Quería verte. Las palabras se le deslizaron hasta la punta de la lengua. *Quería hablar contigo.* Sin embargo, no había salido corriendo nada más verla; ahora que había conseguido sortear el primer obstáculo, no podía arriesgarse a echarlo todo a perder.

—Quería disculparme. Lo siento.

—Muy bien —replicó con dureza—. Pues ya lo has hecho. Ahora que ya tienes lo que querías, puedes irte.

—Espera, por favor.

En cuanto dio un paso en su dirección, Kit se pegó contra la barandilla como si le estuviera apuntando con un arma. Dolida, retrocedió hasta que alcanzó la zona en la que las glicinias creaban un manto. Por suerte, y aunque sus ojos centellearon como los de un felino en mitad de la oscuridad, se quedó quieto donde estaba. Así que continuó:

—Solo escribí a Lovelace, a Sinclair, cuando me dijiste que no me metiera en problemas, que tuviera cuidado. Sí, es verdad que él me envió una carta al poco de llegar, pero en ningún momento me obligó a que te espiara, y yo tampoco he querido hacerlo. Jamás. No lo he hecho. Pero supongo que fui una ingenua al pensar que podía encargarme de todo yo sola. Tienes razón: soy incapaz de estarme quieta; soy una cobarde que nunca deja de huir y que nunca piensa en el daño que se hace a sí misma. El problema es que esta vez... te he hecho daño a ti también. —La voz le tembló. Tuvo que cerrar los ojos para contener las lágrimas—. Tendría que habértelo contado antes. Me arrepiento muchísimo de no haberlo hecho cuando tuve la oportunidad. Si hemos llegado a esta situación es por mi culpa. No sabes cuánto lo siento.

El príncipe permaneció callado durante unos segundos eternos. Después, apartó de un manotazo las cenizas que habían caído en la barandilla.

—No sirve de nada lamentarse por lo que se debería haber hecho y lo que no. Nuestra situación siempre ha sido la que es.

—Pero no tendría por qué ser así. Escucha.

No la interrumpió mientras le contaba el plan de Sinclair.

Su cara —pese a que siempre se le había dado bastante mal ocultar sus sentimientos—, permaneció inquietantemente inexpresiva. Fue casi, tal vez por culpa del humo del cigarro que se dispersaba en el aire, como si se encontraran a ambos lados de un portal que separara dos mundos.

—No —dijo entonces—. Sinclair lleva haciendo las cosas a su manera durante años, y ya me he cansado de sus juegos. No voy a volver a quedar como un imbécil y mucho menos por vosotros y vuestras malditas locuras. Estoy harto.

—¡Ni siquiera te lo has replanteado!

—No me hace falta.

La tensión que se cernió sobre ellos era tan densa que podrían haberla cortado con un cuchillo. La última vez que habían estado los dos solos, su mirada había estado cargada de ternura. Recordaba la forma en la que la luna había bañado su pelo y sus ojos con su luz de plata; la reverencia con la que la miraba. La delicadeza con la que le había acariciado la piel con sus dedos llenos de durezas. Detestaba que fuera tan vívido en su cabeza.

Lo detestaba, porque, ahora, lo único que brillaba en su rostro era puro y total rechazo. Y no sabía cómo borrarlo; no sabía si había manera siquiera de hacerlo. La única opción que parecía posible era aporrear la puerta que se había cerrado entre ambos hasta que le dolieran las manos.

—¿Por qué no?

—No voy a permitir que Jack siga pagando por los errores de mi padre él solo —respondió con voz grave—. Se ha pasado toda la vida tratando de protegerme. Ya es hora de que se lo devuelva.

La frustración la recorrió de arriba abajo. De todas las cosas estúpidas, de todos los sacrificios que podía hacer, ¿elegía ese? No obstante, se dio cuenta de que, tal vez, si se negaba a cancelar la boda por ella, podía intentar que lo hiciera por otros medios.

—Nada te garantiza que lo que pretende tu hermano vaya a funcionar. Además, no es justo para la infanta Rosa; no es justo que la metáis en esto. Si tuvieras la más mínima pizca de honor, no permitirías que la boda siguiera adelante.

Con toda su frialdad, soltó:

—¿Ya has terminado?

—¡No! Quiero que me digas por qué estás tan empeñado en ser infeliz el resto de tu vida. ¿Por qué estás empeñado en creer que no mereces algo mejor? —Su voz volvió a fallar—. Sé que yo ya he perdido mi oportunidad de hacerte feliz, pero no entiendo por qué te haces esto si estás viendo que tal vez existe la manera de que sigas cumpliendo con tu deber y de que luches por lo que crees.

Por un segundo, le pareció que sus palabras lo afectaban.

—No puedo arriesgarme.

—¿Arriesgarte a qué, Kit? ¿De verdad me estás diciendo que quieres seguir adelante con la boda?

Se sentía como si se encontrara al borde de un abismo, a punto de saltar, en lugar de en un balcón; la fuerza de sus pensamientos rugía como una tormenta en su interior. Era consciente de que, si alguien los veía ahí, sería un escándalo, pero no le importaba lo más mínimo. No podía dejar que la historia acabase así.

—Dime que quieres hacerlo —presionó—. Dime que podrás conformarte, que no te arrepentirás, y te aseguro que te desearé lo mejor y me iré de Avaland sin mirar atrás; que te recordaré con cariño y que nunca desearé que pienses en mí más de lo justo y necesario.

No hubo respuesta.

—Dímelo —sollozó—. Por favor.

—Que hayas venido hasta aquí es lo más injusto que has hecho jamás.

—¿Injusto? —Apretó los puños a ambos lados de su cuerpo—. Lo que es injusto es tener que ser solo una conocida para ti y que me trates como una igual. Lo que es injusto es…

Con un ágil ademán, Kit arrojó el cigarro al vacío y recortó la distancia entre los dos. Niamh retrocedió de nuevo y su espalda chocó contra el muro. Se quedó mirándolo mientras se cernía sobre ella, sintiendo el calor que desprendía su cuerpo en tensión. Él debió de leer el anhelo que sentía, porque sus pupilas se dilataron. Llegados a ese punto, conocía a la perfección cómo se reflejaba el hambre en su rostro.

Tenía los ojos en llamas, pero estaba más que dispuesta a arder por él, como la estúpida que era. Lo siguiente que notó fue su aliento contra los labios.

Esto, pensó. *Esto es injusto.*

—Lo que es injusto —lo escuchó decir— es que me hagas tener esperanza.

Al hablar, sus labios se movieron al compás. No fue más que un leve roce, suave como una pluma; el fantasma de todos los besos que no volvería a darle. Un castigo, aunque no sabía si era para él o si era para ella. Jamás había imaginado una agonía como aquella.

Pero, entonces, su boca atrapó la suya, con fuerza, con urgencia, con rabia. Niamh abrió los ojos como platos y fue incapaz de apartarlos de él.

El deseo la derritió por dentro y la indignación le atravesó las venas, dispuesta a luchar para aplacarlo. Sin embargo, cuando sus dientes hicieron presión en su labio inferior y cuando su rodilla encontró el hueco entre las suyas, sus párpados se cerraron de inmediato.

Arqueó la espalda para amoldarse a su figura y el gemido que le arrancó le envió una chispa que la recorrió por completo. Al encontrarse con su deseo, ferviente y arrebatador, todos sus recuerdos se evaporaron. No supo quién era. De dónde venía. Sobre qué habían estado discutiendo.

No obstante, fue en ese momento cuando escuchó el sonido más terrible del universo: el de la puerta del balcón al abrirse de nuevo. El ruido del interior estalló en sus oídos: las carcajadas, el repicar del cristal y las monedas.

El príncipe se apartó con brusquedad.

Una luz dorada —y puro pánico— centelleó en las profundidades de su mirada, y antes de que Niamh pudiera parpadear siquiera, sintió cómo las glicinias le rodeaban los brazos y las piernas. Después, la arrojaron contra las sombras. De pronto, nuevas capas de vegetación comenzaron a adherirse a ella, delicadas y brillantes por la magia, y la cubrieron por completo.

Los pétalos le volvieron a hacer cosquillas, pero se esforzó por contener el aliento y las ganas de estornudar. Fue incapaz de enfadarse, por rudas que hubieran sido sus formas; lo había hecho para salvarla.

Una vez más.

Porque fue su hermano quien apareció.

—Por fin te encuentro. ¿Qué haces aquí fuera?

—Nada —respondió. Apenas se notó que tenía la respiración acelerada—. Tomando un poco de aire.

Pese a que su rostro se cubrió de recelo, acabó acercándose y le colocó una mano en el hombro. Él no se apartó.

—Sé que todo esto ha sido complicado para ti, pero quiero que sepas que estás haciendo lo correcto. —Kit apretó la mandíbula, pero no respondió. Jack colocó los codos en la barandilla—. Dime cómo puedo solucionar las cosas entre nosotros. A partir de mañana, te marcharás, comenzarás tu propia vida; no quiero que nuestra despedida sea así. No quiero que lo que rija nuestras vidas para siempre sea la culpa.

—Déjalo estar, Jack. No te tortures, y menos por mí. Estos últimos días he conseguido entenderte mejor. Y, en realidad, creo que siempre lo he hecho, aunque fuera de otra forma.

—Espero que sepas que te quie…

—Sí. Lo sé. —Se tensó. Su mirada viajó hasta la oscuridad de la calle a sus pies. E incluso desde donde se encontraba, Niamh fue capaz de ver la tristeza que se esparció por su rostro—. Yo a ti también.

Él se volvió para mirarlo.

—Kit, quiero que se…

—Ya he tomado suficiente aire —lo cortó—. Vamos adentro. Sin más, se dio la vuelta y regresó al interior. Su hermano se quedó paralizado unos instantes antes de avanzar tras él.

Poco a poco, las ramas que la rodeaban fueron soltándose y la posaron en el suelo, con tanto cuidado que casi tuvo la sensación de que estaban pidiéndole perdón y conteniéndose para no sacudirle la falda y arruinarle el peinado. Algunas de las florecillas, doradas y violetas, flotaron en el aire hasta quedar a sus pies.

Permaneció allí durante un rato, apoyada contra el balcón y acariciándose los labios con las puntas de los dedos. El rostro le ardía; debía de estar ruborizada de arriba abajo, y le costaba respirar por la maraña de sentimientos que se entrelazaban en su vientre. Estaba frustrada, pero también feliz.

Kit Carmine era el hombre más insoportable, terco y confuso del universo. Ella le había mostrado una vía de escape —la forma de deshacerse de ella para siempre— y había decidido no tomarla. No; la había besado con la desesperación de un hombre que se aferra a sus últimos resquicios de vida y la había protegido como si fuera una parte más de él.

Como si respiraran a la par.

«Si me rechazas, que al menos no sea para castigarte a ti misma».

Al día siguiente, tendría que tomar una decisión. Ni siquiera necesitaba que la eligiera a ella, pero sí merecía tener la oportunidad, por primera vez, de decidir cómo deseaba que fuera su vida. Merecía poder seguir su corazón.

Ella ya le había ofrecido una salida.

Y si al final debía dejarlo marchar, eso es lo que haría.

27

*L*a noche anterior parecía sacada de otro cuento de hadas: una chica que se escapaba de su encierro y conseguía regresar antes de que su cruel familia lo descubriera.

A las once en punto ya había estado atravesando con sigilo los pasillos hasta su habitación después de que Sinclair la llevara de vuelta al palacio. Se había pasado la mitad del trayecto escuchándole criticar la cabezonería de Kit, aunque, después, cuando se había cansado de hacerlo, se había sumido en un silencio sepulcral. Le había sorprendido, viniendo de él, pero por primera vez en su vida no le había molestado la quietud.

Un plan que había echado raíces en su cabeza mientras estaba en el balcón había comenzado a florecer al compás del traqueteo de las ruedas. Era un plan estúpido y casi imposible, pero un plan a fin de cuentas. Y, por mucho que hubiera tenido el impulso de contárselo a su amigo, sabía que no podía involucrarlo. Así, si acababa fracasando, su deshonra no se extendería hasta él.

Eran las tres de la madrugada cuando terminó de añadir los últimos retoques de la capa nupcial, y las seis cuando la despertaron para que se dirigiera, con ella y el vestido de la infanta a buen recaudo en sus respectivas cajitas, como si fueran un tesoro, hasta la mansión en Bard Row.

Al entrar en los aposentos de Rosa, el miedo a quedarse dormida de pie en cualquier instante le susurraba tras la nuca. Una vez más.

Habían enviado a uno de los lacayos de Jack para que la siguiera de cerca como un perrito faldero y, tras cerrar la puerta a sus espaldas, se quedó ahí, de pie, con los ojos fijos en ella. Era una advertencia: «El príncipe regente la está vigilando; absténgase de decir o hacer nada de lo que pueda arrepentirse después».

La princesa ya la estaba esperando, justo detrás del biombo. Habían colocado un ramo de rosas en una mesita junto a él, listas para que se las pusiera en el pelo. Les habían quitado todas y cada una de las espinas y habían torcido un tanto los tallos para que los pétalos no estuvieran tan rígidos.

Se había pintado los labios del rojo de los Carmine; no le hacía falta nada más para lucir elegante, y eso que aún seguía en camisón. Sin embargo, tras examinarla con un poco más de profundidad, se acabó percatando de que su piel olivácea había perdido un poco de su lustre habitual. Ni siquiera el colorete en sus mejillas llegaba a ocultarlo del todo.

—Buenos días, Alteza.

La voz que le salió fue más un graznido que un saludo.

—Bueno es, desde luego —se mostró de acuerdo ella, aunque se la veía algo ausente—. ¿Comenzamos?

Con sumo cuidado, comenzó a desempacar el vestido; la larga cola de la falda se extendió por el suelo como si fuera un riachuelo de agua negra, y la infanta la contempló con una expresión que denotaba evidente satisfacción.

Niamh se esforzó por ir lo más rápido que pudo, lo cual acabó resultando en más de tres tropiezos por pisarle el bajo; por no mencionar que estuvo a punto de arrancar un par de los brillantes que decoraban las mangas.

Cuando por fin el último de los botones de la base del cuello estuvo atado, se subió en una banqueta temblorosa para colocarle el velo de encaje negro sobre la cabeza a modo de corona. Antes de sujetárselo, ajustó la caída de la tela, que se esparció por doquier como un abanico.

—Listo. —Regresó al suelo para contemplar su obra—. Ahí lo tienes.

Rosa se colocó delante del espejo; enmarcada en dorado, daba la sensación de que, en lugar de su reflejo, estaba contemplando un retrato al óleo. O lo habría sido de no haberse tratado de la peculiar expresión que se adueñó de sus rasgos. Había arrugado la nariz, como si acabara de llevarse a la boca algo demasiado amargo.

—Tu magia es curiosa cuando menos.

—¿A qué te refieres?

—A que estoy sintiendo… —respondió, con una extraña mezcla de disgusto y asombro a partes iguales— muchas cosas a la vez. ¿Es así como es estar en tu cabeza? No me extraña nada que parezcas tan… estimulada todo el tiempo.

Lo cierto era que el encantamiento del vestido era uno de los más poderosos que había convocado jamás. La llenaba del anhelo por todo aquello que no había podido tener jamás y del dolor tras las veces que había fracasado. Al verlo en retrospectiva, pensó que tal vez no debería haberse puesto a trabajar en él justo después de que Kit se enterara de lo de Lovelace.

Quizás no era lo más apropiado para una boda, pero al menos los recuerdos iban a la par con la solemnidad del conjunto.

Rosa parecería la mismísima diosa de la noche.

—Lo siento —trató de justificarse con una voz un par de tonos más aguda de lo normal—. Creo que me dejé llevar un poco. ¿Quieres que…?

—No. No cambies nada. Es justo lo que quería.

—Al menos podemos contar con que nadie tendrá los ojos secos durante la ceremonia —bromeó.

La infanta, por su parte, siguió contemplándose en el espejo, torciendo el rostro para explorar distintos ángulos.

—Casi me siento como una novia de verdad.

Su corazón dio un saltito.

—Me alegro mucho. Estás preciosa.

Solo entonces —debido al temblor de su voz y al ligero picor en la garganta— se dio cuenta de que estaba llorando. Durante un segundo, Rosa se quedó estática, perpleja, casi alarmada, pero después apartó el biombo para dirigirse al lacayo, que seguía junto a la puerta.

—Usted —lo llamó—. Háganos llegar un servicio de té cuanto antes.

—Mis disculpas, Alteza —replicó él—, tengo orden del príncipe regente de mantener a su costurera bajo supervisión en todo momento.

Al escucharlo, se irguió todo lo alta que era y alzó la barbilla. Con aquel vestido, su figura quedaba imponente, recortada en negro; impregnó su voz de pura condescendencia real:

—¿Y qué? ¿Acaso es una prisionera? ¿O es que teme que pretenda mancillar su honor?

Un incómodo silencio atravesó la sala hasta que volvió a alzar la voz:

—En absoluto, Alteza. Por supuesto que no.

—Entonces, obedezca a menos que quiera que me dirija a mi futuro cuñado para comentarle el pésimo trato que he recibido. Estoy muerta de hambre; estoy incluso empezándome a sentir mareada.

Sus palabras le pintaron el rostro de blanco.

—Ahora mismo, Alteza.

En cuanto desapareció, Rosa se dejó caer en uno de los divanes y fijó la mirada en Niamh.

—¿Se puede saber qué te pasa?

—¡Nada, nada! —Se enjugó las lágrimas y forzó una sonrisa—. Es solo que las bodas me emocionan, y los encantamientos del vestido... Pero no te preocupes, de verdad. No va a volver a pasar.

—¿Tú te crees que soy tonta? Y no es una pregunta retórica.

—¡No! ¡No, por supuesto que no!

—Entonces, ¿por qué me mientes? Mientras me ponías el vestido te has tropezado más veces de lo normal, que ya es decir, y aparte estás... —Hizo un gesto con las manos hacia ella—. Como una magdalena.

Miriam le había asegurado que era una persona muy comprensiva, y era cierto. Casi envidiaba la forma en la que parecía que nada le afectaba, pero, aun así, no creía que nadie, por paciente y pragmático que fuera, pudiera tomarse un «oye, estoy enamorada de tu prometido y, si ninguno de los dos cancela la boda, es bastante probable que acabes encadenada durante media década a un reino con una situación económica escabrosa» con filosofía.

No podía arriesgarse.

Así que se sentó a su lado y dijo:

—Es puro estrés. Apenas he dormido estos días.

La infanta le colocó la mano en lo alto de la cabeza; supuso que era un intento por consolarla, pero fue bastante incómodo.

—Te has dejado la piel en mi vestido.

—Oh, pero no te preocupes. Y menos por mí; es tu día.

—Ah, ¿sí?

En ese momento, su dama de compañía entró y cerró la puerta con la cadera. Llevaba entre las manos el servicio de té que, no quedaba duda alguna, le debía de haber arrebatado al lacayo. Se acercó hasta ellas, con la lengua entre los dientes por la concentración.

No obstante, en cuanto alzó la mirada y reparó en la princesa, separó los labios y estuvo a punto de soltar la bandeja. Las tazas se tambalearon.

—Rosa… —Los ojos se le humedecieron—. Cielos, pareces… Estás preciosísima.

Aquello le arrancó una carcajada fuerte, salvaje, sin reparos, aunque se llevó las manos bajo el velo para pasarse los dedos por las mejillas.

—Parad ya. Al final voy a ser yo la magdalena.

En ese mismo momento, Niamh lo comprendió todo.

Y se sintió estúpida.

No sabía cómo no había visto hasta entonces —visto de verdad— la razón por la que la infanta había soportado todo con la fortaleza de un soldado, la razón por la que jamás le había importado que el corazón de Kit le perteneciera a otra persona y la razón por la que Miriam había accedido a ayudarla a ella en cuanto había sabido que también trataba de protegerla.

Se encontraba ante sus ojos, de una forma tan obvia que resultaba arrebatadora y preciosa y que podría haberla roto en mil pedazos; el lazo que las unía a ambas. Amor.

A todas luces, el día en que la infanta Rosa de Todos los Santos de Carrillo y el príncipe Christopher Carmine, duque de Clearwater, se unirían en matrimonio iba a ser perfecto.

Había amanecido radiante y sin una sola nube en el cielo —un hecho singular para tratarse de Avaland— y las calles, desde los verdes prados que rodeaban el palacio real hasta la catedral de Saint John, estaban repletas de gente. No había distinción entre nobles y plebeyos; todos bebían y charlaban, reían y cantaban, se enjugaban las lágrimas y se daban empujones. Además, cargaban cestas de mimbre y lanzaban ramilletes de hierbas aromáticas y pétalos por encima de sus cabezas. Cada flor simbolizaba un deseo destinado a la pareja: salud, fortuna, fertilidad y felicidad.

Según la tradición, el novio debía encabezar una marcha desde su hogar hasta la catedral, acompañado de los invitados. No obstante, para Niamh estaba siendo casi más un cortejo fúnebre.

Aquel día podría perder a Kit para siempre.

Se encontraba sola, caminando entre la marabunta. Era agobiante, le pitaban los oídos, el corazón le latía con fuerza y le ardían los ojos por el cansancio; tanto que pensaba que en cualquier instante iban a salírsele de las cuencas.

Se había puesto un manto de lana oscura que había encontrado en el fondo del armario; casaba a la perfección con su estado de ánimo y le venía de maravilla para pasar desapercibida, pero le hacía sudar como un pollo. El conjunto lo completaban una capota de ala ancha que ocultaba sus rasgos y unas florecillas que se había colocado justo detrás de la oreja. Aun así, era consciente de que si cualquiera de los Carmine fijaba los ojos en ella, la reconocería al instante.

Llevaba la cajita con la capa de Kit bien sujeta contra su cuerpo. A varios pasos de distancia, Jack avanzaba en su caballo blanco; parecía estar en total calma. Se encontraba tras la Guardia Real, todos ellos con sus libreas verdes y doradas y sus mosquetes, y llevaba sus mejores galas: un frac rojo, cuya cola se sacudía al viento, y la corona de oro bien colocada entre sus cabellos negros. Resplandecía bajo la luz del sol.

Y, algo más allá, se encontraba su hermano. No podía distinguirlo del todo; solo alcanzaba a ver la rigidez de sus hombros.

En ese momento, pensó que tendría que haber sabido, desde el día que lo había conocido, que cada segundo que había pasado en aquel reino había estado destinado a conducirla hasta ahí. Hasta ese lugar en el que él se encontraba fuera de su alcance por cientos de razones distintas mientras el corazón se le retorcía en el pecho.

A medida que la comitiva avanzaba, más y más flores caían sobre ellos y colmaban los huecos entre los adoquines y cada capa de hierba. La gente rugía, con los ojos brillantes por el halo de la magia que se esparcía por el aire como si se tratara de la bruma de la madrugada.

Tras doblar una esquina, Niamh captó el primer atisbo de los chapiteles de Saint John. Sus contrafuertes y torres se alzaban en dirección a las nubes como dedos acusadores, dispuestos a arrasar con todo. Cuanto más cerca se encontraban de ella, la multitud parecía multiplicarse. A cada segundo, el alboroto era mayor. De hecho, habían comenzado a abuchear y a sacudirse entre sí con la fuerza del océano bajo el empuje de un viento embravecido; no le llevó demasiado tiempo percatarse del porqué.

Los protestantes se encontraban ante la catedral.

Muy inteligente por su parte, pensó. Jack no podría expulsarlos de allí sin montar una escena; por no hablar de que una masacre el día de la boda no era precisamente el comienzo más propicio para un matrimonio.

Los vio levantar sus banderas en el aire un instante antes de clavarlas en el suelo. A pesar de ser cientos, encaraban la llegada de la procesión dispuestos en distintas filas perfectamente ordenadas; parecían un ejército en última defensa, dirigido, por supuesto, por su general.

Helen Carlile se alzaba, imponente y radiante, sobre un estrado improvisado; un baúl al que le habían dado la vuelta.

En cuanto reparó en su presencia, Jack detuvo su montura, que comenzó a dar golpes contra los adoquines, y se quedó observándola por encima del puente de la nariz. Niamh sabía muy bien lo que era encontrarse bajo el peso de aquella mirada; no obstante, ella se la mantuvo sin inmutarse.

—¿Qué significa todo esto? —preguntó él.

—He venido a solicitar una audiencia con el príncipe regente. —Le dedicó la reverencia más superficial que había visto en su vida—. Debo suponer que es usted.

Las botas de Jack chasquearon contra el suelo cuando bajó del caballo. A su espalda, los miembros de la Guardia Real apoyaron sus manos en la empuñadura de sus armas al unísono; todos los invitados comenzaron a cuchichear entre sí, nerviosos.

—Buenos días, señora —la saludó con frialdad—. Me temo que no se encuentra en posición de solicitar nada de mi persona el día de hoy. Por si no lo sabe, nos encontramos en vías de celebrar la boda de mi hermano; de su príncipe.

—No pretendo importunarlo, señor; es solo que, verá, he tratado de ponerme en contacto con usted varias veces durante las últimas semanas. Se ve que es un hombre muy ocupado, aunque, tras tantos intentos, cualquiera podría llegar a pensar que estaba eludiéndome.

—Deme una razón de peso para no arrestarla ahora mismo por sedición. —Bajó la voz; Niamh tuvo que echarse un tanto hacia delante para escucharlo bien—. ¿Qué pretende lograr con todo esto? No veo más que un intento de suscitar malestar entre el pueblo; es una ofensa personal.

—Lo único que quiero es que me conceda una hora de su tiempo. —Un ligero deje de súplica se filtró en su voz—. Toda esta gente, gente honrada, se ha reunido aquí con la intención de que se escuche su voluntad. Si considera eso una ofensa, entonces no puedo seguir considerándolo mi príncipe. No importa lo que digan de usted, señor; para mí solo será un déspota.

—Reúnete con ella. —La voz de Kit atravesó el aire. Se dirigía a él casi con cansancio; no había rastro alguno de enfado ni de arrogancia—. Considéralo mi regalo de bodas.

La mirada de Carlile viajó entre los dos.

El silencio los envolvió durante lo que pareció una eternidad. Un pequeño reguero de sudor recorría la sien del príncipe regente, pero lo que fuera que hubiera visto en los ojos de su hermano debía de haberle removido por dentro.

—Muy bien. Me reuniré con usted tras la ceremonia. Hasta entonces, pueden mantenerse a la espera ante el Parlamento. Será allí donde la reciba.

Niamh era incapaz de creerse lo que estaba ocurriendo.

El rostro de la general se iluminó en una mezcla de total gratitud, sorpresa y satisfacción.

—Se lo agradezco enormemente, Alteza. De verdad. Estoy deseando que llegue el momento. —Después, se inclinó hacia Kit—. Reciba mi más sincera enhorabuena y mis mejores deseos tanto para usted como para su futura esposa.

—Gracias —respondió él, algo tenso.

Carlile se dirigió a los protestantes y, con nada más que un leve gesto de la mano, se alinearon en torno a ella. A continuación, partieron en dirección al edificio parlamentario, bordeando la marcha nupcial como la corriente de un río que dejaba atrás una ristra de rocas. Niamh se sorprendió por la quietud de su avance, sepulcral y disciplinado.

En cuanto el último de ellos desapareció de la vista, la tensión se desvaneció del ambiente y, como si lo hubieran convocado, las campanas comenzaron a sonar por encima de sus cabezas. El eco, profundo y taciturno, rebotó contra sus costillas.

Las puertas de la catedral se abrieron con el último tañido.

Soltó un jadeo. No sabía si sería capaz de entrar, si podría volver a mirar a Kit a la cara. Y, si su plan fallaba, no sabía si sería capaz de soportar el momento en que finalmente Rosa y él estuvieran enlazados el uno al otro de por vida; cuando su corazón se rompiera en mil pedazos.

Pero no podía permitirse dudar.

Los Carmine fueron los primeros en internarse en el templo; después, el resto de los invitados se arrojó en tropel hacia delante y prácticamente la llevaron flotando mientras cruzaban la entrada principal y desembocaban en el vestíbulo.

El techo, sujeto por grandes columnas de piedra blanca y reforzado con nervaduras, se curvaba en la distancia. El interior estaba iluminado por esferas de fuego que pendían del aire como si fueran velas nacidas de la nada y habían colocado adornos florales, de pétalos blancos y suntuosos, en los bancos y en las hornacinas de las paredes. Cada rincón centelleaba, desde los delicados halos de luz que se colaban desde el exterior, con sus motitas de polvo flotantes, hasta los símbolos sagrados incrustados en los muros. No obstante, lo que terminó de arrebatarle el aliento fue el altar mayor.

La figura de Kit se recortaba contra un fondo de vitrales. Sus colores recorrían todo el ábside, desde los revestimientos de madera hasta la bóveda que lo remataba. Y la luz que los atravesaba lo bañaba por completo, de forma que lograba suavizar los ángulos de su rostro. Lo convertían en una pintura delicada. Llevaba un chaleco blanco y una corbata con un broche de oro que representaba la rosa de su familia.

La viva imagen del príncipe de un cuento de hadas.

A su lado se encontraba Sinclair; por muy enfadado que pudiera estar con él. No podía faltar en su boda.

Aquí estamos.

Niamh encontró asiento justo al fondo de la catedral. Sentía las palmas de las manos húmedas, aun en contacto con la fina seda de sus guantes, y escuchaba las risitas y las voces de la gente a medida que iban rellenando el templo. Tuvo el impulso de chistar para que se callasen, pero se contuvo y se forzó a mantener la barbilla agachada para que la capota siguiera ocultándole el rostro.

Al cabo de un rato, no obstante, el revuelo en el extremo opuesto atrajo su atención. Uno de los miembros de la Guardia Real se había acercado a Jack y estaba susurrándole algo en el oído. De inmediato, lo vio alzar la mirada y recorrer los alrededores con una expresión semejante a la furia. Pasó por todos y cada uno de los rostros, como si estuviera buscando a alguien.

Y lo supo: era a ella.

Sabe que estoy aquí.

El príncipe volvió a intercambiar unas palabras con el soldado, que asintió con la cabeza. Niamh se hundió aún más en su asiento. Si la encontraban, la sacarían de la catedral de inmediato y pagaría las consecuencias. Pero no podía volver a Machland; no hasta que la boda hubiera llegado a su fin. Por suerte, estaba rodeada por cientos de personas. Y sabía que, una vez que comenzara la ceremonia, no podían interrumpirla. No la encontrarían.

Fue entonces cuando el arpa empezó a sonar, y su melodía suave, etérea y brillante, cruzó los travesaños del techo; la novia estaba a punto de llegar. Todos los invitados se volvieron hacia las puertas a un mismo tiempo.

Y Rosa apareció envuelta en un océano de luz.

28

A su alrededor, todos contuvieron la respiración.
Y, después, aunque ahogados, fueron llegando los gemidos.

Con la mano apoyada en el hueco del codo de su padre, la infanta contemplaba desde la parte trasera de la nave los rostros que la observaban, hermosa y terrorífica, melancólica y elegante; magnífica de la cabeza a los pies. Cada uno de los hilos del vestido y cada una de las fibras del velo irradiaban puro sentimiento.

Los recuerdos, todos ellos agridulces, se esparcieron por la catedral. Incluso le pareció que los ojos del rey se cubrían de unas lágrimas que nunca llegó a derramar. Lo único que no supo fue cómo se sentía la princesa; sus rasgos estaban ocultos por el velo casi por completo.

Comenzó a caminar hacia el altar.

La cola de la falda se deslizó por el suelo como si fuera agua negra y fría. A cada paso, susurraba contra el mármol y barría los pétalos que se esparcían por doquier. Una bocanada creciente de murmullos, reverentes y profundos, la siguieron durante todo el trayecto.

«Qué vestido…», escuchó que decían, una y otra vez. Una extraña mezcla de orgullo y tristeza la recorrió. ¿Había merecido la pena tanto sufrimiento?

Cuando por fin se detuvo al otro lado del templo, Miriam se acercó para tomar el ramo de flores que llevaba y retrocedió para cubrir su rostro con una columna de sombras. Aun así, incluso desde la distancia, era más que obvio que la situación y sus implicaciones la afectaban. En ese momento, no obstante, vio que Sinclair le guiñaba el ojo; como respuesta, ella le dedicó una sonrisa.

El rey colocó la mano de su hija sobre la de Kit, y el peso de aquel momento cayó sobre Niamh como una puñalada contra el estómago.

Él se la sostuvo a tientas.

En Caterlow, la ceremonia comenzaba de la misma forma, solo que después enlazaban sus muñecas con una cuerda y, hebra a hebra, iban anudándolos hasta que, de igual forma, se unían sus almas. En esta ocasión, no ocurrió nada más.

El único cambio que hubo fue que veía a Kit más pálido con cada segundo que pasaba mientras observaba a Rosa, y en realidad ni siquiera parecía verla de verdad; era como si se encontrase observando cómo se repetía una pesadilla ya demasiado antigua delante de sus ojos.

Una vez todos reunidos, el obispo dio un paso adelante. Su porte era altivo; mantenía la nariz alzada y la boca presionada en una fina línea. Llevaba la estola dorada alrededor del cuello como si se tratase de la piel de un animal recién cazado y, en lo alto de la cabeza, se había colocado una birreta negra que parecía el nido de un pájaro. Desconfió de él de inmediato, aunque, en realidad, sabía que no era la persona más objetiva para opinar en ese momento.

Con tono serio, comenzó:

—Queridos hermanos, estamos hoy aquí reunidos en el nombre de Dios, y ante los ojos de los presentes, para unir a este hombre y a esta mujer en sagrado matrimonio. Este honorable sacramento, constituido por nuestro Señor en tiempos de…

Niamh apenas fue capaz de asimilar las palabras que siguieron a aquellas a medida que la ceremonia avanzaba. Sentía el miedo y la angustia como un nudo en el pecho. Hubo al menos cinco pausas en las que llegó a creer que pasaría algo, cualquier cosa, pero todas ellas acababan con el obispo aclarándose la garganta y pasando la página de su libro de oraciones. Los asistentes, a su alrededor, soltaban suspiros y cambiaban el peso de su cuerpo de una pierna a la otra. El aleteo de los abanicos le llegaba desde todos los rincones.

Tuvo que clavarse las uñas en la rodilla para centrarse. Le costaba asimilar que la boda estaba teniendo lugar de verdad, que ella misma se encontraba ahí, sentada en aquel banco incómodo y sudando mientras el amor de su vida estaba comprometiéndose a compartir la suya con otra persona.

Y lo peor era que, a menos que quisiera avergonzar a todos y cada uno de los que se encontraban allí —en especial, a sí misma—, no podía hacer nada en absoluto. Jamás se había sentido tan impotente.

«Tu magia me hace sentir cosas», le había dicho Kit. Pasara lo que pasase, lo único que podía hacer era rezar para que, al menos, hubiera podido sentir también todas las cosas que no había llegado a decirle.

En ese instante, se desató un curioso murmullo varias filas por delante de ella. Aquello fue suficiente para hacerle volver al mundo real. La Guardia Real había comenzado a barrer el perímetro de la catedral, lo cual, por supuesto, había acabado atrayendo miradas y especulaciones. Era obvio que se estaban esforzando por pasar desapercibidos, pero, entre lo llamativas que eran sus libreas y el hecho de que llevaran sables envainados a la cintura, con todo lo que eso suponía, se estaba quedando en un mero intento.

La piel comenzó a picarle por la ansiedad.

Se ajustó aún más la capota para que le cubriera los ojos.

En el altar, el obispo había cambiado el libro de oraciones por un cáliz. A diferencia de todo lo que había entre aquellos muros, destacaba por su simplicidad: era un recipiente elegante hecho de plata pura y sin adornos.

Sabía que estaba vacío porque Sinclair se lo había explicado todo la noche anterior. Cada uno de los novios llevaba un vial de cristal lleno de agua; en el pasado, los habían rellenado de miel, que al ser dorada actuaba como símbolo de la sangre divina de la nobleza, pero lo cierto es que, si pensaba en qué opinaría Kit, le parecía que el cambio era lo mejor.

Tanto él como la infanta tendrían que derramar el contenido dentro del cáliz y beber de él como muestra de la unión de su linaje. Después, se quitaría la capa y envolvería a Rosa en ella, para protegerla.

A partir de entonces, estarían casados.

El pico de la caja que sostenía se le clavaba en la cintura.

Cuando ambos destaparon los viales, los asistentes se encontraban entonando una canción que, sin embargo, se diluía en el aire. Derramaron el agua a un mismo tiempo; a ninguno le tembló el pulso.

Cada segundo del proceso pareció durar una eternidad: vio a Rosa levantar la copa y beber; después, cómo se la cedía a Kit. Él apenas se mojó los labios antes de devolvérsela al obispo, que volvió a alzar la voz:

—Ahora pasaremos al intercambio de los votos. —Hizo una pausa que solo duró un instante antes de que le dirigiera a Sinclair una mirada cargada de impaciencia—. La capa, señor.

Al escucharlo, dio un respingo. Dirigió la vista al suelo y, al no encontrarla, se giró para echar un vistazo en el banco que se encontraba tras él. Los susurros no tardaron en volver a esparcirse por cada rincón. Escuchó risas contenidas. Varias toses no disimuladas.

Los miembros de la Guardia Real seguían avanzando a lo largo de las naves laterales, cada vez más cerca de donde se encontraba. Y Niamh, que había vuelto a colocarse la caja en el pecho, sentía cómo el corazón le latía contra ella.

—La capa, por favor —repitió el obispo; esta vez con mayor desesperación.

El rostro de Kit mostraba genuino pánico.

—Lo lamento. Deme un segundo.

Niamh lo supo en ese mismo instante: no podía seguir atrasándolo más; no importaba si no estaba lista. Se puso en pie.

—¡La tengo yo!

Cada uno de los presentes se giró hacia ella.

Se esforzó por evitar la mirada de Kit; era consciente de que sería como si le lanzasen una flecha directa al corazón. No obstante, cometió el error de posar los ojos en Jack, que, en su lugar, fue más como si le golpearan el cráneo con una roca. Se le heló la sangre en las venas, pese a que sentía el rostro ardiéndole por la vergüenza.

Aun así, se dirigió hacia el pasillo central, murmurando disculpas a medida que tropezaba con los pies de quienes compartían banco con ella.

Solo a mitad de camino se atrevió a enfrentar a Kit. Sus iris estaban cargados de anhelo, y fue como si, de pronto, bajo aquel hechizo, solo existieran ellos dos. La música se evaporó. La gente desapareció.

Y, entonces, se pisó el bajo del vestido.

Soltó un chillido. La caja se deslizó entre sus dedos. Y sintió cómo su cuerpo cedía mientras los gritos de sorpresa rebotaban contra los muros de la catedral. Una parte de ella, en el fondo de su cabeza, pensó que tal vez no sería tan terrible morir así. Era como si la hubieran arrojado al fondo del mar.

De fondo, escuchó el ruido de la caja al caer contra el suelo, tan fuerte que podría haber estado hecha de cristal. Apretó los párpados y se preparó para recibir el impacto. Pero nunca llegó.

Las flores que decoraban el altar y se enlazaban en los respaldos de los asientos habían multiplicado su tamaño. Cientos de ramas se habían enredado entre sí para formar una especie de cuerda. Una que ahora le rodeaba la cintura. Al abrir los ojos, se dio cuenta de que colgaba a apenas unos centímetros del suelo.

El eco de unos pasos que se acercaban hicieron que alzara la mirada justo en el instante en el que Kit llegaba a su encuentro y se arrodillaba ante ella. Pudo captar un leve atisbo de exasperación en su rostro mientras la ayudaba a salir.

Las ramas que la rodeaban empezaron a aflojarse poco a poco.

Después, se desperdigaron por el suelo.

—¿Qué? —Lo susurró tan cerca de su oído que no pudo evitar contener un escalofrío—. ¿Otra vez desafiando a la gravedad?

Por supuesto que iba a burlarse de ella incluso estando donde estaban. Y tuvo que contener las lágrimas. A pesar de que sus pies estaban de vuelta en el suelo, él no la soltó; mantuvo las manos unidas a las suyas, con el pulgar justo en su palma, como si estuviera a punto de tirar de ella para acercarla. Y la forma en la que la miraba era... peculiar. Parecía centrado en ella, pero al mismo tiempo a cientos de kilómetros de distancia.

La voz del obispo los alcanzó:

—¿Alteza?

—Kit... —susurró ella.

—¡Alteza! —Lo llamó de nuevo casi de inmediato, desesperado por recuperar el control de la situación. Tenía el rostro cubierto de sudor y apretaba el cáliz con tanta fuerza que los nudillos se le estaban poniendo blancos—. ¿Sería tan amable de regresar al altar, por favor? En cuerpo y alma, a poder ser.

El ambiente había cambiado por completo; la mayor parte de la gente los contemplaba desde sus asientos, divertida mientras compartían susurros y risitas. El príncipe parpadeó.

—Sí, claro. Por supuesto.

Niamh recogió la caja del suelo y se la posó en las manos.

—Aquí tienes.

Él asintió una sola vez. A continuación, con una expresión que volvía a ser indescifrable, regresó sobre sus pasos. Acabó casi lanzándole la caja a Sinclair, que tuvo que contener el equilibrio unos instantes antes de, por fin, poder quitarle la tapa.

—Los nervios del gran día... —masculló—. No sé dónde tengo la cabeza.

Algunos de los invitados rieron; tal vez para romper la tensión.

Por su parte, Niamh se dirigió a uno de los bancos y se quedó allí, cabizbaja. Aun así, sentía cómo Jack la atravesaba con la mirada.

Sinclair sacó la capa y la extendió ante todos.

Si ya el vestido de Rosa había sido hermoso, aquello tenía que ser la prenda más delicada que había hecho en su vida.

Estaba hecha de terciopelo verde oscuro, revestida de seda y segmentada por varios paneles de encaje dorado. Además, había bordado un patrón de ortigas y espinas a lo largo de las mangas y por toda la espalda. Había trabajado en ella cada noche desde que Kit le había dicho que se fiaba de ella aquella mañana en el invernadero. Aun así, pese a que el diseño se le había ocurrido casi de inmediato, le había costado un universo decidir con qué encantamiento rematarla.

Le había cosido tantas reminiscencias y sentimientos que había perdido la cuenta, y siempre se los había acabado quitando. No encontraba nada que la convenciera: ni buenos deseos ni vitalidad ni majestuosidad ni honor ni amabilidad.

Nada que pudiera considerarse propio de Avaland o adecuado o cortés. Sin embargo, la noche anterior, había comenzado a tejer y a tejer, y su magia se había impregnado sola en los hilos. Había dejado una diminuta parte de su corazón en cada pétalo, en cada hoja y en cada capullo.

Todo lo que significaba querer a Kit Carmine.

El arrepentimiento por haber echado a perder su confianza. La rabia que le habían causado sus réplicas afiladas aquellas primeras veces. El dolor al sentir que lo perdía. El miedo al verlo envuelto en su cárcel de espinas. La calidez y la paz al contemplar la forma en la que cuidaba de sus plantas. La facilidad con la que le salía picarle. La firmeza de su cuerpo junto a ella, la seguridad que había sentido aquella tarde en el parque, cuando había conseguido calmar su ansiedad mientras tejía. La silenciosa intimidad de encontrarse el uno junto al otro mientras la tormenta rugía en el exterior y la brisa se colaba por la ventana abierta. La tristeza reconfortante de cada vez que habían decidido compartir el pasado. La felicidad vertiginosa tras besarlo. La vida entera, con sus cientos de formas de romperse en mil pedazos. Todo aquello con lo que había soñado y jamás se había permitido tener.

Sinclair le tendió la capa. Kit introdujo un brazo en la manga; después el otro. Y se asentó en sus hombros con firmeza.

Su expresión, entonces, varió un instante. Después, de golpe.

Niamh fue consciente de cómo sintió cada una de las emociones, de los recuerdos y de las esperanzas que había engarzado en la tela. De cómo la buscaba en mitad de la muchedumbre. De cómo sus ojos brillaban, y no solo por la magia. Todo su ser parecía emanar aquella luz dorada y arrebatadora.

Contuvo el aliento.

De pronto, en una explosión de color, cientos de flores surgieron a su alrededor: nomeolvides y rosas, girasoles y camelias, lilas y claveles, lirios y dalias, campanillas y madreselva. No fue capaz de nombrarlas todas.

Cubrieron el pasillo central como si alguien hubiera sacudido una alfombra y la hubiera extendido a lo largo de la nave. Pero también, al mirar hacia arriba, las descubrió colgadas de los muros como si fueran estandartes. Se entrelazaban por doquier, envolviendo a los invitados y soltando pétalos por los aires, que, como si fueran copos de nieve, acabaron posándose en su pelo. Era su respuesta a cada sentimiento que había puesto en sus manos, a cada pregunta que se había hecho; solo que multiplicadas por diez:

Sí, te perdono.

Sí, te echo de menos.

Sí, te sigo queriendo.

El corazón se le colmó de felicidad y de esperanza, estúpida y terca. El mundo entero se convirtió en bruma tras el velo de lágrimas que turbó su mirada. Y a su alrededor, las voces de la multitud resonaron con fuerza entre gritos de asombro y deleite.

—¡Quien tenga algo que decir —escuchó exclamar al obispo por encima del escándalo—, que hable ahora o calle para siempre!

Niamh dejó que aquellas palabras se fundieran en el ambiente.

Ya había hecho todo lo que estaba en su mano para acabar ahí, para darles, a los dos, una nueva oportunidad de ser felices juntos. Lo había puesto todo en juego. Se había puesto en evidencia y, sin duda, había dado motivos suficientes para que la desterraran del reino de Avaland de por vida.

Aun así, no se arrepentía de nada.

Enamorarse había sido, con toda probabilidad, lo más doloroso que había hecho en su vida, pero también lo que más había valido la pena. Y sabía que repetiría cada instante cientos de veces si pudiera hacerlo.

Vio que Kit separaba los labios en el altar. No obstante, antes de que pudiera pronunciar palabra, alguien más se le adelantó. Cuando el rey Felipe V se puso en pie, sus ojos centelleaban.

Su voz, fría y amarga, atravesó el clamor:

—Sí. Yo me opongo.

29

*E*l rey, erguido cuan alto era, clavó la vista en el príncipe regente desde el lado opuesto del templo. Tenía la mano apretada contra el respaldo de uno de los bancos con tanta fuerza que Niamh temió que fuera a partir la madera. El cuerpo entero le temblaba en su intento por contener la rabia. Al verlo, el obispo, con el libro de oraciones estirado a modo de escudo, dijo con voz suave:

—Hagamos una pequeña pausa, ¿sí?

Nadie movió un solo dedo.

No hasta que Jack se alzó y añadió:

—*Ahora.*

Todos los invitados se levantaron como resortes y, con una presteza sorprendente, comenzaron a salir a empujones. Niamh se recolocó la capota, que se le había torcido, y trató de fundirse entre la marea de gente; sin embargo, un miembro de la Guardia Real la tomó del brazo con una violencia abismal. Un pánico frío y repentino se apoderó de ella. Dejó escapar un jadeo.

Cuando las puertas volvieron a cerrarse tras el último de los asistentes, la catedral parecía un cadáver descuartizado. El soldado la condujo a través del pasillo y, al alcanzar el ábside, prácticamente la arrojó contra los pies del príncipe regente. Aquella vez no tuvo a Kit para que la sostuviera; sus manos patinaron sobre el mármol del suelo y el golpe fue duro contra sus rodillas. Y, pese a que el gemido que soltó se esparció a su alrededor, mantuvo la cabeza inclinada.

—¡¿Se puede saber a qué viene todo esto?! —exclamó el rey Felipe—. Desconozco cómo funcionan las cosas en esta isla del demonio, pero lo que desde luego no pienso hacer es consentir esta broma de mal gusto.

—Su Majestad —comenzó Jack, tratando de apaciguarlo—, el problema ha sido esta joven machlandesa. Está detrás de todo. Estoy seguro de que se trata de alguna especie de venganza, pero me encargaré de que...

—No quiero sus excusas. —Una de sus manos cruzó el aire al compás de la potencia de sus palabras y lo cortó de inmediato, como si no fuera más que un chiquillo—. Y, aunque eso fuera verdad, no me entra en la cabeza cómo ha podido ser tan incompetente. Mírela. ¿No es capaz siquiera de mantener controlada a una chiquilla?

—Es... —Se sonrojó—. Lo...

—Nunca antes había visto nada semejante. Esa concentración a las puertas de la iglesia, súbditos suyos reunidos como un ejército para tratar de apelar..., y no hablemos de su hermano —añadió, dirigiendo una mirada desdeñosa a las flores que cubrían cada rincón—. Es obvio que ha tenido un idilio con esta joven. Al firmar el acuerdo, nos dijo que no había heredado la condición de su padre, pero es obvio que lo de la locura es relativo. ¡Tienen que estar locos de atar si piensan que vamos a permitir que se nos trate así!

—Mis disculpas, Su Majestad. De verdad que no me explico todo lo que ha ocurrido el día de hoy; le aseguro que nada de esto es habitual.

—Ya he oído suficiente. —Apoyó una mano en la empuñadura de su espada—. Tanto si estaba en sus planes como si no, tanto si es habitual como si no, he sido insultado. Peor —precisó—, y más imperdonable si cabe, han insultado a mi hija.

Fue entonces cuando, por fin, Rosa se apartó el velo. Sus ojos negros centelleaban como si acabara de encontrar un nuevo propósito.

—Padre, se lo ruego: sea razonable. Estoy perfectamente.

No obstante, él continuó como si no hubiera hablado:

—Mi hija es una joven respetable y obediente. Nunca se ha pronunciado ni ha dicho una palabra fuera de lugar; es demasiado buena como para confesar que le han hecho daño. No obstante, yo no pienso quedarme callado. Es mi hija, mi tesoro más valioso, y ninguno de ustedes merece tenerlo.

El rostro de la infanta se cubrió de cólera y arrepentimiento.

Niamh jamás la había visto mostrar tanto sentimiento.

Y, aun así, desapareció casi al instante. No era capaz de comprender cómo permitía que su padre creyera que carecía de opinión, de sueños; cómo permitía que siguiera hablando en su lugar incluso en un momento como aquel. Sabía que él la quería; si se atreviera a alzar la voz, la escucharía.

—Entiendo que esté disgustado —siguió diciendo Jack—, pero una ceremonia fallida no es motivo para cancelar una alianza.

—Ya no se trata de política; es un asunto personal. Y, por lo tanto, lo sellaremos como debe hacerse. Como caballeros. —Se quitó uno de los guantes y lo arrojó al suelo. Sus ojos brillaron con un tono dorado y, de pronto, una brisa comenzó a soplar en el interior de la catedral. Niamh sintió la electricidad estática en el pelo y escuchó a los vitrales temblar mientras los pétalos a su alrededor echaban a flotar en el aire—. Christopher Carmine, lo desafío a un duelo por el honor de mi hija.

Kit empalideció.

—¿Qué?

Niamh se llevó los dedos a la boca.

¿Qué he hecho…?

No podía quedarse ahí tirada. Tenía que hacer algo.

—No. —Jack dio un paso adelante y se puso ante su hermano. Sus pupilas se habían cubierto de un fuego helador. De pura determinación—. Si quiere batirse con alguien, tendrá que ser conmigo. Tal y como ha dicho, fui yo quien decretó las condiciones de nuestro acuerdo. Es mi responsabilidad. Lidiaré con las consecuencias.

No obstante, Felipe lo ignoró; su atención seguía fija en Kit, que acabó alzando la voz:

—Acepto el desafío. ¿Cuáles son sus términos?

El pánico se encargó de quebrar la fachada de su hermano.

—Espadas —intervino—. A primera sangre.

—Magia —rebatió el rey—. Y a muerte. El encuentro tendrá lugar dentro de una hora en los campos del norte. Tráigase a su segundo. Lo estaré esperando.

Y, sin más, abandonó la catedral.

No. Niamh estuvo a punto de caer de bruces contra la escalinata que encabezaba el ábside. Después de todo lo que había pasado, no podía permitir que Kit muriera por una deuda de honor. Ella era la culpable de todo. Siempre había sido ella.

Los pétalos que la rodeaban y se esparcían por el suelo —la felicidad que habían hecho estallar en su interior— parecían inalcanzables en aquel momento.

El obispo se asomó desde detrás del altar y, con voz temblorosa, preguntó:

—¿Debo suponer que finalmente no se celebrará la boda, Alteza?

—Va a celebrarse —contestó Jack con dureza—. No se vaya a ningún lado. —Comenzó a deambular a lo largo del pasillo central. En cierto punto, se quitó la corona y se pasó los dedos por el pelo—. Voy a solucionarlo. No sé cómo, pero todavía tenemos una hora y…

—No hay forma de solucionarlo —lo interrumpió su hermano—. Todo lo que ha dicho es cierto.

A su lado, Rosa soltó una risita amarga.

—Por no hablar de que puede que su magia sea poderosa, príncipe Christopher, pero no tiene ni punto de comparación con la nuestra. Si se enfrenta a él, lo fulminará en un instante. ¿Cuánto valora realmente su honor por encima de su vida? Porque genuinamente pienso que debería salir corriendo mientras aún tenga la oportunidad.

Kit se sentó en lo alto de las escaleras y se dedicó a tratar de encender su pipa durante un rato. Fumó en silencio y, pese a que pareció irse recuperando, su rostro no recuperó su color habitual. Y cuando habló, tras soltar su tercera bocanada de humo, sonaba resignado:

—El honor no me importa lo más mínimo, pero tampoco puedo negarme a enfrentarme a él. Cualquier alternativa supondría implicar a otras personas.

Jack se acercó a él y apoyó las manos en su espalda.

Después, le dio un leve apretón.

—Nada de esto es tu responsabilidad. Nunca lo ha sido. La culpa es mía.

—Por primera vez en mi vida —intervino Sinclair—, estoy de acuerdo con él. Esto es una completa locura.

No obstante, Kit se limitó a encogerse de hombros lo suficiente como para que su hermano se alejase y se le quedara mirando con una expresión dolida y enmarañada. Después, dijo:

—Ya iba siendo hora de que dejes que alguien te proteja a ti, Jack. Aunque puedes ser mi segundo si insistes en revolotear a mi alrededor. —Miró a su mejor amigo—. Lo siento.

—Como si el mayor sueño de mi vida fuera verte morir —le soltó él con voz temblorosa por la emoción—. Maldito idiota que tiene que hacerse el noble…

—Basta. —El príncipe regente parecía destrozado—. No es tema para tratar delante de señoritas. Ven conmigo, Christopher. Sinclair, tú también. Seguiremos en otro lugar.

Se dirigió hacia la puerta, seguido de cerca por Sinclair. No obstante, Kit dudó un segundo. Después, se volvió hacia Niamh y le tendió una mano. Incluso a través de la tela de sus guantes, su tacto le envió un escalofrío por todo el cuerpo. No se atrevía a mirarle a la cara. Aun así, se obligó a alzar la voz cuando logró posar ambos pies en el suelo:

—Kit, no sé…

—Deja de forzarte tanto —la cortó él—. Lo digo en serio.

El aliento escapó de sus labios sin permiso, y no pudo evitar sentir un pinchazo tras aquel nuevo ejemplo de su repertorio de cosas poco románticas y para nada caballerosas que decir. Sin embargo, antes siquiera de que pudiera pensar en cómo replicar, echó a andar tras su hermano.

Se negó a alimentar la chispa de dolor que surgió en su pecho; no podía dejarse llevar por la desesperación.

Se negaba a pensar en que aquella iba a ser la última vez que lo vería con vida. Se negaba a dejar que se marchara y que *esas* hubieran sido las últimas palabras que le había dedicado.

Por mucho que lo intentaba, no era capaz de leer a Rosa.

No había explotado en ningún momento desde que ambas, junto con Miriam, se habían retirado a una de las capillas; no había llorado, no había comenzado a hablar guiada por la ansiedad. No. Se había sentado en un banco de la segunda fila, con los codos apoyados en las rodillas y la punta de los dedos en los labios. De primeras, bajo la luz multicolor que se paseaba por su rostro, habría podido parecer que estaba rezando. No obstante, ya le había quedado más que claro que solo se encontraba perdida en sus pensamientos.

Cuando por fin volvió a abrir los ojos, lo único que había en ellos era derrota; ni el esbozo de una idea ni una pizca de su ingenio.

—Tienes una facilidad muy curiosa para causar problemas, Niamh. ¿Lo sabías?

—Sí —respondió, cansada—. Ya todo el mundo se ha encargado de hacérmelo ver.

—Diez minutos. —Su voz cargaba un afilado deje de exasperación—. Diez minutos y toda esta pesadilla habría llegado a su fin.

—Pero yo no...

—No me tomes por tonta. Sé muy bien que habías planeado todo esto. —Se echó hacia atrás en su asiento y se frotó los ojos—. Es solo que no esperaba que Kit fuese a estar también metido en el ajo... aun sin saberlo del todo. ¿Por qué lo has hecho? Pensaba que ya habíamos dejado todo claro.

—No soportaba la idea de que tuvierais que ser infelices para siempre por culpa de esto. Ambos os pasáis la vida fingiendo que todo va perfectamente, que nada os afecta, pero eres tan obvia como él.

La infanta la fulminó con la mirada.

No obstante, fue suficiente para que se diera cuenta de pronto de lo que ocurría. Miriam no sabía lo que sentía por ella. O tal vez era al revés.

Niamh torció el rostro para buscar a la dama. Se había quedado en la parte trasera de la capilla, sentada junto al pedestal de la estatua de un santo que no conocía en absoluto. Le parecía imposible —incluso absurdo— que ninguna de las dos fuera consciente de sus sentimientos. Aunque de pronto pensó que tal vez era así como se habían sentido todos al verla a ella y a Kit. De pronto sintió ganas de levantarse y sacudirlas una a una.

—Repito —escuchó que respondía Rosa—. Pensaba que habíamos dejado todo claro.

Tomó aire antes de recortar la distancia que la separaba de ella y se hizo hueco a su lado en el banco. Después, se desató la capota y se la quitó.

—No iba a poder vivir con la culpa de todo lo que suponía vuestro matrimonio. Por muchas razones, tanto egoístas como no.

Y, entonces, se lo contó todo: la identidad de Lovelace, la verdad sobre la situación económica de Avaland y todas las formas en las que Jack había intentado salir de ella.

—Entonces —murmuró la princesa— han tratado de usarte como recipiente humano para verter todos sus problemas. Malditas víboras... Pero, oye, voy a tener que admitir que admiro la forma en la que lo has complicado todo esta vez. Muy inteligente.

—Mi intención era solo detener la boda; no esperaba que las cosas fueran a acabar así.

—Ya. En fin, gracias por contármelo, aunque casi habría preferido enterarme antes de la ceremonia.

—¡Lo siento! No sabía cómo ibas a reaccionar.

—Es posible que me hubiera enfadado, pero también que se me hubiera ocurrido algo brillante que hacer al respecto. Supongo que nunca lo sabremos. Ya es demasiado tarde. —Se pellizcó el puente de la nariz y, por primera vez, una pequeña nota de desesperación anidó en su tono—. Lo único que he querido hasta ahora ha sido proteger a las personas que me importan y asegurar que Avaland se convirtiese en nuestro aliado para mantener la violencia lejos de nuestras fronteras, aunque solo fuera durante unos cuantos años más. Y mis decisiones me han traído justo al punto que he estado tratando de evitar. Puede que mi padre muera hoy como el idiota egocéntrico que es o puede que mate a Kit. Tanto el príncipe regente como él se llenan la boca diciendo que son hombres de honor, pero a la hora de la verdad es cuestión de tiempo para que alguno de los bandos tome represalias. No me parece que haya forma de escapar del conflicto.

—¿Y ya está? ¿De verdad estás dispuesta a rendirte tan fácilmente?

—Nada de esto tiene que ver contigo. —Su expresión se volvió neutra de nuevo—. De hecho, creo que bastante has hecho ya. Deberías apartarte de todo, tú que puedes, antes de que sea demasiado tarde; deberías volver a casa y abandonarnos a nuestra suerte.

—No puedo hacer eso.

Rosa rio como si no pudiera creerse sus palabras.

—¿Aún sigues intentando protegerlos? ¿Incluso tras descubrir todo de lo que son capaces?

—Todo esto fue idea de Jack, suya y de nadie más. Y ahora se ha deshecho entre sus manos. Además, ha accedido a reunirse con los protestantes. Es un comienzo.

—Pero no te asegura nada. —Se recolocó en su asiento—. Debes saber, llegadas a este punto, que no soy una persona especialmente sentimental, pero ¿de verdad estás tan enamorada de Kit? O sea, sin ofender; es solo que creo que podrías haber elegido mejor. Tienes un gusto bastante desafortunado en lo que se refiere a los hombres.

Que se lo hubiera soltado así, tan directa, destrozó cualquier tipo de respuesta coherente que hubiera podido ser capaz de convocar.

—Supongo que puedo concederte que sea apuesto —continuó la infanta—. A su manera. En teoría. Aun así, sus modales me siguen dejando con la boca abierta; la única con la que se comporta de manera mínimamente caballerosa es contigo.

Con el resto del mundo es cortante y grosero hasta límites insospechados. No tiene una pizca de gracia ni decoro.

Un impulso sobreprotector la recorrió de arriba abajo.

Se irguió en su sitio.

—Me vas a permitir que difiera, Alteza. Sí, será todo lo grosero que quieras, pero también es amable y atento, pese a que sus formas no sean siempre las más agradables. Es directo y leal y, aunque nunca lo vaya a admitir en voz alta, siempre se preocupa por las personas a las que quiere. De hecho, a veces parece que intenta ser el padre de todos y…, bueno, tiene también una parte bastante intensa. Cuando te mira a los ojos y te dice que eres la única persona del mundo… Y su voz, yo…

—Niamh —la cortó. Sonaba horrorizada—. Por los santos, para ya. Por favor. Creo que nunca voy a ser capaz de borrarme esta conversación de la cabeza.

—Lo siento…

—En fin, es obvio que estás perdidita por él. —Y con un ligero toque de admiración perpleja, añadió—: Tiene suerte.

—Sí. Lo quiero. —En cuanto lo pronunció, el hecho de que en ese mismo instante estuviese preparándose para morir la golpeó de lleno—. Rosa, tienes que detener a tu padre.

—No puedo. —De pronto, parecía nerviosa—. No va a escucharme. No lo ha hecho jamás.

Entonces, Miriam pareció volver en sí.

Surgió de entre las sombras en una oleada multicolor.

—Deja de acobardarte de una vez por todas. ¿Cómo vas a saber si va a escucharte o no si ni siquiera lo has intentado? Te has pasado años haciéndole creer que eres una niñita tímida que necesita que la protejan.

Rosa parpadeó.

—Miriam…

—Jamás en la vida te he visto echarte atrás ante una batalla que sabes que puedes ganar. —La miraba con una ferocidad que Niamh jamás había visto en ella. Uno de sus rizos se escapó de su recogido a medida que se acercaba a la infanta—. Y tu padre está haciendo todo esto por ti, empeñado en que has sido insultada, aunque tú no te sientas así. ¡Es normal que esté enfadado!

—Nunca va a permitirme tener lo que quiero de verdad. Nunca va a aceptarlo. —No se le escapó el miedo implícito en su voz. *Nunca va a aceptarme*—. Es mucho más fácil fingir ser la niña frágil y sin fuerza de voluntad.

—Pero él cree que quieres que Kit sea castigado por lo que ha ocurrido el día de hoy —presionó Niamh—. Al menos podrías pedirle que le perdonara la vida.

—No puedo. —Fue como si le cubrieran el rostro con un manto de sombras; su voz, al continuar, rezumaba melancolía—. Estáis equivocadas conmigo, las dos; no soy más que una cobarde y una masoquista. Nunca había cometido tantos errores en mi vida. Os he fallado a todos.

Miriam se detuvo enfrente del primer banco.

—A mí no.

—A ti te he fallado más que a nadie.

—Rosa, no puedo seguir fingiendo que no me he dado cuenta de lo que has intentado hacer todo este tiempo. —Puso los brazos en jarras—. ¡No tengo ni idea de cómo ser carabina, por todos los santos! Sé que has estado intentando encontrar a alguien con quien casarme, pero ya te he dicho cientos de veces que no quiero hacerlo. No tienes que castigarte por eso.

—Yo tampoco quiero que te cases, Miriam —replicó ella, desesperada—. Traerte aquí fue lo único que se me ocurrió. Supongo que por eso nunca me ha gustado Kit Carmine, porque somos exactamente iguales: unos imbéciles enamorados que solo saben mirarse el ombligo y hacerse daño a sí mismos.

—Pero… —Separó los labios; luego los cerró de nuevo. Y, cuando por fin habló de nuevo, su voz fue apenas un susurro—: ¿De qué estás hablando?

La princesa echó la cabeza hacia atrás y soltó una carcajada.

—Nunca en mi vida he actuado según mis sentimientos; siempre he seguido el camino que creía lógico, el correcto, pero esta vez la única que ha salido mal parada he sido yo. Lo que quería de verdad era darte una oportunidad para que pudieras buscar tu propia felicidad lejos de Castilia, del lugar que te ha hecho tanto daño. Pensaba que era la mejor forma de protegerte, pero es obvio que solo estaba siendo egoísta.

—¿De qué —repitió Miriam, haciendo énfasis en todas las palabras— narices estás hablando?

—¡De que estoy enamorada de ti! —Aferró el respaldo del banco que las separaba—. ¿Es que no lo ves? ¡¿Cómo no lo ves?! Durante años, desde siempre… Miriam, siempre has sido tú.

Separó los labios.

—¿Que estás enamorada de mí…?

Rosa retrocedió. Después, aferró su velo entre los brazos, como si tratara de regresar a las sombras.

—Lo siento. No sé en qué estaba pensando. Si no puedes…

No fue capaz de continuar; en ese momento, Miriam se inclinó sobre el banco que las separaba y atrapó su rostro entre las manos. Cuando la besó, los ojos de la infanta se abrieron de la sorpresa. Después, se separó.

Respiraba con tanta fuerza que el pecho se le hinchaba.

—Yo también estoy enamorada de ti, maldita cabezota. ¿Tú sabes la clase de tortura que ha sido verte ahí, en el altar, con ese vestido?

—Quizás —interrumpió entonces Niamh— debería deja-ros a solas un momentito.

—Oh, cielo santo. Lo siento…

Miriam enterró la cabeza en el hombro de Rosa. Ella había apoyado la mano en su cintura y no la apartó cuando habló de nuevo:

—No podemos perder el tiempo; el duelo tendrá lugar dentro de media hora. —Apretó los labios—. Me aterra enfrentarme a mi padre.

Niamh le dedicó una sonrisa que trató de ser reconfortante.

—No tienes que hacerlo si no estás lista, pero… si hay algo que he aprendido durante el tiempo que he estado aquí es que no merece la pena sufrir solo para complacer a los demás. Te mereces decidir cómo quieres que sea tu vida.

Sin previo aviso, Miriam las atrapó a las dos entre sus brazos y las abrazó con fuerza. Niamh apretó el enlace, consciente de la bocanada de felicidad que la recorrió de arriba abajo. La infanta, sin embargo, lo soportó durante más o menos dos segundos antes de intentar separarse.

Le costó alisarse el corpiño del vestido.

—Venga, vosotras dos: ya es suficiente —las imprecó; de nuevo, la viva imagen de la dignidad—. Pongámosle fin a todo esto de una vez.

30

Ni corta ni perezosa, Rosa se subió a uno de los dos caballos que se suponía que iban a tirar del carruaje que los llevaría a ella y a Kit de vuelta al palacio. Niamh se subió al otro, demasiado aterrorizada como para pensar siquiera en qué dirían si la vieran montada a horcajadas sobre él. Notaba que, bajo ella, estaba listo para echar a correr.

Bien, pensó. *Yo igual.*

Para estabilizarse, le colocó una de las manos en la crin, que se la habían decorado con unas trenzas intrincadísimas para la ocasión. Y, sin más, comenzó a galopar tras su compañero.

Le dio la sensación de que sus cascos devoraban la tierra a medida que dejaban atrás a toda la confusa comitiva de los invitados que habían abandonado la catedral y de todos aquellos que se habían quedado fuera, esperando la salida de los recién casados. Nada más salir, hubo una ovación a medio gas que murió casi al instante y algunos les arrojaron puñados de cereales, que solo sirvieron para alimentar a las palomas que no tardaron en hacer acto de presencia.

Atravesaron la ciudad hasta que por fin alcanzaron los campos del norte. Ante sus ojos, la etérea imagen de la infanta, la forma en la que la cola del vestido ondeaba tras ella y los pétalos se desprendían de su pelo y echaban a volar a su alrededor, le pareció salida de un cuento.

La nubes, cada vez más oscuras, habían comenzado a arremolinarse por encima de sus cabezas y la temperatura fue descendiendo varios grados a medida que la humedad se apretaba contra sus cuerpos.

Sintió que le picaban los ojos por las repentinas ráfagas de viento y que la hierba le susurraba con urgencia que tenía que ir más rápido.

Se inclinó sobre su montura para apremiarla. Apenas podía escuchar su respiración por encima del repicar de las pisadas y del rugido de la tormenta que se acercaba.

—Vamos... —le pidió, suplicante.

Era consciente de que el rey de Castilia había ganado todas las guerras que había librado gracias a sus poderes. Kit jamás se había enfrentado a nadie. La batalla no iba a estar igualada en absoluto. Le llevaría apenas unos segundos acabar con él; sería como apagar la llama de una vela.

En la distancia, empezó a distinguir cuatro figuras que se recortaban contra la creciente oscuridad. Dos de ellas —Kit y el rey— se encontraban espalda contra espalda.

Deseó que no fuera demasiado tarde.

Ambos dieron un paso adelante.

El mismísimo cielo parecía girar sobre sí mismo, dispuesto a obedecer las órdenes del rey. Fue entonces cuando la lluvia comenzó a caer, despacio. Una leve capa de bruma se enganchó a sus pestañas.

Volvieron a dar otro paso.

Los árboles que los enmarcaban se inclinaron hacia ellos; veía cómo las raíces se retraían contra la tierra.

Otro paso.

Rápido, susurró a la hierba. *Más rápido. Más rápido.*

La tormenta quebró por fin el firmamento, abriéndolo de par en par. El bajo de su vestido se manchó de barro mientras el agua caía en sendas cataratas por su rostro. A través de los mechones de pelo que se le adherían contra la piel, alcanzaba a ver el miedo en los ojos de su caballo.

Y cada detalle del campo de duelo.

Ambos contrincantes parecían dioses que habían regresado al mundo de los mortales. La electricidad crujía entre las manos del rey y dibujaba cada hueso de su rostro con su luz letal. Por su parte, el viento había soltado la cinta que había mantenido atado el pelo de Kit y ahora le golpeaba las mejillas.

Toda una montaña de zarzas escapó de la tierra, arrancando grandes cúmulos de tierra que se esparcieron por doquier como disparos de ballesta. Sus espinas parecían los colmillos de una serpiente a punto de atacar; todos ellos dispuestos a reducir a su rival en jirones.

El aguacero cubrió el cielo y convirtió la tierra bajo sus pies en un océano embravecido.

No.

Desesperada, buscó a Rosa en mitad de la borrasca y, en cuanto sus ojos se encontraron, ambas se percataron al mismo tiempo de lo que iba a pasar: estaban a punto de perder a alguien a quien amaban.

Fue entonces cuando las pupilas de la infanta se cubrieron de centellas doradas y su mano, envuelta en rayos, se alzó en un puño por encima de su cabeza.

—¡Deteneos!

Su padre se giró de inmediato hacia ella con el rostro cubierto de asombro. Niamh fue testigo de la forma en la que la magia abandonaba sus dedos como si se tratara de una flecha.

Atravesó el aire, emitiendo un destello tan potente que la visión se le cubrió de blanco. Pero fue demasiado tarde.

El relámpago alcanzó el tronco de un árbol, que prendió de inmediato, justo en el momento en el que su padre dejaba escapar la electricidad que había estado acumulando. Y fue directamente hacia el príncipe.

Niamh solo fue capaz de emitir otro «no» que se quebró de puro terror. Y, cuando Kit cayó contra el suelo, su corazón lo siguió.

31

*U*na oleada de ascuas y trozos de corteza quemada se esparció sobre la hierba. El humo le impedía ver a Kit. Un impulso desesperado e impotente se abrió paso en su pecho, una mezcla entre rabia y desesperación. Desde que tenía memoria, la llegada de la muerte había sido algo que podía predecir; no era algo que fuera a engañarla o a tomarla por sorpresa. No era algo que fuera a aparecer y a llevársela sin más.

Y aun así, siempre había tenido claro que la alcanzaría a ella antes que a los demás. No iba a ver a sus seres queridos morir.

Kit no podía estar muerto. Era imposible. *Imposible.* Se negaba a creerlo. No hasta que lo viera con sus propios ojos.

No frenó el avance a medida que atravesaba el campo de duelo en un borrón de barro, agua y el estruendo del repicar de los cascos del caballo. De fondo, escuchaba gritos cargados de confusión, pero ninguno era de Kit. No sabía dónde estaba.

En ese momento, una rama ardiente se partió y cayó contra la tierra como si se tratara de un puño. Su caballo se asustó y se lanzó de lado en un intento por escapar de las llamas. Niamh se tambaleó en la silla entre jadeos y, por puro instinto, soltó las riendas antes de aferrarse con fuerza al borrén.

Sentía cómo el animal se retorcía bajo su cuerpo, deseoso de salir corriendo.

—¡Aaah!

El corazón le dio un vuelco de inmediato.

Era su voz. *Kit.*

Lo vio surgir de entre el humo y darle un tirón a las riendas. El caballo se detuvo y bufó justo en el momento en el que sus manos perdían el agarre. Se deslizó de la silla con lentitud y cayó contra el hombro del príncipe. Él le dirigió una mirada cargada de una incredulidad furiosa, pero al instante siguiente la volvió a alzar de regreso en su sitio.

—¿Qué estás haciendo aquí? ¿No ves que es peligroso?

—Me he dado cuenta, sí.

El rey Felipe podía haber fallado su trayectoria de ataque una vez, pero no iban a volver a tener tanta suerte si había una segunda.

El viento sacudió el mundo a su alrededor y apartó el humo como si fuera una cortina. Algo más allá, Rosa se encontraba justo en medio de su padre y de Kit. El pecho le subía y le bajaba y aún quedaban resquicios de electricidad alrededor de sus brazos, crepitantes. Tanto ella como Jack dirigieron la mirada hacia donde estaban ella y el príncipe y el rostro, al reconocerlos, se les cubrió de alivio.

Todo había acabado. Al menos de momento.

La lluvia fue amainando poco a poco hasta que Niamh pudo oír su propia respiración entrecortada y la forma en la que los mechones de su pelo goteaban contra la silla de montar.

—¿Qué hacéis aquí? —repitió Kit.

No fue capaz de responder.

Quería sacudirlo. Y quizás besarlo también. Llegados a ese punto, ya no lo sabía. Un sollozo escapó de entre sus labios. Era incapaz de apartar la mirada de sus facciones cubiertas de ceniza segmentada por el agua de la lluvia. Ni de sus ojos, salvajes. Tal vez era un milagro, pero estaba vivo.

—Tratar de salvarte de una decisión terrible… ¡Otra vez! Pensaba que te había perdido.

El enfado —el pánico— en su expresión se llevó consigo cualquier rastro de culpa.

—¿Y por qué lloras entonces? No te toca todavía.

Todavía no, pero había visto lo cerca de morir que había estado. Lo veía en ese mismo instante. Bajo la destrozada tela de la manga, una herida puntiaguda le recorría el antebrazo. El aliento se le atoró en la garganta.

La infanta lo había salvado.

—¡Rosa! —la llamó entonces su padre, tan lleno de ira como de asombro—. ¡Podrías haberte matado!

No obstante, ella alzó la barbilla.

—No podía permitir que acabara con él.

Despacio, la sorpresa en sus rasgos dio paso a la exasperación.

—Sé que te gusta, pero, créeme, no merece la pena casarse con un hombre cuyas lealtades residen en otro lugar y no en ti. Y quizás duele, pero pronto te recuperarás. Te encontraré a un hombre mucho mej…

—No siento nada por él, por todos los santos del cielo. —Sonaba asqueada—. No me habría gustado en absoluto tenerlo como marido. —Kit, de pronto, lucía muy cansado—. No he sido sincera con usted durante años, padre. —Comenzó a bajarse de su caballo; los labios le temblaban por una emoción que apenas lograba contener—. Y hay muchas cosas que quiero decirle, pero no aquí. De momento, quiero pedirle que cancele el duelo. Por favor.

—Eso es algo que no puedo darte —replicó, serio—. No voy permitir que estos sinvergüenzas queden impunes después de haberte humillado.

—Papá, te lo suplico. —La voz le vibró—. Estoy cansada. Lo único que pido es acabar el día de mi boda fallida sin violencia. Es lo que he querido siempre, en realidad: paz.

Al contemplar la dureza en la expresión del rey, Niamh comprendió que lo que había dicho era cierto; realmente no podía dejar las cosas tal y como estaban. La mirada que dirigió a su alrededor, a cada uno de ellos, era reprobatoria.

Ella no era más que una plebeya que no se merecía su atención. Sin embargo, ante él se encontraba Rosa, su hija, al borde de las lágrimas, pese a que siempre había permanecido estoica. Y también Kit, maltrecho y empapado de arriba abajo. Y su hermano, el príncipe regente de Avaland, demasiado anonadado como para alzar la voz siquiera.

No supo cómo ocurrió, pero sí que se preguntaría durante el resto de su vida qué fue lo que debió de ver en sus rostros; qué fue lo que le acabó conmoviendo, o si fue que los Justos intercedieron por ellos. Fuera como fuese, si se trató de lástima o cansancio o el mismísimo dios Donn, con una lentitud inusitada y mucho esfuerzo, apartó a un lado su rabia.

—De acuerdo, hija. —Se acercó a ella para cubrirla con su capa—. Si eso es lo que deseas, te lo concedo.

—Gracias —susurró.

Todo su amor por ella desapareció en cuanto alzó la vista para dirigirse a los hermanos. Lo que centelleaba en ella era puro resentimiento.

—Mañana discutiremos la forma en la que nuestra relación se desarrollará de aquí en adelante.

—Sí, señor —respondió Jack, ansioso—. Se lo agradecemos. Y le juro con mi propia vida que trataré personalmente de encontrar la forma de compensarlo por todo lo ocurrido.

Mientras el rey se subía al caballo y ayudaba a la infanta a colocarse ante él, Niamh se fijó en que Kit sujetaba las riendas de su montura con mayor fuerza. No las había soltado en ningún momento. Y, después, a medida que desaparecían entre la niebla, mantuvo la mandíbula apretada.

A su espalda, otra rama se partió y se precipitó contra el suelo, donde estalló entre cenizas. El tronco del árbol se derretía ante sus ojos. Por suerte, el viento y la lluvia habían conseguido apagar la mayor parte de las llamas, pero algunos tramos de tierra aún ardían. Jack se quedó contemplándolo todo —el humo flotante y el vapor, los campos ya destruidos, sus secciones hundidas, y las ramas desperdigadas por doquier— y soltó una carcajada. Su hermano lo miró. Sus rasgos brillaban en una especie de empatía asqueada.

—Definitivamente has acabado perdiendo la cabeza.

—¿Y qué hago, si no? —replicó él, extendiendo los brazos para abarcar cada rincón—. Todo se ha ido al traste. Absolutamente todo. Ya no sé qué esperar de nada. No sé qué hacer.

Kit se mantuvo en silencio unos segundos.

—Bueno, mañana tenemos una reunión, ¿no? Es un comienzo.

Ambos se estudiaron entre sí.

Niamh casi se preparó para escuchar una queja o verlos empezar a discutir; sin embargo, la expresión de Jack se acabó relajando y una especie de máscara esperanzada se la cubrió. Después, se apartó el pelo empapado de la frente.

—Tal y como estamos, creo que voy a tardar horas en conseguir estar de vuelta.

Al escucharlo, su hermano se volvió hacia Niamh.

—Bájate.

Ella bufó y se irguió en lo alto del caballo.

—¿Es así como vas a hablarme después de todo lo que ha pasado?

—Por favor —añadió.

—Mucho mejor.

Pasó una de sus piernas por encima de la silla y él, mientras se apoyaba en el estribo, la mantuvo sujeta por la cintura. A través de la tela mojada del vestido, y por imposible que le pareciera, sintió su piel ardiente. Una vez que se encontró a su lado, Kit le pasó las riendas a Jack, que alzó las cejas sorprendido.

—¿Pretendes que una señorita regrese caminando con el tiempo que hace?

Niamh sonrió.

O sea que volvía ser una dama en su cuento.

—No me importa, de verdad.

—Muy bien —dijo él a regañadientes. A continuación, se montó en el caballo y, estirado como un cordón, los contempló con una expresión curiosa desde las alturas—. ¿Debería preguntaros qué pretendéis hacer ahora?

Su hermano le dio unas palmaditas al caballo, como si tratara de mantenerse ocupado para evitar dirigirle la mirada.

—¿Realmente quieres saberlo?

—Supongo que no. —Se restregó la barbilla—. Gracias a ti voy a estar ocupado durante Dios sabe cuánto. No voy a poder detenerte.

Kit asintió y él le devolvió el gesto.

De pronto, Niamh se sentía perdida; como si estuviera metiendo las narices en algo que no le incumbía.

—Bien, entonces. Que tengas un buen día, Christopher. —Dio una vuelta con su montura—. Niamh.

Estuvo a punto de dar un respingo al escuchar que la llamaba por su nombre; en su lugar, se inclinó en una rápida reverencia.

—Gracias, Alteza.

—Puedes empezar a llamarme Jack si lo deseas.

Y, con esa críptica propuesta, comenzó a cabalgar en dirección al palacio. Niamh mantuvo la vista en su espalda, maravillada por el hecho de que sus decisiones hubieran acabado desembocando en aquello; dirigirse al príncipe regente de Avaland por su nombre era un honor que no sabía si algún día se atrevería a aceptar.

Fue entonces cuando recordó a su hermano.

Ambos se encontraban lado a lado en mitad de las ruinas de aquel campo. Empapados por completo. Y solos. Él, de hecho, parecía un gato que se hubiera hundido en el río, pero la manera en que la tela de su camisa se le pegaba al cuerpo no hacía fácil ignorarlo. De hecho, la distraía un poco.

Lo único que se le ocurrió preguntar fue:

—¿Te duele mucho el brazo?

—No. —Una vez más, siendo un mentiroso horrible—. Vámonos.

Echaron a caminar hacia Sootham.

Kit se movía rápido y decidido, y por cada uno de sus pasos Niamh tenía que dar dos. Había vuelto a apretar la mandíbula y tenía los ojos fijos en la distancia. No sabía si estaba enfadado y si, en caso de estarlo, era con ella. Los nervios le mordían el estómago. Quería decirle muchísimas cosas, cientos de ellas, pero ninguna parecía en absoluto coherente. No era capaz de convocarlas. De hecho, ni siquiera le importaba que los zapatos se le hundieran en el barro y la hierba húmeda; hacía ya tiempo que la seda se había echado a perder y los dedos de sus pies no tardarían en seguir su destino.

Llegados a cierto punto, comenzó a tiritar.

Kit soltó un bufido.

—No llevo ni siquiera el frac para poder dejártelo.

—Al menos, tuviste tu momento de mayor lucidez al decidir no traerte tampoco la capa. Jamás te habría perdonado que la destrozaras. O que te hubieras muerto llevándola, ya que estamos.

La mirada que le dirigió, incrédula, cayó sobre ella como el filo de una espada. Estaba muy incómoda; especialmente porque seguía sin ser capaz de leer en sus facciones qué pensaba.

—Creo que te debo otra disculpa —soltó al cabo de un rato—. Tu boda ha sido un desastre y has estado a punto de morir. Por mi culpa.

—Bueno —replicó él, como tratando de quitarle hierro al asunto—, sigo vivo, ¿no? Y, además, ¿puede considerarse *mi boda* si no ha llegado a acabar? Ni siquiera puedo decir que le tuviera ninguna expectativa de primeras.

Niamh se detuvo y alzó la voz:

—Pero lo siento.

Detestó lo patética que sonaba.

Ni siquiera sabía cómo pretendía que fuera a perdonarla él, así, sin más, cuando ni siquiera ella misma era capaz de hacerlo. Había vuelto a actuar a sus espaldas. Sí; en todo momento había tratado de protegerlo tanto a él como a Rosa, pero había seguido siendo según sus términos.

—Te he humillado, a ti y a tu familia, delante de toda la corte —continuó—. Y ahora todo el mundo sabe lo que ha pasado entre nosotros. Va a ser un escándalo: me convertiré en la furcia que te arruinó la vida, en un demonio, y no podré volver a salir en público, y menos contigo. Y...

—A ver, espera. Creo que estás sacando las cosas un poco de quicio. —Tenía el ceño fruncido—. Por si no lo recuerdas, ha sido a mí a quien han retado a un duelo a muerte. Lo único que has hecho tú ha sido darme la capa.

Niamh sollozó.

—Lo siento.

—Lo sé; es la tercera vez que me lo dices ya. —Con cierta impaciencia, suspiró, pero acabó atrapando una de sus manos. Ante su roce, el cuerpo entero se le llenó de calidez—. No puedo culparte; hiciste lo único que estaba en tu mano para llegar hasta mí. Así que, por mi parte, yo también lo siento.

Al parpadear, salpicó un poco de agua.

—¿Tú? ¿Por qué?

—Por apartarte de mí. Lo que dijiste la otra noche... Tenías razón. Soy un cobarde, y me cuesta un universo depositar mi confianza en los demás por mucho que me hayan demostrado que merecen que lo haga. —Bajo la luz que lograba abrirse paso a través de las nubes, parecía más vulnerable que nunca. Su sonrisa era triste, casi avergonzada—. Soy todo espinas.

—No sé mucho sobre plantas, pero en realidad desde hace un tiempo creo que eres más como un hierbajo.

Aquello le hizo soltar un ruido que no supo si era una risa.

—¿Se supone que estás tratando de hacerme sentir mejor con eso?

—¡Claro que sí! Los hierbajos son... tenaces. Logran sobrevivir, a pesar de todo y estén donde estén; se aferran a la vida por mucho que traten de arrancarlos. Y a veces pueden llegar a ser bonitos también. —El rostro de Kit cada vez mostraba más diversión. Fue entonces consciente de lo ridícula que debía estar sonando. Se obligó a parar de inmediato—. Eso es lo que pienso de ti.

—Vaya, ¿quién iba a decirlo? Costurera y poeta.

—¡Ay! —exclamó—. ¡Eres lo peor! ¡Estaba tratando de ser romántica, ¿sabes?! ¡Intenta hacerlo tú, a ver si puedes!

Entonces, frunció el ceño, incapaz de negarse a un reto, por estúpido que pudiera llegar a ser.

—Eres... Eres como una flor. Demasiado delicada para este mundo.

—¿Qué? ¿Piensas que no debería existir?

—Yo no he dicho eso. —Movió los hombros, incómodo—. No... No sé lo que quería decir. Es... imposible. Lo complicas todo.

—¿Perdona? —Lo atravesó con la mirada—. ¿Tú sabes lo difícil que es lidiar *contigo*?

Kit se echó hacia delante.

—Es que ya nada tiene sentido. Toda mi vida debería haberse vuelto a hacer pedazos tras lo que ha pasado, pero, por alguna razón, sigo aquí. Sigo vivo. Y todo ha sido por ti.

¿Adónde quería llegar con todo eso? Nunca antes lo había visto irse por las ramas de esa forma.

—Pero eso es… bueno, ¿no? ¿Por qué suenas enfadado?

—No estoy enfadado —respondió, aunque de nuevo sonaba como tal—, pero es como que mis pensamientos comienzan a dar vueltas cuando… Con todo lo que tiene que ver contigo. No soy capaz de hablar bien siquiera. Es… No sé explicarlo. Me siento como si hubiera perdido la cabeza. Como si me hubieras hechizado o si hubieras atrapado mi mente y…

—¿En serio?

—¡Sí! Es… ¡Argh! ¡No! —Tenía la mirada fija en ella; debía de parecer horrorizada—. ¿De verdad que ni así lo captas? ¿De verdad que vas a obligarme a decirlo?

—¿Decir qué? —Las mejillas le ardían y sentía una extraña presión en el pecho—. No leo mentes.

—De acuerdo. Sí. Pero escúchame bien porque no pienso volver a repetirlo. —Tomó una gran bocanada de aire y, cuando volvió a posar los ojos en los suyos, Niamh fue capaz de ver por fin lo que centelleaba tras ellos. Lo que sentía por ella, quizás, desde el primer momento. De pronto, sintió que le pesaba todo el cuerpo—. Estoy enamorado de ti.

—¿Qué?

—Te he dicho que no iba a repetirlo. —Ya no había rastro de mordacidad en su tono; solo completa y llana honestidad—. Cásate conmigo. No tuve ocasión de pedírtelo ayer, pero supongo que ya has tenido el tiempo suficiente; lo que necesitabas para pensártelo.

No pudo contenerse: la carcajada escapó de su garganta, pese a que se sentía al borde de las lágrimas. Sus palabras la habían atravesado con la fuerza de un anhelo que no había sentido hasta ese mismo instante. Haber recibido una propuesta de matrimonio de parte de alguien como él ya era más de lo que nunca podría haber esperado, pero ¿una segunda? ¿Y después de que lo hubiera rechazado, traicionado y humillado delante de todo el mundo?

No había nadie en ese mundo tan terco ni tan... tan...

—¡Vaya broma de mal gusto, Kit Carmine!

—No estoy de broma.

En efecto, la contemplaba con el ceño fruncido y su expresión era seria; cada segundo más. Fue entonces cuando, por fin, las lágrimas terminaron de abrirse paso por sus ojos. Niamh trató de contenerlas, pero resultó en vano; intentó apartárselas con los dedos, pero seguían cayendo más y más rápido por sus mejillas. Se descubrió incapaz.

Kit la tomó por la barbilla y se la alzó. La forma en la que la tocaba y en la que la miraba eran demasiado inciertas. No sabía si lo soportaría mucho más.

—¿He dicho algo malo?

—¡No! —respondió ella—. No es eso. Es... —Cerró los dedos alrededor de su muñeca con una delicadeza débil. De todos los miedos que la acosaban, había uno que jamás había sido capaz de vencer; el que jamás la abandonaba—. Es que no lo entiendo. Has visto mi corazón. Siempre lo has hecho. Y, sí, me he pasado la vida en movimiento y, ahora que me he detenido, me he dado de bruces con lo que se encontraba ante mí, con lo que estaba esperándome. Me aterra que alguien pueda llegar a quererme, porque... No sé cuánto tiempo voy a poder darte. De momento tengo muchos más días buenos que malos, pero es posible que en algún momento empeore. Incluso podría ser de la noche a la mañana. Y no quiero que sufras. No por eso. No por mi culpa. No es justo que te pida que cargues con algo así.

—No hay forma de evitar el dolor. Ya me he cansado de intentar hacerlo. —Dejó escapar un sonido frustrado y suave antes de pasarle un mechón plateado por detrás de la oreja—. Pero estás llena de vida, Niamh. Lo veo en tu inmensa sonrisa. En la forma en la que bailas tú sola, sin música; en cada cosa que haces, en cómo te implicas en ellas. Siento que, desde que te conocí, he vivido cientos de vidas distintas. Me siento como si hubiera abierto los ojos por primera vez. Y aunque te fueras mañana, aunque te llevaras mi corazón en el proceso, no me arrepentiría de haber pasado un solo segundo a tu lado. ¿Cómo podría arrepentirme? Me has cambiado por completo. Y jamás voy a olvidarte.

Y ahí estaba, sí. Esa era la confesión romántica con la que había soñado de pequeña.

—Yo también estoy enamorada de ti.

Y, sin más, se puso de puntillas y lo besó.

Sus ojos se abrieron como platos y, de primeras, mientras su cabeza trataba de alinearse con su cuerpo, la boca se le quedó paralizada contra la suya. No obstante, un segundo después, le pasó el brazo por la cintura para apretarla contra él. Cuando por fin la dejó marchar, sus ojos la contemplaban como si se encontrara tras la bruma.

—¿Eso…? ¿Eso es un sí?

—Sí —dejó escapar en un suspiro—. Sí.

Y fue la decisión más sencilla que había tomado en su vida.

32

*A*penas una hora después, ambos estaban casados. Al fin y al cabo, habría sido una pena que todos los preparativos y todo el tiempo que habían dedicado se echaran a perder, así que habían decidido convocar a los invitados, que, vasos de limonada en mano, habían acudido en tropel, empapados por la lluvia menguante. Y lo cierto era que habían parecido genuinamente felices por ellos; sus carcajadas y voces entrelazadas habían hecho vibrar la catedral de Saint John desde sus cimientos.

A Niamh le había parecido más que suficiente. Ella también estaba feliz, a pesar de tener el vestido manchado, los ojos rojos por el cansancio y medio peinado hecho un desastre. Todo había sido perfecto.

O, bueno, casi todo.

El obispo había oficiado la ceremonia, sí, pero había mantenido el rostro apretado en una mueca todo el tiempo. Y hasta su peculiar gorro había estado torcido. Parecía haber estado actuando bajo coacción o, por su tono de voz, pensando que se encontraba cometiendo algún tipo de pecado mortal. Quizás ambas cosas eran ciertas; cuando lo habían visitado en su despacho para hacerle saber su intención, él se había arrodillado en el suelo en pose orante y con sus manos unidas por varios rosarios, pálidas.

—¡No puede ser, señor! —le había dicho a Kit—. ¡Jamás, en mis cincuenta años de servicio, he escuchado nada semejante! ¡Sería un escándalo! ¡Sería antinatural! Sin duda, nuestro Señor se opondría al ver a uno de sus hijos predilectos degradarse de tal forma. Debería negarme. No. ¡Me niego!

La mirada que le había devuelto él había sido implacable.

—¿Y es eso lo que estás haciendo?

Se había quedado congelado de inmediato; tal vez, al percatarse de quién era la persona con la que estaba hablando.

—Eh... Me *negaría* —se había corregido—. Si se tratase de otro hombre, Alteza. Pero no lo es. Claro. No. Así pues... ¿procedemos?

Niamh había tenido que esforzarse varias veces durante la ceremonia para no echarse a reír mientras lo escuchaba soltar la interminable e insoportable perorata que conformaba el rito del matrimonio avalés.

—Ahora —había dicho por fin antes de señalar con un vago ademán el cáliz que reposaba en la mesa—, tendrá lugar la bendición de la unión.

No había podido evitar darle una vuelta al vial de cristal en la palma de la mano en un acto reflejo, pero Kit había sido el primero en destapar el suyo para verter el contenido en el interior del recipiente. El único sonido que se escuchó en la catedral había sido el chapoteo del líquido.

—Yo, Christopher Carmine, te tomo como esposa. En cuerpo y alma te adoro y todos mis bienes terrenales te otorgo.

Al proceder a imitarlo, Niamh había sentido cómo le temblaban los dedos y, en su cabeza, casi había rezado para que no se le cayera. Aun así, había mantenido la mirada fija en él a medida que derramaba toda el agua.

Ni una sola gota había caído fuera.

—Yo, Niamh Ó Conchobhair, te tomo como esposo. En cuerpo y alma te adoro y todos mis bienes terrenales te otorgo.

Tras pronunciar aquellas palabras, había alzado el cáliz y le había dado un sorbo; el agua le supo fresca como la primavera, a una mezcla de miel y brezo. Después, se lo había tendido al príncipe, que la había contemplado por encima del borde de plata con sus ojos dorados repletos de cariño.

En aquella ocasión, Sinclair ya había tenido la capa preparada. Y no se le había pasado el brillo en su mirada mientras se la colocaba a Kit.

A continuación, el obispo les había ordenado que se arrodillaran. Y ellos lo habían hecho. El suelo estaba frío y duro, pero en cuanto sus manos se habían encontrado, una llama se le había prendido en el pecho.

—Que lo que Dios ha unido, no lo separe el hombre.

Antes de que las palabras hubieran terminado de abandonar su boca del todo, Kit la había atraído hacia sí para envolverla con la capa. Ella se había llevado las manos al pecho para mantener el equilibrio, aunque un instante después, él, tras dedicarle una sonrisa pícara, la había besado.

Había escuchado los jadeos contenidos entre los invitados y no había podido evitar esbozar una sonrisa contra sus labios. Sí, había sido atrevido e insólito y contrario a todo lo establecido. Tal y como era él.

Le habían dolido las mejillas de tanto sonreír.

—¡Todos en pie! —había escuchado exclamar entonces entre los bancos—. ¡Alzaos en nombre del príncipe Christopher Carmine, duque de Clearwater, y del de su esposa, Niamh Ó Conchobhair, duquesa de Clearwater!

Para cuando consiguieron escapar de la multitud, los rayos del sol ya se iban desvaneciendo en el horizonte y Niamh pensaba que jamás lograría quitarse todos los pétalos que tenía enganchados en el pelo.

Cientos de florecillas blancas flotaban por las calles como si fueran nieve. Muchas de ellas se encontraban aplastadas contra los adoquines, liberando su dulce fragancia; otras daban vueltas en el aire, libres y seductoras. Tuvo el impulso de atrapar una entre los dedos para colocársela a Kit tras la oreja. Y lo cierto era que, con el buen —y poco habitual— humor que había tenido toda la tarde, creía que se lo permitiría sin queja alguna.

El simple pensamiento le arrancó una sonrisa.

La casa de Sinclair les dio la bienvenida, calentita y brillante bajo la luz del crepúsculo. El porche principal los recibió tras cruzar la bóveda de buganvillas y, al terminar de subir las escaleras, él ya los estaba esperando. Al verlos, les dedicó un largo y dramático suspiro.

—Puedo entender que no esté en vuestra lista de preferencias regresar al palacio ya, pero… ¿de verdad tenéis que venir a mi casa?

—Técnicamente —replicó Kit— es mía.

Y, ante eso, no tuvo mucho más que añadir.

Les abrió la puerta y le indico al ama de llaves que fuera preparando una habitación para la «felicísima pareja de recién casados»; el príncipe se puso rígido ante el tonito que usó. Ella pareció encantada con la sugerencia, pero Sinclair se marcó la actuación de su vida al mantener el rostro neutro. Aun así, el brillo de sus ojos era inconfundible.

Cuando por fin se deshicieron de sus sombreros, guantes y chaquetas, los llevó fuera del rellano.

—Me encontraré encerrado en mi despacho por si me necesitáis para lo que sea. Aunque imagino que estaréis… ocupados.

Su amigo estuvo a punto de ahogarse.

—¿No puedes comportarte como una persona civilizada ni siquiera diez minutos?

—La verdad es que no. —Conformó una amplia floritura con el brazo y desapareció al otro lado del pasillo tras añadir—: Y, bueno, felicidades a los dos.

Nervioso, Kit se dirigió a ella.

—Mmm... ¿Vamos?

A pesar de la cálida y romántica luz de las velas del pasillo, Niamh se percató del rubor que se había extendido por sus mejillas. Le pareció sorprendente y adorable al mismo tiempo.

Entrelazó los dedos con los suyos y se inclinó hacia él.

—¿Nervioso? —le preguntó, divertida—. Prometo ser buena.

El color de su rostro se potenció.

—Permíteme que lo dude.

Dejó que la guiara a través de la mansión, bajo la luz rosácea que entraba por los laterales y pintaba las tablas de madera del suelo. Al alcanzar lo alto de las escaleras, el cansancio terminó por superarla. De alguna forma extrañísima, el tobillo se le torció.

Aunque él, sin apenas pestañear siquiera, se agachó para después alzarla entre sus brazos. La carcajada escapó de sus labios en cuanto estuvo en el aire.

—¡Kit! ¡Ni se te ocurra soltarme! ¡Por favor!

—Claro que no. No es la primera vez que lo hago, ¿no?

—Oh. Es cierto.

Esta vez el que soltó una risita fue él. Niamh apoyó la cabeza en su hombro. Era incapaz de creerse que esa fuera a ser su vida a partir de entonces. Que realmente pudieran estar juntos. El mundo parecía girar en medio de un borrón de colores y, pese a que lo intentaba con todas sus fuerzas, era incapaz de mantener los ojos abiertos.

De pronto, la risa de Kit se convirtió en una exhalación, que acarició los cabellos sueltos que le caían por las sienes.

—Descansa. Ha sido un día eterno.

—No me pienso dormir…

—Ajá —replicó él—. Claro que no.

Entre sus brazos, se sentía a salvo. Se sentía a la perfección.

Y, al ritmo de los latidos de su corazón, se quedó dormida.

Unos segundos o quizás horas después, unas tiernas sacudidas se encargaron de despertarla. Niamh se irguió sobre el colchón como un resorte. Al otro lado de la ventana, la noche cubría el cielo y las lámparas de gas brillaban con luz tenue. No sabía cuánto tiempo había estado durmiendo. Aún aturdida, se volvió hacia Kit, que, como explicación, le dijo:

—Mi hermano y su mujer han venido a hacernos una visita.

Al bajar al salón principal, los recibió un panorama cuando menos extraño. Sinclair se había sentado en una de las sillas que se encontraban en la esquina más alejada y de tal forma que los hombros casi le llegaban a la altura de las orejas. Jack los esperaba justo en el extremo opuesto.

Uno de sus brazos descansaba peligrosamente cerca de los atizadores de fuego que reposaban junto a la chimenea, que en ese momento se encontraba encendida y envolvía toda la estancia con su suave halo. La princesa Sofia trataba de entrar en calor junto a ella con una sonrisa taimada en el rostro. La lluvia, teñida de un tono rojizo a la luz de las llamas, caía contra la ventana.

—Por fin —masculló Sinclair.

Jack se había adecentado en algún punto de las últimas horas, y ahora los recibía con un elegante frac negro. Además, casi con la misma precisión con la que se había peinado el cabello, había vuelto a esconder sus sentimientos tras su mirada color ámbar. Lo único en él que denotaba la más mínima cordialidad era el ramo que había traído, pero lo sujetaba con una contención tan sombría que casi parecía encontrarse de camino a un funeral. Las flores estaban ya flácidas.

Poco a poco, comenzó a diseccionar a Niamh con la mirada. No le costó demasiado imaginar los defectos que debía de estar encontrando en ella: su pelo alborotado y aplastado por un lado; el vestido que llevaba, aún arrugado y cubierto de barro; su rostro repleto de pecas y de marcas de las sábanas.

Como una plebeya.

Inapropiada, susurraba la forma en la que apretaba la mandíbula. *Indigna*, gritaba su ceño fruncido.

La ansiedad anidó en su pecho y revolucionó el pulso en sus venas. Por mucho que supiera que no la aprobaba, que su unión le había ofendido, y por infantil que fuera, era incapaz de aplastar la necesidad de complacerle. Aun así, lo que de verdad quería era hacerle ver que su única intención era hacer feliz a su hermano.

En ese momento, Sofia se apartó de la chimenea. Sus ojos refulgieron de ternura un instante antes de que se acercara a Niamh y la envolviera entre sus brazos.

—Enhorabuena. Me alegro muchísimo por vosotros, hermana.

Hermana. Apretó el abrazo mientras repetía la palabra una y otra vez en su mente. Nunca había tenido una.

—Gracias.

El frío saludo de su esposo llegó justo después:

—Duquesa.

Se quedó paralizada. Era la primera vez que alguien se dirigía a ella por su título. *Por los dioses, tengo título.* Era consciente de que debía acostumbrarse cuanto antes a él.

—Ya que tu deseo era que me dirigiera a ti por tu nombre —le dijo—, creo que lo más adecuado es recibir el mismo trato por tu parte.

—De acuerdo. —Se aclaró la garganta y, después, continuó como si nada—: Helen Carlile me ha pedido que os haga llegar sus felicitaciones por la boda. Está realmente encantada con tu elección de esposa, Kit, y al parecer espera que muchos otros también lo estén. Según nos ha dicho, nos dará buena imagen ante sus seguidores. —Suspiró—. En fin. A partir de ahora, teniendo en cuenta que tenemos una cita pendiente, iré haciéndote llegar otros mensajes.

—Bueno es saberlo.

La respuesta de su hermano sonaba reservada, como si estuviera esperando el «pero». Sofia se aclaró la garganta, lo cual hizo que Jack cambiara el peso de su cuerpo de un pie a otro, incómodo, antes de tenderle el ramo a Niamh. Así que resulta ser que no saber expresar sentimientos era una cosa de familia.

—Supongo que yo también tendría que felicitaros. Estas flores son para ti.

Las apretó contra su pecho.

—Muchas gracias. Son preciosas.

La conversación murió al cabo de varios segundos de un silencio solo interrumpido por el crepitar del fuego en el hogar y el chirrido de las tablas del suelo por la forma en la que Sinclair movía la rodilla sin parar.

Aunque, después, el príncipe regente lo quebró:

—Y quiero pedirte perdón también, Kit.

Su rostro se cubrió de sorpresa.

—¿Qué?

—Siempre he querido acabar con el resentimiento que hay entre nosotros, pero, en realidad, soy consciente de que una parte de él es mía. Durante todo este tiempo, te he guardado rencor porque pensaba que eras débil; porque no sintieras la misma presión que yo ni el peso del deber que padre me había inculcado. Y me he comportado como un monstruo contigo. —Su expresión se bañó de culpa—. Mi deber tendría que haber sido cuidar de ti; no de lo que padre quería que preservara. Eres mi familia. La única que nos queda. Y, de verdad, lo siento por ello.

—Está bien —respondió él con voz ronca, aunque era capaz de percibir la nota de emoción en ella—. Podemos dejarlo atrás.

—Te prometo que te compensaré el dolor de todos estos años. —Después, se dirigió a Niamh. Su boca se torció un tanto—. Mentiría si dijera que apruebo vuestra unión, pero... sé que os hacéis bien el uno al otro. Y te debo una disculpa por la forma en la que me dirigí a ti el otro día, así como debo expresarte mi gratitud por tu intervención en... varias gestiones equivocadas y poco éticas que he llevado a cabo. —Entonces, extendió una mano para tomar la de su esposa—. Me has ayudado a recordar lo que de verdad importa, Niamh.

Sofia le dirigió una diminuta sonrisa.

Y, para su sorpresa, él se la devolvió.

Supuso que era un comienzo.

—Gracias, Jack.

Él hizo una pequeña mueca al escuchar su nombre, pero no comentó nada al respecto. Aunque, de pronto, la voz de Sinclair llenó el salón:

—¿Y qué hay de la disculpa que se me debe a mí?

El príncipe no sabía nada acerca de la verdadera identidad de Lovelace —y Niamh esperaba que no lo descubriera nunca—, pero era obvio que eso no significaba que el impulso de fastidiarle fuera a desaparecer de la noche a la mañana. No obstante, Jack lo ignoró de forma más que evidente.

—En fin, eso era todo lo que tenía que decir por hoy. Lo siguiente llegará cuando volváis de vuestra luna de miel, que me parece que hay aún mucho trabajo por delante en lo que se refiere a conseguir reencauzar nuestras relaciones con el pueblo de Machland, tanto fuera como dentro del reino.

Kit dio un respingo.

—¿Quieres que te ayude?

—Si estás dispuesto a cederme parte de tu tiempo, claro. Al fin y al cabo, de momento, eres el heredero al trono. Por lo tanto, si tu intención es preservarlo y mantener nuestro legado, debes estar preparado para cualquier eventualidad. —Dudó un instante—. Y lo cierto es que creo que será interesante contar con tu punto de vista; siempre has estado más que dispuesto a cuestionarme.

—Muy bien. Pues eso haré.

A pesar de su tono resentido, Niamh alcanzó a ver la forma en la que las comisuras de los labios se le curvaban hacia arriba.

Un pensamiento cruzó su mente. Quizás no era perfecta —ni mucho menos—, pero en aquel momento, bajo la calidez del salón, sentía que eran una familia.

Cuando por fin Jack y Sofia se despidieron de la forma más incómoda del mundo, los tres se quedaron allí, en silencio. Acabaron sentándose junto a la ventana para contemplar cómo la lluvia daba saltitos contra los adoquines del suelo. Sinclair comenzó a pasarse un cigarro con Kit mientras Niamh se apoyaba en su regazo, enfocada en no volver a quedarse dormida por culpa de las caricias de patrones inconexos que le hacía en la mano.

En cierto punto, el príncipe se inclinó sobre ella para echar las cenizas en un recipiente de cristal y preguntó:

—¿Crees que cumplirá su palabra?

—A mí me parecía sincero —respondió su amigo. Después, le arrebató el cigarro con una sonrisa felina—. Pero si no lo hace, ya se encargará Lovelace de hacerle pagar las consecuencias. Esta vez, en tu honor.

Puso los ojos en blanco.

—Eres idiota.

Eso le arrancó una carcajada tan fuerte que Niamh casi se quedó un rato sin ser capaz de escuchar nada más.

—Dile a tu esposo que sea bueno conmigo —le pidió entonces Sinclair—. Que yo sepa, ese tipo de lenguaje no es en absoluto propio de un político respetable.

Ella se estiró en su sitio y, después, volvió a recolocar la cabeza en el regazo de Kit. La orden escapó en mitad de un bostezo:

—Sé bueno, esposo.

Como si fuera un acto reflejo, él pasó a acariciarle el pelo. No obstante, después, bufó.

—¿Y cuándo narices en mi vida he sido bueno?

33

Aunque pudiera parecer un milagro, ha salido el sol en Avaland.

Mis fuentes me informan de que las tensiones con el reino de Castilia siguen vigentes; no obstante, pese a que el Ilustre Caballero F ha regresado a casa, la Señorita R ha decidido extender su estancia en Sootham y ha logrado gestionar la situación presente con una entereza, un vigor y una, sin duda, gracia sorprendentes. Tanto ella como su antiguo prometido fueron vistos paseando por los jardines tras el edificio parlamentario la semana pasada. Aparentemente, ambos se encuentran trabajando en una serie de políticas económicas; en específico, dirigidas al sector agrícola, tras haberse percatado de la magnífica simbiosis que resulta de la unión de sus poderes. Aunque debo confesar que creo que «trabajando» es un término que podría quedarse corto; en realidad, la mitad del tiempo la pasan discutiendo.

Ahora que Cierta Personalidad ha sucumbido finalmente a la presión, la bandada de nuestra señora HC ha abandonado su nido y, por primera vez en treinta años, el tema de las indemnizaciones para el pueblo machlandés se ha presentado ante el Parlamento. Y puedo darle crédito de este importante avance a nuestro Hijo Descarriado, que ha demostrado ser un fuerte aliado de nuestra causa y que ha resultado

traer el que quizá sea el progreso político más gratamente
sorprendente de la temporada: nuestra nueva duquesa es
nada más y nada menos que una joven de clase baja y sangre
divina. Y, por si fuera poco, machlandesa. Por ahora, me
quedo a la espera de ver qué se traen ambos entre manos. Lo
cierto es que parecen asquerosamente felices.

En los tres años que he dedicado a escribir esta colum-
na, no he sido capaz de cerrar una publicación final con
nada que tuviera siquiera el asomo de buenas noticias.
Aún nos queda mucho por delante; sin embargo, en esta, si
me permiten cierto sentimentalismo, me descubro extraña-
mente esperanzado. Así pues, pongo fin a mis palabras con
un deseo de futuro y justicia para todos los habitantes del
reino.

Hasta la próxima temporada, supongo. Yo, por mi par-
te, estaré rezándole a todos los santos que aún mantengan
los ojos en nosotros para que, al menos, resulte un tanto
más tranquila que esta.

Lovelace

Mientras Niamh le daba la última puntada al vestido, le asaltó la sensación de que se le había olvidado algo. Parpadeó y regresó al mundo real. Los ojos se le cubrieron de lágrimas ante el repentino resplandor de la... ¿tarde? ¿Cuándo había pasado tanto tiempo?

La temporada acababa de terminar, pero, aun así, la vida seguía siendo igual de ajetreada. Desde que había vuelto de su luna de miel con Kit y había abierto la sastrería en la esquina de Champion Street y Cathedral Street, los pedidos habían comenzado a llegar. Y ya no habían parado.

Había empezado a ser más selectiva con los pedidos, por supuesto, pero, cada vez que podía, se zambullía en los que más le apasionaban. Aun así, la política conllevaba más tiempo del que había esperado. Por no hablar de que, pese a toda la ayuda que había dado para mejorar las relaciones de Avaland y Machland, su abuela aún no la había perdonado por su «traición».

«Acabará haciéndolo», le había dicho su madre en la última carta que le había enviado, «pero necesita tiempo y ver cambios». Así que lo único que podía esperar era que llegaran en algún momento. Al menos, había accedido a subirse en el barco que las llevaría a su nuevo hogar.

El mes siguiente volverían a estar juntas.

—Bienvenida de nuevo al mundo de los vivos, duquesa.

Miriam, burlona, se encontraba de pie tras el mostrador. Había estado reorganizando todo el desastre que Niamh había dejado a su paso a lo largo de la jornada. Bajo la luz de los últimos rayos del día, sus rizos oscuros centelleaban por los hilos de cobre que se los decoraban.

—¿Tanto tiempo he estado absorta?

Tras frotarse los ojos, vio cómo su amiga fingía pensar la respuesta. De forma muy dramática. Demasiado.

—Mmm... Solo han sido tres horas de profunda y silenciosa concentración. Con algún que otro *hum* por lo bajo, eso sí.

—Oh, dioses. —Se ruborizó—. Lo siento.

—Bueno, por hoy no pasa nada, tranquila. Es el último pedido de la semana.

Y agradecía al universo que así fuera.

Aunque —cosa que todo el mundo le recordaba sin cesar— necesitaba un descanso. Con urgencia. Eso al menos conseguiría que las horas dejasen de escurrírsele entre los dedos. Aun así, aquel vestido casi parecía exigir que se dedicara a él. La tela de la que estaba hecho se deslizaba por sus manos con la delicadeza y frescura del agua. Era un pedido que había hecho Sinclair para su hermana («Aunque nada de encantamientos hasta que te encuentres mejor», le había dicho con el ceño fruncidísimo); necesitaba que fuera perfecto.

—Estoy a punto de acabar por aquí, por cierto —añadió Miriam—. Si para entonces ya has terminado, podemos volver juntas a los brazos de la aristocracia.

—Me encantaría.

Sus vidas habían comenzado a tomar un ritmo agradable: trabajo comunitario, paseos por Eye Park y pausas para tomar el té con Sinclair; algunas noches de trabajo en la sastrería y esperar a Kit y Rosa en la puerta del Parlamento bajo la luz de la luna. Sootham, sin que se hubiera dado cuenta, se había acabado haciendo un huequito en su corazón. Se sentía en casa allí.

En ese momento, la campana de la puerta tintineó.

—Oh —dijo Miriam—. No te molestes. Voy yo.

Cuando Niamh alzó la mirada, no obstante, estuvo a punto de caerse de la silla. Tuvo que apoyar una mano en el mostrador para estabilizarse, pensando en que quizás llegaría el día en que el pulso no se le revolucionara al ver a su esposo y que sería capaz de mantener el equilibrio. Era obvio que aquel no era ese día.

Kit llevaba un sombrero bajo el brazo y, al otro lado de la ventana, justo debajo del toldo, distinguió a Rosa, que daba vueltas al mango de su parasol. Miriam le dedicó una sonrisita inocente.

—Buenas tardes, Alteza.

Él, aunque puso una mueca, no la corrigió. Ya conocía más que de sobra su vena burlona y sabía que empleaba su título solo para molestarle.

—He venido a buscar a mi esposa.

—Por supuesto, mi señor —replicó ella, incapaz de contener una carcajada ante la creciente agonía de su expresión—. ¡Hasta mañana, Niamh!

Se echó la pelliza por encima de los hombros y, tras despedirse con la mano, se dirigió al fresco de la tarde. Recibió a la infanta con un saltito y, después, enlazó sus brazos. Niamh las contempló alejarse con una sonrisa en los labios.

A través del hueco de la puerta, se colaban el aroma y el barullo de la ciudad. En aquella ocasión la recibió una mezcla de olor a caballo, esmog y madreselva. Aquel era su momento favorito del día sin lugar a dudas. Adoraba la tenue calidez del tacto del sol y el ajetreo de todos aquellos que regresaban a casa tras un largo día. Veía a los nobles que abandonaban los edificios oficiales para dirigirse a los pubs; al resto de negocios vecinos, que comenzaban a apagar las velas y sus escaparates se llenaban de calma y de sombras, y escuchaba el repiqueteo de docenas de carruajes que cruzaban la calle.

El mundo se cubría de silencio cuando todos se retiraban a sus casas de campo. Por primera vez, tuvo ganas de hacerlo ella también.

Kit echó a caminar hacia donde se encontraba y la luz le cubrió como si fuera una capa. Le parecía muy injusta la forma que tenía de parecer etéreo incluso sin molestarse en hacerlo. Colocó el sombrero en su mesa de trabajo justo antes de comenzar a quitarse los guantes.

—Su esposa no está disponible para ser buscada —le dijo Niamh—. Está muy ocupada.

Él alzó una ceja.

—Ah, ¿no? Muy bien. Pues me marcharé de inmediato.

En su lugar, por supuesto, rodeó la mesa para dirigirse a su lado.

El corazón le dio un vuelco cuando se agachó un tanto para ponerse a su altura, con la boca a apenas unos centímetros de la suya. No obstante, en cuanto ella se inclinó para romper la distancia entre los dos, se apartó. Apenas pudo contener un gemidito de protesta.

—Discúlpeme, duquesa. No debería distraerla.

Cómo le gustaba jugar sucio.

—Bueeeeno... —Atrapó su corbata entre los dedos—. Quizá, si se pone usted a ello, consigue convencerme de que lo deje. Solo un ratito. Puede llegar a ser verdaderamente persuasivo.

Cuando la besó por fin, el tiempo pareció detenerse de inmediato. La calidez la envolvió en un abrazo que fue como una noche de verano, calma y plagada de sueños. El vestido se deslizó hasta el suelo.

Oh, bueno. Ya habrá tiempo de terminarlo.

Aquellos días no había prisa para nada.

AGRADECIMIENTOS

Un encantamiento frágil ha sido la novela que, tras un largo periodo de letargo creativo, me ha devuelto la pasión, la magia y la confianza en mi escritura. Y es por eso que ocupa un rincón muy especial de mi corazón. Kit y Niamh, a quienes adoro con locura, me han acompañado durante los últimos años y me han ayudado a sobrellevar una de las épocas más duras de mi vida. También ha habido muchas personas que me han ayudado a hacer que esta historia sea la que es hoy, y no puedo estarles más agradecida a todos y a cada uno de ellos.

A mi editora, Sarah Grill, por tu agudísima visión editorial, tu sentido del humor y nuestras conversaciones, que son verdaderos encantamientos frágiles. Todos tus comentarios han logrado que este libro haya alcanzado su mejor versión. Estoy muy orgullosa del trabajo que hemos hecho juntas.

A mis agentes, Claire Friedman y Jess Mileo, por vuestro apoyo incondicional y por haberme guiado durante tanto tiempo. Siempre conseguís ver la chispa del potencial de mis ideas y explotarlas al máximo. ¡De verdad que sois lo más!

Al equipo de derechos internacionales de InkWell: Lyndsey Blessing, Hannah Lehmkuhl y Jessie Thorsted. Gracias por hacer que mi trabajo llegue a lectores de todo el mundo. Es un placer trabajar con vosotros.

A todo el equipo de Wednesday Books: Rivka Holler, Alyssa Gammello, Sara Goodman, Eileen Rothschild, Brant

Janeway, Devan Norman, Eric Meyer, Melanie Sanders, Lena Shekhter, Kerri Resnick y NaNá Stoelzle. Sois increíbles. Gracias también a Kelly Choong (@afterblossom_art) por darme la cubierta de mis sueños.

A Louise Lamont, por tu cariño y por encontrar la mejor casa para este libro en Reino Unido. Trabajar contigo y con el equipo de Hachette UK ha sido maravilloso; en especial con Polly Lyall Grant, Aliyana Hirji y Bec Gillies.

A todos los miembros de First Flight por lograr que mis fantasías más locas e imposibles se hagan realidad. No tengo palabras para describir lo agradecidísima que os estoy a todos: Cossette, Taylor, Isa, Sequoia Cron (@rainbowbookdragon15), Lydia Byers, Heaven (@heavenlybibliophile), Tori (@toriandbooks), Lindsay (@PawsomeReads), Agavny Vardanyan (@agavnythepigeon), Kelsey Rae Musick, Stephanie (@stephdaydreams), Paola Camacho, Holden Fra, Paola (@anotsowickedwhich), Phoebe Ellman, Megan McDonald, Ena Jarales, Diane (D. E. Ellerbeck), Ashley Dang, Kelcie Mattson (@nerdilyinclined), Allie Williams, Paige Lobianco (@pagebypaigebooks), @zoereadss, Kashvi Kaul de Misty Realms, Holly Hughes, Courtney Bentzoni, Mariya Tuchinskaya (@msbookworld), Nihaarika, Mansi (@astraquill), Birdie Woodnyx, Diana (@chasingchapters_), Amy Sahir, Liz Griffin (@lizgriffinwords), Julie de One Book More, Isabelle Colantuonio (@isabellesbookshelf), Katie Laban, Courtney Boylan, Leah T, Grace (@bookswithgraceann), Kalie Barnes-Young y Jae (@justjaesday).

A Courtney Gould. ¡Esta historia es para ti, amiga! Soy consciente de que, sin ti, jamás podría haberla escrito. Ojalá todos los escritores allá fuera tuvieran una amiga tan talentosa, entregada, divertida y dispuesta a volverse loca con el recuento de palabras como tú.

A Alex Huffman-Jones; siempre serás para mí mi primer lector. Todo tu apoyo, generosidad y las palabras que me dedicas significan un universo. Gracias por ver la magia en la historia de Niamh y Kit.

A Rachel Morris. Que esto quede grabado para la posteridad: siempre tienes razón. Sabes que no me hizo ni pizca de gracia tener que borrar toda la primera parte de la novela para cambiarle el tiempo a los verbos, pero... aquí estamos. Gracias por tus comentarios, tu entusiasmo sin fronteras y, por supuesto, tus consejos para mejorar el arco de Kit. Eres brillante.

A mis Cinco Poderosas: Audrey Coulthurst, Helen Wiley, Elisha Walker y Rebecca Leach. Gracias por vuestra eterna paciencia y cariño mientras trabajaba en el primer borrador (y me quejaba sin parar). Audrey, Helen, fuisteis vosotras las que me ayudasteis a ver las cosas con la perspectiva que necesitaba cuando más triste y perdida me sentía: gracias. Y, Helen, este libro no sería lo que es sin ti.

A Kalie Cassidy, Emily Grey, Charlie Lynn Herman, Christine Arnold, Skyla Arndt y Laura Brooke Robson. Habéis dejado huella en esta historia. ¡Mil gracias por todos vuestros comentarios! Soy una verdadera afortunada por haberos conocido.

A Mitch Therieau, por tu apoyo infinito, por quererme tanto y por creer en mí.

Y, por último, a ti. Infinitas gracias por animarte a darle una oportunidad a *Un encantamiento frágil*. Tanto si es el primero o el tercero de mis libros que lees, quiero que sepas que aprecio tu apoyo más de lo que las palabras podrían expresar.

¿TE GUSTÓ
ESTE LIBRO?

Escríbenos a

puck@uranoworld.com

y cuéntanos tu opinión.

ESPAÑA  /MundoPuck /Puck_Ed /Puck.Ed

LATINOAMÉRICA /PuckLatam

 /PuckEditorial

¡Gracias por vivir otra
#EXPERIENCIAPUCK!